纸蝴蝶

邬焕庆　著

金城出版社
GOLD WALL PRESS

图书在版编目（CIP）数据

纸蝴蝶／邬焕庆著．—北京：金城出版社，
2016. 11
ISBN 978-7-5155-1406-2

Ⅰ. ①纸… Ⅱ. ①邬… Ⅲ. ①长篇小说－中国－当代
Ⅳ. ①I247. 5

中国版本图书馆 CIP 数据核字（2016）第 253321 号

纸蝴蝶

作　　者	邬焕庆
责任编辑	刘　荔
开　　本	880 毫米×1230 毫米　1/32
印　　张	11
字　　数	190 千字
版　　次	2016 年 11 月第 1 版　2016 年 11 月第 1 次印刷
印　　刷	三河市百盛印装有限公司
书　　号	ISBN 978-7-5155-1406-2
定　　价	36. 00 元

出版发行	金城出版社 北京市朝阳区利泽东二路 3 号　邮编：100102
发 行 部	（010）84254364
编 辑 部	（010）64210080
总 编 室	（010）64228516
网　　址	http：//www. jccb. com. cn
电子邮箱	jinchengchuban@ 163. com
法律顾问	陈鹰律师事务所（010）64970501

（一）

这个周六的早晨，当肖玫的电话蛮横地叫响胡一虎手机的时候，他还在做着一个甜蜜的梦，一个很久都没有在他的梦里出现的女人在梦中忽然敲响了他的门，而他刚刚手忙脚乱地请她进屋坐下，转身准备去倒茶的时候他用余光看见了她紧身短裙下依旧修长的被黑丝袜裹住的润滑双腿，倒水的时候他甚至回忆起了手抚过那细腻光滑的皮肤的滋味……而就在这时手机响了。

胡一虎几乎是有点愤怒地从床上跳下来，光脚走到沙发边，从沙发上的一大堆衣物里翻出了手机，“这一大清早的，是想让我给您请安还是想对我 SAY HELLO?!”看见了那个虽然让他厌烦却异常熟悉的号码，他稍稍控制了一下情绪，但语气中还是透露出了被吵醒美梦的男人的不满。

“胡一虎！我提醒你啊，你答应今天带儿子去爬香山的，你别又忘了!”每次都是这样，一旦胡一虎语气不耐烦的时候，肖玫回话的音量就会随之异常尖锐刺耳。

胡一虎心里一惊，昨晚忘记了上闹钟！他赶紧抬眼看了一下墙上的表，8 点 26 分，离约定接儿子的时间还有 1 小时 4 分钟，而从他住的地方到肖玫的住所，路上开车至少需要四十分钟。

“你纯属杞人忧天!”胡一虎眼睛迅速扫描沙发上的衣裤，计算着穿起它们的时间，忽然他大喊一声：“花花！你又把我内裤藏哪儿去了?!”他刚想再说一句“让儿子等着”，电话那边肖玫已经轻蔑地“切”了一声把电话挂了。

胡一虎把手机一扔，就想冲进客厅，这时那只四个月大的小金毛犬花花已经啪啪地冲进卧室到了他的面前，抬起前腿就想往胡一虎身上扑，胡一虎一闪身，一把按住花花，厉声道：“你不把我内裤找出来，我就把你丢到加拿大找你亲爸去!”

花花疑惑地看了胡一虎一眼，不满地叫了一声，胡一虎松开它，花花抖抖身子，郁闷地走出卧室，穿过客厅，闷闷地卧进了位于开放式阳台上的窝里。

这是一套位于北京金融街的两居室公寓，它真正的主人是胡一虎的大学同学兼死党之一的陶三宝。三宝从国企辞职下海后一直在证券公司不温不火地混着，忽然靠二〇〇七年的大牛市狠发了一笔后，便热火朝天地在北京买房子买地置下了好几处房产，这套最小的公寓原本是为了大家斗地主方便买下的，胡一虎他们给它起名为：雅乐轩 1 号。

一年前胡一虎跟肖玫离婚的时候是净身出户，当晚他拖了个拉杆箱就跑到了这套公寓找到了陶三宝，跟他喝了一夜的酒。第二天陶三宝就悄悄搬出了这个地方，等胡一虎酒醒时，在茶几上看见了几把钥匙和一张字条，字条上是一行张牙舞爪的字：“房子你住，先别感动，物业费、水电费自理！我搬 3 号去了，有事吭声。”胡一虎沉默了几秒钟，把钥匙收了起来，又把纸条卷起，用打火机点着，再用点着的纸卷点燃了一根烟，当他吐出第一口烟的时候，剧烈地呛了一下，呛得他眼角有些湿润。

三个月以前，陶三宝办妥了加拿大移民手续去温哥华找老婆孩子团聚之前，来找了一趟胡一虎，带来了像猫一样的金毛狗花花，郑重其事地跟胡一虎说："这小崽子还没满月，他娘就被狗贩子用毒镖打死准备当狗肉卖。其他几只我都送人了，就留下了身体最弱的这一只，我可是当亲儿子一样养他，我妈说过男孩当女孩养容易养活，我就给它起名叫花花。那边带不过去，我就交给你了，你可得给我养好喽，我会定期飞临检查。"

胡一虎说，"我对你家老大陶阿里咋样？"

陶三宝一愣，然后恍然一笑，"印象中貌似还不错，昨天阿里还在电话里问他一虎干爹好不好呢。"

胡一虎说，"那不就结了，我对你家老二能差了吗？手心手背都是肉，俯首甘为孺子，孺犬牛。"

陶三宝哈哈一笑，"不能同意更多！花花没啥毛病，就是爱拖我的衣裤，还爱藏起来让你找，你要是衣服裤子啥的找不着了，别着急，慢慢在房间里找。"

等胡一虎穿戴整齐洗漱完毕到楼下坐进车打着火的时候，时间已经指向了 8 点 51 分，他边迅速地嚼着几片面包，边迅速地往西五环疾驰。

赶到位于西五环边的西山美庐时，已经是 9 点 35 分。胡一虎把车开到东区门口，按了一下喇叭，车栏杆却一直不见抬起。虽然没有门禁卡，但胡一虎离婚前在这个小区住了五年，跟这里的保安都很熟，所以他来看儿子的时候，值班保安一看见是他都会抬杆放他进来。

着急冒火的胡一虎打开车门跑进门卫室，却发现那位年轻的小老乡保安小骆正趴在桌子上哭。

"怎么了，小骆？"胡一虎拍拍小骆的肩膀。

小骆猛地抬起头，赶紧站起身擦擦眼泪，"哦，对不起，胡大哥，来看铁蛋啊，我去抬杆您进去吧。"

"你哭什么呢？"胡一虎边跟小骆往外走边问。

小骆哗一下眼泪又出来了，“小芬跟我分手了，她餐厅的老板包养了她。”

胡一虎两年前就见过小芬，一个挺漂亮的湖南姑娘，是小骆的中学同学，高中毕业后到浙江打了几年工，前年春节回老家同学聚会时遇到小骆，被在北京很安逸的当着保安的小骆一通猛吹，一过春节就辞了浙江工厂的工作到北京来打工，先是由小骆介绍在西山美庐物业公司当了一阵子的保洁员，因为形象不错后来又经人介绍去了一家酒店当了前台迎宾。小骆猛追了一阵后，小芬不久也就成了他的女朋友，俩人去年春节一块儿回了老家，据说还见了双方的父母，那段时间小骆走路都带风。

但每次在小区看见下班后的小骆屁颠屁颠给小芬买菜做饭的时候，胡一虎心里其实并不看好这两个年轻人的前景，不过是个小保安的小骆根本驾驭不了这个漂亮的姑娘，他在这个城市里见过太多漂亮女孩子如化蛹为蝶一样地变迁了。

胡一虎拍拍小骆有些消瘦的后背，刚想说点什么，肖玫的电话又火急火燎地打了进来，胡一虎把电话掐掉，匆匆地说了一句：“想开些，改天哥请你喝酒。”

这样一耽搁，等胡一虎的车到了肖玫家（也曾经是他的家）门口的时候，已经快9点40了，老远胡一虎就看见黑着脸的肖玫牵着一身运动装的七岁的儿子铁蛋站在院门口。

“爸爸！”一见胡一虎从车门出来，铁蛋挣脱肖玫的手朝父亲奔过来，胡一虎蹲下身，张开双臂一把抱住冲过来的儿子，来了个拥抱，“爸爸你又迟到了，妈妈生气了，你少说话啊。”儿子贴到胡一虎的耳朵边小声说。“放心吧儿子，咱老爷们不跟女人一般见识。”胡一虎一把抱起儿子，悄声说道。

肖玫沉着脸过来，把手里的一个书包递给胡一虎，“你跟什么乱七八糟的女人鬼混我不管，但作为一个成年人你得有基本的时间观念，别给我儿子树立恶劣的榜样！”

胡一虎放下儿子，接过包，“肖玫我告诉你，第一我身边的女人都是名门正派、一清二楚，不是乱七八糟，你用词要准确，第二在北京如此复杂的交通形势下，我从西二环到西五环，误差在10分钟以内都可以算是准时，你没必要放大负能量，第三我需要给你更正一下，我跟什么女人在一起，不是你想管还是不管的事，而是根本不属于你管的事。”

肖玫又习惯性地“切”了一声，“脸皮真够厚的！强词夺理、粉饰自己永远是你的特长。那包里有儿子喝的酸奶、水果，保温瓶里有金银花水，你记着给他吃，中午的饭你想办法解决，下午5点前准时给我把儿子送回来。”

“铁蛋，跟妈妈说再见。”儿子已经急不可耐地要往车里钻，胡一虎拽住他。

“妈妈再见！”铁蛋敷衍了事地喊了一声。

“胡肖奇你要听爸爸话啊，回来要给妈妈口述游记！”肖玫本想过来抱一下儿子，无奈儿子已经拉开车门爬进了车里，她只得站在车外朝儿子挥挥手。

胡一虎给儿子系好安全带，摇下车窗，“肖大律师，您就放心吧，这是我亲生儿子，不是捡来的，我们父子情深，您就别担心了，踏实陪您那位乱七八糟的周先生去吧。”说完，一踩油门，绝尘而去，透过后视镜里看见肖玫一脸的愤怒，胡一虎心里窃笑了一声。

不过，随后儿子的一句话却让胡一虎有些沮丧。

“爸爸，你话真多。”铁蛋很舒服地靠在皮质座椅上，瞥了一眼有些得意的胡一虎，“还老爷们呢，说话不算数，说好了不跟女人一般见识的。”

胡一虎有点诧异地看了一眼坐在副驾驶座上的儿子，面对语言能力突飞猛进的这个小孩，他忽然觉得很陌生，心里也升腾起一些挥之不去的陷落感，但爸爸的身份还是条件反射地让他为自己辩护：“你老爸那不叫话多，那叫自卫反击，没看见你妈那飞扬跋扈的样子吗？”

“什么叫飞羊八户？”铁蛋疑惑地问。

“就是牛哄哄！”

“什么叫牛哄哄？刚才不是说羊吗？”

“……就是刚才你妈那样！”胡一虎不想再跟这个小孩纠缠下去，脚下一踩油门，“坐稳了儿子，目标香山，出发！”

“跟小孩子一点耐心都没有。”铁蛋嘟囔了一句，还大人一样悠悠地叹了口气。

看着儿子像只小猎犬一样噌噌地在山道上往上蹿，胡一虎喘着粗气忽然觉得自己确实不再年轻了，前几年儿子来这里还经常走一走就要抱一抱，现在恨不得拽着自己往山上走。算起来，自从离婚后这还是胡一虎第一次带儿子来爬香山。没有离婚前，由于离香山近，从儿子三岁的时候开始，除了冬天天气恶劣外，胡一虎平均每个月都要带儿子到香山转悠一次。当然，如果不是因为爬香山，他和肖玫的婚姻也许还能再凑合几年。

在一个半山腰，胡一虎招呼儿子坐在一个石头上，从书包里掏出酸奶递给儿子，铁蛋像个小饿狼一样猛嘬起来。

初夏的香山虽然尚未满山红叶，景色却也是葱郁宜人，层层叠叠的树木从山脚一直延伸到山顶，树叶的颜色深深浅浅，一股股的山风时起时落，撩拨着山林哗哗作响，不知名的山雀喳喳着落下又飞起。

胡一虎忽然想起早上梦里出现的那个女子来。

那个跟台湾歌星齐秦的姐姐齐豫名字一样的女子，至今让胡一虎依旧感觉神秘。

前年的一个春天的周六，胡一虎照例自己带着孩子来爬香山，在寄宿制幼儿园里憋了五天的儿子满山撒开了欢，胡一虎一个没注意，愣小子被一块石头一绊，狠狠地摔了一个跟头，额头被山上满地的刺楞划出一个小口子，当时就号啕大哭。

吓坏了的胡一虎赶紧把孩子抱起来，翻遍全身却找不到任何东西擦掉儿子额头的血、护理伤口，正六神无主时，一个带着一个女孩爬山的女子路过，她从随身带的包里变戏法一样拿出了碘酒、创可贴，不仅安顿好了铁蛋的伤口，还安抚了铁蛋的情绪，5 分钟后傻小子就脑门上顶块创可贴，牵着那女子家的小女孩乐乐呵呵接着爬山了。

风波停歇了，胡一虎免不了向那女子一通道谢，那女子本想就此别去，怎奈俩孩子玩到了一起，只好边走边接受胡一虎没完没了的感谢。

“您能说点别的吗？”在胡一虎讲出第 22 个谢谢的时候，那女子转过脸看着胡一虎，淡淡一笑却坚决地阻止了胡一虎的唠叨。

胡一虎当时一愣，也觉得自己忒烦人，不由哈哈一笑：“对不起，惊吓过度，语无伦次，女侠多担待。”

“很少带孩子吧？”那女子又是淡淡一笑，自顾自往前走。

“带的倒是不少，只是一直太平无事，没有处理突发事件的经验，狼来了不知道该怎么办而已。”胡一虎非常不愿意听别人对他管孩子的负面评价，因为诸如此类的话肖玫总是在铁蛋让她生气时冲着胡一虎大声宣泄。

“出来一趟就让孩子带伤而归，回去不好跟老婆交代吧？”山林茂密起来，那女子摘下扎在头上挡阳光的丝巾，露出一蓬乌黑卷曲的长发，略带点揶揄地说。

被孩子受伤事件导致心绪不宁的胡一虎此时已渐渐平复心情，话多、好斗、自尊心强的秉性让他一听这话如刺在背，他停住脚，对那女子说道：“你等一下，能告诉我尊称吗？”

那女子很是纳闷，看见前面俩孩子蹲下来研究起地上的山蚂蚁，于是也站住，问道：“为什么要告诉你我叫什么？想给我写感谢信吗？”

胡一虎说：“对于你的见义勇为，我想我已经充分表达完毕我的感谢之意，现在我跟你应该可以平等对话了。但依我的习惯，平等对话的前提是应该知道对方的姓名，这是一种对对方的尊重。我叫胡一虎，古月胡的胡，一二三四的一，虎啸山林的虎。至于感谢信，如果你愿意我当然也可以写。”

那女子微微张开了嘴露出七八颗洁白的牙齿，略带点惊讶地看着胡一虎：“你的名字跟某个电视主持人一样嘛！我当然可以告诉你我的名字，我叫齐豫，整齐划一的齐，呃，毫不犹豫的豫。但是，你是要跟我决斗呢，还是想进行平等互利的战略对话？”说完忍不住咯咯地笑。

胡一虎走近一步，那女子不自觉地往后退了一步，“齐豫是吧？齐豫，首先你不要再居高临下地真像个恩人一样跟我说话，你的话也并不幽默。我非常不喜欢你主观武断地认定我是一个怕老婆的男人，咱们并不认识，你不能凭想象就认为我回去不好跟老婆交代，我有的是交代的办法，但是没必要告诉你。”

齐豫睁大了两只漂亮的大眼睛，看着胡一虎的嘴一开一合铿锵致辞，忽然咯咯咯咯地大笑起来，正在研究蚂蚁的俩孩子抬起头看了一眼，“莫名其妙。”小姑娘说，“别理他们，你有尿吗？要不你尿点，咱们看看蚂蚁会不会游泳。”

胡一虎被齐豫的大笑也整得有些莫名其妙，他看着她，心里嘀咕，“真是个奇怪的女人。”

“真是个奇怪有趣的男人。”齐豫边笑边想，“就因为我一句无心的话刺痛了他怕老婆这根神经，瞧他那气急败坏的小样！”

“胡一虎先生，”齐豫忍住笑，“对不起我错了，我不该认为您是怕老婆的男人，您有的是办法跟老婆交代，我相信。”

胡一虎刚想说点什么，这时小姑娘忽然哭着跑过来，“妈妈，小弟弟把小蚂蚁淹死了！”胡一虎眼睛扫向儿子，只见铁蛋把裤子褪到了小腿那儿，脚下是一大摊水迹，脸上满是自责和迷茫。

“蚂蚁不会被淹死的，但尿会把它们烧死。”胡一虎拍拍小姑娘的脑袋瓜，紧跑几步到儿子身边，拉起他的裤子往上提，“傻小子你给我把裤子穿好了！你要再着凉了，我跟你妈真没法交代了！”

这时，齐豫在后面又忍不住咯咯咯咯地大笑了起来，惊飞了一群飞鸟。

想着齐豫的笑声，胡一虎不自觉地嘴角也浮出了一些笑意，这笑意立刻被儿子发现了，“爸爸你笑什么呢?”

“爸爸没笑呀。你酸奶喝完了?”胡一虎从书包里拿出保温杯，拧开盖，把水倒在可当杯子用的盖子里，递给儿子，“过来把水喝了。”

铁蛋一手把空酸奶盒塞给胡一虎，一手接过盖杯一小口一小口喝着水，“爸爸你就是笑了。你是不是有秘密?”

“爸爸即使笑了也不代表有秘密。”胡一虎摸摸儿子的脑袋，“谁告诉你大人笑就代表有秘密的?”

“老周说的。”铁蛋回答。

一听“老周”二字，胡一虎心情立刻不好了。老周大名叫周宜家，是肖玫律师事务所的合伙人之一，在肖玫和胡一虎结婚前就追求过肖玫，但因为他当时有家室，被肖玫一口拒绝。几年前在以掏钱移民至香港定居等一系列条件为代价获得了老婆签字离婚后，周宜家居然像一只狼一样静静地在胡一虎的身后等待机会，而且最终如愿以偿。现在虽然和肖玫没有正式结婚，但已经同居了。

“从今天起，你可以和你理想的家具一起生活了。”离婚的那天，走出民政局的大门，胡一虎对肖玫说，因为和瑞典的那家家居超市名字一样，胡一虎总是私下里贬损地称周宜家为“卖家具的”，愤怒的时候也会称“卖马桶的”。

肖玫轻蔑地“切”了一声，“恭喜你终于可以公然去找你那些乱七八糟的女人了！”

“同喜同喜，彼此彼此！”胡一虎傲然反击。

此时儿子嘴里很自然地冒出“老周说的”这句话，并且一副真理熏陶的样子，让胡一虎忽然感觉到了一种父亲权威被挑战的危机，他觉得自己应该很严肃地告诉铁蛋一些辨别是非的道理。他把儿子喝剩下的水一饮而尽，盖上保温杯，对儿子说：“老周说的话你不能随便相信，律师总是用灰暗的眼光看这个世界，大人笑有很多种可能，不一定就代表有秘密，那种心里有秘密的人才会看谁都有秘密。你以后要多听、多相信爸爸的话。”

“放心吧，爸爸，老周再好也只是周欣悦的爸爸，不是我爸爸，我们是一伙的。”儿子好像看出了胡一虎的心事一样，亲热地拉着胡一虎的胳膊。

胡一虎心里惊讶地喊了一声“天呐”：这小子才多大，情商咋就已经有肖玫的模子了呢?!

“好儿子，够意思！”胡一虎摸摸儿子的头，“爸爸向你保证以后一定多陪你玩。”

“切！”儿子却又让胡一虎很恼火地回应了肖玫一样的反应，“从我小时候你就说这句话，几乎没实现过！”儿子站起身，“快走啦！我还等着坐缆车呢！”

看胡一虎做势要揍他，儿子嘎嘎地笑着朝前跑了，胡一虎赶紧拿起包追了上去。

在山下的饭馆吃完午饭后，胡一虎本来打算带儿子去一趟工体的翻斗乐，但张五斗的一个电话让他放弃了这个计划。

张五斗在电话里说：“风投的人来了，四点在中国大饭店见，你务必来。”

胡一虎说：“我带儿子呢，好不容易带他玩一回，你先见着吧，我晚一些来。”

张五斗说：“把电话给我铁蛋侄。”

胡一虎把手机递给儿子，“你五斗叔跟你说话。”

铁蛋接过电话，“喂，你好，五斗叔叔。”电话那边的张五斗不知道说了些什么，铁蛋听了直点头，“行吧，五斗叔叔，你说话算数，相信你一回，唉，就这么着吧。”他把电话还给胡一虎，“走吧，爸爸，送我回家吧，你去见五斗叔吧。”

胡一虎很纳闷，“你五斗叔说啥了？”

铁蛋用纸巾擦擦嘴，“他答应给我买一个能变两种车的变形金刚，我就同意把你先借给他用用了，还得回去跟我妈说是我玩累了想早回家，不是因为你有事。真麻烦。”

“见利忘义！一个变形金刚就把你爹出卖了？”胡一虎笑骂。

（二）

路上有些堵车，到中国大饭店的时候，胡一虎又迟到了 15 分钟。张五斗在饭店大门外面迎上胡一虎，“你这迟到的老毛病咋从来不改呢，你要能准时了，中华民族的伟大复兴就能提前几年实现！”

胡一虎一笑，“你的民族忧患意识真强。不就俩风投的人嘛，又不是相亲。”

“少废话，这就是给咱公司相亲！”张五斗说，“必须想办法给咱公司引来金凤凰。”

照例又是在咖啡厅里，照例又是一番自我介绍，不过这些照例之外又有了些例外。

拿着胡一虎和张五斗的名片的时候，来谈事的两位风投的人中一个也就二十多岁的女子抿嘴笑了起来，“介绍我们来的是陶三宝，你们俩一个叫胡一虎，一个叫张五斗，一三五，真有意思。”

胡一虎哈哈一笑：“二十年前，我们仨会合在大学同一个宿舍的时候，就开启了一段有意思的篇章。”

张五斗也呵呵一笑，说：“从大学第一天起我就想摆脱他们俩，但就是改变不了命运，一块儿上学，一块儿毕业留京，好不容易工作后不跟他俩混一块儿了，最终还是被命运牵引着辞掉工作跟他们合伙搞这个奇树公司。”

事实上，胡一虎也觉得在大学里与陶三宝、张五斗同窗四年并从此万般纠葛是件只能归结为“命运”的事。

在此前，胡一虎的幼儿园、小学、中学同学中，名字中所涉及的数字涉及一的倒是不少，偶尔也见有六、七、九，三、五着实没有遇到，谁料到到大学一下全补齐了，而且居然还就意气相投、“数数”相惜，关系一直不错，从人民大学的“奇数三人组”到后来自封“京城三奇”，到最终在三年前组成“奇树公司”，三个人大学毕业后虽曾在不同的轨道上发展、伸枝，比如胡一虎大学毕业到了报社，陶三宝去了中石油，张五斗去了社科院，期间各自升职、结婚、生子，事业、家庭双丰收，似乎除了不定期在一起喝酒、打球、斗地主、论时事谈风月外，不会再有像大学四年一样的密集交集，但最终三个人还是又从不同的方向把枝杈伸向了同一个地方，像三棵树一样在生长的空中又聚合到了一起。

“那你们三个之间一定有不少故事了？”那女子很好奇地问。

“三个一千零一夜那么多吧。”胡一虎把杯子里咖啡一饮而尽，“但是，今天你是想听故事呢，还是谈投资我们公司的事？”

那女子呵呵一笑，“先讲个你们仨的故事吧，行吗？”

同来的另外一名五十多岁的秃顶男人也哈哈一笑，“胡总、张总，那就听舒总的吧，讲个故事吧。”

张五斗恼火地瞪了胡一虎一眼，心里暗骂：吹啥子一千零一夜呀！好好的一个商务会该变成故事会了。

胡一虎不理会张五斗的不快，他愉悦地招呼服务员再来一杯咖啡，他拿起那两位的名片看了一眼，“哦，舒总和李总是吧，你们知道陶三宝在大学的外号吗？怎么猜估计你们也猜不到，他的外号叫‘小去’。”

一听到“小去”，张五斗也不由得扑哧一声乐了。

舒总疑惑地看着他俩。

“哦，小去者，大小的小，来去的去也。”胡一虎解释道，“其中的故事，且听我道来。”

“我们三个人，一三五，这不是一九九三年分别从湖南、广东、四川扎到人大的一个宿舍了嘛，为什么我们能合得来呢，是因为我们到大学以后都有‘刀枪入库马放南山’的人生决策，绝对不把大学当高四、高五来过，因此我们班很多同学依旧在大学刻苦读书的时候，我们却不约而同决定起码在大一一定要彻底撒野放纵。我们先是一块儿结对分期拜访分散在北京各高校的高中同学，主要目的是蹭他们的饭票尝尝他们食堂的伙食，大学头三个月，我们几乎就吃遍了北京城里的各大高校的食堂，最远我们甚至抽了个周末跑到河北保定的华北电力学院蹭了顿饭。”胡一虎笑吟吟地回想当年。

张五斗一捅他，“写散文你扯远了吧，珍惜笔墨重点讲‘小去’。”

胡一虎笑道：“故事不是要铺垫嘛，曲径通幽。”

“我接着说啊。这不我们整天就惦记着吃嘛，吃完呢就贪睡，学业肯定是不上心的了，很多早上八点半的课我们就经常迟到或干脆翘课，尤其是陶三宝，很少能在八点前起床的，他还不像我和张五斗，我们俩有时候还偶尔受到良心的谴责按时去上上午的早课，他却是一点羞耻感没有，不过他也聪明，到考试前借几个上课忒认真的女同学的笔记看两个晚上考试也就过了。但是呢，陶三宝的故事性在于你不知道他什么时候忽然哪根筋犯了，忽然会做出一些出人意料的举动。”

胡一虎喝了口咖啡接着说：“话说一九九四年北京深秋的一天，上午快9点的和煦暖阳穿过窗户照在了陶三宝同学的床铺上，很不寻常的是，他的床铺居然很罕见地是空的！他去哪儿了呢？令所有人没想到的是，他此刻正匆忙走在去教室上课的路上！用他自己后来的解释是，8点多的太阳忽然照醒了他，看着空空荡荡的宿舍，尤其是我们俩居然也不在，他忽然感到有些寂寞，一瞬间就产生了想去上课的冲动，用他的话说‘其实主要是去给你们俩做个伴’。他的这个举动，不仅出乎所有老师同学们的意料，同时也让他陷入了一个他无法预料的尴尬之中。他起床的时候，倒是看了一下课目表，知道上午头两节课是古代汉语，在教三楼 3208 教室，但是由于上课不多，他对 3208 教室并不是十分了解，他原本想从教室的后门进去坐下上课，但是他推开的却是面对讲台的前门。”

“你们也知道，大学的两节课一般是连着上的，中间老师一般不会休息，需要上厕所的自己从后门出去完事再原路返回即可，老师也不会介意。陶三宝本想着装作上厕所回来从后门溜进教室，老师应不会注意到他，一切应该天衣无缝，但他鬼使神差地推开了前门。他的忽然出现，让全班同学惊诧不已，更是让讲台上的老师吃了一惊。给我们上古代汉语的老师是一位治学严谨的老教授，每天上课都要点名，我跟张五斗一是因为一直喜欢古代汉语，二是惧于教授的点名，一般不翘这门课，而在点名的时候我们会轮流变换嗓子替陶三宝喊‘到’，老教授眼神不是太好，每次也能蒙混过关。这天，我们看着陶三宝晃着脑袋一只手拎着准备中午吃饭的饭盆、一只手捏着几本书忽然出现在教室前门口的时候，用现在的话说，有种被穿越的感觉，太失真了！后来陶三宝说，发现推错了门他也有点懵，被几十双眼睛齐刷刷盯着的感觉是非常让人不自在的，但这时候他只有硬着头皮往前走。老教授被这突如其来的事件凌乱了好一会儿，当陶三宝走过他的讲台晃荡着往课桌边走的时候，他终于反应过来，略带生气地问道：‘这位同学，你叫什么名字？’被意外状况搞得有点懵的陶三宝此时仍迷幻在自己当初设计的中间上厕所回来上课的理想设计之中，他理所当然地以为老师是问他干什么去了，头也不回大声用标准的广东调普通话说了声‘去小便’！老先生被这个奇怪的名字又惊诧了一下，又追问了一句‘你叫什么？’陶三宝更大声地回应道：‘说了！去小便！’此时，已经反应过来的我们已经哄堂大笑。”

“对，就像舒总你现在这样。”看着已经张嘴大笑的身边人，胡一虎接着说，“但只有一个人没笑，就是我们的教授，他一脸困惑地看着现场的场景，翻开花名册，仔细看了一遍，认真地对陶三宝说：‘小去同学，是叫曲小片吧？你可能走错教室了，这个班上没有你的名字。’他说完，全班再次笑疯。从此，陶三宝的外号‘小去’名震江湖。”

在座的其他人哈哈笑了起来，引起了其他人甚至服务员的侧目。

“太有意思了，胡总！你讲故事的语言让人很有画面感。”那位年轻的舒总说，“你们七〇后上的大学跟我们八〇后真的有不小差别，我都想不起来我大学时候有什么让我印象深刻的人和故事。”

“本质上，一代又一代人的大学因为不同的时代背景都有各自不同的故事，我们父辈的大学时代也很有故事，而你们乃至九〇后也各有各的精彩。但总的来说，在物质相对贫乏、科技相对落后的年代，人与人之间的交集会频繁一些，因此故事性会多一些，比如起码我们那时候不像现在的孩子靠一个手机、一个电脑就几乎可以一个人度过整个大学时代。”胡一虎感慨地说，“我们的故事仅仅是部分七〇后的故事。”

“那么，能冒昧地问一下，你们三个人怎么忽然想起来开奇树文化公司的呢?”舒总问。

“这个，还是请张五斗同学来回答吧。”胡一虎拍拍张五斗，“我只适合讲故事。”

终于稍微进入正题，张五斗略略有些放心，“是这样，舒总……”

舒总摆摆手，“别叫我舒总了，叫我舒心吧，你们都是前辈。”

“呃，好吧，舒……舒心，我们三个人凑一起开公司其实还是源自大学时代的一个当时开玩笑一样的约定。”张五斗说。

张五斗用他充满逻辑思维却略显啰嗦的语言花了近一个小时讲了开公司的前后以及公司现在的结构、主营业务、营收情况以及下一步规划。

而在胡一虎看来，这是一个十分钟就能说清楚的故事：大四上学期开始以不同的方式找工作后，三个人都经历了频繁的考试、面试，疲惫不堪。终于有一天各自有了归宿，在一个晚上聚在一起小酌的时候，陶三宝说：等哪天咱们有钱了一定要自己开家公司，也去考别人，帮一些有本事没背景的孩子就业。没想到十几年后陶三宝忽然就真的暴发了一把，顺便也让胡一虎、张五斗致了富。从股市见好就收、急流勇退后，陶三宝真的就在二〇〇九年花2000万元注册了一家文化传媒公司，同时把胡一虎、张五斗一股脑儿都拉了进来，送了俩人各15%的干股，买了本杂志、搞起了一个网站，招进了二三十号人马，陶三宝大模大样地当起了公司董事长兼CEO。

在满足了招聘人的当年夙愿，同时陶三宝在公司身上烧了大把大把的钱后，“奇树文化”居然也慢慢有了一点模样，终于在二〇〇一年时，胡一虎和张五斗辞掉了体制内的工作，正式加入奇树，胡一虎管杂志，张五斗管网站，杂志是《艺术与投资》，网站是“奇树网”，主营方向就是艺术品的收藏与鉴赏。到现在，公司在北京艺术圈里已经有了一定的名气，但就像很多公司一样，事业要乘势发展时资金上遇到了压力，于是就开始想办法增资扩股。

陶三宝虽然人去了加拿大，但名义上还挂着公司董事长，实际上已经把公司大事小情全部交给了“干一行爱一行”、虽相貌粗犷却心细如发的张五斗，而生性散漫的胡一虎正好乐得清闲，除了管好杂志外，其他一概听从张老板安排。只是在张五斗的逼迫下，陶三宝经常还得利用当年在证券界的老关系，发挥余热抓好公司最紧迫的融资工作。

在张五斗耐心而细致地讲述的时候，胡一虎发现舒心其实并不怎么很认真地在听，只是出于礼貌一直微笑着点头，反而在涉及一三五们如何如何的时候，有些兴趣还不停插话问一些细节。但是那位岁数大的李总不光在听，一些重要的情况还做了记录。

临走的时候，张五斗把整理好的相关文字材料交给了李总，四人道别。

上车后，舒心把车窗放下来，笑吟吟地对胡一虎说，“有机会我还要听你们三个七〇后的故事，胡总不会不愿意吧？”

张五斗哈哈大笑，说，“胡总就喜欢给女孩子讲故事，他还就怕你不愿意听呢，是吧，一虎？”

胡一虎瞪一眼张五斗，“别把我摧残成专编故事骗小红帽的狼外婆好不好，我这不过是口述非物质文化遗产。那什么，舒心你放心吧，无论你们投资不投资，故事会一直可以友情赠送。”

舒心抿嘴一笑，挥手而去。

车转下去已经不见了踪影，张五斗一拍胡一虎，“人都走了，还挥手呐，当自己是伟人到重庆谈判下飞机吗！”

胡一虎讪讪地放下手，“这舒心我怎么看着不像做风投的呀，倒像是泡茶馆听评书有那么点品位的富二代。”

张五斗一笑，“你还真说对了，她就是个富二代。”

胡一虎哦了一声，“那五斗哇，咱今天能引来凤凰吗？”

张五斗叹口气，“不知道，但如果今天真是相亲，你这张破嘴倒是可以赢得第二次见面的机会。”

胡一虎安慰张五斗，“别灰心，五斗，面包会有的，凤凰会来的。头发本来就少，可别再给愁没了。”

张五斗忽然想起一个事，他凑近胡一虎，“我今天看见齐豫了。”

（三）

坐在魏公村的那家上岛咖啡店等齐豫的时候，胡一虎恍然觉得时空一下无缝对接上了两年前第一次在这里单独见齐豫的那一刻，一切似乎回到了最初的起点，后面的两年反而是空白。

当然，这是错觉。因为和两年前相比，不仅周边的景致已变，连店里的服务员、菜单也已经完全不同，更何况等人的和被等的心境和故事已迥异。

话说两年多前的那天，在香山与齐豫邂逅并戏剧性发生一些故事后，在下山的时候，俩人已经没有了刚开始的陌生、敌意和尴尬。本质上胡一虎和齐豫都是性格外向的人，再加上年龄差不了三五岁以及带孩子、养孩子这个共同的话题，能谈得来是很正常的事。

临分手的时候，铁蛋对齐豫说：“齐阿姨，下回我还要吃你做的饭，比我妈做的好吃多了。”中午的时候，四个人是在鬼见愁边上吃的饭，本来胡一虎要带铁蛋坐缆车下山去吃的，但是齐豫母女带了整套的野餐装备，并不准备下去，看见齐豫在一块空地上铺开一块漂亮的野餐布，从包里拿出了形形色色的食物，铁蛋的眼都直了，说什么也不跟胡一虎下去，齐豫的女儿珊珊也拉着铁蛋求胡一虎留下来。形势所迫，胡一虎只好又蹭了齐豫一顿饭，看着儿子小狼一样横扫着齐豫亲手做的食物，胡一虎对齐豫说："这回真欠你大了。"齐豫眉眼一挑："想还就还，不还拉倒。"

胡一虎一巴掌轻拍到儿子屁股上："咦！你还真是有奶就是娘啊，你妈做的饭挺好吃的啊！"

铁蛋叫道："妈妈就会西红柿炒鸡蛋、炖排骨！"

"这小子太没良心了。"胡一虎朝齐豫尴尬地笑笑，"下回我跟铁蛋请你跟珊珊吃饭吧。"

"不行！我要吃齐阿姨的饭！"铁蛋跳着脚喊。

胡一虎刚要发火，齐豫瞪了他一眼，蹲下身微笑拉着铁蛋："好的，铁蛋，阿姨下回还请你吃饭。现在跟爸爸回家吧，妈妈该等着急了。"

分手的时候，胡一虎犹豫了一下本想要一下齐豫的电话号码，但最终只是淡淡地说了声"再见"，他略带宿命似的对自己说：有机会能再遇到再说吧，再也遇不到就这样也挺好。

后面的故事证明，胡一虎在这天的这个短暂犹豫是正确的。

事实上，齐豫那时正处在一种不断相亲的生活状态中，而且最近有个男人让她心绪有些波动。这也是她周末带女儿出来爬山的原因，也就是想换种心情、整理一下思绪。

和胡一虎的意外相遇，有点打乱了齐豫的计划，在这段时间里齐豫几乎忘记了自己来香山的目的。除了胡一虎是个让她觉得有点好笑、完全不在她以前认识的类型范畴的男人，让她有些好奇之外，更主要的是女儿很难得地和新认识的小伙伴和谐共处，而不是像往常一样总是跟她谈"爸爸"的话题而扰乱她的心绪。

从香山回来后，齐豫把女儿放回了自己父母家，晚上 7 点准时去赴与那个叫杨知秋的男人的约会。

这个男人从一切表象上来分析还算不错的人选，斯文干净高大，有还算体面的医生职业，有房有车。就是不知道有没有什么怪癖了。

这是他们第四次约会。第一次，他请她吃饭。第二次，她回请他吃饭。中间无风无雨，两个人以平均每天三四个短信的频率淡淡地保持着联系，直到第三次约会。

第三次，他约在了离他家不远的一家茶餐厅。

就在吃完饭准备离开前，杨知秋忽然主动说：要不去我家坐坐吧，离这不远。

她微笑，表示默许。心里却还是有些泛起女人们面对这种邀请时种种看似正常的反应：为什么他要邀请去家里？会发生什么？如何有情况发生怎么办、怎么应对？或者，他是想要在和一个女人没有任何实质性的关系之前，在家里约会把吃饭、看电影等成本要减少到最小化吗？这样，在感觉到不合适的时候就可以毫不心疼地换掉？

跟着杨知秋走进他家门里的一瞬间，一种奇怪却清晰的感觉掠过了齐豫的皮肤——这里曾经有过一个家。

身后的杨知秋说话了，你先坐，我给你倒杯水去。他的拖鞋声从身后消失了。

过一会儿杨知秋走出来，手里拿着两杯茶。高瘦的玻璃杯，里面的茶叶像一团葱翠的森林，妖冶、茂密。她对他礼貌的微笑，接过茶，捧在手里。灯光从茶叶缝隙里折到她手上，像灯笼里发出的光，一层闪着釉光的绿色。有些烫手，她把它放在了桌子上。

杨知秋说，烫着了吧。她笑，不说话。他还是穿着回来时的白色衬衣，没有换衣服，她穿的是一条黑色的丝质长裙。一黑一白，他们坐在桌子的两侧，看上去像两枚意味深长的棋子。

茶在齐豫的手中冒着氤氲的热气，她竟忽然就想起了刚才一瞥而过的他卧室里的那张大床，脸不自觉有些颇觉丢人地热辣辣起来。

她已经很久没在一个房间里和男人单独相处了。几年前的意外怀孕，让她不顾一切地当上了一个单身母亲，而之后的几年她所有的生活都是围绕着孩子展开，而怀孕本来就让当时身边一群群的追求者消失殆尽，她很自在地在一个没有爱情、没有男人的世界里冷清却充实地过了几年。

但是女儿上幼儿园后，“爸爸在哪儿”的问题逐渐频繁起来，打破了齐豫的短暂宁静。

在犹豫了很多次后，终于在父母持续不断的劝说以及身边闺蜜的怂恿下，齐豫以“给妞妞找个爸爸”为基本出发点，开始了相亲的历程。

在杨知秋之前，齐豫见的人不多也不少，八个。

前面的八个，基本上第一面就被齐豫淘汰了，用她跟闺蜜说的一句评价就是：“我也就刚刚退出江湖五六年，男人们怎么就退化得这么厉害?!”

不过，即便如此带着浓浓的失望，相亲倒是给齐豫如死水一样的私人生活注入了一股活力，起码为了尊重她又重新开始化妆、打扮，重新蹬上高跟鞋后心态也随着身态逐渐婀娜起来，曾经骄傲的公主依稀又涅槃一样归来。

第九个出现的杨知秋，也并没有让齐豫心动，只是不如前八个那么令她反感罢了，她也就以一种不拒绝、不负责的态度跟他约着会，或许又是因为医生这个职业让她有点好奇罢了。

但是，即便是怀着无所谓的心理，但一旦在一个陌生的屋子里和一个几乎也算陌生的男人独处的时候，齐豫还是不免带些胡思乱想地心思飘忽不定起来。

“你是一个曾经让无数男人着迷的女人。”杨知秋忽然淡淡地说。

“曾经？你的意思我现在不让人着迷了?”齐豫笑道。

“你明白我的意思。”杨知秋答道，“我只是不知道现在遇到你是我的幸运还是不幸。”

齐豫心里轰隆一下，沉默了一会儿。杨知秋的这句话扯动了她一根最不愿触及的神经的外延，那个曾经让她不顾一切为他生下孩子的男人也曾在她耳边说过同样的一句话。

她不禁抬起头仔细打量了一下这个男人，试图从他身上找到另外一个男人的影子，但，不是他，无论从外形还是整个神态，两个人毫无联系。

“你这里一直就你一个人?”她决定转守为攻把话题放到他身上去。

“……”杨知秋犹豫了一下，“不是，不久前还有人在这里住。”

“不久？多久?”齐豫心里很自然地略微感到有些不舒服：你刚刚告别一个女人，就着急找下家?

“上个月。我前妻从美国回来，在我这里住了半个月。”似乎明白齐豫的小心理一样，杨知秋用手指着卧室，“她和孩子住那里，我在沙发上睡。她来办孩子入美国籍的手续。”

齐豫听完不免又自责起来：我是不是把人想得太龌龊了呀！我是不是太敏感了?

她有点补偿性地温暖地朝杨知秋一笑：“你倒是坦诚，好品质。”

杨知秋一笑，忽然说道：“对不起，我能抽支烟吗?”

齐豫有点意外：“这是你家里，你随便。不过你是医生，也抽烟?”

杨知秋从沙发边的小茶几的抽屉里拿出一盒已经打开的烟，取出一支，点着，看着齐豫，笑道：“医生抽烟奇怪吗？其实很多医生都抽烟。”

“难道因为压力大?”齐豫好奇地问。

“也许吧。”杨知秋一笑，用夹着香烟的无名指搔了一下脸。

齐豫忽然觉得这个动作很熟悉。她努力地搜寻了一下，竟然很快找到了答案。

在她少女时代的时候，父亲的书架成为她着迷的地方，那里繁杂浩瀚的书刊让她打发了很多假期里被母亲禁止出门的无聊时光。

就在这些书里，齐豫忽然记起自己曾经翻过的一本民国小说集，其中有篇施蛰存的小说里有这样一个细节：那个男人有个习惯性动作，喜欢用夹着香烟的无名指搔一下脸，这个动作，在小说的女主人公看来，竟是迷人至极，她就是因为这样一个动作而喜爱这个男人。

齐豫心里默默一笑，看着杨知秋，忽然觉得这个男人有点亲切。

因为这点亲切，在杨知秋送她下楼的时候，看似无意地握住她的手牵引她下楼梯时，她犹豫了一下竟没有拒绝。

“下周六晚上再来吧，我给你做饭。”分别的时候，杨知秋说。齐豫想了想，点了点头。

其实分手后，齐豫心里一直很纠结，她甚至有些后悔答应杨知秋的邀请再来他家。

她一遍遍地问自己：你喜欢他吗？

这个问题让她迷茫，她觉得自己其实并不喜欢杨知秋过于安静的性格，安静得有点让她看不透，而自己反而好像被杨知秋冷静地看了个清清楚楚。

然后她又把女儿放进来：孩子会喜欢他吗？

她根本找不到可以肯定的根据，因为她的女儿开朗得极富侵略性，在幼儿园几乎没有她能看上眼的小朋友，“妈妈，他们都是些忒面的小屁孩。”她以大人的口吻跟齐豫唠叨。齐豫知道，太安静的男人这个孩子也应该不会太喜欢。

纷纷乱乱地想了几天，也就到了约定的时间。

她直接上了杨知秋家的楼，在三楼那套房间的门口，她发现门是虚掩的。

齐豫犹豫了一下，轻轻敲了敲门，门里面杨知秋说了声：“是齐豫吧？你进来吧，我手里忙不开。”

齐豫走进去，又犹豫了一下，还是把门关上了。

餐桌上已经摆好了几个菜，杨知秋还在厨房里忙着。

“你坐一下，马上就好。”杨知秋从厨房里探出头，朝齐豫微微一笑。

“不需要我帮忙?”齐豫说。

杨知秋摇摇头，“不用，很快。”

确实很快，二十分钟后，齐豫已经和杨知秋已经分坐在餐桌两边开始了晚餐。

餐桌上，杨知秋向齐豫讲了些他与前妻的故事。

杨知秋描述得很简单，但齐豫却用这些素材不自觉地对部分情景进行了艺术还原。

杨知秋的前妻是他医科大学博导、医大老院长的女儿。他与她的见面是这么启幕的——

导师让杨知秋到家里去找他，杨知秋第一次走进那栋苏式的独栋小楼。

透过敞开的铁门空隙看进去，第一眼，杨知秋就被院子里面的景色所吸引。

或者说，是被里面的一个绝色女子所吸引。

女子提着花洒正在浇花，身高足有一米七，乌黑长发披散在肩上，遮住半边的容颜。可是那若隐若现的另外半张脸，却足以让人迷醉。

那中国人少有的古希腊雕刻一样的鼻眼，飘逸长发，婀娜身形，如他读书时悄悄夹在课本里的西方经典美人油画。

“真美!”书生杨知秋在心里呻吟一声，轻轻地敲响了铁门。

虽然敲击的声音不大，那正在浇花的女人还是明显被惊到了，转过脸瞪了杨知秋一眼。

仅仅一眼，就让杨知秋心里燃烧的火苗熄灭了一半。

她身材高，脸色冷，高冷!

实在是太冷了!那投过来的眼神就像是薄冷的刀子般，让人觉得身上凉飕飕的。

女人放下手里的花洒，向杨知秋走来，越是靠近，那炽烈的美感越是诱人。

越是靠近，那透骨的寒意也越是强烈。

“你是谁?”女人冷冰冰地说道。语话里听不出任何感情温度。

“我是杨知秋。”杨知秋很努力地，牵动着嘴角，挤出自认为是这辈子最迷人的微笑。

“不认识。”

哐!

女人一把拉上了铁门。喀嚓一声，上锁了。

杨知秋愣了半天，才反应过来：他被拒之门外了。

这他妈算什么事儿?!您都没容人自我介绍，当然不认识啊!

——而这就是杨知秋与未来的妻子的第一次见面。

接来下齐豫也想偷懒了，故事梗概是这样的——

杨知秋在门外喊了好几声，才把老院长、他的导师从书房里惊起，让保姆出来开门把杨知秋引进家里。

但这个尴尬的开始并没有彻底浇灭书生杨知秋已经燃烧起的爱情之火，而恰恰老院长因为女儿的冰冷导致难嫁而发愁，看出杨知秋这个有为青年的心思后正好顺水推舟。

杨知秋从一个医学高才生的角度发现了这个冰美人背后的心理病因，并用极大的耐心开启了她的心扉，一步一步终于在毕业的时候抱得美人归。

婚后是幸福的，随后又是不幸的。

杨知秋五年前到美国进修时，冰美人放下一岁多的孩子也去陪读。但是，在杨知秋回国时，冰美人并没有跟着回来，而是考了一所美国大学的研究生留了下来，并利用杨知秋老岳父在美国工作的同窗、弟子的种种关系留在了美国工作，在屡劝杨知秋返美而不可得之后，冰美人回国把孩子接走并随后寄来了离婚律师函。

也就是六年时间，杨知秋再次空巢成孤家寡人，就如他十多年前一个人从甘肃的穷山沟跑到北京求学一样。

齐豫之所以偷懒，是因为她从故事的开头，就从这个中年医生的身上忽然感受到了一种久违的男人的温度，一种掩藏在中年躯壳下曾经年轻跳跃的温度——他爱了，他爱过；他伤了，他受伤过……

她忽然想起自己生命中最重要的那个中年男人宽厚温暖的怀抱，那怀抱让她抛开了一切矜持带着绝望不顾一切飞蛾扑火，于是她的心温润起来。

“我们喝点酒吧。”她对杨知秋说。

杨知秋犹豫了几秒钟，然后起身到厨房，拿过来一瓶红葡萄酒和两个酒杯。

杨知秋拿起起子刚要打开瓶塞，齐豫从他手里抢过来，“我来吧。”然后很熟练地将起子旋进软木塞，“噗”的一声利索地拔了出来。

看见杨知秋有点惊讶地看着她，齐豫一笑：“生我们家珊珊之前，我开了八年的酒吧。”

半杯红酒很快被齐豫喝了下去，她的脸上淡淡地飞起了红晕，眼前的杨知秋愈发地让她感觉到温暖，她也渐渐升起让这种温暖拥抱的渴望。

她断断续续地跟他讲她的故事。讲她从小父母就长期在外地，自己一直在身为开国将军的爷爷身边长大直到十三岁，因为十三岁时她的父亲回京当了军事学院院长，母亲也跟着一起回来了。她讲她少女时代对父母的陌生、父母对她严苛的教育及严格的约束、父亲浩瀚的书架，她讲她上大学离开家后如何叛逆、交了一个又一个男朋友，甚至有几个男生为了她打过决死架，还讲她毕业后根本没去父母安排的单位报到而跟几个朋友在三里屯开了家酒吧、随后几个朋友纷纷离开、她一个人撑住酒吧生意越来越红火，最后又讲到她如何碰到那个让她一辈子难以忘怀的男人并最终为爱牺牲自己把酒吧盘掉甘心当一个单身母亲。

讲到最后，齐豫几乎一个人喝完了大半瓶酒，笑着说，眼泪却汪汪。她似乎一直就在寻找这样一个宣泄的机会。

“纸蝴蝶，知道吧，看上去很美丽摇曳，却是无生气的，无动感的，就像我现在。”齐豫眼波飘荡双颊绯红，“我期待着复活，但不乞求。”

终于，杨知秋按住了她的酒杯，起身过来从椅子后面俯身，轻轻抱住了齐豫。

齐豫没有挣扎，这时她需要他的温度，她甚至抬起眼泪汪汪的脸，主动接近着杨知秋越来越近的呼吸。

再后来，杨知秋把她从椅子上抱起来，她双手环着他的脖子，让他一步步把自己送到了那张大床上。

似乎一切都是一个熏染而醉的程序，而程序的结尾就该是这样。

但，结尾却忽然出了故障。

在与其说杨知秋给她脱去衣服褪下丝袜还不如说是齐豫自己迅速将她的、杨知秋身上的纺织品统统甩到地上之后，这个已经三十五岁的成熟女人并没有如想象中迎来被暴风雨冲刷、撞击的迷乱时刻，虽然那感觉离去久远却更加让她心里渴望而焦灼。

“你怎么了？”齐豫稍微眯开眼，看着趴在她身上的杨知秋，她感觉这个男人上半身异常热烫，而下半身有些冰凉、软弱。

杨知秋没有说话，脑门上沁出的汗水凝成一滴顺着他的下巴重重滴在齐豫的额头上。

“你是不是太紧张了？”齐豫轻声喃喃道，她犹豫了一下，右手顺着杨知秋光滑的脊背滑向他的腰部，再往里探索。

“你别动！”杨知秋忽然受惊一样低沉地喊了一声。

齐豫手停住，柔声道：“你可能太紧张了，我，帮帮你……”

话刚落，杨知秋极快地从齐豫身上一翻身在她身边躺下，顺手一抓薄羊毛被盖住了自己，也搭在了齐豫身上。

“我，不需要你帮。”杨知秋缓缓地说，身体僵直地躺着。

齐豫没有说话，她感觉潮水一点一点从自己的身体里退去，心情慢慢复杂了起来。

但她又似乎有点不甘心，或者说带着有些歉意的疑惑，她静静地躺着，手摸索着抓住了杨知秋的手，把手指轻轻扣进了他细长而有些苍白的手指里。

就这样过了几分钟，杨知秋轻轻地叹了口气，侧身抱住齐豫细腻的肩膀，“对不起。”他说。

齐豫也侧身把头贴近杨知秋的胸膛，浓密的头发像瀑布一样铺撒在枕头上，“没事的，你别自己压力太大。”她像安慰一个受伤的孩子一样柔声道，“真的没事的。可能，是我让你紧张了。一会儿就会好了。”

杨知秋轻轻摩挲着齐豫的肩膀，“你别这样，是我自己的问题。”

齐豫想问点什么，但终于还是咽了回去，她不知道哪句话就会再次刺激这个男人已经很沮丧、脆弱的神经。

他们就这样肌肤相亲地拥抱着。

又不知道过了多久，杨知秋轻轻摇开齐豫，“我去冲个澡。”然后，下床从地上拾起自己的衣物走进了卫生间。

齐豫看着天花板呆呆地看了几秒钟，想了想，翻身起来，一件一件地缓慢地将衣服、丝袜穿上，然后她熟练地整理了一下床铺，走出卧室，把餐桌上的杯盘一件一件地放进了厨房清洗干净。

等她把最后一个碟子放进橱柜时，一抬头看见杨知秋穿戴整齐地在厨房门口静静站着。

齐豫一笑，“不能让你又做饭又洗碗。”她摘下乳胶手套，走出厨房。

经过杨知秋身边时，杨知秋拉住她一把抱住。

大概过了一分钟，齐豫说：“现在，我该走了。”

杨知秋亲了一下她的额头，松开她，“好吧。”他说。

齐豫到沙发上拿起自己的包，走到门口套上那双淡黄色蟒蚊花的 jimmy choo 高跟鞋，打开门锁，推开门，回头朝杨知秋温婉地一笑，“我走了，你好好休息。”

杨知秋站在敞开的门口，一直有点忧郁地目送齐豫走下楼梯。

随着倒回去的时间再往前走，等到胡一虎第二次遇到齐豫的时候，已经和他们在香山偶遇过去了快三个月的时间。

那天一大早胡一虎还在梦中的时候，他就被肖玫一脚给踹醒了。

胡一虎睁开朦胧的睡眼，看见了一个披头散发怒气冲冲的女人，这个女人嘴唇一开一合说着话：“胡一虎你老实交代你在外面是不是有女人了?!”

刚刚睡了一个踏实觉的胡一虎的心情嗖地又降到了谷底——她又开始了！

自从在儿子出生三四个月后的某天晚上，肖玫悄悄地把儿子哄睡着拱到胡一虎的怀里，但胡一虎突然人生中遭遇第一次不举的时候，那个曾经让胡一虎熟悉的温柔可人的肖玫就消失了。

那晚徒劳地试了几次以后，肖玫气急败坏地把胡一虎推下来，用刀子一样的眼睛看着他，问道：“胡一虎你老实告诉我你是不是在外面有什么乱七八糟的女人了?!”

正处在无比沮丧之中的胡一虎一听此话气急败坏，“你少放屁，老子有个屁女人，自从你怀孕后一直到现在，哪天我不是晚出早归陪着你？我上哪儿去找女人！”

肖玫冷冷一笑，用律师的逻辑说道：“你是 24 小时都在我身边吗？谁知道你在单位都干了什么谁能证明你没别的女人?！但你的行为已经让我有足够的证据表明你已经对我不感兴趣了！”

胡一虎想争辩什么，但看着这个在他看来有点不可理喻的女人，忽然失去了争辩的兴趣，他把自己裹进被子闷闷地说了一句：“有本事你派个私人侦探24小时跟踪我找证据去!”

肖玫隔着被子踢了胡一虎一脚，怒不可遏，这时儿子的忽然哭闹解救了胡一虎。

在肖玫把儿子抱起就势喂奶的时候，胡一虎的心乱成了一团麻，这团麻里有无尽的沮丧、恐惧和自我怀疑、否定。

肖玫奶完孩子换完尿不湿终于累得沉沉睡下的时候，胡一虎却瞪着眼睛看着天花板无法入睡。他忽然就想起了少年时期看过的张贤亮写的小说《男人的一半是女人》，在那个稍微受点带有性意味刺激就能蓬勃而起的青春期，他怎么也想不明白一个男人怎么会性不举难张，而现在他自己的宿命让他好像什么都明白了。

就如同小说里写的主人公被“那条印着拉犁的巨大拖拉机的大红被面的被子压着喘不上气”一样，胡一虎也觉得自己盖着的、装在印着玫瑰暗花的鹅黄色被套里的鹅毛被厚重无比，自己就像被一只屁股硕大的大肥鹅压着的小鸟一样憋屈、压抑。

再后来就是一个恶性循环，胡一虎不行，肖玫发怒质疑，肖玫越愤怒质疑，胡一虎越发彻底没戏……

所以又一次被肖玫不知道又想到了什么一脚把胡一虎踹醒的时候，胡一虎已经不再觉得有什么特别，他已经习惯到麻木于肖玫的歇斯底里。

“我有女人？请拿出证据。”胡一虎翻个身，想接着睡，外面的天刚刚泛白。

“‘齐阿姨’到底是谁？跟你什么关系？你能给我解释一下吗?”肖玫冷冷地说。

胡一虎一愣，没反应过来，“什么齐阿姨?”

“装，继续装。”肖玫说，“什么齐阿姨你不知道，你不是都带着儿子吃了人家做的饭了吗?!”

天呐！胡一虎几乎崩溃！事实上，在那天从香山回来的第二天周日，嘴快的儿子在午饭的餐桌上就嚷嚷出“齐阿姨的饭比妈妈的饭香”，在肖玫狐疑的目光扫到自己脸上之前，胡一虎已经开始迅速解释：“嗨，这个齐阿姨就是爬山的时候遇到的一个好心人，她呢……”，在肖玫问了儿子好几遍“爸爸说的是真的吗”之后，事情也就过去了。没想到，好几个月过去了，她今天又忽然发作。

“你到底有意思没意思啊肖玫，我已经跟你说得很清楚了，她就是一个偶然遇到的女雷锋，她要跟我有什么关系，那么满大街的女人都跟我有关系。”胡一虎说。

“但是，儿子昨晚又说‘齐阿姨做的饭真香！’”肖玫说，“你是不是已经勾搭上她了？又带儿子找她去了?!”

粗鄙！太粗鄙！胡一虎在心里怒喊。

“你是不是抑郁症又犯了?!”胡一虎翻身坐起来，看着肖玫。

肖玫哈哈笑，“胡一虎你什么意思？医生怎么诊断的你又不是不知道，他说我现在已经恢复得很好了。别我一说你的事你就拿抑郁症来说事！”

在儿子一岁多的时候，肖玫像祥林嫂一样在她的闺蜜跟前持续不断地唠叨对胡一虎的怀疑和不满以及诸多生活之不幸自己每天都想死之后，她的那位孩子已经三岁的闺蜜偷偷地给胡一虎打了个电话，“我觉得肖玫可能患上了典型的产后抑郁症，你最好带她去医院看一看，因为这个病我得过，让人很痛苦的。”肖玫最大的一个特点就是特别珍惜生命，在胡一虎苦口婆心地告诉她可能有抑郁症而且这个病不治将有损生命质量的时候，她愤怒地拒绝几次后也终于在心情尚好的一天跟胡一虎去医院看了专家，而且专家的诊断结果明白无误，于是肖玫就开始了漫长的药物治疗过程。“药物治疗只是手段之一，更重要的是你自己的心理缓解、心情放松以及更多地与社会接触比如恢复工作等等，还有家属要配合好。”专家说。

“那这样吧肖玫，今天你跟我一块儿去单位上班吧，看着我、盯着我。”胡一虎起床穿好衣服。

“切！我才懒得跟着你，你有本事就跟那些乱七八糟的女人去过吧，咱俩离婚我给她们腾地儿！”胡一虎如此配合，肖玫的情绪好像忽然又稍微好转，“今天你送儿子去幼儿园，这个没良心的白眼狼，我给他做了这么多年的饭当了这么多年的保姆，还老惦记别的女人的饭香！”

然后，狠狠地剜了胡一虎一眼，“这点遗传你的吧，胡一虎？”

胡一虎哈哈一笑，“这你可搞错了，我一直到现在永远认为我老娘做的饭是天下最好吃的。”

“切！最好再回到你妈身边吃奶去！”肖玫气哼哼地钻进被窝，顺便又踢了胡一虎一脚，“起床吧你，给儿子弄早餐，叫他起来送他去幼儿园，我再也不伺候白眼狼了，你！还有你儿子！”

胡一虎很少送儿子去幼儿园，路不熟居然多绕了好几圈，最后还是在铁蛋几次提醒“妈妈不是这么走的！”之下才顺利找到。在把儿子送到教室的时候，铁蛋一看里面已经叽叽喳喳到了不少小朋友，幽怨地看了胡一虎一眼说“妈妈送我我总是第一个到的”，弄得胡一虎挫败感十分强烈。

从儿子幼儿园拐出来，胡一虎发现车快没油了，他沿着去单位的路慢慢开着寻找着加油站。在油箱指示灯已经由淡红变得深红的时候，他终于找到了一家。

加油的车不少，胡一虎跟在了一辆白色的双门新款奔驰硬顶小跑的后面等待。服务生已经麻利地把加油枪拔出来把奔驰的油箱盖拧紧，那辆车却久久不动，胡一虎有点着急地按了一下喇叭，车还是不动。

看着同时进入加油站但在另外一边的车已经加满油飞驰而去，胡一虎有点气愤地推开车门走下车，来到那辆车的车门边敲了敲紧闭的车窗，车窗无声地降了下来，一个戴着大墨镜的女司机很抱歉地探出头，窘迫地说：“对不起师傅，我车打不着火。”胡一虎迅速地看了一眼她车里的状况，没好气地说：“你会开车吗？你在D挡就熄火加油，还能再点着火吗?！你当这是拖拉机吗？麻烦你把档位放到P挡再按启动键！”女司机照做，车轰的一声欢快地咆哮起来。

当胡一虎终于加好油准备拐出加油站，却发现那女司机把车停在路边冲他招手。

胡一虎纳闷地靠边停车，走到她身边，“怎么着啊？您还有事啊？是又熄火了还是又有别的问题？这么好的车放你手里真是糟蹋了……”

女司机摘下墨镜，冲胡一虎莞尔一笑，“你怎么总是跟好斗的公鸡似的？你不记得我了吗？”

看着那张在早晨的阳光下生动无比的脸，胡一虎心里呼的一声涌上一股不知名的东西，他哈哈一乐，“太奇怪了！怎么会在这儿遇到你呢?!”

齐豫一撇嘴，“您是当记者的吗？怎么能叫太奇怪了呢，准确地说应该是‘太巧了’吧！”

“你好齐豫，真巧！”胡一虎一贯知错就改见贤思齐，他伸出手，做出了握手的姿态。

齐豫又是哈地一笑，把手抬起来淡淡地把四个手指碰了碰胡一虎的手掌心，“你这动作太官方色彩了，真让人不适应。”

胡一虎有点尴尬地放下手，“你怎么会在这里？是住这附近吗？”

齐豫微微一笑，“算是路过吧。感谢你帮我解了困。”

“咱俩是礼尚往来。”胡一虎说，“我儿子还念念不忘你做的饭呢。你这是上班去呢还是？”

齐豫从包里拿出一张名片，“以后你儿子想吃我做的饭到这儿来找我。我的店铺新开张，还请多多关照。”

胡一虎定睛一看，上写几个精致的字眼“一勺时光咖啡”，“你这是开咖啡馆了吗？”

齐豫点头，“小女子要重出江湖重新创业了。”

那天从杨知秋家离开后，齐豫的心情一直就像蒙上了一层水汽，而这层水汽却是在玻璃的另外一面，她怎么擦也擦不着。凭一个成熟女人的直觉，齐豫非常明白其中必定有什么原因，但这个原因她不能去问，只能等。

而等待是最让人煎熬的，尤其是等待的期间杨知秋忽然就像人间蒸发了一样。

就在这难熬的等待之中，齐豫也开始重新审视自己的生活，女儿已经基本可以脱离她的无微不至的呵护，在幼儿园相对独立生活了，而她的生活状态基本还在全部围绕女儿的生活布局展开，除了偶尔逛逛街，她甚至不像别的专职主妇那样有足够大的闺蜜圈可以在一起闲聊甚至打打麻将打发时光，即便偶尔和仅存的一两个闺蜜在一起聊聊天，齐豫也觉得自己离她们的话题很远，她的生活和社会认知好像还停留在五六年前。

“我是不是应该做点什么事了？”她想。

殷实的家族背景以及她自己以前开酒吧攒下的积蓄，齐豫本没打算再劳顿自己闯荡社会，但现实生活的变化以及逐渐苏醒的个人意识，尤其是莫名的烦恼又开始在她平静了多年的内心滋生的时候，她决定让自己充实起来。

齐豫性格上有着非常鲜明的行动派特点，想到了她就会说干就干，她在思索了几天后很快就决定自己开一家咖啡馆。酒吧她是不想再开了，因为她已没有了那份喧闹的心境，更何况她也不再想与那个圈子里的人打交道翻起太多以往的故事。

很快，齐豫又飒爽英姿地出现在北京各个街头，调查市场环境、选择店面地段、打听上下游供货渠道。忙碌起来后，齐豫发现烦恼也就渐渐沉淀到了心底不再让她心乱。

重新步入社会场，齐豫也就清晰地发现了自己与这个变化越来越急促、纷繁的社会的具体脱节，比如她甚至不知道“微信”这个东西已经如此流行，不知道智能手机原来完全取代了电脑。但，这些对于多年前一直走在潮流之前的齐豫根本不算个事，她很快就将自己迅速地进行了一次版本升级，在短短一个月内就完成了与社会的再次接轨。

凭借超强的市场能力，齐豫很快就在北京中关村盘下了一家店面，然后是紧锣密鼓的装修、注册公司等一系列程序。

三个月后，她的“一勺时光咖啡馆”已经正式开张。“只为生命的丰富，不为生活的奔波。”看着新店，在初夏的阳光下，齐豫对自己说。

之所以会在加油站与胡一虎遇到，是因为她刚把女儿转到了离父母家更近的一家幼儿园，这样万一她有急事接不了孩子，父母可以就近帮忙，毕竟她现在已不是全职妈妈了。而这家幼儿园恰好与胡一虎儿子是同一所，只是珊珊上的是大班，铁蛋在中班。

与胡一虎的再次偶遇也颇令齐豫意外。当她因为忽然在手机里收到杨知秋的短信，手忙脚乱地在加油站忘记了挂好挡就熄火，然后又被短信内容搞得心思有些飘忽无法点着火的时候，她忽然就在车窗外看见了那张让她不会特别容易忘记的脸。

看着那个好笑的男人依旧像第一次见到时一样叨叨不休、指手画脚、气恼不已，齐豫从忧郁的心情中照出一丝亮光，不由得心里扑哧一乐，而看着胡一虎根本没认出自己，齐豫决定跟他打个招呼。

“你有微信吗？加微信联系吧？”齐豫对胡一虎说。

胡一虎掏出手机，“你打开你微信二维码，我扫你。”

扫完之后，胡一虎哈哈大笑：“你叫‘时光女主人’?！厉害，能让时光倒流吗？呵！”

齐豫也不介意，看着手机回击道：“你叫‘海角倦客’？不好，我觉得不如叫‘酸客’，哈！”

两个人互相取笑一番后，像两个老朋友一样挥手告别。

看着胡一虎的车远去，齐豫并没有发动车，她从手机里翻出杨知秋发来的那条短信，整理着有点没有方向的思路。

短信里说：“齐豫：我去甘肃了，老家的一所医院，支援、交换一年。认识你很愉快。祝你幸福。杨知秋。”

说实话，如果不是这条短信，齐豫已经淡忘了这个男人，她甚至认为三个月毫无联系的时间已经标志着两个人的关系画上了一个句号。但是，这条包含了许多突然而意外同时还含混的信息的短信，让她心里又波动了起来。

他为什么要去做交换医生？

他为什么三个月没有联系自己？

“祝你幸福”又是什么意思？

齐豫有着太多的疑问和不解，但按照她的行为习惯，极强的自尊心又让她不可能主动去问以获得答案。与杨知秋短暂而戏剧化的交往，经过三个月的沉淀在齐豫的心里渐渐已幻化为梦境一样的图案，存在过又似乎从来没有真实发生过。

她想了想，回复了一条很含混的信息：“祝你一切顺利、平安归来。”

“就这样吧，起码暂时就这样了，生活自然会告诉我答案。”齐豫对自己说，这样一想，她原本就是一个乐观的人，于是心里忽然就轻松了起来。

（四）

时间已经到了晚上七点半，胡一虎的咖啡已经续了第三杯，齐豫还没有如约到来。

往事像放电影一样在胡一虎的脑海中不断重复，他有太多的话要对齐豫说，有太多的疑问要等齐豫解开。

在张五斗告诉他见到了齐豫后的五分钟，胡一虎终于拨通那个熟悉无比的号码，话筒里传来了清晰的“嘟——”接通声而不是持续了一年之久的“您拨打的电话已关机”时，他的眼泪差点奔涌出来。

两年以前，胡一虎将齐豫第一次单独约在这里见面，两个人一聊竟然就是六七个小时，直到服务员打着哈欠过来提醒本店已经打烊。

而就在胡一虎离婚后的一个月，齐豫却忽然就从胡一虎的生活中消失了，毫无征兆，手机关机、咖啡馆转让，甚至齐豫的父母和孩子也从北京消失了。有段时间失魂落魄的胡一虎甚至每天都在网络上搜索刑事案件信息和飞机、汽车、轮船失事的消息，总以为是否是出了什么重大意外而他不知道。

齐豫的突然消失甚至让胡一虎落下了一个病，就是他开始对身边人的真实存在表示怀疑，总是恍惚地认为存在都是一种假象。

有一两个月的时间，张五斗和陶三宝轮流陪着胡一虎，生怕这兄弟出什么意外，同时他们也到处托人打听齐豫的下落，但得到的最大的消息是齐豫的父母带着珊珊去了马来西亚，但具体在哪座城市不知道，而齐豫本人到底去了哪里没有人知道。

“她不会又消失吧？”齐豫的迟迟不来让胡一虎心里不安起来，但他却不敢去拨通那个号码，他怕拨过去又重新是关机的讯息，而等待却总归还是有依稀的希望。

终于，木质楼板上传来了熟悉的脚步声，是女人的高跟鞋有节奏的噔噔噔声，一如两年前胡一虎在这里等待时听到的声音。

“幻听？”背对着走道的胡一虎根本不敢回头，他低下头闭上眼睛聆听着那声音，用最深的记忆留住那似乎缠绕着他的灵魂的声音，视线朦胧起来。

他感觉那脚步声越走越近，在他的身边停下，然后他又闻见了久违的一股淡香。

“胡一虎……”他感觉到一只温柔的手轻轻抚摸他的头发，熟悉的语音让他转身一把抱住了那个温暖、柔软的身体，头贴紧了她起伏的腹部，透过质地优良的羊绒衫他依旧能感到与他一起汩汩流动的血液和最亲切的温度，他努力控制但眼泪还是涌了出来。

齐豫的忽然消失，与远在甘肃的杨知秋有直接的关系，当然更与肖玫脱不了干系。

由于我们的主人公久别重逢，有太多的其他的话要说，因此那段故事反而不太重要，需要以快进的方式尽快翻过。

那么，简单点说，导致胡一虎差点神经错乱的故事背景是这样的：

在将近一年的时间里齐豫与胡一虎不断交集，但两个人始终又保持着最后的距离。

期间，杨知秋也加了齐豫的微信好友，虽然几乎不与齐豫私聊，却隔三差五地在朋友圈里晒着他在甘肃一家县级医院的工作故事，齐豫断断续续地也知道了他感慨学一身医术反哺乡亲才找到了真正的意义，还有他不断下乡义诊的经历，以及最后干脆长期驻在一个极偏远的乡镇卫生所当临时所长为穷病百姓悬壶济世的故事。

杨知秋在发的照片里所展现的当地一些百姓的贫困以及医疗基础设施的薄弱，让一直在大城市里生活的齐豫心灵颇受震动，她有好几次都产生了到当地去看一看帮一帮杨知秋的想法。

但是，胡一虎越来越无法抗拒的存在让齐豫暂时打消了这个念头。

就在胡一虎和齐豫加油站相遇后不久，铁蛋就在幼儿园室外活动时发现了齐豫的女儿珊珊也在自己的幼儿园里，他掏出兜里偷带的玩具和零食就去讨好珊珊去了，咂吧嘴说“让你妈妈带点好吃的来呗”，并迫不及待地将这个消息告诉了周五来接他回家的胡一虎。而那个周末肖玫恰巧因为接了个外地的案子出差去了，胡一虎正发愁和儿子的晚饭怎么解决，听到这个消息他脑筋急转弯了一下，先带着儿子在时代购物中心的儿童游乐园玩了一下午，然后买了个芭比娃娃带着儿子开车到了齐豫的“一勺时光”。

在那间虽不是很大但有满满一面落地窗洒满阳光、布局合理的咖啡馆里，胡一虎带着儿子一脸坏笑地出现在了齐豫面前。

这次正式会面的结果，就是铁蛋终于如愿再次尝到了齐豫做的美味，而胡一虎与齐豫说了无数的或闲或淡的话，最大的意外是两个人竟然在各自嬉戏的大学时代，找到了两次共同参加同一个活动的巧合，更意外的是俩人回家分头找当时的照片时，竟然在图像的边缘找到了各自入镜的侧面和背影。“惊奇的缘分!”两人心里同时感叹。

于是，胡一虎就在齐豫固定下午起歇业的周六，把齐豫约到了他在照片里发现齐豫的国家图书馆，回顾了一番当时到图书馆当志愿者的历史，再走访了一遍当年在图书馆里的足迹。最后，他就首次单独请齐豫在旁边的上岛咖啡吃饭清谈，这一谈就是六七个小时，似乎怎么都说不完。

而随后的日子，两个人的走动日渐平常而自然。很多时候，被生活和工作的不顺利和彷徨折磨得郁郁寡欢的胡一虎会拿着本书在齐豫逐渐固定给他留的座位上，一坐就是半天，齐豫闲时就陪他说说话或下盘总是下不完的围棋。

很快齐豫就大致知道了胡一虎的故事，胡一虎也大概知道了齐豫的经历。

时间就这么平静地溜走，但一些渐渐生出的与感情相关的藤蔓已经不知不觉缠绕在了两个人的心里，只是，胡一虎婚姻的真实存在，让两个人什么都不能说，什么更不能做。

但是，那场北京夏天的暴雨改变了一切。

那场百年不遇的暴雨造成的内涝，使得齐豫去接珊珊必经之路上的一座立交桥底下成了一条暗河，虽然看见前面有不少车停下来不敢前行，特意换了辆越野的齐豫犹豫再三在接女心切之下贸然冲了进去，结果车很快熄火，积水迅速淹没了大半个车身，齐豫命悬一线。而同时来接铁蛋的胡一虎也路过此地，就在齐豫的车几乎就剩下了不到20公分车顶、众人束手无策哇哇乱叫之时，他从一辆货车上找到一根长绳子系在腰上，让好心的货车司机拽着绳子再拿了把大扳手就游了进去，在齐豫几乎绝望、几近昏迷的时候，用大扳手砸开前挡风玻璃把齐豫拽了出来。

当几个农民工下水帮忙把已经几乎没了力气的胡一虎和浑身哆嗦的齐豫从积水中拉上来后，齐豫抱着已经瘫成一摊泥的胡一虎痛痛快快哭了一场。胡一虎躺在泥汤里说“早知道是你就等你昏迷了再救你出来，趁你昏迷给你做人工呼吸以了心愿”，齐豫带着眼泪扑哧一笑，狠狠地给了胡一虎深吻，几乎让胡一虎窒息。

“我欠你一条命。”齐豫说。

“别废话了，我的命也可以给你。”胡一虎答完，齐豫知道自己肯定完了！这辈子肯定要与这个男人纠缠不清，而就在这一瞬间，她发现压在了她心里六年的那个男人的影子消失了，她觉得自己就像重新赐予生命一样，在胡一虎的拥抱下那只纸蝴蝶陡然复活翩翩而飞。

早就怀疑胡一虎跟齐豫关系的肖玫，在极度的扭曲心理下她真的派私人侦探跟踪胡一虎，却始终没有发现胡一虎与齐豫有特别过分的举动。而有一天肖玫站在树影里看着胡一虎和齐豫在咖啡馆里快乐地聊着天、安静地下着棋，她发现自己从来没有真正了解过胡一虎，自己也从来没有真正爱过这个男人，这个男人很可怜，自己也很可怜更可笑。从儿子嘴里，胡一虎知道了肖玫派人跟踪自己，他跟肖玫说：“结婚的时候我就承诺过你不会碰别的女人，即使现在我承诺的对象在我心里已经死了，这个诺言依旧有效。”

在周宜家的劝说下，肖玫终于决定跟胡一虎离婚。下决定之前，她去找了一趟齐豫，她对齐豫说：“我会放过胡一虎，但前提是我们离婚后你必须离开胡一虎至少一年，我要让胡一虎尝尝失去一个人的痛苦，而你也正好看看你这个男人是否是真的爱你还是因为太讨厌我，否则我会拖住胡一虎一辈子，你们休想在一起。”

齐豫答应了肖玫的要求，她想以自己的牺牲还胡一虎救她的一命，“能让他解脱开精神的束缚，像个他梦中的大鸟振翅而飞，这一切都是值得的。”

肖玫说，“我相信你是一个守信用的人。如果不是胡一虎，也许咱们还能做朋友。”

齐豫把原本已经办好了手续去母亲的出生地、马来西亚槟城接受遗产养老的父母送走并让他们带走了珊珊，然后悄悄地把店面盘给了别人，购买了一批医疗器材托运去了甘肃。

在胡一虎离婚后第 33 天的晚上，齐豫来到胡一虎的住处。在齐豫全部向胡一虎打开的芬芳温暖柔软的身体上，胡一虎发现自己又能像一只小时候常梦到的大鸟一样振翅雄飞扶摇直上三万里。

次日清晨胡一虎醒来时，齐豫已经离开，而且从此杳无音讯，看着齐豫留下的“好好照顾好自己，别来找我”的字条，胡一虎百思不得其解、抓狂不已。

齐豫只身来到杨知秋所在的甘肃山区，一方面照顾被查出已经到了癌症晚期的杨知秋，一方面在一所小学支教之余通过各种渠道筹钱完成杨知秋要在家乡建成一所现代化医院的心愿。在几家民间慈善基金会以及齐豫爷爷的老战友的帮助下，医院终于落成，杨知秋在齐豫的怀抱里微笑着离去，临走他对齐豫说：“遇到你是我这辈子最大的幸福。”

“齐豫你不会再走了再消失了吧？你如果再来一次，非得整出人鬼情未了的桥段了。”在雅乐轩1号宽大的、由齐豫重新布置了一遍床单被褥的大床上，汗津津的胡一虎从背后搂着齐豫，闻着她发梢的清香。

齐豫抿嘴一笑，“你是我的救命恩人，恩人不让奴家走奴家自然是不敢再走的。”

胡一虎“啧啧”猛嘬牙花，“你在甘肃‘花儿’听多了吧，酸死小生啦!”

齐豫翻过身，笑吟吟地对胡一虎说：“学校放假了，我至少可以在北京陪你两个月。”

“什么!”胡一虎上身一立而起，“你的意思是你还要回甘肃到那个学校支教去吗?!”

齐豫不急不慌，她早就料到了胡一虎的反应，她光脚跳下床，顺手把胡一虎的衬衫穿上，从她的包里拿出笔记本电脑打开啪啪啪摆弄了几下，回到床上。

“我给你看我学生的照片。”她把电脑递给胡一虎。

胡一虎接过来，全是一些虽然衣衫有些破旧却笑容异常灿烂的孩子，而背景则是有些贫瘠却不失美丽的山峦、简陋的校舍、泥巴的操场。

“还这么落后呐?”胡一虎喃喃地说，“我很多年前当记者的时候，怎么都有十来年了，去过一趟这里，当时看到的情况跟你现在拍的一样。”

齐豫叹了口气，“你最起码还知道那里很落后，而我几乎不知道中国到现在还有那么穷困的地方。我确实不忍心离开他们、不去帮他们。”

胡一虎嘿嘿一笑，“你是蜜罐里泡大的公主，一直以北京作为中国的样本，怎知人间的冷暖呢。”

齐豫漂亮的大眼睛忽地一转，双手一推把胡一虎压倒在床，极其敏捷地一跨腿骑到了他身上，笑吟吟地说：“我忘了告诉您一点，其实我太爷爷是大地主，现在本姑娘要压在贫农出身的胡一虎先生身上体验一下作威作福的感觉……”

话音未落，胡一虎已经以迅雷不及掩耳盗铃之势迅速又把齐豫压在了身下，“中国人民早就推翻了三座大山，翻身做主人了。咦，你这个地主家的小婆娘，皮肤不错嘛，水滑嫩白，啧啧，来来来，让农民兄弟尝尝鲜……”

齐豫被胡一虎的手弄得麻痒无比，娇哼一声迅速像条妖娆的小蛇一样缠住了他。

房间里一时间春光无限，旖旎难书。

幸福的时光总是过得很快。两个月的时间很快就过去了。

在胡一虎看来，这两个月无疑是这辈子最快活而饱满的，同时还是踏实的。

期间张五斗来过好几次家里跟胡一虎谈事顺便蹭齐豫的饭，都忍不住当齐豫的面说，“真的非常感谢你呀齐豫，胡一虎自打到北京来，过得就跟条野狗似的，只有你真正让他过上了‘家’的日子。”

齐豫打趣道：“他不是还有你和陶三宝吗？你们是野狗三人行？”

张五斗说，齐豫你不知道这小子在感情和家庭问题上始终跟我们“貌合神离”，当年的恋爱是谈得莫名其妙，结婚更是稀里糊涂，“总之这方面我和三宝都只能眼睁睁地看着他‘空挡滑行’，越过越像条野狗晃荡在北京，即便他跟肖玫结婚生子，我们也很少从他身上嗅出多少家犬的味道。”

胡一虎哈哈大笑，“我从你们俩一结婚倒是闻出了家犬的味道，一头是拉布拉多，就是陶三宝，一头是哈士奇，那就是你了！”

这时已经明显长大的花花乖巧地走进来，张五斗摸摸它的头，“你现在像头被照顾得很好、悠然自得的金毛。”

在返回甘肃乡村小学的前一周，齐豫飞去马来西亚探望父母和珊珊。

齐豫从马来西亚返回前一天的晚上，胡一虎因为和齐豫煲了不短的电话粥，更因为第二天能从机场把齐豫接回来而精神抖擞睡不着觉，他一个人在阳台上抽烟看星星时想起张五斗的话，在像放电影一样回顾自己离开故土在北京的日子后，不由得深以为张五斗的“野狗论”很是透彻。

在北京工作以后，胡一虎也三三两两地谈过好几轮恋爱，但最终都无疾而终。原因各异，但最核心的一条还是归结于“童年阴影”。胡一虎从记事起，就感觉家里最阳光的日子是母亲心情舒畅的时光，但这种时光总是被母亲与父亲的争吵、母亲与父亲冷战等频繁地打断，尤其是母亲一个人把自己关在房间里几个小时不出来，父亲在外面急得团团转，胡一虎和哥哥姐姐们六神无主只感觉天塌了日月无光。用齐豫的话说，“这是严重的不良记忆影响了你对感情和家庭的观念，就如我小时候缺乏父母陪伴一样，都是童年阴影。”确实如此，胡一虎的那些恋爱对象，往往只能持续几个月的时间，最终因为两个人之间必然性地产生争吵后而导致胡一虎对其的审美一落千丈、兴致索然而告终，他从潜意识里无比坚定地拒绝跟自己吵架的女人继续交往、尤其是对她们采取的冷战办法心有余悸。这么多年他确实像头野狗一样游荡在真实而踏实的持久感情之外，与肖玫的婚姻也仅仅是因为意外怀孕而产生的结果，他其实并没有真正融合到与肖玫的家庭生活中，更何况肖玫的抑郁症彻底撕裂了他在那个“家”的安全感让他惶惶终日、心力交瘁。

“这么多年来，我还真的像条野狗。”胡一虎对自己说，但是我只是宁愿选择一个人安静地独处而不是在一个充满了令人不安因素的“家”里精神焦躁、煎熬，“因为本质上我是一个软弱的人，我改变不了太多的东西，逃避、舍弃就成了自然的选择。”

但一个简单的道理也摆在了他的面前：争吵、矛盾就是生活的一部分呀！

“万一齐豫跟我起了纷争怎么办？我们俩也激烈地吵架怎么办?”这个问题自然地延伸出来，让站在阳台上思考的胡一虎有些不安，他安慰自己说：“你不会舍得离开她的，她是这么善良而完美，你应该能包容她的一切，何况随着年龄的增长你的承受能力也在增强，不会发生什么的。”

在国际航班出站口等着齐豫的时候，胡一虎竟然像个不成熟的小伙子一样内心充满了期待和激动。在回顾自己零零散散的感情史的时候，他不得不承认齐豫符合他所有的对另外一半的审美要求，尤其是齐豫的性格中乐观、大方、洒脱、独立而不失天真的一面，如巨大的磁石一样吸引着他，他是如此期待看到她的脸、听到她的声、握着她的手。

当齐豫在人流中出现的时候，他的心忽地一下就荡漾开来，“在人潮中，她就是我的仙女。”

这种感觉让胡一虎如此醍醐灌顶，以至于他迎过去极其热烈地拥抱齐豫时，让原本大方的齐豫在众目睽睽之下都有些脸热辣辣起来，虽然她也是如此享受这个男人发自内心的澎湃。

车行驶在有些拥堵的机场高速路上，齐豫又变戏法一样从包里拿出一个食盒，里面全是她一大早洗好、剥好的热带水果，她让胡一虎专心开车，自己用小叉子一口一口地往胡一虎的嘴里塞。

“怎么样，我比田螺姑娘好吧？”看着胡一虎吃得爽快无比，齐豫笑问。

还在俩人是普通朋友的时候，有一次聊起自己心中的男神女神，胡一虎说他的女神是“田螺姑娘”，“民间传说知道吧，说一个农夫小伙耕田时发现了一只快要渴死的田螺，他把她捡回家养在了自家的水缸里。谁知道这个田螺竟然是个下凡落难的仙女，按照仙女的道德标准，她毫无疑问是要报答农夫的，于是她每天在农夫下地后就从水缸里变回仙女出来给农夫收拾屋子、缝缝补补并做上一桌可口的饭菜，在农夫回家前又变回田螺回到水缸里。农夫回家后很惊讶，纳闷于发生的一切。连续几天都这样后，农夫长了个心眼，有一天他装着去下地但偷偷地藏起来观察。不一会儿，他就看见自家水缸里腾出一股仙雾，雾气散去一个漂亮的仙女出现了，忙里忙外地开始熟练地忙乎，农夫惊呆了，转念一想可不能再让她变回去了，于是他推开门一把抱住了仙女。于是，仙女就成了他的娘子，从此两个人恩恩爱爱地过起了幸福日子。”

想起这一章节，胡一虎哈哈一笑，“嗯嗯嗯，你比她强多了，我可不习惯水缸里的味。”

齐豫说：“那我是什么味道啊？”

胡一虎想了想，说：“滴滴香浓，意犹未尽。味道好极了。”

齐豫一捶胡一虎，“雀巢咖啡！”

就在这时，胡一虎的手机响了，“你帮我接一下。”

齐豫拿起手机，“是张五斗。”她接起电话，“你好五斗，我是齐豫，你兄弟在开车呢。”

电话里张五斗叽哩哇啦了一顿，似乎是很急，齐豫最后笑着说，

“我知道了，你放心吧。”

“他什么事?”胡一虎问。

“叫你赶紧去公司，风投的人突然造访，好像考察你们来了。”齐豫说，“你找个地方靠边停车，我来开，把你送过去，完后我开车直接回家，你完事让张五斗送你回来。”

胡一虎其实早在心里策划回家后如何如何先弥补相思之苦，张五斗的电话让他计划中的好事无奈往后延，他不免有些恼羞成怒，“来的咋这么是时候呢?!不知道营造和谐社会吗?跟孩子在一起，跟你在一起，五斗同志怎么就总是不消停好当第三者呢?气死我了!”

齐豫柔声道：“相公您别急，等办完正事，田螺姑娘会好生在家伺候您哈，跑不了的。”

胡一虎靠边停好车，“来，田螺姑娘，弥补一下，先亲个嘴儿!”

（五）

胡一虎赶到了公司，一眼就看见张五斗正谦恭地向几个男女人士介绍这介绍那。公司是在西四环边的一栋写字楼里租了大半层办公，在张五斗的精心耕耘下，整个布局和格局倒也像个正蓬勃发展的公司样子，倒也不怕别人突然造访发现是个草台班子。

看见胡一虎过来，张五斗赶紧给客人介绍，“这是我们公司副总胡一虎，主要负责内容运营。”

胡一虎赶紧过去逐一握手，发现其中有张熟脸，“您不是李总嘛，咱们上次在中国大饭店见过。”

李总微微一笑，“打扰了胡总，突然造访还望原谅。”

“哪里哪里，李总客气了！”张五斗赶紧接话，因为他实在担心胡一虎话头一出来就没完没了，又开成“故事会”了，“下面我带大家到我们的藏画室去看看吧。”

事实上，让张五斗和胡一虎都没有想到的是，公司的命运其实从这行人的到来这一刻起就注定要发生巨大的变化，这变化甚至超出了两个人最大胆的设想。

公司在写字楼的顶层，沿着一个小楼梯上去就可以到达大楼的楼顶凉台，张五斗经物业同意后在凉台设置了一个不大却精致的临时茶座。带客人把公司参观了一遍后，张、胡二人把大家引到了茶座这边，准备边喝边谈。

一行人走到楼顶，却发现上面有两个人正在忙乎一个奇怪的东西。

胡一虎看见其中的一个小伙子，就很热情地说：“小陶你又在捣鼓什么呢，快过来给你介绍几个朋友。”

那个穿着满是窟窿眼的牛仔裤的小伙子却不理会，头都不抬地挥挥手：“我这忙着呢，你们聊吧！”

看见客人们有点纳闷，张五斗赶紧介绍：“那个是我们陶三宝董事长的侄子，现在负责公司新的一个领域，算是一个新部门吧，和主业关系不大，刚才也就没有介绍。”

看见张五斗煞有介事地介绍陶冶，也就是陶三宝的侄子，胡一虎心里不由得暗暗发笑。

陶冶是去年下半年刚刚到公司来上班的，为了这个事陶三宝还特意请张、胡二人吃了顿饭做了一通解释——“我是家里最小的孩子，我上面还有两个哥哥和四个姐姐，我大哥比我大二十岁，陶冶是他唯一的儿子。当年为了供我上大学，家里人都豁出全力帮我，我大哥甚至卖过血，总之他们有什么事我是不可能不帮衬的。陶冶这孩子从小就聪明，高考居然能从广东粤北的山沟里考取了北航，也算是继我之后我们家族的又一大骄傲。但是这孩子上大学后心就野了，越来越不听话，自己特别有主意，在大学就没好好上过学，他的同学毕业要么考研要么出国要么找份正经工作，他倒好，什么也不想干，就爱捣鼓他喜欢的一些乱七八糟的飞行器之类的玩意。我哥和我嫂子担心他在社会上飘着学坏了，就求我把他收进公司里，好歹在我身边他也翻腾不到哪儿去。我想呢，他不是学技术的嘛，我就在公司里开一个新技术研发部，让他在里面自己待着，爱捣鼓什么就捣鼓什么，只要他能乖乖待着不给大家惹事就行。放心，这个累赘呢算我私人的，工资呢我从自己收入里出，只是你们要保好密。”张、胡二人齐声道：“这哪行，你的事不就是我们的事嘛，也得算我们一份！”陶三宝把手一挥，“别争了，你们对他进来没意见就好，钱的事就这么定了，你们到时也受累帮我看着他点。”

陶冶进公司后，倒是没惹什么事，就是不爱跟公司里的人打交道，可能是“理科男”的原因吧，一上班他就钻进自己的办公室里捣鼓东西，有一次胡一虎找他有事推开他办公室的门吓了一跳，里面简直就是一个车间一样，全是各种各样的零件，甚至有个小型的车床，“真是一代不懂一代呀，现在的九〇后喜欢玩的都跟我们不一样。”

胡一虎也问过几次陶冶到底在做什么东西，陶冶大大咧咧地说：“做一些好玩的呗，反正就是玩啦！”

现在陶冶和他的小助理，其实就是当年他同屋的一个死党，在楼顶上捣鼓的那个东西，胡一虎在他的办公室里曾经看见过，就是一个小型的飞行器，外形像个四条腿的蜘蛛一样，只是那四条腿的上面有四个小旋翼。

现在那个机器正嗡嗡地叫着，四个旋翼在飞转，陶冶手里拿着一个遥控器，他的助理正在一台笔记本电脑上敲敲打打。

李总他们很是好奇，“要不咱们去看看是啥东西？”李总说。

张五斗不好意思地笑笑，“也就是小孩子玩的东西。李总要是有兴趣，看看也无妨。”

大家于是走近了去看。

看见李总兴致不错，胡一虎过去拍拍陶冶的肩膀：“你先把工作停一下呗，这些客人都是大老远到公司来的，都是你叔和我、张叔的朋友，烦劳你老人家给介绍介绍你的宝贝如何？”

陶冶看了胡一虎一眼，又瞟了一眼其他人，不情愿地按了一下遥控器，那机器停了下来，胡一虎一拍他肩膀：“够意思，真给胡叔面子，回头手紧缺钱了就找我啊。”

这时李总走过来，“小伙子，你们这个东西叫什么呀?”

陶冶说：“它的正式名称叫‘无人多旋翼飞行器’，是无人机的一种。”

李总惊讶地说，“它也叫无人机！跟美国人炸塔利班的那种无人机不一样呀!”

陶冶看了他一眼，倒也没有不耐烦，“凡是利用无线电遥控设备和自备的程序控制装置操纵的不载人飞行器，都叫无人机，英文简称 UAV。您说的美国的那些无人机是军用的大型无人机，我这个是小型化的民用无人机，不是用来打仗和杀人的。”

胡一虎听陶冶叭叭一说，心里倒是高看陶冶起来，“这小子毕竟是北航毕业的，还真不是不学无术，只是贪玩而已。”

这时陶冶的助理哈哈乐了， “陶冶的无人机是用来把妹用的。”

“把妹?”李总一愣。

胡一虎捅捅李总，悄声道：“就是泡妞，追女孩子。”

李总哈哈一笑，反问道：“那我倒想问问这个无人机怎么帮你去把妹?”

陶冶倒也不介意，把那机器拿过来，指着它说：“它有很多功能，除了飞行外，还有一个360度可旋转的摄像机，另外也可以适当加挂工具，比如你不想当面给人送花，就可以把花放在加挂的小斗里或筐里，遥控它飞到你要送花的人面前，是不是挺浪漫的?”

李总一听，兴致大起：“那你能给我们示范示范吗?”

陶冶说：“嗨，不是你们捣乱，刚才我们就该飞起来了。你们稍微站远点，我们俩试试吧。”

一行人站远了点观望着。陶冶和他的助手很快就重新发动了飞行器，在地上嗡嗡了一会儿后，飞行器缓缓地从地上升起来，一直升到了离楼顶大约50米的高度，然后陶冶操控着遥控器，无人机便在空中自由飞行，或猛力前飞，或滞空定格，或大角度绕圈，煞是精彩。

陶冶朝大家喊道：“你们过来呀，让你们看看它拍摄的效果。”

一行人赶忙赶到那台笔记本电脑前，只见电脑屏幕上显示的是从空中看楼顶的画面，随着小助理敲击键盘，画面迅速扫到了现场这群人围着看电脑的位置，给大家来了个现场直播。

演示结束后，陶冶也很是高兴，看来这也是他的这个宝贝很成功的一次飞行。

胡一虎发现，在这个过程中那个李总一直若有所思。

在陶冶拆机器的时候，李总又凑到陶冶跟前跟他对了一段话——

“你这个机器算是专利产品吗？”

“那您要看怎么算了，无人机技术本身早就不是什么专利，但外形设计、功能配置、软件开发都可以单算专利。”

“那你能设计出别人没有的无人机吗？”

“我现在这台机器就是别人没有的呀，当然我没去申请专利了，没那个必要，我就是玩玩的。”

“那像你这样的机器，如果流水线生产能组装出来吗？”

“当然没问题啦，只要设计一定型，再加上有钱，想做多少就能做多少。在美国已经有这样的公司了，人家玩得那叫一个专业！”

李总点点头，拍拍陶冶没说话。

大家准备下楼走的时候，陶冶叫住了胡一虎，“胡叔，给我点钱。”

胡一虎乐了，“你这小子要债不过夜啊！怎么着，又把妹去？”

陶冶说：“身为长辈说话得算数呀，晚上我一个同学从美国回来，我们几个给他接接风，手紧您给我点吧。”

胡一虎掏出钱包，取出一叠递给他：“今儿表现不错，算我请客了。”

陶冶满脸愉快地接过去放进牛仔裤屁兜里，“真够意思，胡叔，比我亲叔还亲!”

张五斗和胡一虎把李总一行一直送到了楼下大厦门口，一一话别。

李总上了车摇下了车窗，朝胡一虎微微一笑，“胡总你还有个承诺没有兑现哟。”

胡一虎一愣，“承诺？不会吧，什么承诺?”

李总一笑，“我们舒总还等着你的故事会呢。”

胡一虎张着嘴看了一眼张五斗，张五斗却把眼睛看向了别处，一脸“自己惹的事自己解决”的超脱和事不关己。

胡一虎尴尬地一笑，“舒总也来北京了？今天怎么没来呢?”

李总说，“她今天有别的事。她托我约你明天晚上给她开个‘故事会’。我话带到了，去不去你给她回个话，对了，你打她这个电话。”李总从口袋里掏出一张纸条，上面有个手机号码。

胡一虎接过来，李总挥挥手，车缓缓地开走。

“故事大王，怎么办呀?”看见车远去，张五斗一脸坏笑地看着有点云山雾罩的胡一虎，“人家可是点菜了哦。”

胡一虎有点沮丧地说：“谁知道那小丫头还当真呢。我哪有闲工夫陪她逗闷子呀。”

张五斗嘎嘎大笑了一番，直笑得胡一虎怒目圆睁：“再笑，绝交!”

张五斗双手一按胡一虎的肩膀：“兄弟，挺住啊，她可是咱们公司的金主，不可得罪，刀山火海兄弟你也得挺住，你受累!”

“豁出去，只卖艺不卖身!”胡一虎习惯性地犯贫道。

“啊呸！为了公司，该卖身就卖身!”张五斗对此深表遗憾。

“行了，不跟你扯了，赶紧送我回家，齐豫还在家等着我呢！”胡一虎推了张五斗一把，“开车去开车去，就受不了你那拿公司来说话的浩然正气，鄙视你！”

（六）

把齐豫做好的美食一扫而尽并把做美食的人也当美食“吃饱”了以后，一切收拾妥当，胡一虎拥着齐豫躺在阳台上齐豫布置的休闲椅上，说着似乎永远也说不完的话，花花躺在他们脚边静静地偷听。

“马来西亚那边情况怎么样？你爸妈和珊珊都挺好？”胡一虎问。

“嗨，都挺好的，我们家那边还一堆亲戚呢，放心吧。”齐豫说，“等我把甘肃那边的事干得差不多了，再想下一步吧。”她看着胡一虎的脸，“要不，到时候咱们也去马来西亚？那地方确实挺不错的。”

胡一虎一笑，“我到那啥也不会做呀，除了勉为其难做个拿督什么的。”

“好吧，那我到时候考虑考虑当个拿督夫人吧。”齐豫故作认真思考状。

胡一虎也沉思了一下，悠悠地说：“嗯，好吧，你当正品，我再聘几房小妾，对了，你们那拿督到底可以娶几个老婆啊？”

齐豫杏眼圆睁，“那得看你有几个胆！”说完，右手准确地拧住了胡一虎的左腿上一块上好的肉，柔声道：“告诉我，你有几个胆？”

胡一虎哪还敢造次，“就一个就一个，不不不，压根就没胆！”

花花抬起头来，看了一眼胡一虎，爬起来很懂事地用舌头舔着齐豫拧着胡一虎的手，齐豫一痒手缩了回去，胡一虎哈哈大笑，“得道多助，失道寡助！豫妃儿，给朕上袋烟！”

齐豫白了他一眼，起身去厨房切水果。

其时，八月底的北京之夜，微风习习，一轮圆月如洗，看着齐豫身姿娉婷在屋子里曼妙行走，胡一虎心中感慨万分，禁不住一股暖意从心中升腾而起。

这种暖意，直至第二天中午把齐豫送到机场的安检口时，就化为了难舍的缠绵。

齐豫刚想走进安检口，却又忽然挤出人群，拥抱住了已经有些眼神恍惚、略显失落的胡一虎，“我走了啊，你真得好好照顾好自己，少抽烟多吃水果，吃饭要按时，别饥一顿饱一顿的，有时间多去看看孩子。”

胡一虎抱着这个温暖柔软的女人，想说点什么却什么也说不出来，只是使劲地点头，亲了一下她温润的脸颊。

“等你们公司的事忙得差不多了，记得到甘肃来找我，你可是说要在那盖所房子，喂点鸡，养头牛呢。”齐豫松开胡一虎，“我真进去了啊。”

胡一虎一直看着齐豫消失在人流中，才慢慢往回走。他忽然想起大概是梁实秋或是别的谁说过的一句话，大意是：“你走，我不送你；你来，无论多大的风多大的雨，我去接你。”送人离开的滋味确实不好受，充满了似乎没有归期的思念和寂寥。

好在还有工作。胡一虎从机场直接去了公司，下个月要出的杂志清样还等着他审定签阅。

工作刚刚进行了一半，张五斗就推门而进。

“哟，忙着哪？难得这么敬业。”张五斗一屁股坐在胡一虎办公桌对面的待客椅上，看着胡一虎，脸上坏坏地笑着。

“你今天不是还要去跟李总接着谈吗？怎么着，黄了？”胡一虎抬头看了他一眼，低头接着干活，所谓“心情不太好接着看看稿”。

“唉，黄还是不黄，关键还是看你呀。”张五斗幽幽地叹口气。

胡一虎抬起头，“你又憋着什么屁吧？有屁就放，一听你叹气我就想起黄世仁，又想让我干吗？是想要我们家喜儿，还是想喜儿她娘？”

张五斗嘎嘎嘎一笑，“我什么都不要，是别人叭叭地等你等不着，想要你给个话。”

胡一虎把笔一扔，往椅子背上一靠，“那舒心真死心眼等着呐？”

张五斗摊摊手，“事实就是如此，上午李总专门来了个电话，没问别的，就问我们跟舒总见面了没有，我本来想给你打电话，考虑到你正在和齐豫依依惜别，就没有打扰，但是我告诉李总今天我们会去见舒心的。”

胡一虎想了想，从兜了摸半天掏出那张纸条，“你铺垫半天，就是通知我今天必须给舒心打个电话约个时间呗，就不管我现在满心的全是对齐豫的思念，心情不甚良好？”

张五斗猛点头，“理解理解当然理解，但是老夫老妻的啦，先把思念放一边，社稷为重啊陛下！”

胡一虎说：“滚！你跟你老婆才老夫老妻呢，我们是刚初升的太阳、刚咬了一口的哈密瓜！”他按照纸条上的号码用手机拨过去，但接通了却一直没有人接。

“电话没人接。”胡一虎放下手机，“正好啊，五斗，你倒是跟我说说这家公司到底是怎么回事？舒心又是怎么一回事？”

张五斗双目放光，“早就想跟你说了！怎奈您一直专情风月不理朝政啊，来来来，我给你细说。”

“闭嘴，你现在是摄政王，不理朝政的也是陶三宝，我是逍遥王，履职尚好。”胡一虎维护自己的清白，不免反驳。

张五斗也不介意，絮絮叨叨地把有关情况逐一给胡一虎做了详解。

新闻出身的胡一虎迅速在脑海中记住了三个关键词：

一个是“家族企业”。这是一家发迹于浙江的家族企业，其渊源可以追溯到民国时期的一家有名的民族资本化工企业。如今这家企业在第三代的努力下重新崛起，依靠轻化工完成资本积累并迅速扩张成为一家财团，其投资领域涉及房地产、银行、化工等，近年来在资本市场尤其活跃。

一个是“有钱”。这家财团，据说资本实力富可敌国，但到底有多少钱没有人知道，国内无数企业都以获得它们的投资为荣傲，一些上市公司甚至会因为它们的入股或合作股价一路飙升。

还有一个是“神秘”。这家财团虽然在业内知名度甚高，但做事一直异常低调，核心层一直不为公众所知，大大小小的财富排行榜上根本找不到他们的名字。张五斗只知道舒心是他们家族的第四代中的一位，在英国留过学，现在打理一些风投方面的事。

“那陶三宝怎么跟他们的人认识的呢?”胡一虎不解地问。

“我也不是很了解，但据说三宝在中石油的时候跟他们打过交道并帮过他们的忙，虽然是小忙，但人家却一直记挂着，三宝这么多年也没怎么跟他们有接触，但融资的事一打电话过去人家就答应来看看。”张五斗说，“从这点来看，人家绝对不是无缘无故就做大起来的。”

正说话间，胡一虎的手机响了，“好像是舒心。”胡一虎接起来。

电话那头是一个虽然不很熟悉却令人印象深刻的女声，因为一听见这声音，胡一虎就能马上想起那一串串银铃一样的笑声。

“对不起，胡总，我刚才在游泳。”舒心声音很开心，“很高兴你能打电话过来。”

“舒……舒心你好呀，我是胡一虎，你怎么知道这是我电话呢?”胡一虎很纳闷。

电话那头传来一串笑声，“因为我这个电话除了家里人，就给过你呀!”

“那还有无孔不入的诈骗电话、推销电话呀!”胡一虎习惯性抬杠，“舒小姐，恭喜你中奖了，请把银行卡号告知，我们将给您拨付奖金五百万，别忘了请客，请客暗号：翠花上酸菜。”

“哈哈哈哈……但是，我记得你的电话呀，后四位跟我生日一模一样!”听到这句话，胡一虎打了个激灵，手一哆嗦电话差点掉地上。

继续谈话的结果，就是敲定了明天见面的时间：上午九点半，国子监。

放下电话，胡一虎说：“你都听见了吧，任务完成了。你可以跟李总继续谈合作的事了。不过五斗哇，我怎么觉得跟卖身似的呢?就跟古时候地主家看上了佃户家养的猫啊狗的，非得抱走，否则就收回地明年不让种了。”

张五斗站起身，哈哈一笑，“不是说了你是金毛了嘛，人见人爱，我见犹怜。”

“你就不会掩饰一下你落井下石的嘴脸吗?”胡一虎抓起桌上果盘里的一个苹果抛向张五斗，“滚!”

张五斗准确地接住，“明天好好陪人家丫头谈谈，反正明天你也不用上班，啊，对，还算你加班吧。”说罢，飘然出屋，心情大好地把苹果送给了来送文件的行政小秘书，让那小姑娘受宠若惊，回味了一下午张总送苹果到底是何意。

晚上北京忽然就下了一夜的雨，淅淅沥沥，从瓢泼到丁零。怎奈胡一虎又失了眠，热线电话打到已经安然抵达甘肃的齐豫，聊完已经快深夜十二点。胡一虎辗转反侧，抱完枕头又抱毛巾被。最终安定地躺在床上，枕着无声的棉花枕头，胡一虎忽然就思念起小时候挨着就睡得死香的荞麦枕头。

那充填着荞麦皮的枕头，少了棉花的柔软，更多的是来自荞麦皮在枕头里的沙沙声响。

小的时候，胡一虎看过辛苦持家的母亲装枕头，白色而泛黄的粗布，仔细裁缝，做成荞麦枕头的表皮。荞麦清新的味道留在粗布的枕头套里，留在了童年的梦里。那时他最喜欢用新做的荞麦枕头，每次和小姐姐抢着用，妈妈总是笑着，看着当时不懂事的姐弟俩。时间漫长而久远，像一个电影的长镜头，美得不肯收起。

故乡的夜多的是清风阵阵，八岁以前，胡一虎和一家人还住在乡村，直到父母从民办老师变成公办教师才进了城，然后从小县城又到了大了点的市里。那时江南农村的夏夜，绝没有如今的闷热难耐，而是宁静而安详的。从农家的窗户里看出去，有点点星光。小时候，父母总是一家一家地家访半夜才回，陪着胡一虎的小姐姐被胡一虎逼着讲故事就胡编了一些鬼故事（也不知道她从哪听来的，至今胡一虎也想不明白），吓得胡一虎每晚睡觉总是在关灯后睁大双眼，盯着看窗外是不是有吃人的毛野人，透着月光，窗台上养的各种盆花一随着风而动，小屁孩更是魂飞魄散，捂上被子，不敢睁眼。随着脑袋不安分的扭动，荞麦枕头里的荞麦皮沙沙而响，在安静如水的夜里，像极了鬼魅在耳边作怪的声音。每每把自己吓得一身冷汗，在黑暗得不着一点光的被窝里沉沉睡去。第二日，暖意洋洋，妈妈总说，每次清晨看见胡一虎的时候，他的一只手都死死抓着荞麦枕头的边角，表情却异常安详。胡一虎能想象得到那样的场景，还能记起当时的暖阳。

雨下了一整夜，胡一虎听着它从磅礴的气势汹汹到快要淹没在呼吸声的窃窃私语，终于沉沉睡去。

第二天，雨过天晴，北京迎来了一个难得的美好日子，天空湛蓝、白云如絮、空气透亮，但忙碌的城市里，依然人群拥挤，只有一些角落反而显出了一份清静，就如我们的主人公胡一虎所在的国子监。

胡一虎也不知道为何自己在舒心问在哪儿碰头一聚的时候就鬼使神差地想到了国子监。

潜意识里其实是胡一虎自己想来这个地方。

就在一个月前胡一虎开车带着齐豫去北二环的部队大院办点事，回来时从安定门往南返回，忽然他就看见了整修一新的“国子监”的牌楼。还是在上大学的时候，古代汉语的老教授总是在授课的间隙，极具煽动性地讲述一些老北京的人文地理，其中就提到过国子监以及里面林立的碑文，还有周边的老北京小吃。害得胡一虎当天就拽着张五斗下午逃课蹬着破自行车找到了这个曾经的皇家院落，只是当时国子监的破旧以及周边环境的脏乱让他俩大失所望，好在气势犹在的建筑和厚重的历史让俩人认识到了这个六朝古都的厚重。本来胡一虎想下车去看看，因为还有别的事时间上不允许只是念想一闪并没做停留，但再来看看这个地方的想法却留在了他的心里。

因为胡一虎清晰地记得当年他来到这里时，在失望之外，流连之间，忽然感到的内心的一种安静。

在经历过种种波折之后，胡一虎觉得自己像匹跑累了的野马，需要一种安静的时光的留驻和陪伴。

就是在这样的一个上午，在提前半小时赶到国子监后，胡一虎找了家临街的茶馆坐下，浑身带着些许散漫的慵懒，他只想安静地坐下来，在都市喧闹的一角浅品一壶茶，或只是安静地坐在那里闻着茶香，亦或是安静地坐在那里读一本书，享受着一份悠闲自在。而等谁、等什么人反而并不重要。

在这种环境里，在等人的静静时光中，胡一虎内心潜藏的文艺浪漫主义情怀便弥漫开来，他的思绪成为一种散文式的随笔，而其中有一段思想在他当天回家后是这么在电脑上记录的——

“一直以来，总是在忙碌里奔波着。是为了生活？还是为了追求生活？而我们的身边却总是有那么一群人围绕在身边，关于亲情、友情还有爱情。当我们终于可以停下来的时候，安静地看着周围，却发现自己为何依然是一个人，孑然一身的淡然？

有那么一瞬间，有些模糊的身影在记忆里闪过或是深埋在心底的某个角落，已被刻意地遗忘的，那是关于一个你。

那个你，是关于友情？爱情？心底竟有些茫然的不确定。也许，是从最初的友情，到后来的无疾而终，甚至于到现在退回最初的陌生人，各自在彼此的生命里黯然淡去。

一个人静坐着，陷入独处的沉思。

关于你，原来是我错过了。

也或许，并没有。因为，已经相逢了。错过的并不是你，而是我们能够一起并肩而行的机会。我们相逢得并不晚，晚的是我们在相逢后没有来得及捉住你和在一起的那个珍贵的机遇。

阳光开始渐渐地浓烈了，微风吹起淡淡愁，看向落地窗外来去匆匆的人群，愁绪渐渐隐去。人生里，匆匆忙，也许，在某一时刻里我们已经悄悄地相逢了……

也许，是在某间咖啡厅里的一次匆忙擦肩而过；也许，是在街头某一瞬间里的回眸，刹那接触到彼此眼眸里的震惊。

只是，当时的我们并没有太在意，而是当我们再一次相逢时，在不经意的谈话间说起某某咖啡厅里曾经遇到过谁谁谁，诉说着当时的情景，而你震惊于和自己的情况是如此的相似，才发现，原来那时的你们早已悄悄地相逢，而现在只是重逢。你暗自偷笑，这是否就是你们的缘分呢？

只是，这缘分又有多少人能够捉得住？

悄悄与你相逢，如果可以……”

胡一虎之所以没有按照自己的习惯，当时就打开笔记本电脑把这些语言记录下来而是一直等到了晚上，是因为舒心很快就到了，所以这段文字毫无疑问并不是因舒心而发，仅仅是这个小知识分子对自己的一点儿精神撒娇。

舒心电话欢快地接通了胡一虎的手机，打断了他的浪漫主义无主题思绪——“我到了你说的地方的大门口了，你在哪？”

胡一虎往国子监大门口走去，远远地他就看见了一个女子在门口驻足，一件看似简单其实出自设计、裁剪高手的白底黑花长裙，一顶看似随意却是精心搭配的夏帽，让路过的人禁不住地回头。

“呵呵，你穿成这样可以直接去参加英国赛马会女士日的活动了。”胡一虎走过去，“多日不见，你风采如此袭人，我都不敢相认了。”

舒心淡淡地微笑着看他，“如果你不说，我真不知道北京市中心还有这么一个安静的地方，还这么古朴。”

胡一虎笑道：“这个城市的历史太悠久，而我们并不熟悉它的每一个角落，其实你要有时间随便在老城区钻进一条老胡同，都会有惊奇。咱们进去吧。”

走进国子监，胡一虎仿佛进入了一条时光的隧道。虽然这里已经整修一新，原来拥挤在这里的首都图书馆和首都博物馆早已经搬迁，和他当年蹬着破自行车来瞻仰时已经完全变了一个样，但胡一虎恍然间看见当年的那两个青涩的大学生在这里徘徊、端详、敬仰。

胡一虎想，如果建筑会说话，那么这些建筑一定会对他说：

“如果匆匆而过的时光让我风尘满面，你是否依然会如现在这般温柔地端详我的容颜？如果匆匆而过的时光在我的脸上留下印记与沧桑，你是否依然会记得我们曾经有过的无尽欢颜？”

胡一虎看着气势恢宏的“辟雍”大殿，不禁幽幽地叹了口气。

“想起什么故事了吧胡总？”舒心在旁边悄声问道。

胡一虎笑笑，看着她，“是有故事，但不是你想象的那个版本。”

于是他边走边讲述了大学时期和张五斗来寻古问幽的故事，又边走边跟舒心介绍国子监的种种建筑、碑文以及背后的历史。

国子监位于北京安定门内国子监街（原名成贤街），是中国元、明、清三代国家管理教育的最高行政机构和国家设立的最高学府，又称“太学”“国学”。它始建于元代至元二十四年（公元1287年），明代永乐、正统年间曾大规模修葺和扩建，清乾隆四十八年又增建“辟雍”一组皇家建筑，形成现在的规制。国子监整体建筑坐北朝南，为三进院落，占地面积二万七千多平方米。中轴线上依次排列着集贤门（大门），太学门（二门）琉璃牌坊，辟雍殿，彝伦堂，敬一亭。古代在国子监读书的学生称为“监生”。国子监不仅接纳全国各族学生，还接待外国留学生，为培养国内各民族人才，促进中外文化交流，曾起到积极的作用。国子监主体建筑经历 700 多年依然保存完好，是唯一保存完整的古代最高学府校址，国子监以其悠久的历史，独特的建筑风貌，深厚的文化内涵而闻名于世。

“辟雍”是国子监的中心建筑，是北京“六大宫殿”之一，是我国现存唯一的古代“学堂”，是皇帝临雍讲学的场所。其建筑风格独特，为重檐黄琉璃瓦攒尖顶的方形殿宇。外圆内方，环以园池碧水，四座石桥能达辟雍四门。构成“辟雍泮水”之制，以喻天地方圆，传流教化之意。殿内为窿彩绘天花顶，设置龙椅、龙屏等皇家器具，以供皇帝“临雍”讲学之用。

“你看，‘辟雍’大殿周围环绕着长廊，四面架设精致的小桥横跨水池使殿宇与院落相通，这种建筑形制象征着天圆地方。乾隆皇帝之后，每逢新帝即位，都要来此做一次讲学，以示中央政府对高等教育的重视。”胡一虎指点历史，倒是像一个不错的导游。

舒心呢，倒确实又像个小学生，毫不厌烦地听胡一虎讲解着，因为这个环境实在对于她过于梦幻和遥远，所有的一切都是新鲜的。她就让胡一虎带领着，从国子监又到旁边的孔庙，走过一个又一个殿堂，如同穿行在历史的时空，真实而又虚幻。

“我来过北京无数次，还以为自己已经很了解它，其实现在看来我连门都没进来。”终于胡导游又把自己带回到了进来的大门口，舒心感慨地说。

“但是你熟悉新北京啊，就是你盘桓的北京国贸区域。这里是北京的历史，而那里是北京的现在和未来。”胡一虎说。

“但是我一直好奇你为什么约我在这里见面，我其实当时一听你说这个地名都晕了。”舒心不好意思地说。

“没什么，其实是我自己想来这里看看。”胡一虎直言不讳，“反正又不是跟你正式商业谈判，估计张五斗和你们李总已经谈上了吧？咱们务虚，他们务实，总得带你到个有意思的地方看看，别总是在那些高楼大厦里，即使务虚也让你不虚此行吧。”

舒心抿嘴一笑，“你看，一不小心就说实话了吧，在你眼里我就是一花瓶呗，不办实事，还很贪玩。”

胡一虎停下脚步，想解释两句，不料舒心抬起右手，如葱的食指轻轻一摇，“你不用解释，解释的话和词语都是礼貌性的台阶，说和听都意义不大。”

要换了别人，可能被舒心这么一摇就放弃了，但她遇到的是胡一虎，他是绝对不会屈服于一个女人的霸道的。

他伸出手，一把攥住舒心的那根食指，轻轻却坚决地给它按回了她的掌心，“我不是解释，但我必须纠正你的话，你的话有一半是错误的理解，不纠正不利于你我平等和平相处，除非你认为我也就是你闲暇时偶尔品玩、陪伴一下打发无聊时光的道具，根本无足轻重，那样我也不必多费口舌了，咱们可以就此别过，江湖浩荡，各自珍重。”

舒心微微张着嘴，略显意外地看着这个男人的举止，她把手迅速地从胡一虎的手里撤出来，竟然有点慌张，她急促地摆摆手：“不不不！你误会了，我绝对不是拿你当玩伴打发时间！你千万别这么想，嗨，天呐，你怎么会这么想……”

胡一虎看着她，舒心愈发不知道说什么了，她把眼神低垂下来，倒像个犯了错的孩子。

“小屁孩儿，当我是你老爸手下那些俯首帖耳的员工，以为我是那些天天追在你屁股后面的那些小公鸡呢！”胡一虎心里暗暗发笑，事实上他真的也就哈哈一笑，“你看，舒心，被人误会是不是件令人不开心的事？所以，必要的纠正和阐述是人与人交往的开路机，必须压平那些凸起来挡路顽石一样的误会，这样大家都豁达、豁然，即使从此擦肩而过，也不会在记忆中留下荆棘，想起来大家都刺拉拉的。”

“好吧，”舒心用细密的牙齿轻轻咬咬嘴唇，“我听你解释，行了吧？”

“不是解释，解释是有目的的，我是纠正，纠正是纯粹的。”胡一虎再一次纠正她。

“好吧，您，纠正吧！”舒心无奈地说。

胡一虎抬手看了看手表，“你让你的司机回去吧，我当司机，带你去一个地方。”

舒心瞟了他一眼，想了想，从包里拿出手机，微微转过身，拨通了一个号码轻声地在电话里交代了几句，然后示威一样向胡一虎昂起头，“可以走了吗？”

胡一虎把舒心带到了一个离国子监大约三公里远、安定门外外馆斜街的一家茶馆。这家南洋风情气息浓郁的茶馆，晚上一向生意火爆，中午人倒是不多，胡一虎很轻易地就占据了二楼朝南临窗的一个座位。

店里的空调把室内的温度调节得恰到好处，而临近中午的阳光也没有斜射进来让人晃眼，只是在窗台上流连铺陈。一切都让人很舒适。

舒心坐下，摘下那顶精致的帽子，把盘在里面的头发打开，乌黑的直发像瀑布一样扑散下来，座椅是个让人舒服的西式沙发，铺着柔软的靠垫，她舒服地靠了进去，“我饿了，你点菜吧，没有忌口，荤素都行，你随便。”

胡一虎拿起菜单点了一份龙井虾仁，一份清蒸老虎斑，一份时蔬，一壶玫瑰茶。

由于客人不多，菜很快就上了。舒心很愉快地饕餮，在英国六年的时间已经让她养成了不挑剔食物的习惯，更何况胡一虎点的东西都很合她的口味。

两个人安静地吃着，都没有说太多的话，直到半个小时后服务员把餐具都撤了下去，只留下了那壶玫瑰花茶。

“我给你讲个故事吧。”胡一虎说。

“不是要纠正我的错误吗？”舒心回答。

“听不听吧？”胡一虎从兜里掏出烟，“我抽了啊，不习惯你也忍会儿，不过你放心就抽一颗。”

舒心叹口气，“恶习真不少。好吧，你讲吧。”

胡一虎说：“话说明朝末年，社会动荡，农民起义风起云涌，李自成和张献忠双雄争霸，最终一个占了北京，一个占了四川。但是呢，这俩人除了把朱家的明朝江山给推翻了以外，都最终也没留下什么好东西，李自成被吴三桂引进清兵给赶跑了，张献忠呢，在四川称王称霸杀人如麻，最终也被清兵给杀了。他俩这么一折腾，尤其是张献忠在四川杀人太多，导致清朝初年的时候全国人口锐减并且失衡。后来，清朝的皇帝一想，不行呀，得移民呀，要不那么多好地荒了多可惜呀，于是，他就下令把当时叫湖广地区的湖南、湖北相对充裕的人口往四川迁移。当时老百姓谁也不愿意走啊，老家多好啊，干吗去那个山高水远的地方呢？可皇帝不管你这些，不愿意走是吧，老子派兵抓起一个个绑着走！于是，一队队清兵押着一群群双手被绑着的湖广老百姓就往四川走。千里迢迢的，那时可没有铁路啊大巴什么的，就是靠两条腿。走着走着吧，人总是要内急上厕所的，但那些移民的手都绑着呢，没法子解决啊，于是他们内急了就跟当兵的喊‘解手哇，要嘘嘘啦’！当兵的一听‘解手’，就会把要嘘嘘的人双手解开，押着他到路边解决，解决完了再给他绑上。这一路上解手、绑手的，几十万湖广人就移民到四川了。后来，湖广的官员一看，人都去四川了，地主家也没余粮了，就给皇帝打报告说把江西人给我们一点吧，那地方多年没战乱人多。于是，又是一路解手、绑手，江西人又大把大把地迁移到湖广了。”

舒心恍然大悟道：“哦，原来‘解手’是这么来的呀！有一次我英国的一个同学来四川玩，她始终不明白为什么当地人把上厕所叫‘解手’，我还没法跟人解释呢，原来是这样啊！”

胡一虎哈哈一笑，站起身，“现在，在下要去解手了。稍等片刻，马上回来。”

等胡一虎“解手”回来，却发现舒心懒懒地蜷在沙发里，精神有点萎靡。

“你怎么了？哪儿不舒服了？”胡一虎问。

舒心懒懒地看了他一眼，“对不起啊，有点头疼，我就这么歪着跟你说话了啊，你别介意。”话音刚落，竟然打了个响亮的喷嚏。

“你昨天游完泳干吗了？”胡一虎问，“你不会是感冒了吧？”

舒心想了想，“你这么一说，倒是有可能呢。我昨天游完泳洗完头接了你电话后就回家了，有点累头发还没干就躺着睡了会儿。今天早上起来其实就有点儿头晕，浑身没多少劲，早饭都没什么胃口吃。”

“那你刚才吃那么香，竟然是因为饿的！”胡一虎站起身，绕过桌子走到舒心跟前，没等舒心反应，他就把手放到了她的额头上，试了试，再放到自己额头感觉了感觉，“还好，没太发烧，稍微有一点烫。”

然后他回到座位上，招手把服务员叫了过来，“麻烦你一下，你让厨房用可乐熬点姜丝汤过来，多少钱你们说了算。”

服务员一笑，“我们就收您一听可乐的钱。”

不大一会儿，服务员就端着一杯热气腾腾的“姜丝可乐”过来。

“你起来一下，把这个喝了吧。”胡一虎招呼舒心。

舒心懒懒地坐起来，却听话地一小口一小口喝着，“味道真怪，不过还能忍受。”

胡一虎说，“你先乖乖喝着，我出去一下，马上回来。”

舒心想问却没问。多年在外应酬，她知道发问并不礼貌，因为她和胡一虎并没有熟悉到那种可以随意的程度，其实到今天不过是两面之交，虽然她内心隐隐觉得对这个男人有种说不清楚的亲切感，但她也明白这毕竟是她个人的感受，不代表胡一虎的认知。

大约也就过了十分钟，胡一虎就回来了，手里捏着两盒东西。

等他放到桌子上拆开时，舒心发现那是一盒感冒清热颗粒和一盒板蓝根。

胡一虎分别从两个盒子里拿出两袋，撕开倒到了一个杯子里，又招呼服务员，“麻烦你倒点开水，三分之一多点的水即可。”

随着胡一虎用勺子搅动杯子，一股淡淡的中药味弥散开来。舒心用鼻子嗅着，忽然觉得那股一般她很讨厌的味道竟然充满了芬芳。

“傻丫头，你打算把姜丝水喝完啊?”那杯满满的可乐姜丝已经被舒心努力地喝了一大半，但她依旧乖乖地握着杯子准备喝完，胡一虎把杯子从她手里拿过来，把盛着混合中成药的杯子推到她面前，“把胃撑胀了，药怎么吃呀。歇两分钟，把这个喝了。”

舒心傻傻地呵呵一笑，问道：“你怎么知道哪儿有药店呀？还买得这么快。”

“刚才开车过来我就看见隔了茶馆不远就有家药房。再说即便没发现我手机百度地图一下不也就有了嘛。”

等舒心把药喝完，胡一虎说：“你要不然让司机来接你吧，回家养病去，本大夫给你的开的药方属于应急之用，你回去量量体温，如果感觉难受就去趟医院。或者，一个电话让医生上门来。”

舒心却赶紧献上一个灿烂的笑容：“不用不用，我感觉好多了。你不是要对我进行纠正作业嘛，赶紧开始吧。”

胡一虎说：“你确定?”

“确定一定以及肯定!”

胡一虎看着舒心，开始了他的纠正与阐述：

“你在国子监说我认为你就是个花瓶，不办实事还很贪玩。这点结论起码你一半以上是错误的，这是基于你根本不知道到目前为止我对你是什么基本印象。在我看来，你到目前为止所表现出来的根本不是、至少很大程度上不是你做其他事情的风格和做法，因为你这次或许是受委托来完成一件或许根本不需要你拿出专业态度去做的事，而只要来做了、表达出了这个态度就行。”

“所以，一开始我只是觉得你比较漫不经心、贪玩而已，并没有觉得你就是一个毫无实际用途的摆设，因为江浙地区商人历史上对下一代的培养，要么是让他或她彻底跟家族企业无关，要么就精心培养，而基本上不会给他们一个头衔任由他们瞎混。而你，是你们集团负责投行的总管，没有足够对你的放心和信心，他们是不会轻易做这个决定的。因此，花瓶说和不办实事，都是需要纠正的。”

“更需要指出的是，虽然我觉得你有些漫不经心，但我已经很确定地感觉到主要原因是因为你已经让李总来具体处理这件事情，而且我没猜错的话，你给他的要求应该是力争从我们公司找到一个好的投资点、不能将就着报答式地给点钱不计回报。这就是李总这次突然造访我们公司并详细调查的原因吧。因此，其实你是一个很职业的投资者，你看似的漫不经心一方面是觉得这件事不大、可能最终的投资也不大，无须你花费太大的精力，另一方面是有李总这个可靠的人具体操办，另外我还觉得你可能还有什么更牵扯你精力的事让你注意力有点分散。”

舒心脸上的表情，慢慢变得有点惊讶起来。

而在胡一虎看来，较准确且透彻地看懂一个人是件几乎是条件反射一样的技能，这个技能还得感谢他十几年记者的从业经历，在一次次剥开表象艰难揭示事件真相的过程中，他早就形成了一种面对打交道对象的思维逻辑，那就是“你看到的背后永远藏着你想不到的真相”，而这种逻辑的驱使下，让他已经习惯性地在看似简单的笑谈中很缜密地形成对一个个具体人物的基本判断。

比如舒心，在中国大饭店第一次见到她的时候，胡一虎并没有在调侃中放弃这种条件反射，他也没有被舒心看似没心没肺的状态所迷惑，他本能地提醒自己跟这个女子打交道切不可小瞧她，而掩盖自己这份冷静观察的就是他比舒心还更加没心没肺、没点正形、不务正业。

他本想就这么跟舒心演下去，因为张五斗看重的所谓融资大事他根本没放在心里，他没必要让她知道他洞察到了什么。但舒心忽然在国子监展现出来的小小的霸道、居高临下的姿态，却不小心激起了他好斗、不愿意被人误解的防守心理。

舒心哪里知道这些，她这次到北京来原本就不是纯粹为了工作而来，她让李总约胡一虎，一方面是想知道这家公司更多的背景，尤其是陶三宝跟他们家家族到底有何渊源，另一方面是她被频繁却毫无例外都无趣的相亲对象弄得有点烦躁，想找一个有那么点意思、自己不讨厌同时安全系数很强的人随便聊聊来一点快乐方糖，驱除一下心中的不适。

而舒心原本自信满满的计划，现在却变得有些凌乱起来，她没有想到这个看上去嘻嘻哈哈的男人有着极其犀利的一面，还没等她站稳脚跟，就被他三下五除二打回了原形。

“好吧好吧，我错了，欧巴啊。”舒心用这种腻腻的腔调表达了自己放弃抵抗的态度，她拿过一缕乌黑的头发撒娇样遮住自己的脸，“别这么慷慨激昂好不好，给我讲个故事呗？不要‘解手’的，讲一个你或者你们的。”

“欧巴?！韩剧中毒不浅，害我这一地鸡皮疙瘩。”胡一虎说，“不过既然我当时答应你故事会随时供应，你不‘欧巴’我也会讲的，何况你今天还是个病号，我就当回爱心讲故事志愿者，给生病的小朋友缓解病痛吧。”

他想了想，“上次我给你讲了陶三宝的故事，今天我就给你讲讲张五斗吧。”

故事是这样的——

张五斗的名字据说是他太爷爷起的，那个据说是清末举人的老爷子，听说增添了一个曾孙子，想起自己当年不为五斗米折腰辞官回了乡下而让子孙们一直难以出头世代务农，感慨良多，干脆给这个曾孙子起名“五斗”，寄托了能让这个娃儿跳出农门吃上官粮的心思。

五斗自小聪颖好学，在乡里的小学就以“神童”著称，进了县城最好的初中求学后依旧学业赫赫。但是，初中发生的一件事却在不经意间给五斗的少年时代造成了些许阴影。那年上语文课，学的是叶圣陶老先生著名的短篇小说《多收了三五斗》的节选，编书的先生们给课文起了个名字叫《粜米》，原本无事，不料上课的语文老师学识渊博，给同学们介绍了这篇课文的历史，并在黑板上以漂亮的行书写下了《多收了三五斗》这个原著名。当时，班上的孩子就一阵骚动，纷纷把目光投向张五斗，有些孩子干脆就嘻嘻笑了起来，虽然老师很快镇压了这起意外事件，并根据经验严令不准据此给张五斗起外号，但还是挡不住很快大家就将“三五斗”这个外号赐予张五斗的历史车轮。

原本聪颖者大多敏感，何况在城里的初中上学，乡下的孩子张五斗深切地感受到了物质上的巨大差距和城里孩子带有歧视性的眼光，他一直小心翼翼地保护着自己，不料一篇课文让他失去了精心呵护的保护伞而让他深觉屈辱，因为不少嫉妒张五斗学习成绩好的孩子总是在喊他“三五斗”的同时，还要恶毒地在后面引用课文里掌柜的蔑视那些买米的农民们的一句话：“乡下曲辫子。”

五斗同学因为这个风波革命意志消沉了好一阵子，他甚至哭闹着让父亲去给自己改名字，但被父亲严词拒绝，幼小心灵再次受创，于是他开始在课堂上神情恍惚，学习成绩急剧下降。好在他当时的班主任是一个六十年代从农门里跳出的老师范毕业生，他从侧面了解到了导火索后就找张五斗谈了一次话，以自己的亲身经历解开张五斗的心结，告诉他最好的回击就是一路上不受干扰好好学习考上名牌大学，“出身无法改变，但你可以改变自己的命运并让你未来的孩子改变出身”“现在看不起你的这些城里孩子将来将拜倒在你的脚下”，并激动地引用了一句名言：“王侯将相宁有种乎！”少年张五斗被老师眼睛里闪烁着的希望烈焰所鼓舞，被老师描绘的未来图景所激昂，迅速找回了状态，并最终一路以县高考状元的佳绩考进了中国人民大学，终日与胡一虎、陶三宝们为伍，“三五斗”的外号事件早被他踩在了脚下，并能在嬉笑陶三宝“小去”冠名时坦然地讲出了这段往事。

大学毕业原本五斗同学志向是进入中央国家机关，怎奈当时中国公务员考试制度还没有正式推行，挡住了他吃上“五斗米”的道路，最终他走进了社科院这个事业单位，算是吃上了“四斗半米”。

混迹京城良久，“神童”张五斗同志很快就“泯然众人矣”，他按照一个例行的轨迹，上班下班，恋爱结婚生子，当年那“王侯将相宁有种乎”的豪情湮没在了“京城居不易”的生活奔波中。而当中国经济发展的车轮碾压了一切后，五斗同志发现中国最有前途的事业其实是在商海中搏杀创业时，他默默地用四年时间读完了他们院最著名的一位经济学家的博士生，并在陶三宝的鼓动下辞职下海，以毕生之所学专心经营着奇树公司。

“如果说奇树公司一开始是陶三宝的，那么事实上这几年几乎就是张五斗的了，所有的战略规划、企业宏图以及公司管理都是张五斗一手搞起来的，他的理想是奇树公司最终能够上市，他能够成为上市公司 CEO，回故乡大把地撒钱造福一方并顺便让当年那些喊他‘乡下曲辫子’的城里人拜服在他的脚下，让陶三宝快乐地在加拿大数着钱当着傀儡董事局主席。这也就是为什么陶三宝干脆就放心离开公司远赴加拿大逍遥自在的原因。”胡一虎把杯子里的水一饮而尽，“服务员，续水。”

舒心非常安静地听着，偶尔会被中间胡一虎绘声绘色讲述的桥段弄得哈哈大笑，一如当时听着陶三宝的故事的清脆和明净，让胡一虎的耳朵狠狠地暗爽了几回。

“故事还行吗?”胡一虎看着若有所思的舒心。

“东船西舫悄无言，唯见江心秋月白。”舒心一笑，“故事真不错。”

“咦！厉害，你这个海归女竟然还能记得《琵琶行》!”胡一虎赞道，“可惜不见舒女罗衫湿啊，呵呵。”

舒心快乐地伸了个懒腰，“你这个冒牌大夫还真行，我现在浑身清爽，病况全无！你可以送我回家了。”

胡一虎一愣，“为何让我送你回去？你不是有那位开宾利的专职司机吗?”

舒心“咦”了一声，“你怎么知道的?”

胡一虎说，“我当时往街里面走去迎你，碰到里面出来一辆车，有个岁数很大的司机叔叔在里面开着，估计应该是送你来的吧。”

舒心“哦”了一声，“你观察能力太强了吧？司机这会儿去机场接人去了，你要有事不送我我让李总来接我吧，你不必内疚。”

胡一虎叹了口气，“我还真怕内疚。走吧，对了，你不需要‘解手’吗?”

舒心叹道：“不带你这么善解人意的吧?”

胡一虎说：“骆驼像你喝了那么多水也得嘘嘘。”

舒心站起身，把帽子塞到胡一虎手里：“当兵的，替我拿着，给我解开手，前面带路。”

胡一虎哈腰一欠身，打了个礼，“嗻!”

回程时开车路过东四环霄云桥，舒心用手往里面一指，“当兵的，那里有家很好吃的私家小店，哪天你带我去吃吧。”

胡一虎说：“这就提前预定了？万一我没时间呢，我忙着呢。”

舒心鼻子轻轻一哼，“是男人吗？不是说过想听故事就免费赠送随叫随到嘛!”

“打住！免费赠送我说过，随叫随到可是你歪曲事实野蛮强加的。”胡一虎说，“欺负我人老色衰记忆力减退吗?”

舒心嘎嘎地笑，“当兵的你记忆力真好！放心了，我不会缠着你的，只是到时候恐怕这顿饭你没道理不请。”

“什么意思？”胡一虎不免警惕。

“到时候你就知道了。你从前面那个桥拐出去，把我送到棕榈泉小区门口就行。”舒心在副驾驶上指挥若定，悠然自得。

（七）

舒心回到位于那个北京著名高档公寓的住所，心情就逐渐暗淡了下来。

她甩掉鞋、脱去衣服，把自己泡进了浴缸里。

在温暖的水的浸润下，她的思维发散开来，这几天的不良情绪又弥漫上来。

她的闺蜜说，“你这是典型的三十岁恐惧症。”

是啊，再过几天，在胡一虎眼里的这个“小丫头片子”就该三十岁了。

最近一两年，舒心明显感到了年龄的压力感，尤其是在自己没有嫁出去甚至连男朋友都空白了好几年的情况下，她已经无法做到年轻时总是很坦然地告诉别人自己多大。

当然了，事实上如果舒心自己不说，别人确实从她的脸上看不出一点年近三十的痕迹，因为原本舒心身材就属于典型的南方女孩，身高一米六〇左右，骨架玲珑，即使其实她比较丰满、该有肉的地方都丰润无比，但旁人都总是觉得她很瘦，再加上一张五官精致、白皙平滑的脸，如果她把头发扎成一个马尾辫，穿得休闲一些，很多人甚至以为她也就是个大学刚毕业的孩子。

但，舒心自己心里清楚岁月在自己身上的流逝。当她按照父亲的一手安排和设计，留学拿学位、回国加入公司从最基础的员工干起、再用五年的时间逐步逐步成熟老练起来、最终被父亲考察合格担任了投资部的总监，却蓦然发现自己即将步入“3”时代。

年龄大了意味着在商海里经验越来越丰富，这点让舒心的父母很安心，但同时年龄大了一些该解决的问题悬而未决时，当父母的又不免操心起来，比如，舒心的婚姻问题。

六年前，舒心在回国不回国的问题上第一次跟父亲产生了争执。争执的原因很老套，因为舒心的初恋男友不愿意她回去，更不愿意她回到自家企业里承担起继承家族产业的无趣责任。

因为在异国他乡无边无际的寂寞，再加上这个蛮符合舒心眼缘的小男生无比热烈的追逐，从未谈过恋爱的舒心也就在英国恋爱了，初恋的幸福感让她在英国的四年过得很快。

但是，当终于要面临回国这个话题时，幸福的脚步就迟滞了。

舒心的小男友是个官二代，这是舒心跟他好上后才知道的，也很意外，因为这个在英国学戏剧的小男生身上没有一点让舒心厌恶的那些大把大把花着父母的钱、花天酒地混文凭官二代的影子，虽然他的父亲是某省的一位位高权重的高官。学戏剧，尤其是在英国学古典戏剧的人，总是有些自由而没有明确的人生目标的，他们视金钱如粪土、视权贵如草芥，因此在他看来舒心要回国继承家族产业是不可理喻的。在他充满了理想主义色彩的鼓动下，舒心第一次动摇了按父亲意志执行人生的观念，在拿到学位后，她跟三番五次催她回国的父亲第一次说出了“不”。

而这个“不”也让从小到大都没对舒心大声说过话的父亲，第一次在电话那边愤怒了，他痛心于自己倾注了全部心血也一直引以为得意的女儿变得毫无责任感。虽然伟大的爱情给了舒心伟大力量说出了“不”，但父亲异常的愤怒让这种力量输给了她根深蒂固的好孩子听话思维，尤其是她一直敬重的爷爷在病榻上打来电话让她回去时，她退缩了，她把那个将来浪迹四海的梦还给了男友，对他说“我必须回去，我无法推卸那些注定要压在我身上的责任”。

小男友用沉默和几天不见面来回应舒心对爱情的背叛，他甚至在舒心回国时都没有来送她。

舒心抹着眼泪踏上了回国的班机，在漫漫旅途上，在那架宽大的空客A380里，她的泪水干了又湿湿了又干，最终沉沉地睡去。

当然，爱情分离的痛苦是两个人的，当舒心下了飞机踏在了上海的土地上，小男友的电话急慌慌地就追了过来，在电话里学戏剧的小男生哭泣着说他很思念舒心他不能没有她，舒心也哭着说她也一样希望他尽快回国来看她。

随后的两年，小男生果真隔几个月就飞回国内和舒心见面一解相思之苦，情意绵绵之下约定即使远隔万里也要将爱情进行到底。在这两年，舒心无比地相信爱情，她也但凡有公差的机会必飞到大不列颠去探望她的爱情鸟。

就这样牵肠挂肚地过了两年，但终于时空差距、人事易变的真理却无情地摧毁了舒心的爱情梦。在终于有一天，舒心倒了三次飞机飞到巴黎探望在这里演出的亲亲爱情鸟、准备给他一个惊喜时，却惊恐地发现她的小鸟正在一位火辣的法兰西女郎怀里缠绵，她天塌了地陷了，手里精心准备的礼物也滑落在地，摔碎了……

在心碎回国的飞机上，舒心听着恰好播放的周杰伦的《烟花易冷》，泪如雨下，心如死灰。

“烟花易冷　人事易分
而你在问　我是否还认真

雨纷纷　旧故里草木深
我听闻　你始终一个人
斑驳的城门　盘踞着老树根
石板上回荡的是　再等

伽蓝寺听雨声盼　永恒……”

爱情幻灭了的舒心，把自己碎了的心包裹起来藏到了无人能见的阁楼里，把全部的身心投入到工作中，就这样一年又一年，她越来越向着父亲理想中的培养目标迈进，而爱情离她越来越远。

二十九岁的生日那天，父亲在位于富春江边的富春山庄里，看似很随意，却是经过仔细斟酌地跟舒心谈起了她的婚姻问题。

“那件事也过去好几年了，你也该再找个男朋友了，碰到好的、你喜欢的就再去试一试，你妈妈每天晚上都唠叨说你爷爷又托梦问她心心嫁人了没有。”父亲说。

舒心淡淡地说：“那好吧，我明天起开始相亲吧。”

父亲心里涌上一股难以言表的滋味，他清楚地从女儿毫无表情的话语中听出了一种对爱情的绝望、对感情的淡然，这让他心里激灵灵地被狠狠地刺痛了一下，毕竟他不希望自己唯一的女儿成为一台工作机器而在爱情上从此是一片沙漠。但是，他想，“但是如果能因此女儿再也不受感情的伤害，也未尝不是一个好的选择。婚姻，无论是自己轰轰烈烈追求来的，还是平平淡淡按程序办理来的，最终都会在岁月中滑进同一个轨道，那就是个伴。”

很快，舒心的母亲便兴致勃勃地给女儿张罗起了相亲大事，这个曾经的纺织厂妇工会的女干部，在丈夫生意越做越大后便辞职当起了专职太太，在近乎无聊地在家待了二十年后，她终于找到了一件可以让她大展身手的事情来做。

当年在厂子里经常撮合年轻人的丰富工作经验，让她在给舒心选择相亲对象上效率异乎寻常地高，她很快就圈定了大约二十个合适的对象，自己亲自汇集成册，拿来一一让舒心过目。舒心只是很随意地翻了翻那厚厚的一本花名册，那些在照片上千姿百态的男人根本没有引起她丝毫的兴趣，“妈，你看着定吧，你说见谁我就见谁。”她说。

舒心的母亲首先让她去见了几个大公司老板的公子，所谓“门当户对”的那一类。但是，见了一轮下来，舒心只有两个字总结：可笑。

那些公子，多数一见面就被舒心秀美的外貌所吸引，便极尽能事地讨取舒心的欢心，然而就在他们一遍遍地向舒心诉说爱意的时候，他们的手机却会频繁地响起，他们有的会先掐掉不接却会在舒心借故去洗手间的空隙快速地回拨电话告诉对方“宝贝现在谈事呢回头找你”，有的会装着大模大样接起电话嗯嗯啊啊地说“知道了回头打给你”，更有的还有拿起电话大声喂喂两声然后挂掉说“骚扰电话”然后悄悄地把电话关了机。

有些还算正常的，却是直接上来跟舒心谈结婚后的安排，比如婚前财产协议，婚后舒心最好回家当全职太太等等。

这一类很快就被舒心淘汰，母亲很快就又搜罗了一堆“互补型”，公务员、大学老师、官员秘书、科学家、律师，琳琅满目。

舒心抽空也大多数去见了，但她又最终用两个字总结：崩溃。

他们有的是因为思想的阴暗让舒心崩溃，比如一位官员秘书跟她大谈特谈如何“宫斗”毫不留情地打击对手，一位律师向她炫耀他是如何原被告通吃的；有的是因为太不食人间烟火让舒心崩溃，比如有位中科院很年轻的研究员，穿着在家的睡裤和拖鞋就来和舒心见面，三米外舒心就闻到了他异常浓烈、至少一周没有洗头的脑油味；有的是因为太赤裸裸表达出了对舒家财富的艳羡让舒心崩溃，比如有位某机关公务员一直在询问她一年能挣多少钱现在开什么车舒家的女婿是不是都有家族股份等等；有的则是因为舒心无法接受的“时尚潮流”让她崩溃，比如好不容易有位让她觉得各方面尚可的大学中文系老师，跟她见第二次面就提出去饭店开房。

“妈，我真的不是太挑剔，您总得让我找一个起码我睡在他身边不觉得恶心、堵心、担心的人吧。”在舒心一次次相亲回来，摇着头让母亲眼中充满期待的火焰熄灭的时候，母亲终于忍不住说她“太挑剔”，舒心无奈地说，“您别操心了，我自己到网上去找吧。”

舒心一股脑儿地在世纪佳缘、百合网等相亲网站上都进行了注册，当然她隐藏了自己的身家和真实身份，只是很低调地填写自己是公司职员月薪八千，并且只贴上了一张她认为最一般的证件照，但写了一段很委婉动人的寻缘留言。

在注册后的两个月时间，舒心只收到了寥寥几封求交往来信，打开一看竟然是几位平均年龄在五十岁左右的叔叔级的人，有一位是甚至征询舒心能否给自己孩子当后妈。

自尊心深受打击的舒心，在网站上进行了重新注册，把自己的职业改成了公司高管年薪百万元，同时贴上了几张虽然戴着墨镜却风采照人的靓照，留言里却是一字未写。

在注册后的两天里，舒心的邮箱就被数以千计的各式来信塞满，来信中的浓浓倾慕之情炽热得可以把整个世界融化。

舒心沉默了良久，一封邮件都没回，决然地把所有注册账号抹去了。

“现在的人都已经毫不掩饰对财富的渴望和对美色的贪欲了，可怕的是他们竟然高举着爱情的旗帜向你冲过来。可怕！”在和自己的表弟、也是她“闺蜜”的任可聊天时，舒心感慨地说。

“姐啊，承认现实吧，现在连同性恋之间都没有单纯、唯美的爱情了。”任可给她伤口上撒盐，“就你这样只谈过一次恋爱的女人，没被骗得七荤八素就已经是万幸了！现在是爱情速食主义时代，419知道吧！”

“什么419?”舒心很纳闷。

“这位同学，请用英语念一下。”任可悲悯地看着亲爱的表姐，为她的“无知”感到痛心和无奈。

舒心迅速地在心里反射了一下，“FOUR ONE NINE? O，MY GOD，FOR ONE NIGHT（一夜情）!”

她狠狠地剜了一眼任可，“让419见鬼去吧，那是你们九〇后的癖好，你老姐我宁缺毋滥，这辈子每晚独守空房也认了!”

话虽然这么说，但舒心在和身边的女孩对比时也发现确实自己在情缘方面差了很多，无论是运气，还是自己这方面的情商、胆量。

有一次和几个好友的聚会上，来宾中有位所谓大师，传言看人入木三分。在众人的热情邀请下，大师就舒心的姻缘问题和他的神灵进行了一次对话，闭目数秒后大师睁开慧眼，徐徐道："这位女施主，你的姻缘之路确为不平，执着时不可得，放任时水飘零，一切姻缘如手中之沙，你想抓住就不能握太紧也不能太放松，握紧反而流失快，随意也自指缝丢。善哉善哉，你的姻缘之机，最终将是在树倒之时、病榻之旁，一切随缘吧。"

舒心从不信什么算命、看相，她始终相信命运是掌握在自己手中的。很多的所谓"天机"在她看来仅仅是一种娱乐，即使偶尔"一语成谶"也不过是生活的一种巧合，概率论其实就可以解释。

不过在她一种特殊的心理状态下，那些"算命的"说的有些话竟也成了她一种心理暗示，比如"缘分未到"。

在一次次相亲未果，又在现实中看见太多的欲望和贪婪，舒心在将近一年的时间里又在恋爱上蹉跎了自己的光阴，这未免多少让她有点沮丧，沮丧之余，她也就拿出"缘分未到"安慰自己。

好在她这样有空想自己的事情的时间并不多，在上海、北京、香港以及欧美的诸多城市飞来飞去考察、谈判才是她主流的常态。

她也不是在工作中没有遇到追求者，恰恰相反，非常多。但是，舒心总是本能地拒绝把工作的对象和未来的伴侣混为一谈，她对那些虽然优秀但身份标记太明显的男人们很理智地保持着距离，有时候甚至会巧妙地利用他们的好感达成商业上的目标。

但是，意外总是会发生，甚至让她处于非常危险的境地。比如这次来北京发生的导致她情绪极度不良的事件。

这次来北京，舒心并不是简单地来落实与奇树公司的合作，她的在公司幕后一直运筹帷幄却鲜在公众面前露面的父亲交代了一件更重要的事情：和一位重要人物吃饭建立联系，这个人物于公司下一步的发展至为关键。

按照父亲的指示，她和李总一行从上海飞到了北京。第一天晚上他们就与那位重要人物见了面，谈得还算顺利，唯一让舒心非常不适的是那个秃顶但看上去傲慢无比的五十多岁的男人，眼睛总是在她身体某些部位盘旋，搞得她非常后悔当天穿了件修身的旗袍，她恨不得把旗袍当时就拽成一件从头蒙到脚的阿拉伯长袍。在分手告别的时候，那个老男人肥硕如熊掌一样的手借机握着舒心的手很久不撒手，让舒心心里一阵阵的不适，但她只能尽量保持着微笑忍耐着。

在谈完回家的路上，舒心在车里用湿纸巾一遍遍地擦拭自己的右手，忽然间就鬼使神差一般想起来了胡一虎和奇树公司，那场在她商业会晤历史上最奇妙也最轻松的“故事会”令她印象深刻。她跟李总商定由李总第二天带队去一趟奇树公司，同时交代让李总约一约胡一虎，自己想单独跟他见一面。

舒心也不是很明白自己忽然想单独见胡一虎、甚至把私人手机号告诉胡一虎的真实原因，或许是想用一个更轻松的见面来冲淡当晚被骚扰的不适，或许是想听一个有趣的故事，或许是想更多地了解那家奇树公司，又或许什么都不是，只是因为她当时第一眼看见胡一虎的手机号时心里产生的莫名亲切感。

她在第二天下午终于接到胡一虎电话后，回家的路上那部对外联络的手机忽然就响了，是那个昨晚非常重要却让她非常不适的男人的电话。他在电话里约舒心晚上在京城一家著名的会所见面，“你一个人来吧。”他在电话里强调。

舒心当晚如约而去，当然她吸取了教训穿了件配裤子的套装。

那是家北京豪华的商务会所，集高档餐饮、KTV、客房为一体。

那个男人一见舒心，完全就没有了头一日那种目空一切的傲慢，他非常热情地和舒心说着话，向她的父亲问好，关心着舒心这个和那个，讲着他和谁谁谁亲密的关系，而那些谁谁谁在舒心看来是中国政治圈里的“顶层建筑”，对她而言仅仅是电视上的某些镜头。席至后半段，男人借着两瓶红酒后的醺然，话语中开始充满了对舒心的赞美和欣赏，中间夹杂着一些低俗的笑话，舒心对这场面当然并不陌生，在北京很多商业的重要关节点，其实都是在酒桌上解决的，她已经习惯了这样的场合，无论是一桌人还是单独会见，她已经逐渐掌握了如何周旋。

只不过，当晚的会面，在后来舒心越来越感觉到这个老男人身上像老房子着火一样的荷尔蒙分泌，那狼一样的眼神不断地在舒心的脸上和身上逡巡，语言也愈发具有挑逗的意味。

舒心忍不住借机去了趟洗手间，在足足磨蹭了十多分钟她才重新回到桌边坐下。她习惯性地拿起面前的水杯微微喝了口水，忽然就隐隐觉得水的味道稍微有些怪异，她皱皱眉，于是放弃了喝第二口的打算。但是，不久，舒心就觉得情况不太妙起来，她感觉自己脑袋越来越沉重、脸越来越有些发烫，呼吸有点越来越急促，她的视线甚至有些模糊起来，对面的那个男人说话的声音也遥远起来甚至还带着回音，她心里惊恐起来，她想起了那有些怪味的水，以及她喝完以后那个男人狼一样窃喜的眼神。

但当那个男人熊掌一样的手穿过餐桌有些猖狂地来抚摸舒心的手时，她打了个冷战，用仅剩的一点清醒推开了他的手，有点踉跄地跑进了洗手间，她打开水龙头使劲用凉水泼着自己的脸，希望让自己好一点，同时她哆嗦着掏出手机拨通了司机的电话：“你赶紧来接我！”

就在那个男人让服务员从洗手间里把已经有些意识模糊的舒心扶出来，准备半扶半抱着往客房那边去的时候，舒心的司机、那位作为侦察兵参加过对越自卫反击的远房表叔及时冲了进来，他一把从那个男人手里抱过舒心，充满歉意却语气冷峻地说：“对不起啊，舒总喝高了，我带她回去了！”

回到舒心的公寓，李总也被司机紧急叫了过来，同时还有一名医生。

医生检查完了以后，拍拍焦急不已的李总的肩膀，“没事，放心，迷幻剂而已，情况较轻，睡会儿就好。”

到凌晨三四点，舒心就清醒了过来。

“别跟我爸说。”她跟一直守在家里的李总和表叔语气坚决地交代。

李总和表叔司机走后，舒心洗完澡在梳妆台前看着镜中的自己端详了良久。

她想起自己即将到来的三十岁生日，忽然就想起了在英国的岁月，甚至眼前飘过了初恋男友的影子，随后又是那张差点让她入狼口的秃顶肥硕的脸，还有她父亲的脸庞，她缓缓却深深地叹了口气，到床上沉沉地睡去。

确实着了点凉再加上有些儿惊吓，这是舒心第二天去见胡一虎时身体不适、疑似感冒的原因。

当然，舒心是不会跟胡一虎讲这些的，起码现在她不会。

想到胡一虎，泡在浴缸里的舒心忍不住有点想笑。

舒心从见他第一面起，就从他身上看不到一点儿商人的影子。在父亲接到老朋友陶三宝求助的电话后，就把这个事情告诉了舒心让她抽空去办一下，“一家文化传媒公司，倒也符合下一步投资的方向，你去北京跟他们公司的两个老总谈一谈，如果确实不错就大胆投资，即使不理想你也根据他们的需要帮帮他们。”

这几年舒心除了按照集团的总体规划拓展大的投资领域外，也在不断与一些中小型公司打着交道，形形色色，当然大部分舒心仅仅是出于朋友介绍的人情礼貌性地沟通过而已，真正让她产生兴趣并投资的并不多，她毕竟不是做“天使投资”的。

但父亲亲自交代的事情舒心知道分量，虽然她不是很了解这分量的背后到底有何历史渊源和具体细节。只不过，她实在没有料到届时出现在她面前的会是胡一虎这样的“老总”。

在舒心的经验中，但凡找他们公司投资的，无论是年轻的创业精英还是老道沉稳的经理人，都是目的性非常明确而直白的，闲话几乎不会多说，往往直奔主题。

胡一虎却实在是个另类。舒心实在从他身上找不到一点儿公司高管哪怕是商人的影子，他似乎对公司的事毫不上心甚至一些关键的情况都不了解，讲起和朋友的故事却神采飞扬，他所谓公司副总的身份似乎就是为了方便他和朋友们能合情合理地在一起厮混，他关注的只是他跟朋友们在一起的快乐而不是为了挣钱。在这一点上，舒心甚至依稀看到了她初恋男友的影子，那是一种简单而快乐的影子，是让舒心感到亲切而单纯的影子。而胡一虎的故事，确实又那么有意思，他的讲述让舒心感到了仿佛很久远了的人与人之间没有一点功利色彩的交融与碰撞，而这恰恰又是她越离越远的。

事实上第一次在中国大饭店和张五斗、胡一虎见过面后，舒心有好几次来北京办事时在中间无事的间隙，都想给胡一虎打电话约见“故事会”，但都最终放弃，在是否投资没有决定前，她不想夹杂进太多的私人因素。

而这次来北京，父亲已经明确地告诉她对奇树公司要注资，“人家（陶三宝）来电话又催问了一次了（实际上是张五斗威逼利诱陶三宝），这样吧，1000 万是底线，发现他们里面有好的项目和资产可以上不封顶，尽快落实。”

心里有了数的舒心，在心情处于一种动荡、潜意识里急需一种快乐因素补充的情况下，约定了与胡一虎的见面。

如舒心预想的一样，此人果然不关心她是否决定投资，并且竟然把见面的地点选在了一个莫名其妙的国子监。

其实在胡一虎叭叭地给她介绍国子监历史沿革、典故野史的时候，舒心其实并不感兴趣，一如她当年被男友拽着去了趟莎士比亚故居，那个学戏剧的大男孩朝圣一样跟她讲述莎翁的典故时。她享受的只是这种氛围，享受这种陪伴，享受心里的一种安静。虽然这两件事毫无瓜葛，一个是她亲密的男友，一个是硬被她邀来的没法定位到底是商业合作关系还是私人朋友关系的男人，一个地方是在英国，一个是在中国，但舒心却好像熟悉且适应。

舒心从浴缸里爬起来，收拾利索，从冰箱里拿出一盒酸奶和切好的一碟水果，在客厅的大沙发上坐下，把酸奶和水果倒在茶几上一个大玻璃碗里，用勺轻轻地搅匀，边吃边拿过手机。

她打开微信，翻阅了一下朋友圈的信息。忽然她想了想，在通讯录里搜索了一下，点开了“海角倦客”这个联系人，查看起他的相册。在回来的车上，舒心拿过胡一虎的手机，不由分说便扫了他的微信二维码，加了好友。

让她觉得有意思的是，从胡一虎的微信相册里没有像很多人那样充满了“心灵鸡汤”，除了一些记载他儿子成长经历的片段外，多数是一些插诨打科的笑话，间或有一点人生感慨。

舒心嘎嘎地笑了几段胡一虎微信的笑话后，给他发了条微信：

“当兵的，谢谢你今天的北京半日游（她本来想写“陪伴”，但想起胡一虎在国子监里痛心疾首地误解她就是把他当成一个临时用来解闷的“三陪”，就放弃了）。祝愉快！”

她等待了一会儿，胡一虎却迟迟没有回信，她便迅速地把自制“水果酸奶沙拉”吃完，这是她从英国留学时代养成的饮食习惯，然后走到书房打开电脑，开始处理文件。

胡一虎之所以没有及时回信，是因为他没法回信，他正在儿子班主任的办公室里接受严肃的批评教育。

刚把舒心送回家，胡一虎就接到了肖玫的电话：“你赶紧去儿子学校去找他们班主任去，你儿子又闯祸了！我出差办案子呢！”

肖玫总是在儿子出彩时说“我儿子”，一旦惹了事她就会冲胡一虎说“你儿子”。当然，胡一虎也多数如此。

胡一虎赶紧心急火燎地赶到了学校，他不知道铁蛋到底闯了多大的祸。

说明了来意，门口的保安给老师办公室打了电话确认了后，把胡一虎放进了学校。

一进办公室，胡一虎就看见儿子耷拉着脑袋坐在班主任方老师办公桌前的一把椅子上，方老师也没跟他说话，自顾自地批改着作业。

看见胡一虎进来，方老师有点认生，“请问您是？”

铁蛋噌的一下从椅子上跳下来，大声道：“这是我爸爸！”

“啊，我是胡肖奇的爸爸。对不起啊，这孩子让您操心了。”胡一虎点头哈腰地走到办公桌前。

“哟，您可真是少见！”那位五十岁左右的女教师摘下老花眼镜，略带有点不满甚至讽刺地说道，“打胡肖奇上一年级起，您就没来过学校吧？”

胡一虎不跟她也不敢跟她计较，别说她是儿子的班主任，就是在大街上遇到的这个年纪的普通女人他也不敢计较，他年轻时代在报社领教了这种年龄的女人的厉害，至今记忆犹新。

“啊，这个，还是来过几回的，您可能印象不深，这孩子的教育吧，主要是他妈管。”胡一虎解释道。

“你们这些男人总是习惯性地推卸责任！”方老师略带寒光地眼睛扫了他一眼，“你坐下，我跟你说说情况。”

胡一虎赶紧在儿子刚才坐着的椅子上坐下，像个老实的学生，这感觉让他很是压抑且不适，但他还是得保持极其谦恭的态度问道：“方老师，这孩子又闯什么祸了？”

“打人！暴力！严重的暴力！”方老师愤怒地说道，“他今天差点把班上一个同学给开了瓢！”

胡一虎吓得一激灵从椅子上站了起来："什么?!那孩子呢，那孩子呢，我赶紧给人送医院!"

儿子在旁边拉了拉他的衣服，"他就破了点点皮……"

"闭嘴，胡肖奇，你还有理了?!"方老师尖声道。

胡一虎赶紧给了儿子屁股一巴掌，"站一边去!这没你说话的分!"

"人到底怎么样了?"胡一虎问。

"等您过来送医院，孩子不就牺牲了!"方老师余怒未消地说，"学校医务室处理了一下，那孩子已经被家长接走了。"

胡一虎心里略微踏实了一点："牺牲?方老师您有点夸张了啊，小孩子玩闹而已又不是解放钓鱼岛。不过方老师您放心，我们肯定会好好教育这孩子，另外被弄伤的那孩子需要我们做什么您尽管吩咐。"

方老师也稍微平稳了一下情绪，"这次把你们家长请来，主要是要跟你们谈谈胡肖奇的教育问题，您家这孩子有些问题必须引起重视了。"

胡一虎把身子往前倾一倾，"您说，方老师，我们一定配合好，教育好。"

方老师说："胡肖奇打人已经不是一次两次了，你不知道吧?小学一年级他估计还有点认生，没暴露出这个特点，但这二年级一开学就频频上演他的全武行，刚开始是对同学推推搡搡，发展到现在是用拳头说话，到今天都见血了，这不是小事，这非常可怕!我觉得这不应该是学校教育的问题，我们一直在学校强调的是团结友爱、互相帮助，其他孩子也都很听话，因此我觉得应该是你们在家庭教育上有漏洞，在养成教育上纠偏不够，没有及时发现他的暴力倾向和苗头……"

足足有一刻钟的时间，方老师痛陈了铁蛋的暴力史、分析了铁蛋暴力倾向的动机和原因、强烈要求胡一虎和肖玫要在很多个具体方面做好引导和教育。

胡一虎在一刻钟的时间里，至少点头了四五十次，高度同意和认可方老师的剖析和开出的药方。

从方老师办公室出来，早就过了下午放学的时间，胡一虎让儿子去教室把书包拿上，押送他回家。

等儿子爬上了车，胡一虎并没有着急启动车，他得趁热打铁对儿子进行思想教育。

“说说吧，今天为什么跟你同学打架，还把人家头打破了。”胡一虎严肃地看着儿子。

“没什么，他太讨厌！”儿子拧着脖子把头扭一边。

“讨厌他你就动手打他?!”胡一虎有点搓火，“你不知道这叫暴力吗？爸爸从小没告诉过你暴力解决不了问题吗?”

“我没打他，我就推了他一下，他自己摔地上头磕椅子上了，就破了一点点皮，根本没开瓢！”铁蛋辩解道。

“推也是暴力！”胡一虎说，“总之同学之间就是不能动手！你忘了在幼儿园的时候尚老师和爸爸妈妈怎么告诉过你的了?”

儿子当年还是在上幼儿园中班的时候，就遇到过一次“暴力危机”，在三番五次制造了“惨案”后，他的班主任老师无奈和胡一虎、肖玫联手进行了一次“重点教育”，最终在那位善解人意、美丽可爱、善良温情且又刚柔并济的尚老师悉心呵护、恩威兼施下，铁蛋的第一次“暴力危机”算是安全过去了。

“我喜欢尚老师！我不喜欢方老师！”儿子冒出一句。

这是什么逻辑？胡一虎很纳闷，哪跟哪呢这是?

但他很快顺着儿子的逻辑整理出了思路，他循循善诱道：“好吧，你喜欢尚老师是吧，那你说尚老师会喜欢你在学校打同学吗?”

儿子想了想，没说话。

“尚老师肯定不喜欢你跟同学打架呀！”胡一虎说，“要是尚老师知道你现在还跟同学打架，她得多伤心呀，对不对？”

“唉…”儿子居然叹了口气，“如果尚老师还教我们就好了。”

胡一虎看着儿子，一时间也不知道该说什么。也许除了父母，孩子真的还能分辨出谁真心对他好，谁让他心灵安静，谁让他温暖，何况由于他和肖玫的关系一直不佳，这个孩子又更加敏感而自我保护意识极强，喜欢和不喜欢在他心里很早熟地细腻而鲜明。

他摸了摸儿子的脑袋。这个孩子迟早会长大，未来还会遇到许许多多的老师，到那时不知道还会不会记得自己儿时的一位女老师曾带给他的温暖和爱护？也许记得，也许会忘记。而那位美丽可爱的女老师呢，在教过了一批又一批孩子后，她知不知道她曾在一个孩子心里留下了温暖心灵的记忆？她还会不会记得那个孩子的模样？也许记得，也许早已忘记。

“能告诉爸爸到底为什么打架吗？”胡一虎想了想，又问道。

儿子抬起头看了他一眼，“打架不好，我知道错了爸爸。可是，李自凡老欺负周欣悦，今天他又揪周欣悦的辫子，我让他别揪可他还揪，我就用力推了他一下。”

“你不是讨厌周欣悦吗？”胡一虎问，周欣悦就是周宜家的女儿，跟肖玫结婚后，周欣悦也搬来住在了一起，铁蛋对这个比他小几个月的女孩并没有好感，总是爱答不理的，即便肖玫通过关系在上小学时把两个孩子安排进了同一个班里，胡一虎也很少听铁蛋提到周欣悦。

“那别人也不能欺负她呀！妈妈说我是男子汉，得保护女人。”儿子说。

胡一虎心里稍微宽慰了一些，他拍拍儿子的小肩膀：“男人保护女人是好事，但你还是不能去跟人打架，你可以用其他的办法呀，比如告诉老师让老师来想办法，也可以跟那李，李什么来着？（李自凡！儿子愤怒地说）哦，李自凡，你可以跟他好好说，讲讲道理。”

“能跟爸爸保证以后不跟同学打架吗?”看儿子没说话，胡一虎想起那位方老师最后要求胡一虎必须保证胡肖奇不再打架的话，顺势问道。

铁蛋挠挠自己的小脑袋，“我争取呗!”

“不是争取，必须保证!”胡一虎也知道光凭自己这几句话，根本保证不了铁蛋还打不打架，好在今天是周末，明天肖玫也回来了，可以再商量商量好好跟孩子说说，还有两天时间，应该来得及。他把车点着火，“走吧，爸爸带你吃饭去。”

“是去吃齐豫阿姨做的饭吗?”儿子两眼放光。

“齐豫阿姨回甘肃了，短时间咱爷俩都吃不上了。”胡一虎说。

儿子失望地往椅背上一靠，“真没劲!那随便吃点吧，反正都一样。”

陪儿子在餐厅吃饭的时候，胡一虎才有空看看手机。手机里有肖玫的两个未接电话，还有几条未阅读的微信。

他先给肖玫回了电话，简单地把情况讲述了一下，肖玫也叹口气说等她明天回来商量商量怎么办。

然后他又查看微信，看到了舒心发来的那条信息，略微一思索回复了过去:“很荣幸成为你的‘游伴’。多注意身体，不舒服别扛着，记得看医生。祝开心更舒心。”

快吃完的时候，陶三宝很让他意外地打进来电话。

陶三宝说他马上去机场，明天的航班到北京，“五斗非得让我来，也不说什么事。你知道是什么事吗?是不是公司融资有进展了?你们和风投谈得怎么样了?”

胡一虎说:“五斗让你来肯定是有重要事需要你当面谈呗。具体什么事我也不知道，风投那边都是五斗跟他们具体谈着呢，到底啥情况我也不清楚。”

陶三宝嘎嘎大笑，“您是公司股东、董事兼副总么？怎么什么都不知道呢？罚你明天到机场来接我！”

胡一虎一笑：“好啊，我带上你二儿子去接你，恐怕你都认不出来了。”

（八）

在机场见到陶三宝，胡一虎差点都没认出来。也就仅仅半年多不见，原本身姿挺拔、虽然年近四十但稍加修饰刷刷漆仍颇有一副高富帅架势的陶三宝，居然就小腹暴突、面部皮下脂肪明显增厚、整个身体变厚变宽，俨然一个中年阔佬标准派头。

“加拿大这么养人吗？怎么会把你吹成这样？”胡一虎忍不住拍了拍三宝丰满的肚腩，痛心疾首，“‘岭南第一帅锅’被万恶的资本主义国家生生给废了！”

陶三宝热烈地给胡一虎来了个熊抱，确实是熊抱，因为胡一虎感觉自己完全就是被一头膘肥体壮的加拿大棕熊给抱住了，“还是祖国好，还是同胞亲，在加拿大可是把我憋坏了！”

完后他便左顾右盼，“我家二宝花花呢？你不是说带它来一块儿接我吗？”

胡一虎拉过他的行李箱，“机场是宠物店吗？人家不让进，我把它锁车里了，放心，开着天窗透着气呢。”

俩人边走边聊就到了地下停车场，花花在车里看见胡一虎过来，把脑袋贴近了车窗，呼呼地吐着舌头，胡一虎拉开车门，“出来吧，你亲爹来了！”

花花急迫却稳重地从车里跳下来，亲热地绕在胡一虎的脚边，并不理会满脸期待和欣喜的陶三宝。

“看你现在的肥沃长势吧，花花都不认识你了。”胡一虎打开后备厢把陶三宝的箱子放进去。

陶三宝艰难地蹲下身，满心欢喜地揉搓花花的脑袋和身子，“你能记得你吃奶的时候见过的人啊？我走的时候它才那么点，能记住我才怪！”

“要不然你俩滴血认亲一下，让它认下你这个亲爹？”胡一虎说，“你是坐副驾驶呢，还是在后座跟你失散多年的儿子培养一下感情？”

“我跟花花坐后座唤回我的爱，跟你这个夺我所爱的人也没啥可聊的。”陶三宝说，跟花花钻进了后座，“你这车后面空间也太小了吧，胡总？”

胡一虎上车点着火，“您就将就坐吧，下回我开辆皮卡来，后货箱够大。”

“五斗忙什么呢，怎么没见到人？”陶三宝问。

“好像他今天和那什么李总有个重要的会见，早上他跟我说中午咱们到老莫碰头，给你接风。”胡一虎说，“后面有水，自己拿着喝啊，本车没有服务员。”

陶三宝拧开一瓶矿泉水，一仰脖咕咕咕几口就干掉了大半瓶，听得在前面开车的胡一虎毛骨悚然，花花也疑惑地歪着头看着他，“你现在怎么变得像个加拿大熊怪一样，喝个水都这么让人惊悚。”

“你要在加拿大每天都吃着肥嫩的大牛排、躺在自家后院游泳池边的躺椅上晒晒太阳、什么事情也不用想什么事也不用干，不出仨月你也一样。”陶三宝说，“你是没见阿里和他妈，那长势可比我良好。”

回到雅乐轩1号，陶三宝一进门就连连摇头，“齐豫是个好女人是个好女人，瞧把这狗窝整的，温馨呐！”

胡一虎说，“这是公认，羡慕嫉妒恨吧。你这几天就别去3号了，那么大个别墅一个人住着忒寂寞，我就反客为主在这里招待你住下吧，反正你也待不了几天。”

陶三宝舒服地往沙发上哐的一声坐下，“我从加拿大带了几瓶好酒，这几天咱仨在这好好聚聚。”

俩人又胡扯了几句，张五斗的电话打到了胡一虎的手机上：“我这边的事已经妥了，你跟三宝出发去老莫吧，我的名字订的座。”

等胡一虎拉着非要先洗个澡换身宽松衣服的陶三宝赶到位于北京展览馆的莫斯科餐厅时，已经是一个小时以后。

“完了，咱俩又得挨时间观念极强的张总批评了。”匆忙在停车场停好车，边拽着还想欣赏一下首都景色的陶三宝往里走的胡一虎边唠叨。

“你咋现在变得跟五斗一样唠叨了呢？我这刚走半年江山就变了颜色了？”陶三宝叹气，“不知道俺们在加国的生活节奏慢吗？”

进到餐厅，穿着旗袍的服务员袅娜地把他俩引到了一个座位边。其实不用领，胡一虎也老远在人丛中看见了张五斗那熠熠发光的脑门和脑顶。

张五斗满脸春风地站起身和陶三宝拥抱，全然没有抱怨两人的迟到。

“五斗哇，你吃蜜蜂屎了还是怎么了？”胡一虎很久都没看到张五斗脸上笑得如此灿烂，“千万别告诉我你是见到三宝激动的啊，你俩感情没那么比海深。”

“一会儿有好消息宣布，我保证你们也会如吃蜜蜂屎！”张五斗把陶三宝按进一把椅子，“服务员，麻烦上菜！”

“有什么好消息赶紧说。”陶三宝说，“一听说你要到老莫给我接风，我就猜到了有好事。对吧，一虎？”

胡一虎哈哈一笑，“那是，五斗有好事必请我们上老莫，这是客观规律。找到工作了，找到媳妇了，生儿子了，五斗你都是在老莫请客。”

张五斗嘿嘿一乐，“我不是有老莫情结嘛。”

张五斗考上大学后，拿到录取通知书后的第一件事就是跑到初中那位帮他在人生重要关头点亮明灯的班主任那里报喜，那位60年代的老师范生老泪纵横连连说好好好好啊你是我第一个考取北京重点大学的学生。感慨完了之后，班主任便跟他讲起当年自己是如何如何想考首都北京的大学但是由于地主成分禁止考大学只能上师范北京梦破碎，又讲起“文革”时冒着成分不好被抓的风险到北京串联见毛主席与一位在北京上大学并留京工作的初中老同学意外相逢，人家把他拽到莫斯科餐厅吃了顿西餐的往事，“那餐厅太气派了刀叉都是银制的闪闪发亮那牛尾红菜汤那罐焖牛肉那叫一个香啊！”

张五斗于是还没来北京就知道了莫斯科餐厅，并且屡次跟胡一虎、陶三宝在学校食堂吃着油水寡淡的饭菜聊天时发誓说一定要请他俩到老莫搓一顿。

当大学毕业那年张五斗被社科院录用后，他拿着攒了大半个学期当家教省下的钱，豪迈地请胡一虎、陶三宝莅临了一次老莫。虽然那时莫斯科餐厅已经没有了银质的刀叉，跟北京诸多新生的高档餐厅相比已经显得有些破落，但三个人尤其是张五斗如实现了人生重大梦想一样快乐，那快乐为他们单纯而难忘的大学生活画了一个滋味异常丰富的句号。

此后，但凡有重大喜讯，张五斗都会约上陶、吴二人到老莫一聚，这已经成为他们仨之间的一个惯例。

看见张五斗笑吟吟地看着自己，却笑而不答，胡一虎赶紧说道：“先别说先别说，让我猜猜先。嗯，五斗，难道是夫人又有喜了？”

张五斗一瞪眼，“我老婆可是在国家机关呢，违反计划生育?!想什么呐!”

“难道是你儿子考上重点中学了？不对呀，为这事你几个月前请过了。”胡一虎搜肠刮肚。

陶三宝一拍桌子，“我知道了！五斗你的经济学专著出版了!”

张五斗博士毕业后，虽然陆续出了几本书但自己一直不太满意社会反响度也不大，他一直叨叨要写一本讲述中国现代资本史的专著。

张五斗摇摇头，叹口气，“太忙了，根本没时间写，现在还就是个开头呢。”

胡一虎和陶三宝互相看了一眼，实在想不出还有什么喜事。

张五斗得意地看着他们俩，“猜不到？好吧，想知道吗?”

胡一虎和陶三宝又对视了一眼，齐声道：“不想知道，爱说不说!”

在大学时代起，一旦陶三宝开始卖关子，吴、陶二人总结出了“欲擒故纵”良策，并且屡试不爽。

果然，张五斗再次中计，“好吧好吧，我说。”

他缓缓地从随身带的包里拿出几页纸，哗哗地抖了抖，“兄弟们，咱们的超级面包从天上掉下来了!”

陶三宝先反应过来，“舒家答应投资了?!”

张五斗鸡啄米似的猛点头，“答应了！而且是五千万!”

陶三宝和胡一虎对视一眼，同时站起来，张五斗也站起来，三个人用他们传统而独特的方式击掌相庆，之所以独特，是因为他们在击掌后会双手合十，口中念道：“一三五联手，想有全都有!”

怪异的庆祝方式惹得旁座的人纷纷侧目。

“真的就让舒家掏银子了?”陶三宝把文件拿过来，哗哗地翻阅，“5000 万啊，真出乎我意外了，我原本最大胆的估计最多一千万！”

“我也没想到！”张五斗双眼放光，“最不得了的是，舒家这五千万的消息一出去，咱们下一步就根本不愁融不到钱了！他们可是超级钱引子！”

胡一虎说，“看来我没有白开‘故事会’，他们还真够意思！”

这时酒菜已经上来，张五斗举起斟满红葡萄酒的高脚杯，“兄弟们，为伟大的胜利干杯吧！”

陶三宝举起杯子，说：“为金光闪闪的未来！”

胡一虎举起杯子，说；“为一三五不朽的传奇！”

而在他们三人庆祝的时候，在城市的东边那个高档的小区里，舒心也在会所的健身房里听李总的情况汇报。

其实就在昨天傍晚，李总带着收获的心情就来找过了舒心。

李总敲门时，舒心正在看胡一虎回复的微信。

她心情莫名其妙有点愉悦地去开了门。

“你今天心情看上去不错。”李总在客厅沙发上坐下，“而我也有不错的消息告诉你。”

“你讲讲看。”对这个在自家企业里跟父亲一起白手起家、忠心耿耿的李总，舒心其实一直把他当亲叔叔一样看待，从来不会像在公司其他人面前那样端着那个劲。

“那家奇树公司有个项目非常有市场价值和潜力，我们给它做起来三年左右必成摇钱树。”李总微笑着说，“这也是我没有想到的收获。”

舒心说：“你接着讲，你向来慧眼识珠。”

李总接着说：“从这段时间的接触来看，这个奇树公司虽然只有短短的六七年时间，但总体上还算是比较规范的，尤其是近三四年来的财务报表都非常规范和完备，这主要是归功于他们的执行总裁张五斗。这家公司目前法人代表虽然还是陶三宝，但他已经移民去了加拿大，实际上主要是张五斗在经营管理。他们公司的核心成员就是陶三宝、张五斗和胡一虎三个人，他们之间的关系如何想必你早已了解，很铁很团结，结构很稳定，不具破坏力。”

“我查看了他们的财务报表，这几年奇树公司最大的投资是在艺术品收藏这块，已经投入了2000多万元，而他们最大的日常收入来源是靠杂志的广告和版面出租承包，大概每年有300万元的收益，还有一块是承办一些中小型文化活动，大概每年有200万元的收入。这些收益主要用于支出人工工资、杂志印刷发行、网站运营、房屋租金等，总体上看这几年基本上能保证盈亏平衡。他们之所以想进一步融资，是因为他们最大的投资方，也就是陶三宝本人这几年由于忙着给家人办移民等诸多原因，逐渐资金紧张，同时更由于当前艺术品市场遇到了意想不到的寒潮，他们收藏的大量艺术品的市场价值处于成本线之下无法实现大量有效的资金回笼，但张五斗认为现在正是逆向操作的时候，要扩大公司在艺术品市场上的投入力度，急需资金。”

“我原本想按照你的意思，如果奇树公司没有严重的财务问题且还算规范的话，给他们投资一千万暂时解决一下问题，但是他们公司一个并没有引起他们注意的新项目让我深感兴趣，就是他们的无人机项目。奇树公司有个叫陶冶的小孩在研究开发无人机，当然说是研究开发其实他就是觉得好玩，这个陶冶是陶三宝的亲侄子，北航正经科班毕业，根据我这几天详细跟他聊，这个孩子对民用无人机的技术研发和认知水平相当高，最关键的是他有自己独特的设计理念和产品思路。我查了一下这块目前国际领先水平的美国的资料，问了一下对这块比较了解的美国的朋友，发现民用无人机的市场潜力相当大，美国在二〇一三年上半年已经形成了10亿美元的市场规模，关键是增长极其迅猛。但当前中国的无人机市场的开发几乎还是一片空白，只有深圳的一两家公司在做。我跟张五斗深入谈了一下，也把陶冶的工业设计拿到专家那里去看过了，我们从奇树公司身上突破中国无人机市场机会难得。”

“我的初步想法是，先期投入五千万元到奇树公司，其中4000千万作为支持无人机项目的专项资金，在奇树文化集团的基础上再成立一家独立子公司‘奇树科技’，专攻无人机项目，让陶冶牵头成立技术研发团队，高薪聘请国内甚至国际上技术高手加盟，由张五斗以集团负责人的名义负责市场开发和产业对接。‘奇树科技’的股份构成可由奇树公司以部分集团资产和知识产权折算55%的股份，咱们四千万作为现金入股占45%，后期咱们根据情况再投入资金，争取最终控股。”

舒心点点头，也略带兴奋，“这是一个不错的项目！想不到他们公司居然还有这么一块金子。我基本同意你的意见。你马上着手起草一个具体的合同方案，我回头跟父亲汇报一下。”

李总笑吟吟地从包里取出了一份文件，“合同我已经起草好了，你过目一下。另外上午我已经让张五斗叫陶三宝尽快从加拿大赶回来，以便争取尽快签字完约。”

舒心一笑，“您还是这么高的效率，李叔我真是服您了！”

当然舒心的效率也很高，当天上午胡一虎到机场接陶三宝的时候，李总已经拿着舒心改过、上层同意的投资方案跟张五斗进行了详尽的谈判。

莫斯科餐厅里，心情极佳的三人已经连续喝了三瓶葡萄酒，都已经有些微醺。

趁着谈性正高，胡一虎想起了一个问题。

他问陶三宝：“我一直奇怪你怎么会和舒家的富春投资有渊源的，以前压根就没听你说过嘛。不如你今天透露透露？”

陶三宝说：“猜不到？好吧，想知道吗？”

胡一虎给了他一拳，“能学点好么？!”张五斗嘿嘿一笑。

陶三宝也乐了："这不近墨者黑嘛！"

"说真的，其实当年我也真没把这个事当回事。"陶三宝从胡一虎的烟盒里掏出一根烟，"讲这个事必须给我营造一个往事如烟的氛围。"

胡一虎赶紧给他点上，"少嘚瑟，快讲！"

陶三宝徐徐地吐出一团烟雾："这还得从我还在中石油上班的时候说起。那应该是在一九九八年的时候，那时候我还在中石油总公司的办公厅混着无聊的日子。有一天我一个在广东做生意的远房亲戚给我打电话，说有个浙江搞化工的朋友想请我帮个忙，具体的让他见我面后细说。我说行啊，只要我能帮上忙。结果晚上浙江的这个人就到了北京，呼了我 BP 机，BP 机你们都还记得吧，摩托罗拉寻呼机，随时随地传信息！那时候胡一虎你最牛了整天挂个汉显的在屁股上显摆，我跟五斗还都是数字的。我跟他通了电话后，先把他安排住在了我们公司的北京招待所，然后等他到了后又去招待所见他。当时他还真就是一个普通得像个中年农民一样的人啊，真的是其貌不扬，一见面就给我递烟，烟倒是中华，还是软的。他非要请我去当时还在王府井的香港美食城吃饭，我说老舒咱还是别去了你的事我还不知道能不能帮上忙呢别花那个冤枉钱再说我也吃不惯贵得吓人的粤菜。于是我就在招待所的餐厅跟他吃饭，我说你到底要办什么事我刚毕业没几年能力有限你可别寄希望太高。他倒很直爽，说就两个事，一是看能不能约到管石化加工的副总见个面他想在浙江搞个中型的乙烯厂，二是能不能联系一下让中石油挂名当他的'中华化工网'的合办单位。我当时一听，说难办也难办，说容易也容易，难办在如果公对公这两个事根本办不了，容易在我当时在办公厅还认识几个人，比如副总的秘书恰好跟我住一个宿舍关系很好，还有当时管对外挂名合作的处就在我这个处。"

"我当时就跟老舒说，我只能试试看，这两天你先别走等我消息。嘿，你说人的命就是不一样，老舒的命就是好，我吃完饭回去跟同屋的秘书一说，你说巧不巧，他跟老舒居然是一个县的！秘书很痛快地答应说他来安排。结果第二天他就打电话跟我说老板整个下午都没事赶紧让老舒下午三点到办公室来。老舒可乐坏了，两点不到就先到了我办公室等着，拎着他们老家的特产石斛，又在办公室抽了大半盒中华，我借机就让他跟我们主管对外合作的副处长混熟了，但让老舒先别提化工网合作的事。到了三点秘书来电话叫老舒上去，老舒乐呵呵地就走了。他们具体怎么谈的我不知道，但效果是显而易见的，因为半年后副总就特意去了趟浙江参加了他企业的奠基仪式，神奇了吧！更神奇的是，我把化工网合作的事跟副处长一说，他居然没有任何反对意见，只是没有同意直接挂中石油而是以我们下属研究院的名义，因为老舒答应一旦挂名就给10%的干股，副处长觉得挂中石油有点跌份就想到了研究院，不过他也不知道后来这10%竟然价值一个亿！”

“不到两天时间，老舒的两件大事就办成了。他临走时高兴得不行，非要请我去香港美食城吃顿好的。我没办法只好答应了。吃饭的时候他硬要塞我一个2000块钱的红包表示感谢，说实话我当时有点心跳加速，你们还记得吧，一九九八年的时候咱们的工资是多少钱吧？胡一虎那时候算高收入的，3000块吧，五斗你就惨点，好像是400块吧？我呢，也好不到哪儿去，600块上下吧，所以2000块相当于我三四个月的工资啊，说不动心是假的。但我当时真没要，你们不知道，当时老舒在我们招待所要了一间最便宜的四人间的房，自己吃饭就是用开水泡方便面，节省得不行不行的，我哪能要人家那钱啊！我说老舒你是要办企业的人，要花钱的地方太多了，你们民营企业家也不容易，钱一定要花在该花的地方，你花这么贵的钱请我吃饭已经很客气了，我也没帮上多大忙真是你运气好，这个钱我不能要。”

“老舒当时很感动，他又说那我给你化工网1%的干股吧。我说那也不行，我什么活也干不了不能占你这便宜。老舒很感慨地说老弟我交下你这个朋友了，今后无论遇到什么事你尽管找我。这次分别后，我其实再也没见过老舒，但是他从此每年都会给我寄贺年卡，后来他换了手机、换了办公地方还特意给我打电话告诉我他的手机号、新电话号说有事就找他，一直到我离开中石油。后来的事你们都知道了，他的生意越做越大，先是化工生意火得一塌糊涂，后来化工网上市，后来就不断地扩张，很快就富甲一方了。不过我觉得他这个人发财是非常合理的，他能吃苦有韧性又懂得人情世故，商业上的嗅觉又灵敏。”

“如果不是五斗非逼得我找有钱人融资，这辈子我都不会向老舒张嘴的。我不想让人家觉得我一直惦记着回报。但我真的一开口，多少年没见了他一耳朵就听出了我的声音，这肯定也是此人的一大成功因素，记忆力超强！他满口答应了我的事，并说他会安排他女儿来办这件事。他虽然只字没提报答我的事，但其实我知道他或许也一直在等这个机会。好了，故事就是这样！满意了吧？”

张五斗听罢沉吟了一会儿，“你说你最初以为他会给一千万，是不是就是相当于他当时要送给你那化工网 1% 的股份的价值？”

陶三宝哎哟一声，“五斗你厉害！”

胡一虎感慨道：“从你这个故事可以得出这么一个结论，就是任何一个成功富裕起来的人绝对不是天上掉馅饼砸到的，他们身上必定有某些过人的素质。这点放到三宝你身上也是一样的，你发财也不是偶然的，你仗义、不贪财，反而就让你发了财，并且能交到发财的真朋友。”

陶三宝点头，“一虎你说的还真是对，这可能就是因果循环。”

张五斗说，“一切都是缘分！”

埋单的时候，漂亮的服务员拿来一张顾客意见表让填写，陶三宝、张五斗指指胡一虎，“胡秘书这是你的活。”

胡一虎倒也无所谓，一般这种动笔的事这么多年都是他负责。

写完了交给服务员，服务员看了看，微笑着说：“先生你手机的尾号是0916吗？明天就是这个日期呢。”

胡一虎听后，忽然心里一动。

（九）

签约时间定在了下午四点，舒心和李总会到奇树公司来。

三个人让代驾开车送回了公司，都有些意犹未尽。

张五斗已经让人布置好了签约的会议室，还特意让胡一虎把杂志社那边摄影技术最好的小伙子留下来照相。

在即将迎来历史性一刻的会议室里，陶三宝不免感慨起来。

“还记得咱们在这里面试那些小孩吗？”陶三宝说。

“历历在目。”胡一虎应道，“一转眼四五年过去了，一切却好像就在昨天。”

张五斗说：“其实我心中一直就有这个梦想，公司做大然后上市，现在看来这个目标不远了。”

这时陶冶过来见陶三宝，“二叔，你不在加拿大钓鱼了？”

陶三宝说：“你五斗叔在北京一召唤我敢不回来吗？何况他还钓了条特大的鱼，我得来帮他装船舱里免得跑了呀。你这臭小子还真行，玩着玩着竟然就玩出点事了，好好干啊，给你叔我争争光。”

陶冶打完招呼就准备回他的办公室，胡一虎追了出去。

他亲热地搂着陶冶的肩膀，“北京的同学聚会怎么样？还需要叔赞助赞助吗？”

陶冶停住脚步，坏笑地看着胡一虎，“胡叔，你有什么事就明说吧，我根据难易程度决定赞助费。”

胡一虎一挑大拇指，“聪明！我就喜欢聪明的孩子！我是有个事想请你帮个忙。走，到你办公室去说。”

到了陶冶办公室，胡一虎看着他满地的机器设备，又仔细看了看那几台已经做好的无人机，问道：“你现在这些无人机可以执行任务了吗？”

陶冶略带得意地答道：“这两天我们已经飞行试验过很多次了，现在可以做一些初级的事。昨天那个李总还让我们带着机器在外面操练了一下，我们让无人机把他的西服吊着飞到他几百米以外的司机那儿，他司机取下来放车里了，李总相当满意，旁边看热闹的人可多了。”

“那它如果在室内飞行执行任务行不行？”胡一虎问。

“那就得看室内的环境了，如果环境太复杂、空间不够可能难点。”陶冶说，“您就说您想干吗吧？”

胡一虎说：“如果我想让你的无人机吊一蛋糕飞到一个餐厅，可以做到吗？”

陶冶又坏坏地笑起来，“看不出来嘛胡叔，太会整浪漫了！”

胡一虎说：“就整浪漫这点事你去跟你二叔打听打听，还真不是我吹，他当年追你婶婶苦于无策，我随便点拨了他两下，他就凯旋了！不过打住啊，我要你帮忙的这个事可跟浪不浪漫一点关系都没有，我仅仅是想向过生日的人表达一下衷心的谢意，她是个大好人。”

陶冶说：“我才不管您的事呢，我呢就管干活拿钱。这事不难办，您提前告诉餐厅在哪儿，我带着设备、蛋糕马上赶到，保证漂漂亮亮地给您把事给办了。工钱嘛，您看着结吧，您反正不是那抠唆的人，对吧胡叔？”

胡一虎伸出手掌，“就等着你这句话呢兄弟！就这么定了，明天中午你别安排别的事，把家伙都准备好，保持联系，一把拿下！”

陶冶伸出手掌跟他啪地一击，“瞧好吧您呐！”

胡一虎转身离开，回身又交代一句：“注意保密！打死也不说！”

陶冶挥挥手，“记得准备好封口费！”

“臭小子！”胡一虎笑骂，带上门离开。

四点整，签约仪式准时在会议室里举行。

张五斗是个很重视仪式感的人，用他的解释就是“仪式能把一件普通的事变得很庄重，把一件重要的事变得走心入脑的神圣”，基于此，他也是他们三个人中间唯一举办了婚礼的人。他在今天要陶三宝和胡一虎穿上了西服打上了领带。早在两三年前他就未雨绸缪地领着一个服装公司的人给全体公司员工量身定做了职业服，他自己每天都是西服革履地来上班，而陶三宝和胡一虎的制服却一直放在办公室里从来都没穿过，直到今天才第一次派上用场，但陶三宝的早已不合身，张五斗无奈从公司最胖的那个美工身上扒下了一件勉强对付穿上。

“我怎么都不会想到你会胖成这样！”张五斗无奈地叹息，为了这一点在仪式上的瑕疵。

“谁让你多收了三五斗让我没办法不心宽体胖！”陶三宝快乐地拍拍自己的肚子。

出现在奇树公司的舒心穿了套在正式场合穿的黑色套装，头发也从前往后梳起挽起在脑后，整个人显得成熟而职业、干练。

“真没想到老舒有这么漂亮的一个女儿！”第一次见到舒心的陶三宝啧啧赞叹，“还年轻有为！太让人羡慕！”

所谓仪式，其实就是舒心和陶三宝分别在合作协议上签字然后互换再签，前后也就几分钟的时间。

签字结束后，陶、张、胡三人照例领着第一次来公司的舒心到处转了转，自然，陶冶的工作室又成了重点，不过舒心还是到胡一虎负责的杂志编辑部看了看，并特意到胡一虎的办公室参观了参观，一直微笑不语。

原本陶三宝在香格里拉定好了饭，但李总说晚上还有别的安排，庆祝晚宴于是就取消了。陶三宝就拉着大家在公司的LOGO下面合了张影，算是弥补了一下遗憾。

挥手告别之际，胡一虎过去给舒心拉开车门，悄声地对舒心说："霄云桥边，私家小店。明天中午你有空吗？"

舒心抿嘴想笑，但忍住了："我看吧，等我电话。"

"五斗啊一虎啊，咱们是不是也该雇几个专职司机了？"看着客人远去，陶三宝对张、胡二人说，"我把停在三号的我那辆车贡献出来，就作为公司的专车平时接送个客人什么的。你们俩配个司机，以后就别自己开车了。"

"倒是可以考虑。"张五斗说，"现在北京停车这么难、酒驾查得这么严，出去谈个事没司机确实不方便。"

"要配也是五斗你先配上吧，公司的事都是你出头露面在跑，我无所谓的。"胡一虎说，"晚上咱们到一号一聚吧。"

时光在无情地朝前走，从来就不肯回头。但是，一些场景却会让人想起过去的时光，让一些记忆清晰地铺陈开来，仿佛能在场景的配合下穿越回过去的光阴。

比如，在雅乐轩一号，当三个男人围着客厅的茶几席地而坐，喝的有名酩酊的时候，他们都不约而同地想起了过去的一些美好时光。

"还记得大二的时候在十渡农家客栈吗？"胡一虎说，"咱们让几个女生睡在了炕上，自己就在地上接着喝酒，就是农民家自己酿的苞谷酒，抱着就睡过去了，醒来时发现女生们给咱们盖上了被子。"

"怎么不记得，那不是当时帮五斗追那福建'飘柔夏士莲'嘛！"陶三宝说，"不过那酒是真烈，几口我就不行了。"

“什么叫帮我追？你们俩都喜欢好不好！”张五斗说，“原本只邀请了她和一虎的那个老乡女孩，没想到她把她们整个宿舍的女生都叫上了，开支严重超标，买饭票的钱都没了，害得咱仨连续一个月都得四处蹭饭去。”

“只可惜那‘飘柔’对咱们仨都没看上，最终竟然跟了董公子。”陶三宝叹息道，“五斗你还记得有一次一虎晚上从图书馆回来的那眼神吗？跟愤怒的狼崽子一样！”

胡一虎猛地一口把杯子里的酒喝干，“我能不生气吗?！我肺都要气炸了，她跟董公子竟然在咱楼下那个小树林抱着打啵儿，我的世界当时就摇晃了，三观尽毁，当晚的月光太亮，摧毁了我大学的初恋！”

“我们的初恋！”陶三宝和张五斗叫唤道，“你回来一说，我们都想拎着刀下去来一个玉石俱焚，来一个曹操刺董卓！”

“从此咱们仨就容不下姓董的人了，后来公司选拔应聘的人第一件事就是排除姓董的那些人。”胡一虎说，“咱们也够小肚鸡肠的啊。”

“忘了告诉你们，有一次我带着老婆孩子去加拿大多伦多，竟然在一个中餐馆遇到‘飘柔’了，她跟一个鬼子在一起，同座的还有她三个混血的孩子。”陶三宝幽幽地，“我当时也没上去打招呼，怕老婆追究历史旧案。”

“这么说她最终没跟董公子在一起?”听闻此言，张五斗、胡一虎心中略感安慰，然又做关心状，“她大学毕业以后好像就跟大家失去联系了，没想到竟然去了加拿大。”

“你们没觉得舒心长得有点像‘飘柔’吗?”陶三宝说，“你们回忆一下，那眼神、神态、身材，还有那一笑的样子。”

胡一虎一拍大腿，“还真是！我说我怎么老觉得她面熟，就是想不起来是怎么回事，你这么一说谜团顿解！看来，我们三个中其实你对‘飘柔’用情最深！”

三宝猛叹气，“女神嘛，当然得用心点。一想起她半夜爬起来给咱们仨盖被子，心里就暖呀。我后来问她们女生谁给咱们盖的被子，她们都说是‘飘柔’。”

三个人喝着酒，说着往事，借着酒酣，感慨万千。

最终三个人又像当年一样纷纷倒地睡下，梦中纷纷在大学校园的林荫道上与“飘柔”重逢，纯真而青春的笑脸，青涩而美好的年华。只是，等他们再次醒来，身上不会再有那个青春女孩轻轻盖上的被子。

第二天早上三个人是被胡一虎激烈欢叫的手机声吵醒的。

胡一虎睡眼惺忪地迈过两个东倒西歪的身体，从地上的一堆乱七八糟的东西里找到了手机，一看是舒心的电话。

“你十一点到小区门口来接我吧。”舒心说，“你干吗呢？什么声音呐，怪怪的。”

胡一虎看了一眼舒服地翻了个身压在张五斗身上接住睡、鼾声如驴的陶三宝，“好，知道了。没啥声，我们陶总打呼噜呢。”

“哈……”舒心笑道，“都几点了，你们还睡觉呢？说好的夜以继日、为公司鞠躬尽瘁呢？”

胡一虎还有点懵懂地回答：“男人睡觉你就别管了，睡好觉才能更好地工作。你等着我吧。”

这时花花走进来，绕着胡一虎直转悠，胡一虎连踢带拽把俩人叫醒，“起床了！债主催你们开工了！”

张五斗看了一下手表，腾地一下站起身，“怎么都快十点了呀！我得赶紧去公司，还有几个会要开呢，你们俩也赶紧跟我走吧！”

陶三宝缓缓地从地上爬起来，“一虎，有吃的？”

胡一虎说，“没了！昨晚全被你吃光了！没听见五斗要去开会吗，赶紧洗洗出发了，中午让五斗陪你吃顿好的。”

张五斗在卫生间哗哗地洗脸，“怎么个意思，你不去呀一虎？”

胡一虎说，“有你俩去就行了，我最讨厌开会，回头告诉我新任务是啥就行了。我约了个朋友吃饭，一会儿就走了。”

陶三宝摇摇晃晃地往卫生间走，“我也讨厌开会。”

张五斗大声喝道：“都想造反啊?！三宝你必须去，好歹你是董事长，公司同仁都等着你宣布未来发展计划呢！一虎你吃完饭必须回公司，好多事要商量呢!”

等张五斗拉着陶三宝急急忙忙地走了，胡一虎看着家里一地的狼藉，心里暗暗为辛苦打理房间付出无数心血的齐豫抱不平，“这要是她看见了，得当场崩溃!”他从厨房找出几个硕大的垃圾袋，把所有的瓶瓶罐罐、残羹冷炙、烟头纸屑统统装了进去，又草草地整理了一下屋子。

随后他又迅速地刷了个牙、冲了个澡，把花花当天的食物和水放好了，穿好衣服拎着大垃圾袋就下楼飞奔而去。花花委屈地跟着他到门口，发现今天确实无法下楼痛快尿尿了，沮丧地走进卫生间，在马桶边抬起一条后腿搭在水箱上，用它最痛恨的方式把憋了良久的一泡狗尿撒进了马桶里。

胡一虎有时间遛狗才怪，这时候已经十点半了！十一点舒心在东边等着他呢!

好在老天不想让他太狼狈，长安街不堵，东三环不堵，朝阳北路不堵，他居然在十一点刚刚过了不到一分钟时赶到了棕榈泉。

胡一虎小心翼翼地看着从公寓里走出来的舒心，担心从她脸上看出不快甚至生气，但是，他只看见了一张戴着太阳镜微笑着的脸，阳光照在她的脸上柔和而明亮，痛快地告诉胡一虎这个女子心情很愉悦。

（十）

“你们昨晚在哪鬼混呐？”上了车，舒心摘下墨镜，大眼睛忽闪忽闪地问胡一虎，“不会是大摆庆功宴呢吧？”

胡一虎说：“人混人混，没有鬼混，就在我家呢，就我们仨喝了点小酒，也谈不上庆功，就是好久没聚了大家聚一聚，革命尚未成功，万里长征才迈出一小步，我们哪敢庆功呢，夜以继日、枕戈待旦、鞠躬尽瘁这些绝对常在我心，怎敢忘记。”

舒心一撇嘴，“讨厌！你这张嘴咋就这么让人可恨呢！”

胡一虎说：“你别恨了，它可有一个习惯，谁恨它它就跟谁亲。啊，不，别误会啊，不是亲嘴的亲，是亲切的亲。”

“讨厌！”舒心把脸一扭，“你就是这么哄你的女朋友们的吧？”

胡一虎疑惑地问道：“为什么加个‘们’？”

“嗨！用脚后跟都想得到，你的女朋友能少了吗？”舒心瞟了他一眼，“用‘们’都觉得轻，应该用个范围更大的词，嗯，等我想想啊……”

“我替你想吧，用‘圈’怎么样？大吧？还嫌小，就用‘群’，够大了吧？”胡一虎用手一指前面一辆满车身都是花花绿绿广告的车，“那上面的那个字更不错，‘族’！”

舒心定睛一看，上面的广告词是“×××，给狗狗一族的好尿布”，扑哧就乐了。

“我历史上的女朋友绝对没有你想象的那么夸张了，而且都是过去式。哪像你，现在屁股后面跟一堆小公鸡呢吧？”胡一虎叹道，“现在是你们八零后、九零后的世界！”

“小什么？”舒心没听清。

胡一虎看了她一眼，觉得她眼中全是对新知识的渴求，不像装傻，便又大发故事文采：“我小的时候在农村，每年春天的时候家家户户都孵小鸡，小母鸡呢就好好养着用来下蛋，小公鸡呢基本上命运比较惨，除了留下几只陪小母鸡们外，很多就惨遭阉割变成一群光长肉不长思想的太监鸡。为什么要把它们变成太监鸡呢，因为啊，这些小公鸡呢没事就爱跟在小母鸡后面起腻，尤其是它们认为最漂亮的往往后面跟一群，心思不用在吃虫子好好长肉上，整天就在那儿幻想爱情、追逐爱情，不仅如此它们还常常因为失恋搞得憔悴不堪、鸡比黄花瘦。你说一心等它们长肉的主人能不急眼吗？所以就痛下杀手断了它们的烦恼丝、一心一意长鸡肉。你呢，就好比突然出现在一群小母鸡里的小孔雀，那屁股后面跟着狂追的小公鸡们，嗯，不对，小公鸡族——能少了吗？”

舒心忍不住用拳头捶了一下胡一虎的右胳膊道：“你太讨厌了！你是天下最让人烦的人！”

在舒心的指点下，胡一虎找到了她所说的那家私家小馆。

胡一虎把舒心送到小馆门口，“你先下车进去，我去找地儿停车。”

把车停好，胡一虎迅速地把自己在百度地图上的位置显示截了个屏给陶冶微信发了过去，并留言：“速来！别忘了蛋糕！”陶冶很快回了个 OK 的手势。

这是一个藏在一群高楼大厦里一个不显眼的二层小楼，如果不是舒心带着，胡一虎是无论如何也不会知道这里居然有个餐馆的。

到了门口，一位女服务员出来，“是胡先生吧？请跟我来。”

服务员把胡一虎领到了位于二层楼顶的一个开放式露台，经过精心装饰的露台散落着五六张桌子，桌子上面是撑开的漂亮的遮阳伞，舒心就在其中的一把伞下。

“咦，你怎么知道这个地方的呢？鬼子进村都不一定找得到。”胡一虎在舒适的圈椅里坐下，清风拂过他的脸，阳光恰到好处地不热不燥。

“我爸爸的一个朋友带我来过。闹中取静，饭菜可口，就记住喽。”舒心说，“菜你点还是我来？”

胡一虎说，“今天一切都你做主。”

舒心一笑，“那我不客气了啊。”

舒心点了一个桂花山药、一个秘制酥皮虾、一份辣鲶鱼、一份桃仁剔炒鸡、一份炒合菜，又要了一扎酸梅汤。

胡一虎把手机放在桌子上，心里暗暗计算着陶冶赶到的时间，眼神显得有些飘忽。

舒心看了他一眼，把一个烟灰缸推到了他面前，“想抽烟你就抽呗。”

胡一虎惊叹道：“这么贤惠?！家里教的还是英国学的?”

舒心无奈地说：“你能不这么贫吗？自学的！”

菜还没有上来，一壶老北京茉莉花茶在他俩的面前的茶杯里散发着淡淡却似乎又浓郁的清香。

舒心一小口一小口抿着茶，一件带着薄薄纱袖的白色长裙让她整个人显得恬静而优雅，乌黑的长发散落在她的腰际。

胡一虎叹道：“可惜唐伯虎不在，如果他现在在的话，一定会再给你画一幅美人图，那他就留下的就不是《九美图》而是《十美图》了。”

舒心总是在跟胡一虎的交谈中感觉自己不懂的东西太多，你看她又开始对唐伯虎感兴趣了：“唐伯虎？就是那个点秋香据说有 9 个老婆的风流才子吗?”

胡一虎不由得叹息一声:“风流才子不假,却不是有9个老婆,传说毁人呀!”

“那他到底有几个老婆呢?”舒心好奇地问。

胡一虎说:“来,舒心同学,胡老师今天给你讲唐伯虎的故事。”

“唐伯虎是明朝人,他跟沈周、文徵明、仇英组成了画坛‘明四家’,又跟祝允明、文徵明、徐祯卿号称‘吴门四才子’。但那五个家伙你几乎没听说过把?为何唐伯虎声名显赫、家喻户晓呢?

“答案还是在娱乐、八卦和故事性上。唐伯虎自幼天分极高,个性不羁,而且还颇有些社会青年的俗世情怀,乔装打扮后四处游荡,做下些极具新闻性的举动。在信息不太发达的古代,唐伯虎的那些故事也就成为坊间的谈资被人们口口相传,而且还难免要添油加醋一番。其中最经典者就是‘唐伯虎点秋香’,当然这个故事从冯梦龙的‘唐解元一笑姻缘’开始被多次加工、润色,直到符合所有中国古代传奇的娱乐观、报应观、善恶观等等。当然了,事情并不完全是空穴来风,唐伯虎在父母、妻、妹相继去世后,的确在消沉中混迹于青楼酒肆之中,但这在当时的文人中是正常的事。

“为什么说他有九个老婆呢?这就怪他第三个老婆叫九娘了!你张大嘴干吗?是惊叹他居然有三个老婆是吧?我告诉你,他第一个老婆在他二十五岁那年就死了,第二个老婆在他仕途失意回到苏州后觉得他是个垃圾股,在他三十二岁的时候抛弃了他,第三个老婆是他四十岁的时候娶的一个青楼女子,名叫沈九娘,大伙儿都叫她九娘。就因为他老婆叫九娘,后人就臆断出唐伯虎有九个老婆。哦,对,还有一个背景是刚才我跟你提到的《九美图》,大家都以为他画的都是他老婆。其实根本不是,他画的是当时苏州城有名的九个大姑娘、小媳妇儿,跟他一毛钱关系都没有。”

舒心兴趣盎然地听胡一虎慷慨陈词,为唐伯虎大抱八竿子打不着的不平。

菜肴也就在这话语间，陆续上来了。

胡一虎看了看表，时间已经过去了将近四十分钟，陶冶还没有给他发来任何抵达的信息。

“那点秋香有那么回事吗？”舒心开心地吃着美食，想继续享受胡一虎的精神食粮，她觉得他那张破嘴里总是会蹦出一些她闻所未闻的故事、跳出一些稀奇古怪的对话。

“史料上记载，苏州城里当时确实有个秋香，但是她比唐伯虎大二十多岁，也就是说唐伯虎还在吃奶，秋香都已经是好几个孩子的娘了，正史记载她也从来没有跟唐伯虎发生过任何交集，更别提香艳故事了。即便有偶遇的机会，玉树临风、帅哥一枚的虎哥也不会多看这个跟他妈一个岁数的大婶一眼的，更绝对不至于去‘点’她的了。”胡一虎答道。

舒心撇撇嘴，“那可不一定，现在不少半老徐娘可招一些小男孩喜欢了。”

胡一虎咽下一颗虾仁：“这没什么奇怪的，历史上的徐娘就喜欢小鲜肉。”

舒心睁大了眼睛，“真有一个叫徐娘的人吗？”

“当然有，中国的任何一个成语都是有出处啊！”胡一虎说，“来，给你普及一下中国情色史。”

他喝了一口酸梅汤，那酸爽让他脑细胞飞速给他检索历史云烟：“话说南北朝时期有个梁朝，南北朝知道吧，就是司马昭他们家统一三国后中国没过几年安生日子又分裂了，南边一些短命小朝代陆续更替，北面一些国家也是我灭你你灭我，后来咱们把这段分裂割据的历史光阴叫南北朝，收拾这个烂摊子的一代枭雄是个叫杨坚的人，他建立了隋朝统一了中国。扯远了啊，咱说梁朝吧，梁朝的第四个皇帝名字叫萧绎，这个人不是个好皇帝，梁朝就是在他手上被人给灭了，不过却是个很牛的文化人，书画造诣非常高。他之所以不是个好皇帝，因为他喜欢老庄哲学，什么叫老庄哲学啊？就是凡事无为而治、只求养生得道，那还当个屁皇帝呀！不光当不好皇帝，也当不好丈夫呀！这个萧绎在当太子的时候就有一个老婆叫徐昭佩，对了，就是你刚才提到的徐娘，当然这时候她还不是徐娘了，是小甜甜佩佩美眉。但是呢，这个萧绎整天和一帮人讨论、研究老庄学说，对这个如花似玉的佩佩美眉根本就不搭理。不光当太子不搭理，当皇帝了封佩佩美眉为贵妃后也还是不搭理，无论是佩佩美眉还是徐贵妃每天都捯饬得漂漂亮亮，她的萧郎全当她是空气。岁月催人老啊，转眼徐贵妃就已到不惑之年，抓住青春尾巴的心情就有些迫切了，终于有一天她遇到了她的小鲜肉，一个叫暨季江的小帅哥，徐贵妃饿虎扑食上去很快就把小江江拿下了，成了她的后宫情人。有一次，小江江的一帮兄弟见小江江三天两头地往后宫跑乐此不疲，就实在忍不住按住他好奇地问跟徐大婶在一起到底是何滋味？小江江就幽幽地吐出了八个经典的中国汉字：徐娘半老，风韵犹存！”

舒心被他活色生香口述演绎的“徐娘故事”搅和得都忘记了吃饭，傻呵呵地听他讲着，不光是她了，邻桌的一个美眉也侧目竖耳听着，偷偷发笑，或许她把“暨季江”听成了“鸡鸡僵”吧，管她呢。

而这时陶冶的微信发来了：“老大，我们已就位，请指示！”

胡一虎赶紧回复：“在二楼楼顶露台，速行动！”

“你还挺忙？”舒心瞟了他一眼。

“啊，没事，送快递的，我让他明儿再送。”胡一虎把手机扔一边，他举起盛着酸梅汤的杯子，“舒心，舒总，现在，此时此刻，我如果不说点感谢的话就有点不懂人情了，你在我们公司最需要的时候伸出了温暖的手拉了我们一把，这怎么着都是雪中送炭的感动中国之举。我真诚地谢谢你，来，碰个杯吧！”

舒心举起杯子，“你这么正经地说话，我怎么有点不习惯呢？”

胡一虎一笑，站起来：“他人笑我太疯癫，我笑他人看不穿。你习惯不习惯我都要表达我最真实的感谢之情，今天是你的生日，我祝你生日快乐!”

舒心赶忙站起来，有点惊讶地捂了下嘴，“你知道今天是我生日?!”

“你说过我手机的尾号就是你生日。”胡一虎说。

就在这时，露台上吃饭的人群忽然有些骚动起来，一阵嗡嗡嗡的声音由远而近传来，很多人都从椅子上站起来，纷纷用手指着一个东西。

舒心和胡一虎也都抬头观看，只见一架四个旋翼的小无人机嗡嗡地在空中盘旋，下面吊着一个精致的盒子，盒子上飘洒着五彩的丝带。

无人机稍微停驻了一会儿，便朝着舒心和胡一虎的上空飞过来。

小飞机飞到了舒心的头顶不远处，就在空中悬停下来，并一点一点地下降到胡一虎的手可以够着那个盒子的高度，舒心稍微有点害怕地往胡一虎身后躲了躲，下意识地用手抓住了胡一虎的胳膊。

胡一虎艰难地举起胳膊（因为被舒心抓着呢）从飞机上取下那个盒子，右手冲无人机做了个“OK”的手势，无人机迅速抬升，在空中盘旋了一圈便飞远了。

所有人的眼睛都齐刷刷地盯着胡一虎和舒心二人。

胡一虎把盒子放到桌子上，轻轻地把外包装打开，露出了里面的一个大约二磅左右的甜软糯米皮包裹的冰激凌的生日蛋糕，上面插着一根小小的蜡烛。

舒心惊讶地再次捂住了嘴。

胡一虎掏出打火机把蜡烛点着，双手把蛋糕托到舒心的面前：“我，并谨此代表奇树公司，祝舒心小姐生日快乐!”

这时，围观的食客和餐厅员工哗哗哗地鼓起了掌。

舒心的脸因为有点小激动而显得绯红，她接过蛋糕，“谢谢你!”她还想多说点什么，只是忽然喉头有点哽咽，什么也说不出来——她以为这个男人只是按照一般性的礼节邀请她出来表达一下感谢，她也一点也没指望他能记住她的生日，她更没有想到他竟然这么精心地布置了生日惊喜。

“许个愿吹蜡烛吧！”胡一虎笑吟吟地说，又把蛋糕接了过来。

舒心点点头，双手合起做祈祷状抵住下巴，微微闭上眼。

过了一会儿，她睁开眼，轻轻地呼了一口气吹灭了蜡烛。

“都许啥愿了？你们女孩子都在生日蜡烛前这么虔诚吗？你刚才的样子让我想起大学的时候圣诞节去西什库凑热闹，第一次看见那些上帝的信徒祈祷时的表情。”胡一虎把蛋糕放回桌子上，给舒心拉开椅子让她坐下。

“许愿当然要心诚啊，要不然怎么会灵验呢。”舒心看着胡一虎站着用一把小刀子轻轻划开了蛋糕，切出了一块放在一个碟子里递给了她，丝丝凉气袅袅地在略还有些热的九月空气中冒了出来。

“这是冰激凌的，尝尝呗。”胡一虎递给她一把精致的小勺。

“我还是头一次吃冰激凌蛋糕呢！”舒心咯咯咯地笑起来，面对美食，女人们一般都会像个天真的孩子，什么总裁、什么夫人、什么太太、什么高管、什么部长，统统就现了小女人的原形，几乎很少有例外。

看她吃得开心，胡一虎气定神闲地点燃了一根烟。

“你生日时候许的愿现在都实现了吗？”他好奇地问。

舒心含着勺子做沉思状，“嗯，小时候的记不太清了，反正那时候的愿望也常常是考试拿 100 分、妈妈买礼物之类，实现的概率还是挺大的。大了以后的嘛，嗨，你这么一问，想想也确实没实现多少吗。”

“其实女人在蜡烛前许愿，和男人们给女人过生日一样，都是一种仪式。”胡一虎套用了张五斗的经典讲话，“没这个仪式好像就像一件漂亮的衣服掉了一粒扣子一样，就不完美了。”

“非常感谢你这么有心，给了我一个难忘的仪式。”舒心说，脸上洋溢着并不虚假的满足感和几乎能称得上幸福感的快乐。

“能有机会给你庆贺一下生日，略表心意，也确实是我的荣幸。”胡一虎说，“你在你的世界里忙碌，我在我的空间里闲散，能恰好遇到这么一次很难得的，也许你这辈子就只有这么一次我给你过生日的机会。”

舒心放下勺子，看着胡一虎，“你说的可是有些让人感伤哦。这不符合你的性格啊。”

“呵呵，你又不了解我。”胡一虎掐灭烟，“我只是实话实说，你想啊，如果不是三宝找你父亲投资，我跟你都不可能认识，连这次机会都没有了。”

舒心叹了口气，“再给我来一块！反正你说的话严重与生日气氛不符，罚你讲个故事！”

“刚才都给你讲那么多了，还要讲？我的内存都快被掏空了，还能讲什么呢？”胡一虎笑道。

舒心想了想，说：“陶三宝和张五斗的故事你都略微讲过了，你就讲讲胡一虎的故事呗，这样就全了！”

胡一虎一愣，“你让我口述自传吗？那多了去了，浩如烟海，你想听哪一段？”

舒心兴奋起来，“随便随便！随便来一段，八卦什么的最好了！”

“小孩子，不学好，听什么八卦！我给你讲段励志故事！”胡一虎说。

“话说公元一九九五年的某一天深夜，人大某系大二学生胡一虎同学失眠了，辗转反侧睡不着觉。他为何失眠呢？嗨，因为他当晚看见他喜欢的一位女神在他宿舍楼下小操场的树林暗影里跟人亲嘴了，对象还是他们一干人等都看不上的一位公子哥儿。那毁他三观的一幕让他耿耿于怀，他甚至想起来金庸的经典小说《倚天屠龙记》里面，张无忌的妈，那位美貌绝顶的殷素素临死前在张无忌的耳朵边说的一句话‘越是漂亮的女人越会骗你！’他越想越伤感，越伤感就越觉得女神当初在他身边的乖巧、亲切越像个骗局，虽然实际上他和他的死党陶三宝、张五斗都喜欢她，人家姑娘从没承诺过什么，而且宪法赋予了她恋爱的自由，但胡一虎同学依旧觉得很受伤、很哀怨。时间已经快到午夜两点，听着同宿舍其他人愉快的鼾声，胡一虎实在无法忍受这种有节奏的音律折磨，就一骨碌从嘎吱乱响的床上爬了起来，他走到窗前看月光，月光也觉得很忧伤。”

“他本想摇醒睡得正酣的两个死党，再一次批判一个女人的善变与无情，但一想他们居然如此没心没肺睡得这么死，就很鄙视他们打消了这个念头。他干脆穿好衣服走出宿舍下了楼溜达。校园里黑黢黢的，他觉得连路灯都跟他的心情一样灰暗，他就漫无目的地走，路上一个人没有，只有偶尔在某个角落里缠绵的几对夜猫被他的脚步声惊吓嗖嗖地逃窜撒落一地春梦，更让胡一虎同学觉得可恶。他从兜里掏出烟想抽一袋，忽然看见烟盒上印着的天安门，忽然就如仙人提示一样得到了答案，他拿出自行车钥匙抹黑在车棚里寻摸了半天找到了自己那辆已经N手的自行车，蹬上这个除了铃铛不响哪儿都响的破旧交通工具，冲出学校东门，直奔天安门广场而去。”

“胡一虎心里悲愤呐，就骑得飞快。魏公村过了，国图过了，白石桥过了，紫竹院公园过了，动物园过了，西直门过了，复兴门过了……那时候北京车还不多，晚上就更少，他大概以每小时30公里的时速吭哧吭哧挥霍着他过剩的青春精力，不到一个小时竟然就骑到了伟大首都的心脏地带天安门广场。而此时还不到凌晨三点，天安们广场也静悄悄的，广场里空空荡荡的没有一个人，只有明亮的华灯在无声地照射着他，把他推着车行走着的身影拉长又缩短。他走到广场西侧、大会堂东门外，把自行车支在了马路牙子边，自己一屁股坐在大会堂墨绿色的铁围栏下的石牙子上准备抽袋烟歇会儿。还没等这个内心充满了忧伤的大学生坐稳，黑暗的树影里走出一个魁梧的身影，一声暗喝‘干什么的！’吓得胡一虎差点一屁股坐地上，他赶紧站起来，看见一个武警尉官站到了他面前一米处，‘来看升旗接受爱国主义教育！’他差点想说‘自己人别开枪’的，但迸出嘴的却是这句正气凛然的话。‘你证件我看看!’尉官往前迈一步，胡一虎一摸兜，还好，学生证还在，‘给你!’他把学生证递给尉官，尉官接过来仔细翻看了里面的照片和内容，又认真地看了他两眼，把学生证还给了他，‘升旗仪式还早着呢，你不在学校睡觉这么早来干吗?’他语气柔和了一些，‘心里太激动，睡不着觉就早来了。’胡一虎答道。尉官无声地一笑，为什么叫无声呢?因为胡一虎只是看见了他嘴一咧、嘴角迅速地往上一翘。‘你的同学们呢?怎么就你一个人来了?’他又问。‘爱国是个人的事，不需要拉帮结派，又不是来打狼。’胡一虎回答。尉官又一笑，想了想，‘那你就在这等着啊?还有三个多小时呢，广场现在也不能进，你在这儿扛得住吗?’‘没事，扛得住，您执您的勤吧，不用陪我。’胡一虎说，尉官沉默了几秒钟，‘那好吧，你待着吧，别往黑的地方走，尽量在有灯光的地方待着，你要饿了就往前门那边走，那边有小吃摊。’说完转身走了，走了不多远，又有一个声音问：‘什么人呐?’尉官回答：‘一个大学生说是来看升旗，我看像失恋了，脸上还有眼泪呢。’胡一虎一听，胡说呢，我哪有眼泪，他把手往自己脸上一抹，却真的发现脸上有两行湿湿的东西，不是汗——他不知道在什么时候竟然悲怆地无声流泪了!”

“又待了半个小时左右，胡一虎觉得腿酸屁股疼，为什么呢?因为那石牙子是细条状的，还很矮，坐久了肯定屁股痛腿酸呀。他站起来，忽然觉得肚子很饿，本来到这时候他在学校食堂吃的油水寡淡的晚餐早就消化完毕，再加上他剧烈的自行车运动，饥饿感很正常。他想起刚才那个尉官说的话，就骑上自行车往南朝前门那边走。前门那时候还没有改造，都是一个个胡同，胡一虎骑进一个小胡同，发现有个点着盏灯的小摊，守摊的是个六十多岁的老头，老头在卖馄饨和包子。胡一虎把车支在旁边，在小摊的唯一的一张桌子边坐下，‘馄饨和包子怎么卖的呀，大爷?’‘馄饨一块钱一碗，包子五毛一个。’胡一虎掏了掏自己的兜，却发现全部家当加起来只有九毛钱，而且这还是他这个月最后剩下的零用钱，此时离父母寄下个月生活费的时间还有一星期。胡一虎咽口唾沫，从兜里掏出六毛钱，‘我给您六毛，你能给我一个包子加一小碗馄饨汤吗，馄饨我不要。’老头看了他一眼，用碟子给他装了个大包子，又用碗盛了碗馄饨汤，放到了桌子上，‘大学生吧？外地的？离开父母一个人人生地不熟也真可怜，生活挺不容易的吧。’胡一虎点点头又摇摇头把钱递给他，老头收下了那六毛钱。胡一虎低头吃包子喝汤，却发现漂着紫菜和小葱的馄饨汤里有几个饱满的馄饨，他心里一热，想说‘谢谢’却没说出来。老头说：‘小伙子，别看你现在是个穷学生，但好好学习毕业了肯定能挣大钱，不像我们这些没学问就只能摆个摊。’胡一虎说：‘等我有钱了帮您在北京开个馄饨店。’老头哈哈大笑：‘行，小伙子，我记住你这话。’过了一会儿老头又说：‘这么晚的，你怎么不在学校待着，怎么一个人跑这来了？’胡一虎说：‘嗨，心烦睡不着就想着过来看升旗来着。’老头叹口气：‘都能到北京上大学了，你小小年纪还有什么可烦的呀，你父母供你上大学也不容易，我们家那小子在美国读大学，我们老两口还得拼命挣钱给他攒学费，我白天给人看报摊，晚上摆个馄饨摊，你们啊可得给父母争气，别想那些没用的。’胡一虎忽然就想起了远在湖南的父母，心里猛然一酸。在那一刻，一个小摊，一盏灯光，一张小桌，一碗馄饨，一个老头，如一幅刻印很深的版画，深深地印刻在了胡一虎的心里。”

“离开那个小摊，胡一虎又返回广场那边，又坐在了来的时候坐的那个地方。在这时他心里已经没有了来时的自艾自怨，他忽然有点看不起自己，甚至涌上了很浓郁的羞耻感。他想起来父母当年把自己送上北上的火车时的神情，那是一种看着小鸟振翅飞离鸟巢飞向高天时的复杂情绪，又高兴又不舍，又欣慰又感伤，他甚至想起了母亲在他临行前给他密密缝在衣服里的那几百块钱，那可是在小城市里当教师的父母在养活他们五个兄弟姐妹的同时非常艰难积攒下来的一笔‘巨财’，还有母亲在缝线时明显苍老的脸庞和丝丝白发。胡一虎对自己说：‘我要记住今晚的故事，记住今晚可笑的幼稚和自己的觉醒，我从现在开始要奋斗起来，在这个城市里写好自己的人生、留下充实的记忆、扎下生存之根，为自己爱的人和爱自己的人，升好一面光荣之旗。’想到这，他骑上自行车就返回了学校，在所有人还依旧在安睡的时候安静地在床上躺下，很平静地一直睡到大家逐渐醒来，和大家一起开始新的一天。”

“这个故事我从来没有跟任何人讲过，包括陶三宝和张五斗，今天我也不知道为什么要告诉你。你生活在一个好的年代，你从小就是一朵温室里的花朵，你可能从来没有听一个你熟悉的人跟你讲过这种带着历史课本味道一样的故事，但这些真实地在我身上发生过，它们留在了我的血液里并成为我的背景。如果你觉得有些事情让你无法理解，那只不过你不了解这些当下发生的事情背后，其实有太多你不了解的故事和背景，每一个人在你面前所展现的现实存在和进行时，其实都是你所未知的时间和时代里历史的沉淀和折射。”胡一虎说。

“一九九五年？我十二岁，小学刚念完。”舒心喃喃地说，“其实我应该只比你小八九岁，但在你面前确实显得人生过于顺利、简单，我唯一的算是有些经历的故事看来也就仅仅是只谈过一次恋爱最终还失败了这件事。”

胡一虎摆摆手，“不，你错了，还是我第一次见你的时候说过的话，各有各的故事、各有各的精彩，你们八〇后，或者九〇后，留给历史的也肯定是丰富而多彩的故事。”

舒心沉吟了一下，忽然微笑起来，“我这个生日真有收获，这也就是我的人生故事啦！今天我真的很快乐，真的谢谢你！当兵的！”

胡一虎哈哈一笑，“得嘞，我给你解开手，您请！”

舒心点点头，站起身，“嗯，不错，很懂事嘛，当兵的。”

胡一虎纠正道：“这叫默契好吧！”

照例又到了小区门口该分手了，舒心解开安全带，忽然微微一笑，从包里拿出一个包装精致的小盒子。

“给你一个礼物。”她递给胡一虎。

胡一虎很惊讶，“凭什么给我礼物哇！你生日我都没给你买礼物，你为我们公司做那么大贡献，该是我们给你礼物啊！”

舒心一笑，“你今天已经给了我最好的生日礼物，比什么礼物都重。公司的事更别放在心上，双赢的事，不存在谁感谢谁。我是感谢你给我讲了那么多有趣的故事，陪，啊，不，带着我玩，真的让我很开心。谢谢你！”

她把盒子轻轻地放到了胡一虎的腿上。

胡一虎犹豫了一下，忽然就放松地说，“那好吧，那我就享受一下无功受禄的低级快感吧。这是什么呀，包得这么严实。”

还没等舒心反应过来，他三下五除二就把外面的彩纸拆卸了。

“哎玛！Zippo 限量版啊！”胡一虎有点意外，“挺会买啊！北京市面上都没几个呢吧！贼贵的啊！你你你……”

“你你你你什么你！不喜欢扔了呗！”舒心压根没想到他会当场拆开，也压根就没想过怎么回应他。

“扔了?! 你把我扔了也别扔它呀！暴殄天物！”胡一虎瞪她一眼。

“不扔，那你以后就用呗！”看他确实喜欢，舒心有点莫名地开心。

“用！没人的时候用，不舍得随便用啊！”胡一虎打开打火机的顶盖，噌的一下熟练地打着打火机的火石，一朵摇曳的黄色火苗柔软却坚强地燃烧起来，“你还让人灌好了油，真有心！”

舒心看着那火苗莞尔一笑，“用归用，您还是少抽点烟啊。”

“放心，一用它我就想起您的教导，少抽！”胡一虎“啪”地合上机盖，“以后它就是我的神器，一辈子不离不弃！”

舒心被他的话说得有点恍惚，她忽然想起伦敦冬天的细雨中，她给她的小男友买了双鹿皮手套戴上时，他说的也是一句类似的话。她也不明白为什么跟这个叫胡一虎的人在一起时总是会让她想起那个让她撕心裂肺过的大男孩，虽然他早已远去成为一抹淡淡的背景。

“嘿，想什么呐?”胡一虎看她愣愣地走神，喊一句，“是不是犯困了？赶紧上楼休息休息补个午觉。”

舒心顺坡下驴，“还真是有点困。那我走了。你开车慢点。”

（十一）

胡一虎开车回到公司，先到了陶冶的办公室。

“怎么样，胡叔，还满意吗?”见他进来，陶冶贼兮兮地迎上来。

“相当满意，小子！干得还真漂亮!”胡一虎学陶三宝给陶冶来了个熊抱，“富春投资还真有眼光，看上你这技术活。”

“都满意不?”陶冶依旧笑嘻嘻地问。

“臭小子！小心我揍你啊!”胡一虎知道他问的是什么意思，这小子早就从无人机的摄像头里知道了胡一虎的蛋糕是送给谁，今天又是谁过生日，“告诉你别想歪了，你叔我就是纯感谢人家去了。我心里可只有你齐豫阿姨!”

陶冶躲过胡一虎朝他屁股拍过来的巴掌，“行行行，纯友谊行了吧！切!”

胡一虎拉把椅子坐下，“不过你那小东西还真行啊，就你唰一下来唰一下又飞走了，吃饭的好多人都在叽叽喳喳议论呢，还有好几个人过来问我那东西在哪买的呢。看来你这机器还真有蛮大的市场潜力。”

陶冶骄傲地一昂头，“那是！那什么富春投资还算挺有眼光的。”

“那你说有你这玩意儿，以后有个什么突发事件啥的，那些新闻记者不就可以先把它飞过去现场直播了吗？”胡一虎忽然就想起了自己的老本行，也想起了当年赶赴新闻现场搞清情况的艰辛。

“当然可以了！下一步只要在智能化这方面进一步加以改进，它能代替人做的事可多了。”陶冶说，“就刚才您不在，我叔和五斗叔都找我谈过了，让我赶紧找人把无人机研发中心搞起来。”

“得嘞！有你五斗叔在啥都不用操心，小子你好好干啊！”胡一虎从椅子上站起身，掏出钱包，“说吧，劳务费想要多少？”

陶冶嘿嘿一笑，“得了吧胡叔，哪能真要您钱啊。你下回只要帮我支支招怎么把妹就行啦，这叫智力投资互换。”

“行啊，看上哪家姑娘了告诉叔一声啊，分分钟帮你拿下！”胡一虎欣然答应。

从陶冶办公室出来，胡一虎往张五斗的办公室走，行政小秘书看见了他赶紧过来打招呼，“胡总，张总让您来后去陶总办公室。”

胡一虎点点头，“知道了。咦，今天换香水了嘛，挺好闻。”

小秘书看着他远去的背影，偷偷地闻了闻自己的衣服，在满足自己新男友贴心之余觉得胡总今天心情也和陶总、张总一样好，和所有人的心情一样好，因为张五斗在上午刚刚宣布了公司员工涨薪水的计划，她终于可以去新光天地买那双她盯了小半年的鞋子了。

推开陶三宝已经半年多都没有开过的办公室的门，陶三宝和张五斗坐在沙发上聊得正热闹而快乐。

“哟，胡总您用完膳回来了？”张五斗站起身，凑过来闻闻胡一虎身上，“居然没喝酒？请的是女人吧？”

胡一虎一屁股坐沙发上，大大咧咧地说：“舒心过生日，我感谢她去了，人家小姑娘不喝酒。”

陶三宝和张五斗眼神互换了一下，都露出了异样的光芒。

“你不会为公司献身了吧，一虎？我看看，哟，小身子骨都瘦了，啧啧，五斗啊，该给胡总劳保补助了啊。”陶三宝忍不住调侃。

“必须的！顺带我让我媳妇给一虎炖只老母鸡补补。”张五斗落井下石、不甘人后。

“庸俗！太庸俗！两位堂堂的文化公司的老总，咋就不能兴趣高雅、思想纯洁呢？不知道卖艺不卖身是我的底线吗？”胡一虎故作恨铁不成钢状，“不过，劳保补助我就不拒绝了，老母鸡汤呢，啧啧，也收下了啊。”

“啊呸！”陶三宝、张五斗齐声“怒斥”，“你这厮竟想财色双收！”

胡一虎仰天大笑，与陶、张二人“一笑泯恩仇”。

“说正儿八经的啊，舒心确实咱们应该感谢，虽然有她父亲的支持，但这姑娘毕竟拍板给了咱们5000万，也算是公司的恩人了。”张五斗说。

“一虎既然代表咱们公司去感谢她了，咱们也还算在礼数上过得去。”陶三宝说，“等我下次从加拿大回来，亲自去上海当面感谢一下老舒。”

“怎么个意思？你这是着急要回加拿大？”胡一虎问。

三宝叹气，“没办法，走的时候五斗催得匆忙，没做好待多久的准备，加拿大那边还有一堆破事。好在公司已经融资成功，下一步就是按照跟富春投资商定的方案执行就是了，具体有五斗全权操持，大家都放心。”

胡一虎叹气，“你说咱们仨好不容易聚一块，你又要走。”

张五斗拍拍胡一虎，“行了，等公司阔了，咱俩也像阔佬们一样工作半年歇息半年，随时到加拿大跟他作伴去。”

“对呀，一虎，到时候咱们去苔原猎鹿去，去五大湖钓鲈鱼去，再来几场雪地高尔夫。”三宝说。

“连斗几夜地主！”胡一虎恶狠狠地说，“把加拿大人全发展为斗地主爱好者！”

三个人于是又憧憬了美好生活好一会儿。

“还有几件具体的事要跟你商量呢。”张五斗先清醒过来，“我已经跟富春投资谈好了，给‘奇树科技’新找一个办公地点，位置也看好了，就放在亦庄，下一步我重点会放在那边，很多要筹办的事。一虎你就在这边留守，把咱们原来那一摊子看好，有新增加的一千万投资，一虎你也可以甩开膀子干干。”

“你说什么五斗，咱们仨到时候全分开了？连你都不在我身边了？这公司干大了，反而咱们仨凑不到一块了？挺没劲呀。”胡一虎忽然就高兴不起来了，“当年三宝开这个公司不就是让咱们仨可以聚在一块儿嘛。”

陶三宝点点头，“也是啊。”

张五斗挥挥手，“现在不是怀旧的时候啊，同志们！中国的资本市场、新兴产业剩下的机会已经不多了，咱们要抓住机遇发展壮大起来啊，等咱们功成名就了，要聚在一起还不是很简单的事嘛！现在咱们要做的，就是为了将来可以更好地在一起相聚纵情人生，加油啊，同志们！”

胡一虎看着张五斗，“三宝，你不觉得五斗像列宁同志在1912吗？5000万就把他烧成这样？”

三宝嘎嘎大笑，“俄罗斯大地上的农民们、工人们、红军战士全被他鼓动起来了！”

“面包会有的，牛奶会有的，一切都会有的！”张五斗意气风发，“从今天起，奇树公司将翻开崭新的一页！”

（十二）

国庆节长假，胡一虎经与肖玫协商，准备带儿子去趟甘肃。

肖玫说，“这就准备带我儿子去正式认后妈?”

胡一虎说，“胡肖奇就一个妈，就是你肖玫。”

肖玫点头说，“也是，我也当不了周欣悦的妈。”

胡一虎说，“所以，你何必多心。我就是带他去认识一下中国，中国并不只是只有北京。”

肖玫说，“也好。现在我教育他有点力不从心了。你一句话顶我苦口婆心半年。”

胡一虎说，“你栽树我乘凉而已。其实你的辛苦他知道，大了就更明白了。有些事我取代不了你，而有些事我做起来可能更有办法，咱们分工不同，在他那里的分量是一样的。只是还要麻烦你一件事，我把花花寄养在你这儿几天，你要想儿子了就跟它玩吧。”

肖玫说，“滚，一看见它就想起你那群狐朋狗友，看在儿子的面子上勉强收留它！老周喜欢狗，让他费点心吧。”

胡一虎说，“好，让他给我伺候伺候狗，好歹能让我心里稍微舒服点。唯一担心就是怕他把花花带坏了，也好上拐带妇女这一口。”

肖玫说，“切！跟你在一起混的狗，早就坏透了，还用别人带坏！”

国庆节一大早，被胡一虎接来他这边住的铁蛋就开始闹腾。虽然不知道甘肃在哪里，但知道是要坐飞机，小孩子难免兴奋异常。

“爸爸爸爸起床了！”他自己刷好牙、穿好衣服、背好肖玫准备了一夜全是他个人物品的小背包，到床前使劲摇他爸爸。

胡一虎一看表，还不到七点，“别闹了，让爸爸再睡会儿，骆叔叔八点才来接咱们呢。”

“你还得给我做饭呢！”儿子不满地说，“我妈不在，人老周都还每天给我做早餐呢！”

一听“老周”，胡一虎一骨碌爬起来，“想吃啥，点菜！”

“随便来个三明治什么的吧。你会做吗？”

“能把‘吗’字去掉吗？你爸做饭比你齐豫阿姨是差点，但能比老周差喽！”在儿子的刺激下，胡一虎的战斗动力指数升级到满格。

他从冰箱里取出几个鸡蛋再拿出一袋培根，儿子跟在他屁股后面。

“别光跟着我呀，干活！把牛奶拿出来，倒杯子里。再把面包放盘子里。”胡一虎把平底煎锅放到灶台上，点着火，开始煎鸡蛋、煎培根。

十分钟后，胡一虎被齐豫连哄带骗学会的唯一一道早餐闪亮登场——培根煎蛋三明治！

“怎么样？不比老周做的差吧？”看儿子捏着三明治啃得很香，胡一虎略带得意地问。

“还行吧，不过比齐阿姨的差远了。”儿子说，“今天晚上就能吃上齐豫阿姨的饭了吧？”

“能！”胡一虎点头，其实他也充满了期待。

八点整，胡一虎的司机小骆准时到了小区地下停车场来接他们父子俩。

一周前，在张五斗的再三催促下，胡一虎答应配了一个司机，只是他提的条件是“司机我自己找”。

他到西山美庐找到了还在那里当保安的小老乡小骆，问他愿意不愿意给自己当司机，小骆高兴地满口答应了，“胡哥，我来北京前就跟我一个在城里开出租的亲戚学会了开车，拿驾照后我还帮他偷偷开过小半年的夜班呢！”

于是小骆就彻底告别了保安生涯，每天穿着公司配发的西服衬衫给胡一虎当起了专职司机。

“骆叔叔好！”铁蛋从小骆打开的车门里熟练地钻进了左后座，胡一虎跟着进去坐在了右后座。

“铁蛋你也好，坐稳喽，系好安全带。”小骆训练有素地把车门关上，转身走进车缓缓开动，从地下车库爬升了出去。

长假的第一天，北京城里倒是不太堵，只是到了机场高速路，车流渐渐密集起来，应该都是出城自驾游。

“今天高速路全免费，开车出去玩的就更多了。”小骆说，“没想到这么堵。”

“时间来得及，不着急，你慢慢开。”胡一虎说，打开手机给齐豫发微信。

“田螺爱妃，我们出发了，在机场高速上了。你怎么样？在干吗呢？”

不一会儿齐豫就回了过来，“贱妾正在准备你们的晚餐呀，昨天到下面的镇子里买了一些东西，现在正收拾呢。”

“光顾着教孩子、忙集资，久不操练，手艺生疏否？”

“昨日特意试了试刀法，又煮了几道小菜，让孩子们尝了，功力不减，请主子和小主子放心。”

“如是甚慰。到兰州后直接起驾到你那里，如一切按时，应是下午三四点。”

“好的，臣妾按捺住怦怦加速的小心脏，翘首主子的临幸。”

胡一虎微笑着看着微信，眼前全是齐豫的影子，不禁心驰神往。

“爸爸，你很激动。”儿子歪着头看着他。

“嘿，你个小屁孩，这你也看得出来?”胡一虎摸摸他的小脑袋，“知道什么叫激动吗?”

“我当然知道，就是比高兴还要高兴!”儿子回答。

“那你激动吗?”胡一虎问。

“我跟爸爸一样激动!”儿子说，“喜大普奔!”

胡一虎很惊讶，“这个词是谁教你的?”

“周欣悦呀，她妈妈每次回北京来看她，她就说‘喜大普奔’。”儿子回答。

“哎呀，现在的小孩真厉害！这些词是我们在QQ上聊天时也才学会的呢。”小骆不禁感叹。

胡一虎一笑，心里却有点默然了。

听到儿子讲述周宜家的女儿想念自己的亲妈，他忽然就想到了婚姻的运行、破裂与重组这个不那么轻松的问题。

胡一虎离婚后，在他的个人笔记里曾这样感慨：几乎每人都会经历一场甚至几场婚姻，婚姻到底是什么？培根说，“婚姻是爱情的坟墓。”钱锺书说，“婚姻像围城，城里的想出去，城外的想进来。”婚姻对于每个普通人来说却就像是一座每天都要走一遍的迷宫，每天都进行着近乎雷同的途径，却有着意想不到的喜怒哀乐，也许婚姻只是油盐酱醋茶，滋养着我们的肌体，却平庸乏味地消磨着我们并不漫长的岁月，更会在并不成功的忍受和磨合中酝酿着各自不同的精神风暴，或爆发，或压抑，或牺牲，或自由。

而一个婚姻破裂后的重组和建构，似乎又成为那些刚刚好了伤疤的人热衷的事，似乎再一次的选择上天肯定就会给他或她一块糖果而不是一杯苦酒。

但又有几人能够如愿？即便如愿了，又都会那么完美吗？比如你重新爱了，却爱上了一个注定无法跟你结婚的人，你能享受到爱情的甜蜜，却注定收获不了传统的结局；又比如孩子，周欣悦对于见到她亲生母亲的期待和欢喜，这就是在他爸爸和肖玫重组的婚姻中的一抹阴影，而在可能的将来，在他胡一虎与齐豫重组的婚姻里，谁又能保证铁蛋就不是一个不稳定因素？

胡一虎始终相信拥有一个幸福无比的婚姻是上天赐予一个人的最好的礼物，但这种幸福很多时候就像赌博，有的人一把就赢了庄家，有的人赌了一生却不曾幸运。

在齐豫消失的一年间，胡一虎宿命地认为自己就是一个在爱情和婚姻的赌桌上会输得一塌糊涂的人，“或许，在感情这种事上，我就是只纸蝴蝶，去扑火的结局肯定是灰飞烟灭。”

即便齐豫的再次出现，胡一虎也或隐或现地躲避婚姻这个问题，他内心极大地恐惧着婚姻的破坏力和杀伤力和自己的无力感，“即便是块美玉，我何必非得把她雕琢成一块玉佩贴身相带？万一我雕砸了呢？万一在雕的过程中碎了呢？最终，她失去了原来的自然和自在碎了一地，而我也再次一无所有、悔恨交加。就这样守着，不也挺好？”

好在齐豫到目前为止也从来都没有涉及过这个问题。这让胡一虎心里略略感到一丝丝心安。

机场到了。

飞机很准点、平稳地降落在了兰州中川国际机场。

胡一虎把一上飞机就足足兴奋了一个多小时、终于在飞机降落前半个小时沉沉睡去的儿子摇醒。

“爸爸，到哪儿了？”儿子懵懵懂懂地睁开眼，“到齐豫阿姨家了吗？”

“这是兰州，咱们还得再坐两个小时汽车才能到。”胡一虎从行李架上取下他的小背包给他背好，“再坚持坚持啊。”

在机场出站口，胡一虎联系上了来接他们的老朋友贾谊。

贾谊是原来胡一虎所在报社驻甘肃记者站的负责人，当年是和胡一虎一起分配进报社，两个人在同一间宿舍，又都是从报社的大夜班一读校对开始干起，后来又一个搞文字一个搞摄影，经常共同出没在各个新闻现场，在矿难现场一起分享过最后一支香烟，在灾区分享过一包方便面，又共同与单位的那些大妈大姐大叔做过艰苦卓绝的斗争，革命的友谊很是深厚，互为在报社最铁的朋友。后来，贾谊申请回了甘肃老家很快就当上了记者站负责人，而胡一虎不久就离开了报社。

老朋友相见分外亲热，两人都没有先上车，先在机场外面狠狠地抽了几支烟，问候了一下这几年各自的情况，感叹了一下世事沧桑。

“这是你儿子啊？都这么大了，上一回见他还是你给他过周岁生日请我们吃饭，那会儿在他妈怀里就那么一点点！”贾谊夸张地用手比画了一下。

“拉倒吧，生下来也比那大呀！怎么着都有这么大！”胡一虎用手比了个半米的长度。

“爸爸，贾伯伯，抽烟影响健康，能少抽点吗？”铁蛋早就在旁边等得有些不耐烦。

“得，少爷，咱这就走！”贾谊一拉胡一虎的拉杆箱，拍拍铁蛋的脑袋，带他们父子俩走向停车场里的一辆越野车。

“你要去的武山县，可穷了！”车唰唰地在高速路上行驶，贾谊对坐在副驾驶上的胡一虎说，“那里很多山区，到现在有些孩子连书都念不上。”

贾谊说，不久前他还去过一趟那里采访，“即使在学校念书的孩子，连本自己的课外书都没有。”

贾谊唠唠叨叨地说：在贫困山区条件简陋的学校，书籍匮乏，很多孩子的父母外出打工，在课后饭余，他们遥望着莽莽群山，思念着爸爸妈妈，也想象着大山之外的世界……但无论多么艰辛，他们的眼中却始终闪烁着明亮的光芒，那是对知识的渴求，那是对未来的向往，那种光，叫做希望……

在一所山区小学，一个十一岁的小姑娘给我留下了很深的印象，她瘦小的身躯总是“藏”在一件褐色大衣里。当我问她“为啥穿这么大的衣服”时，她说：“是姐姐的。”上四年级的她每次考试都是班级第一名，却没换过一个书包！当我问她想要什么礼物时，她没说要手机、ipad，也没说要衣服、书包，只说“想要一本课外书”。小姑娘露出天真的笑容，说自己从小到大只在同学家看过一次童话书，“我想要一本格林童话，听说里面有许多故事……”

这个山区小学一共有二十名学生。图书室里没有书架，书放在四个旧衣柜内，剩余的书整齐地堆放在三个旧长椅上。这间图书室非常破旧，除去循环使用的旧教材，真正意义上的课外读物大约只有五十册，但这些已经很过时的课外读物对学生的吸引力却非常大。在借书记录册上，基本上没有单日少于十人借书的纪录……

“唉，贾兄，你这种忧国忧民的情怀现在离我很远了，远得就像一个梦一样。”胡一虎感叹道。

贾谊说，“一虎我还记得当年咱们一块儿去江西赣南山区，你看见一些村里的老乡穷得真的就剩下四面墙，又听他们讲述种什么都遭灾、养什么死什么，难受得都掉眼泪了，一激动把当时咱们兜里所有的钱都捐给了老乡。”

胡一虎哈哈大笑，“瞧你当时的心疼样吧！”

“废话！你脑子一热把咱们当时出差从财务暂借的钱都掏出去了，我当时是犯愁咱们吃啥喝啥怎么回北京！”贾谊说，“那时候采访还真是苦，通信没有手机，进村是坐拖拉机，晴天一身土，下雨一身泥，住的是四个人一间的小旅馆，上厕所都要排队。哪像现在的采访，什么什么都不缺，但就是缺让人震撼的好稿子。”

“时代进步了，不需要那么辛苦了是好事。现在这个互联网时代，信息爆炸，浅阅读，谁还读得进超过二千字的新闻？即便有好东西，没人去看，又如何让人震撼?”胡一虎说，“老贾你还能坚守新闻理想这点我很佩服!”

贾谊淡淡一笑，“我没你那么潇洒啊，说不干就不干了，不过你还是不舍得老本行嘛，办杂志也不错。”

胡一虎摆摆手，“我现在办的杂志上也就是些风花雪月、古董字画，所谓躲进小楼成一统管它春夏与秋冬，新闻彻底离我远了。”

“有点可惜，有点可惜!”贾谊感叹。

车行驶了两个多小时，贾谊从高速路下来开上了一条崎岖的山路。在路过了一个镇子时，贾谊指指不远处的一片大山，“你要去的那个村子就在那座山上，很快就能到了。”

穿过村子，略显破落的房屋群里忽然出现一座漂亮的医院，贾谊指着医院说，“这是北京来的一个医生和他女朋友捐资建的，可是造福了百姓。遗憾的是后来那个医生得病去世了，现在医院的房子很漂亮，可惜没有好医生了。”

胡一虎心里好像被什么东西撞击了一下，涌上来万般滋味。他心里明白，这所医院就是齐豫跟他说过的杨知秋拼命建起来的医院，他忽然很遗憾自己没见过杨知秋一面，他内心深处真的非常想握着那个命运多舛的男人的手说一声“你好”!

车又沿着狭窄的山路艰难地开了将近一个小时，终于抵达了一个半山腰上的村落。

“齐阿姨!齐阿姨!”一直趴着窗户看着外面陌生而奇异的风景的铁蛋忽然叫了起来。

胡一虎看见，在村口，站着一个虽然衣着素淡却掩盖不住绰约身姿、秀丽容颜的女子，她的头上扎了一个丝巾，是胡一虎看第一眼就记住了的那条熟悉的印着金色图案、天蓝色丝绸的 HERMES 丝巾。在陇南十月温暖的阳光下，这个女子如一幅古典油画般站在村口，微笑着，挥着手。

胡一虎心中一热，荡起无边无际的温暖。

村里刚刚就够通行一辆拖拉机的小路很是考验贾谊的车技，好在他经常下乡，经验倒是积累足够，再加上学校就在离村口不远的一个平坝上，终于在避让了一辆拖拉机、两群羊、三头牛之后，贾谊把车停到了学校的小操场上。

学校放假了，空空荡荡的，只有教室前木质的旗杆上一面鲜艳的国旗在山风中猎猎飞展。

一条蹲在教室门口的大黄狗看见车，汪汪地叫唤起来，“Jimmy，别叫。”齐豫从车上下来，冲黄狗打了个手势，大黄狗一看见齐豫就愉快地跑了过来，快乐地围着她转。

铁蛋看见了黄狗很是喜悦，“齐阿姨，我能跟它玩会儿吗?”

齐豫蹲下身，抚摸着大黄狗顺滑的皮毛，招手把铁蛋叫过来，“当然可以呀，它叫 Jimmy，你们俩做个好朋友吧，来，握个手。”她把大黄狗的前爪抬起来，铁蛋虽然有点胆怯，但还是勇敢地用右手去握了握黄狗的爪子，黄狗吐着舌头歪着头看着他，眼神很柔和，没有拒绝铁蛋的友好。

“齐豫，这就是你说的学校保安兼你的私人保镖 Jimmy?”胡一虎也蹲下身，摸了摸黄狗圆乎乎的脑袋，在和齐豫每天至少三次以上的微信联络中，胡一虎看过齐豫给他拍摄的 Jimmy 的照片。

这是齐豫的一个学生去年从自家母狗产下的一窝小崽子里挑了一只来给齐豫作伴的。虽然山区民风淳朴，齐豫一般不会有大的安全隐忧，但在杨知秋去世后，齐豫从山下医院的那间宿舍搬到了学校，除了偶尔给学校食堂做饭的那位大婶晚上陪陪齐豫外，很多时候晚上的时间学校就齐豫一个人，有条狗作伴，齐豫心里倒是更踏实一点。

“学校比我想象的还要简陋!”贾谊环顾了一圈学校感慨道。

在车上胡一虎简单地向贾谊介绍了齐豫，贾谊很是惊讶，“你就是当年和那位医生一块儿建医院的那位北京女人?！这一带的人都知道你，我上次到县里采访听说过你的故事，还打算采访采访你呢！没想到你现在是一虎的女朋友，真是太巧了！”

齐豫站起身，“我正在筹集资金，准备把学校重新建一下，已经有很多人捐款了，北京希望工程过段时间也会来人。”

胡一虎站起来左手抱着齐豫的肩，“别担心齐豫，用五斗同志最爱说的名言来说，会有的，面包会有的，一切都会有的。”

齐豫原本要留下贾谊吃饭，但贾谊执意要下山回兰州，“没跟老婆请假呢不是，山里的路不好走，吃完饭就天黑了就得在这儿过夜了，还打扰你们的二人世界。趁着天没黑我得赶回兰州，过两天我还要来接一虎他们回去，那时候我一定不客气。”

胡一虎嘎嘎大笑，“这么多年你还是‘气管炎’！你家那熙凤姐真是厉害！行，放你一马，下山去吧。车上给你留了几条烟，当还你当年在山西把最后一根烟分我一半了啊。”

贾谊也不跟胡一虎见外，笑着说：“嗯，这么多年利息也差不多了。你们‘一家三口’好好团聚吧，六号我来接你。”说完跟大家再见，开上车就下山了。

齐豫的临时住所是学校那一排平房的倒数第二间，最后一间是厨房。

看着虽然被齐豫巧手布置过显得干净整洁但依然简陋破旧的小屋，胡一虎心里涌上了浓浓的爱怜。

铁蛋把东西放下，又跑到院子里和 Jimmy 玩去了。胡一虎一把抱住齐豫，狠狠地亲吻了她，齐豫很热烈地迎接上去，似乎要融化在他的怀里。

“一吻暂解相思苦！”大约几分钟之后，没掐表，反正胡一虎是从齐豫的双唇下挣扎出来的，他喘了几口气说，“这一个月像一个世纪一样漫长！”

齐豫用双手环着他的脖子，媚眼如丝，双唇娇艳，“臣妾也是同样的感觉！”

当夕阳西下、山村的炊烟袅袅升起的时候，齐豫已经做好了一桌丰盛的晚餐，三个人、一条狗其乐融融地开始吃饭。

栗子烧鸡、双椒肉丝、口蘑油菜、山珍鸡汤……再加上油润润的甘肃油馍，吃得铁蛋都抬不起头，吃得胡一虎神采飞扬。

齐豫满足地看着这爷俩吃着，眼神里有一种内心充实、经历过风雨沉浮后的女人才有的一种幸福。

“不得不说，跟你做的饭菜相比，我在北京吃的那都不叫菜，只能叫食。”胡一虎说。

“跟你说过呀，当年我爷爷的厨师是个各方菜系都拿手的高手，我奶奶又是当年大户人家的小姐，偏爱美食烧菜的功力那也是了得，我不过是耳濡目染浅学了几招。当然，留住你的胃是绰绰有余啦！”齐豫说。

“还有我的胃呢，齐阿姨！”铁蛋不满地说。

齐豫咯咯一笑，“对，还有我们胡肖奇的小胃！”她拿起筷子给铁蛋的碗里夹菜。

“还有 Jimmy 的胃！”铁蛋用手捏起一块鸡块递给趴在桌下咔咔嚼着骨头的 Jimmy，Jimmy 赶紧放下骨头叼住了鸡块美美地大嚼起来。

“嗨，这样说下去就没完啦！总之，我总结一下：全世界的胃已经或将被征服。”胡一虎说。

“就你嘴甜！”齐豫笑吟吟地看着胡一虎。

吃完饭，三个人就在学校的院子里散步。

“爸爸爸爸，这里天上的星星真多呀！”铁蛋右手拉着胡一虎的左手，举起左手惊奇地指着天空说，“比咱们北京的多多了！”

胡一虎右手握着齐豫的手，抬头望向天幕，整个银河里的繁星都在上面闪耀，这记忆只有小时候他在农村的时候有过。

“真美!”他说，“多少年没看过这么干净的夜空，这么多星星了!”

齐豫把头靠在他肩膀上，“这些星星把人的心里照得很明净。”

半个月亮从山梁上爬了上来，把三个人的身影照射得很长很长。静谧的山村夜晚，虫鸣啾啾，月光如水，山影叠叠，学校下面的村庄里星星点点地透着一些黄晕的灯光，只有偶尔一两声狗叫声短暂地打破水面一样的宁静。

等一切收拾利索，三个人回到房间，铁蛋逐渐困意上头，齐豫说:“你今晚跟阿姨睡吧?”

铁蛋点点头，“那爸爸睡哪儿?”

齐豫用手指着床对面用几张书桌临时搭成的床铺，“爸爸睡那儿，爸爸是男子汉，暂时受点委屈啊。”

胡一虎朝儿子点点头，“放心，爸爸有地方睡，你赶紧睡吧，明天爸爸带你去山上抓野兔子。”

铁蛋说，“好吧，那齐阿姨咱们一块儿睡吧，你给我讲个故事吧，妈妈每天晚上睡觉前都会给我讲故事的。爸爸你也睡。”

齐豫说，“好吧，阿姨抱着你睡，给你讲故事。”她把灯关了，拧亮了床头边一盏台灯。

很快，铁蛋就在齐豫柔声念故事的声音中，带着抓兔子的期待很快就睡着了。

终于听见儿子均匀的呼吸声，胡一虎按捺不住地悄声召唤齐豫:“田螺姑娘，赶紧过来伺寝。”

齐豫坏坏地一笑，轻声回道:“臣妾身边已经有人了，心静如水，心满意足，您自己睡吧。”

胡一虎做恼羞成怒状，低声恨恨地说:“再不来我抢人了啊!”作势要掀开被子下来。

齐豫抿嘴一乐，摆摆手:“淡定啊相公，小心闪着您的腰。您淫威凶猛，我好怕怕，这就来啊。”说完悄然从床上起来，给铁蛋掖好了被子，蹑手蹑脚地钻进了胡一虎的被窝。

胡一虎终于把那个让他思念无比的温润的身体狠狠地抱紧，“可想死我了！”他叹息一声，双手和嘴唇沉迷在那个百花园中，百花向他摇曳怒放，春风习习、春水潺潺。

而他终于阅尽百花，欲打马上山时，他们身下的书桌很不合时宜地吱嘎响了起来。

“咱的‘床’不会塌了吧？”胡一虎勒住缰绳，有点担心地小声在齐豫耳边问道。

齐豫忍不住咯咯咯地笑出声，她把被子一拉盖住他们俩的头，用细密的牙齿咬住胡一虎的耳朵，“放心吧相公，臣妾知道您要大开杀戒，特意挑了几张最结实的榆木书桌，塌不了的……”

没等她说完，迫不及待的骏马已经扬蹄狂野地踏遍她的江山，她嘤咛一声，灵魂已被他掳走。

江山云涌如画，折煞多少豪杰？

终于，马儿累了，江山如洗，更是多娇。

“等学校建好了，你尽快回北京吧。我要的是田螺姑娘，可不是织女呀。”把齐豫搂在自己的臂弯里，胡一虎很畅快地呼出一口长长的气。

“放心吧，做完我许诺的事，我会回去乖乖当你的田螺姑娘的，我也不想把你变成牛郎呀。”齐豫柔声道，“应该很快了，您再坚持十个月左右啊。”

“建学校的事路上我也跟贾谊说了，他再想想办法，应该会更快点。”胡一虎说，“媒体的力量还是很大的。”

齐豫忽然轻声笑起来，“你那朋友怎么那么怕他老婆呀？咦，对，你怎么管她叫熙凤姐呀？她跟王熙凤有关系吗？”

胡一虎呵呵一笑，“他怕老婆当年在我们报社是出了名的。”

“你讲讲，反正现在我也睡不着。”齐豫揪揪胡一虎的耳朵，“不准睡！”

胡一虎说，“唉，田螺爱妃，我这刚体力劳动完了还要进行脑力劳动啊？好吧好吧，别掐我，我讲就是啦！”

胡一虎说：贾谊老家是甘肃农村的，特别特别传统，他本来就是研究生毕业，工作时已经二十五六了，他爸他妈天天就催着他找媳妇结婚、生娃，说村里像你这么大了娃娃都能打酱油了，咱家就你这么一个男娃，可不敢耽误了香火！贾谊是个孝子呀，就狠下一条心，没困难要上有困难克服困难也要上地给他爸妈尽快找下儿媳妇、尽快生下大胖孙子。但找个姑娘结婚哪那么容易呀，贾谊刚才你也看见了，人长得有点着急，刚毕业的时候我们都以为他是带我们的老师，这就更显得任务艰巨了。但是，你还别说，人老贾还真有办法，刚工作不到半年就领一女朋友在我们面前晃荡了，人还长得挺漂亮的，我们那个羡慕啊！但是时间长了我们不羡慕了，因为我们发现自打他交下这个女朋友，饭不跟我们一起吃了、牌不跟我们一块玩了、卡拉 OK 更没他事了，整天就被他女朋友支使干这个干那个，又过了半年后他们结婚了，老贾就更惨了，工资如数上交、身上零钱不超过十块。有一次一块儿出差我就问老贾，你好歹是条西北汉子，咋就那么怕老婆呢？老贾叹口气：那咋办嘛，人答应跟我谈恋爱、结婚就把话说得很清楚，以后什么都得听她的，她保证把这个家操持得美美的，不答应就各走各路，当时我父母都恨不能到北京督战来了，那我只有应下再说啊，就这样一步一步沦陷了嘛！但是吧，我们发现贾谊特享受他老婆管束他的生活，尤其是看到我们这些单身狗整天醉生梦死、为失恋痛苦欲绝、为贪玩昏天黑地、不到月底工资就光光的时候，他抱着他家的大胖儿子享受天伦之乐、想着自己温暖的家里有吃有喝有余粮，幸福就写在了他的脸上、肥沃着他越来越丰满的身躯，已经无可救药地怕老婆了。

胡一虎接着说：有一年春节前，我们单位聚餐，老贾很罕见地参加了，据说是因为他老婆那天痛经在床上躺着懒得管他，我们就趁机灌他酒，把他灌得差不多了我们就激他，说没见过你这么怕老婆的，真给我们男人丢脸，他脸如关公头上青筋凸暴大怒道：谁说我怕老婆?！不信你们跟我回家，看我怎么收拾她！我们就起哄说那好啊我们也见识见识呗！他站起身脖子一昂说走！于是我们就跟着他往他家走，在走到他家电梯的时候他还意气风发大丈夫气势如虹，当电梯运行到他家的楼层的时候，我们就发现他神色已经平静，而当走到他家门口的时候我们发现他已经面露难色、脚下步伐有些踌躇，我们继续鼓励他大丈夫要凸显英雄本色，他有点颤抖地在民意簇拥下捅开了家里的房门，一只脚刚迈进屋，我们就听见她老婆在里屋轻轻地哼了一声‘你死哪儿去了’，他吓得双腿一哆嗦差点跪下，哈着腰嗖嗖地跑进里屋毕恭毕敬地回答道‘我到单位聚餐去了，下次不敢了’。我们一帮人等在他家门口默默地互相看了一眼，默默地给他带上房门，默默地走了。

胡一虎说：之所以我们管他老婆叫熙凤姐，一方面是由于她老婆实在是厉害，把贾谊操控得稳如泰山，家里家外都她一人说了算，另一方面还有个插曲。她老婆是他甘肃老乡，经人介绍认识贾谊的时候就在我们单位旁边的一个酒店当餐厅包间经理，人确实是漂亮，但就是高中毕业文化一般，贾谊第一次带她来介绍大家认识的时候，我们就问她是哪里人，她很自豪地说“熙凤”！我们当时很纳闷，中国有个叫“熙凤”的地方吗？我们怕听错了就再问了一遍，她又说了一遍“熙凤”，眼神了竟然有了些“连这个地方都不知道”的些许鄙夷，害得我们也不敢再问。后来我们把贾谊揪过来，问“熙凤”到底是哪儿，贾谊吭哧了半天说你们听错了，不是“熙凤”是“西峰”，原来她老婆西北甘肃普通话口音里“西峰”就念“熙凤”，那么西峰是哪儿呢？西峰是现在甘肃庆阳市的一个区，民国前倒是个连接西北与关中的大县城，但自打新中国成立后就真正地变成了一个小镇早就不为人所知了，一般的地图上也根本都找不到，但当地人一直还认为自己是个大地方，全中国人都应该知道。于是，我们恍然大悟后，都说贾谊你真厉害，居然认识了这么著名的“西峰姐”！后来吧，叫着叫着就变成了“熙凤姐”了。

胡一虎讲故事的催眠性太强，等他快乐地回忆和贾谊的往事变得略微有些兴奋的时候，齐豫已经趴他胸前睡着了，脸上居然略带笑意，仿佛还在听着这个有意思的“怕老婆”故事。

（十三）

等胡一虎醒来的时候，已经是日上三竿，齐豫和铁蛋早已经起床，已经在外面嘻嘻哈哈地热闹上了。

看胡一虎穿好衣服出来，铁蛋带着 Jimmy 跑到他身边，“爸爸你终于起来了，齐阿姨都不让我叫你。你快点呀，还要去抓野兔子呢！”

齐豫过来把装满水的漱口杯、挤好牙膏的牙刷和一条毛巾递给他，“你就将近在那个水池子边洗漱吧，一会儿就吃饭。”

胡一虎看着那个用砖砌成的表面有层水泥的洗脸池，以及三个锈迹斑斑的水龙头，感觉像回到了二十世纪七十年代自己母亲教书的那个南方村小。

早饭是热腾腾的一锅土豆和牛奶，但这个土豆竟然是紫色的，轻轻捏开，里面像烤得最好的面包一样松软、粉腻。

“这是这里的山区海拔一千五百米以上的地方才有的一种土豆，营养价值特别好，没吃过吧？”齐豫说。

“紫色的土豆还真是第一次见到，味道很特别。”胡一虎说，“北京城里估计也没几个人见过。”

“嗯，产量特别低，只够这里的一些老百姓糊口的。”齐豫说，

“将来有可能，把种植规模扩大，或许还是这里的老乡脱贫致富的一个宝贝。”

胡一虎说，“没想到你一个北京公主，现在居然有这么平凡却不朽的眼光，令人感动！”

铁蛋说：“齐阿姨不是公主，是阿姨！”

“就是嘛，铁蛋说得对，我现在就一普普通通的阿姨，照顾这里的孩子，想办法改善他们的环境，改变他们的命运。这几天呢，就是照顾好你们俩。”齐豫微笑着说。

吃完早饭，胡一虎从那个大行李箱里拿出一包零件，变戏法一样组装出一把机制的弓弩，把铁蛋看得钦佩得不行。

“爸爸，这是什么呀？”儿子问。

“弓弩，一会儿咱们打兔子用的。”胡一虎说，“但是只能爸爸拿着，因为特别危险，等你长大了才能玩。今天你的任务就是当爸爸的勤务兵，到时候扛兔子。”

在与齐豫的微信联络中，胡一虎听齐豫说这里的山上有兔子还有狐狸甚至豺，就起了带铁蛋来逮兔子的念头并做了准备。

很快，齐豫收拾妥当，备好了水和干粮，三个人、一条狗就往山里进发。

和齐豫拍摄的照片中一样，这个老百姓生活依旧贫困的地方却有一方美丽的山水。

这里的山既不像南方的山那么清秀葱郁，也不像北方的山那样荒芜冷峻，它有足够的植被，树木苍翠，灌木丛丛，它也有足够的险峻，奇石突兀，山势蜿蜒。

“爸爸，这里的山真大，比香山大多了！”铁蛋说。

胡一虎和齐豫不由得相视一笑。

在齐豫的向导下，他们爬了快一个小时，到了一片长满了灌木丛的小山坡。

“这里兔子特别多，上次我带学生来摘野果，Jimmy 竟然抓到了一只兔子。”齐豫说，而此时的 Jimmy 也格外兴奋，它不停地摇着尾巴左闻右嗅。

“你们在这儿等着别乱动，我到前面观察观察。”胡一虎在弓弩上搭上一支箭，卡好机关，悄悄地趴在一块石头后面，静静等待。

太阳很暖和地照着群山，山风轻轻地扫过树梢发出轻微的呜呜声。

等了二十分钟，铁蛋按捺不住，偷偷地爬到了胡一虎身边，胡一虎用手指头做了个“嘘”的手势。

“爸爸，还没有兔子吗?”铁蛋小声地问。

“兔子可狡猾了，咱们得有耐心。”胡一虎说，眼睛盯着前面稀疏的灌木丛和密密的草丛，“你也帮爸爸看着点，看见兔子告诉爸爸，但小声点啊。”

又过了大约一刻钟，胡一虎忽然发现有个灰色的东西从不远的山梁一蹦一蹦地过来，胡一虎心跳怦怦加速，“儿子，别说话啊，兔子来了!”铁蛋兴奋地探出头张望，“在哪呢，爸爸?”

“就在那片开着红花的草丛边呢！别乱动啊，别让它发现咱们。”胡一虎把弓弩悄悄地对准了已经跑到了距离他们十来米开外的那只觅食的野兔，野兔黄灰色的毛，两只长长的耳朵，看得清清楚楚。

“爸爸爸爸，我看见了!”铁蛋兴奋地用手一指，声音不由自主地大了一点，“就在那儿，就在那儿!”

野兔忽然停止了埋头觅食，机警地抬起头竖起耳朵。

就在这一瞬间，胡一虎扣动了机关，箭“嗒”的一声蹿了出去，直奔野兔，但是野兔恰恰就在这时稍微挪了挪身体，箭擦过它脖子的毛发狠狠地扎进了灌木丛里。

野兔猛地一蹬后腿，惊慌失措地逃窜，但它逃跑的方向正好是齐豫和 Jimmy 待的地方，兔子见势不好掉头就想往别的方向跑，Jimmy 咆哮着冲了过去，转眼和兔子就消失在了草丛里。

“爸爸，你没打中!”铁蛋站起来，懊恼地捏紧了拳头。

胡一虎也失望地站起来，“就差一点点!”

齐豫赶紧过来安慰父子俩，“没事没事，Jimmy 去追了，没准能逮着。”

等了大概一分钟左右，草丛中唰唰的一阵响，Jimmy 钻了出来，嘴里叼着一只已经耷拉了脑袋的野兔。

“Jimmy!”齐豫高兴地大叫道，“铁蛋快来看，Jimmy 抓到兔子啦!”

Jimmy 哒哒哒地小跑过来，把野兔放到了齐豫脚边，吐着舌头摇着尾巴哈哈地喘气。

“Jimmy 你太牛掰了!”铁蛋兴奋地抱住大黄狗的脑袋，“比我爸爸还厉害!”

齐豫哈哈大笑，朝胡一虎顽皮地吐了一下舌头。

胡一虎有点尴尬地摸摸后脑勺，说:“没想到它居然有猎犬的潜质啊。”

齐豫说，“你还别小看它哦，这里的村民说山里的狗逮个兔子抓个狐狸是常有的事，没有收缴猎枪前，这一带的猎户可不就是领着这样的狗狗去打猎的嘛，人家可是有遗传基因的。”

“行，送它一外号，猎兔犬 Jimmy!”胡一虎说，“但是也有我一半功劳的，要不是那一箭让它变成惊弓之兔，傻不愣登地往 Jimmy 那跑，结果也是很难说的。”

齐豫一拉胡一虎的手，“功劳全是你的全是你的，你是猎兔犬一虎。”

胡一虎扑哧一声，“有你这么夸人的吗。”

胡一虎弯腰把野兔拎在手里，把弓弩放进背包里，“继续前进，打老虎去! 给你整个虎皮围脖!”

齐豫咯咯笑起来，牵着铁蛋领着 Jimmy，跟在胡一虎后面，其实他已经是一副得胜还朝的心满意足，往山下去了。

快到村庄时，大家停下来歇脚，齐豫给铁蛋喂水喂食。

胡一虎叉着腰看着下面的村庄，看着那个飘扬着红旗的学校，忽然招呼齐豫，“你过来，你过来。”

齐豫走过来，挽着他胳膊，“怎么了?”

胡一虎用手一指学校旁边不远的一个山坡，“看见学校旁边那个山坡了吗？等公司上市了，学校建好了，我打算在那里盖几间房，养群羊，再养头大奶牛，跟你在这里好好住住。”

齐豫说，“嗯嗯嗯，那相公咱们一起努力吧，我等着你给我盖间大瓦房，咱们养点羊，每天早上我去挤牛奶，羊长大了卖了再买小羊羔，以后满山遍野都是咱们的羊。”

“齐阿姨齐阿姨，那是不是就叫‘飞羊八户’呀?”铁蛋过来凑热闹，拉着齐豫的手问道。

“傻儿子，那不叫‘飞羊八户’，那叫‘风吹草低见牛羊’。走，回家，让齐阿姨给咱们做红焖兔肉!”胡一虎一挥手，指点江山，意气风发。

接下来的几天，都是满满地承载着幸福和欢乐的日子。

只有一件事情除外，就是胡一虎看到的贫困。

胡一虎带着儿子转遍了小山村，铁蛋第一次见到了活的猪、生长着的庄稼、各种各种的农具，在儿子对一切都充满了好奇的目光里，胡一虎不停地给他介绍、解释。

但是，孩子无法理解的就是贫穷。

小山村是个基本还处在小农经济时代的村庄，和中国其他中西部地区乡村一样，青壮年都出去打工去了，村里留下的基本就是“99（老人）61（儿童）部队”。家家户户的收入来源主要还是依赖土地，靠在山坡、山谷里零散分布的一些薄田收获一些玉米、杂粮，果业种植和养殖还没有形成规模，这种状态下，穷就是必然的结果了。

铁蛋在村里遇到一个个子跟自己一样高的孩子，手里捏着一颗土豆在吃，一打听居然快十岁。营养的缺乏，已经让农村的孩子早早地显露出了与城市的孩子的差距，让他们从一开始就站在一条不同的起跑线上。

铁蛋手上拿的是肖玫装在他包里的士力架，巧克力和糖浆的芬芳让那个孩子露出艳羡的目光，胡一虎从铁蛋的兜里掏出另外一块递给了他，孩子犹豫了一下还是忍不住接了过去，飞也似的跑了。

“爸爸，他们没有巧克力吃吗?”铁蛋问。

“应该没有。”胡一虎答。

“为什么呢?”铁蛋问。

“因为家里穷，没钱买。”胡一虎回答。

“没钱他妈妈可以刷卡呀!”铁蛋不解地说。

“穷的话，就更刷不了卡了。”胡一虎回答。

“为什么穷就刷不了卡呢?”铁蛋问。

胡一虎一时也不知道怎么跟这个在大城市长大的孩子解释什么叫贫穷。

什么叫穷困?这个问题其实游离于很多人特别是都市人的视野之外。

而这个山村还不是胡一虎所知最穷的地方，有些地方的贫困是很多人无法想象的。

胡一虎忽然想起几天前在网上看见昔日的同事们采写的一篇稿子——《直击中国贫困角落》，其中有一段是这么描述贫困的——

“推开一扇破旧的木门，记者让眼睛适应一会儿，才逐渐看清了屋内情形：屋子分成两半，左侧是牛圈，杂草上散落着牛粪，空气中弥漫着一股刺鼻的味道。右侧是人住的地方，借着手机光亮才能看到床铺——一块木板搭在四摞砖头上。屋中央，地面摆了三块砖，上头架锅，底下烧柴，这就是炉灶。没有一张桌子，连个板凳都没见到。土墙被多年的炊烟熏得一片漆黑。

这，就是四川省大凉山区美姑县拉木阿觉乡马依村村民尔日书进的家。

锅里煮了些土豆，便是他一家五口的午餐，有的土豆已经发了芽。对他们来说，吃米饭和肉是一件奢侈的事。大米每十天逢集时才能吃到；肉一年最多吃三次，分别是彝族过年、汉族春节及彝族火把节。

45 岁的尔日书进左眼失明了。睁眼时，只见红红的一片。

三年前，他发现眼睛有问题，却没钱去县医院看。有新农合可以报销医药费，但要个人先垫资才能报账，他垫不起。看病还要路费、生活费，对他来说这是一笔大开销。他就一直拖着，直到无法医治。

墙上有两张奖给“优秀少先队员”的橘色奖状，获奖者是尔日书进 14 岁的大儿子。他家老二、老三都到了学龄，却没有上学，一脸懵懂地望着记者……

尔日书进的生活，是大凉山区贫困现状的一个缩影。”

晚上跟齐豫聊天的时候，胡一虎非常感慨。

“我非常理解你到这里来以后受到的心理冲击。”胡一虎说，“贫穷一直对于你而言只是一个词汇和概念，而对于这里生活的人来说就是非常具体的每天艰难的生活，衣食住行上的窘迫和困顿，没钱时的愁苦和哀伤。”

齐豫叹了口气，“你说得对，我一直以为这种状态也就存在于过去的时光和影视作品里。我真的就想为他们做点什么，比如盖一所好学校。这个想法沉甸甸地压在我心里，我觉得这是命运催使我来到这里的使命一般。”

“没事的，咱们一起来做。”胡一虎抱紧了她。

第六天上午。贾谊开车到村里来接胡一虎父子俩。

这次来，他带了整套摄影器材，他蹿前蹿后拍了不少照片。

“齐豫我回去想了想，必须尽快帮助你完成建学校的心愿。我会把这组照片发到我们报社的新闻网站上去，让更多的人了解这里的情况，让社会上更多的爱心人士捐资助学。”

中午的饭是齐豫精心准备的，贾谊吃得赞不绝口，啧啧有声，“我一直以为我老婆做的饭就算是天下美食了，没想到跟你一比，就是天上人间！”

吃完午饭胡一虎父子就要下山往兰州赶飞机。

分别的时候总是让人心碎。铁蛋抱着齐豫的腿眼泪汪汪地怎么也不愿意走，弄得齐豫也唰唰地掉眼泪，“我不走啊爸爸！我要跟齐阿姨在一起，我要跟 Jimmy 玩！齐阿姨你别让我走啊！”

最后还是胡一虎狠狠心把儿子的手从齐豫身上掰开，强行抱过来给他按到了车后座上。

“我就不送你们到村口了，太让人难受了！”齐豫拥抱了一下胡一虎，对车里被贾谊按在座椅上的铁蛋说，“铁蛋听爸爸的话，有空再来看齐阿姨，阿姨有空也会回北京看你！”

铁蛋看着齐豫挣扎着哇哇地哭。

车终于启动，铁蛋从座位上爬起来从车后窗不断地挥着他的小手，眼泪吧嗒吧嗒地掉，胡一虎从后视镜里看见齐豫孤独的身影站在学校门口挥手告别，眼圈忍不住红了。

大黄狗 Jimmy 追在车的后面跑了足足有一里地，直到车拐上了另一条山路，才不舍地看着车远去，忧伤地回到了齐豫身边。

汽车在高速路上飞驰，朝着兰州而去。

“人与人的告别，哪怕是暂别，都是这样让人伤神。”贾谊瞟了有点黯然伤神的胡一虎一眼，感慨道，“这也就是我为什么要回到甘肃老家的重要原因，每次和家人的相聚和分离就是一次伤感大爆发。”

胡一虎给贾谊点着一根烟，递给他，然后又给自己点着了一根，“要不然咱们老祖宗留下一句名言‘人生自古伤别离’呢。”

“好了，不说这些伤感事了。怎么样，这次来感觉如何?”贾谊问。

“这个地方确实需要扶贫攻坚。”胡一虎说，“再一次勾起来以前咱们一块儿去农村调研的回忆。”

贾谊点点头，“解决贫困地区的‘穷帽子’问题，还需要做的努力太多了。”

胡一虎说，“你还记得咱们去过的贵州黔西南那个地方吗？那个非要给咱杀鸡招待的村主任。”

“怎么不记得啊!”贾谊说，“他们家一只白色塑料桶里有五六斤猪挂油，就是全家三口改善生活的美食了，做饭时切一小块，在锅里擦一擦，就算是有油了。而大部分时间，就是清水煮野菜。”

“咱们走的时候，村长突然拎来一只大公鸡。原来是他要留我们吃晚饭，他家没有鸡，就跟邻居借了一只，准备杀给我们吃。他家两三个月才能吃上一次肉，却要杀鸡给我们吃。”胡一虎说。

“你为了阻止他杀鸡都差点跟他急眼了！回来后大半天都难受得没跟我说话。”贾谊说。

“你不也偷偷地抹眼泪了嘛。”胡一虎又叹气，“这些事感觉很远，又很近。”

（十四）

“五斗，你还记得你小时候因为家里穷被城里孩子看不起的事吗？”

回到北京好几天，胡一虎还没有从贫困的思考中脱离出来，他去亦庄奇树科技公司探望整个国庆假期都在加班的张五斗时，不光给他带去了齐豫捎给他的礼物——紫色土豆，还带来了许多问号。

正在紧锣密鼓筹办新公司大小所有事宜的张五斗，忙得额头越发显大，发际线越发后移，他在还没有完全收拾好的办公室里被一个接一个的电话折磨得心力交瘁。

“永远记得！这是我奋斗的动力！”张五斗听到胡一虎忽然扔出的问题，先是一愣，然后斩钉截铁地说。

“那你想没想过万一你因为家里穷没有上成学，你现在是什么样子？”胡一虎又问。

张五斗往宽大的老板椅上一靠，幽幽地呼出一口气，“要不然就在家里当农民，要不然就成为千百万农民工的一员。”

说罢把身子往前一抬，“不是，你发什么癔症呢，怎么突然问这些问题。”

胡一虎叹口气，“唉，这不是在齐豫那边受刺激了嘛，好久没亲眼看见农村的贫困是什么样子了，让我脑子不太平静。”

五斗看了他好几秒钟，他忽然站起来，走到巨大的落地窗前，“你过来你过来。”

胡一虎从沙发上站起来走过去，“怎么了？”

五斗指着窗户外面一栋栋高楼大厦、整齐的绿地说：“这个地方几年前就是农村的庄稼地，在这里种地的农民虽然不像你在甘肃看到的那么贫困，但绝对和北京城里人的生活差距甚远。但是，这里一开发、一拆迁，这些农民很多一夜之间就成了百万富翁、千万富豪，过上了有知识有文化的城里人奋斗几十年都过不上的好日子。”

胡一虎说，“北京的农村怎么能和西部地区的农村相比，和那里比，这里就是天堂了，即便是农村。”

五斗说：“知道为什么吗？”

胡一虎问：“你说是为什么？”

“因为每个人他生在什么地方就决定了他是什么命运！”五斗说，“有的人天生就不需要奋斗、不需要知道什么是穷，而有的人天生就要苦苦求生存，不知道何谓富裕。”

胡一虎一摆手，“我反对！你这是宿命论！”

五斗一摊手，“那你给个合理解释？”

“人生在哪里不重要，重要的是后天的努力和奋斗！比如你张五斗，你出生在一个穷村庄，但你不照样通过努力考上大学改变命运了吗？而以你现在的生活条件，多少北京土生土长的人都不如你？”

五斗叹口气，“看来你真的还不了解什么叫贫穷。我只想告诉你一点，贫穷会让多数人失去希望、看不到未来、麻木于现状，从贫穷状态下突围出来的只是少数，如果他生长的地方整体的贫穷状况不发生改变，贫穷会在那里世代遗传下去，直至被城市化和工业化用几百年的时间自然淘汰。”

胡一虎沉吟了一下，“那么你的意思，即便是齐豫给他们盖起来一所最漂亮的小学，如果当地的贫困面貌不发生根本性改变，根本无济于事？知识改变命运是个伪命题？”

“知识当然能改变命运，但是一所小学能给予那些贫寒子弟的还远谈不上属于能改变命运的知识，更谈不上让他们改变贫穷的命运。”五斗说，“当然，没有知识，想改变命运那概率就更低了。我们总是喜欢用个体现象来概括整体，尤其是一些处在极端环境中的整体，比如中国现在几千万还没有脱贫的人口，不采取一些非常规的手段，仅靠理想化的诸如‘知识改变命运’的单一手段，根本解决不了问题。多少穷地方，都走出过大学毕业生，他们或许改变了自己的命运，但有几人能回去改变自己飞出来的那个穷窝的命运？”

胡一虎有点沉默，然后有点沮丧，他闷闷地回到沙发上坐下。

五斗走过来坐到他旁边的沙发上，“不过我很佩服齐豫。她不顾一切在那里吃那么多苦，就是为了给那里的孩子盖一所好学校，这不是一般人能做到的，起码你我做不到吧？而且她所做的事情，虽然不会迅速地改变当地贫困的面貌，但最起码是有价值的，或许就改变了几个孩子的命运。”

“做了总比什么都不做强。”胡一虎说，“所以我现在不能光看下去了，我也得帮齐豫做点什么。”

“也算我一个。”五斗说，“说实话，等公司走上正轨，我也真想像王石那样，自由自在地做些自己想做的事，当然我不会去登山，但我可以去做一些更实际的事，比如彻底改变一个穷村子的面貌，比如干脆就去支教什么的。齐豫他们那个村叫什么来着？”

“花树沟。”胡一虎说，“跟咱公司名字还沾点边呢。”

张五斗一拍大腿，“那就这么定了！等公司上市了，咱们定点扶贫到那儿去！咱们改变不了中国，改变一个村还是办得到的！”

新一期杂志的策划文本放在了胡一虎的办公桌上，执行主编暂定的 2013 年 11 月《艺术与收藏》的主题是“中国，还能淘到宝的地方”，重点是介绍几个藏家新近收藏的一些艺术品的淘换故事。

忽然一张图片引起了胡一虎的兴趣，那是一张藏家随手拍摄的西部一个破败村庄一户农户家的照片，照片焦点是这家农户用来装咸菜疙瘩的一个旧瓷坛，照片说明是“这个明宣德的五彩坛，在这家农户家祖祖辈辈被当做咸菜坛子用了上百年”。

胡一虎忽然脑子一动，电话把主编叫了过来。

那位被胡一虎以高薪从原来的报社挖过来当主编的小高很快就推门走了进来，胡一虎示意让他坐下，“你发没发现所谓还能淘到宝的这些地方有一个共同的特点吗？”

小高想了想，“偏僻？”

胡一虎摇摇头，“再想想。”

小高把文本拿到手上翻了翻，“贫穷？”

胡一虎一竖大拇指，“我没看错人！就是这个字：穷！”

小高疑惑地问，“那胡总您是有什么新的想法吗？”

胡一虎眼光灼灼地说：“我有一个想法，咱们把这期的主题改为：‘贫困：藏宝别记’，把一些宝物背后的贫困发现地重点突出一下，用‘宝’和‘穷’做一个看似矛盾的共生体一体展现，一方面让人惊叹于珍宝的神奇瑰丽，一方面也让人惊讶于发现地的极端贫困。我想，应该会有反响。”

小高一拍桌子，“好漂亮的主意啊，胡总！根据这个主题咱们还可以策划一个展览和慈善拍卖，肯定叫座！”

“展览就可以叫‘贫困线下的珍宝’。”胡一虎说，“就按这个路子走，具体你去操办吧，把所有人动员起来，联系好藏家、博物馆和拍卖行。”

小高说：“您就瞧好吧！”

10 月底正式出刊发行的 11 月期《艺术与收藏》果然取得了巨大的轰动效果，即使胡一虎做了预案，但加印量还是远远超过了原计划。当然，这个效果的背后是胡一虎运用了原来媒体圈的一些老关系，事先做了足够的预热，事中做了足够的宣传，不过当下中国民间日益浓郁的慈善风气也是重要背景。

有不少人按照杂志刊登的地址，甚至直接找到了公司，要求给那些村庄里的人捐款捐物，“真没想到现在的中国还有那么贫困的地方，真让人心酸！”

凡是登门来的，胡一虎都一一亲自接待，在说明了公司暂不能接受个人捐赠的同时，每人赠送了一张展览会和拍卖会的入场券，“展览会现场会有慈善总会的人在那里现场接受定点捐赠，另外您要有兴趣也可以参与拍卖，拍卖的金额将有40%作为慈善资金捐给那些乡村。”

在这期间，胡一虎特意托贾谊到齐豫所在的花树沟村重金租借了一套村里一户人家从明朝初期一直沿用到现在的文物级族谱，“我那天看见那户人家正拿出来晒呢，厚厚三大本，六百多年！震撼！”他不仅在刊物中进行了介绍，还把这本家谱和花树沟村列入展览的重点部分。

“我跟慈善总会的人已经打好招呼，凡是给花树村的捐款全部用于学校的建设。”胡一虎在电话里跟齐豫说。

“你办法真多，我压根就没想到。”齐豫笑着说，“这不算假公济私吧？”

胡一虎哈哈一笑，“充其量也就是假公济公，又不是给你搞一个华清池让田螺姑娘入浴。”

“哎！臣妾无以为报，唯有以身相许！”齐豫道。

“收下，到时连本带息！”胡一虎欣然接受。

展览会开幕前的晚上，胡一虎累得像头老牛回到雅乐轩1号，刚冲完澡准备在沙发上躺下盘算盘算明天的相关事项，舒心的电话快乐地打了进来。

“当兵的，有事没事？没事到金宝街一趟呗。”她说。

“你来北京了也不通知一声啊，还想不想我给你解开手了?”胡一虎笑道。

舒心在电话里咯咯咯一乐，“我今天刚到的，跟几个朋友聊天呢，你没事就来呗，给我们讲讲故事，顺便到时候把我送回家。”

胡一虎想了想，又看了看表，时间指向了晚上九点，“你不仅需要一个拉车的祥子，还得让祥子讲故事，资本家就是这样欺压我们无产阶级的！说吧，具体在哪，但说好了十一点前我就得回来啊，我明天还有个重要的活呢。”

按照舒心的指点，胡一虎让小骆开车找到了那栋位于北京金宝街的大厦并把车停进了地下停车场，“你先回去吧，我不知道到几点。你明天 7 点到我家来取车接我。”小骆把车钥匙交给胡一虎自己就先走了，胡一虎按开电梯上去。

当电梯停在了八层，门一打开胡一虎就看见了舒心盈盈的笑脸。

虽然一个多月没见，但前段时间在北京频繁的交集，早就让他们相互之间达成了足够的认可，两个本来内心就充满阳光且开朗的人，事实上也就在心理上悄然地无障碍般亲切、亲近起来，所以舒心看见胡一虎就不由自主地走过去，左手挽住了他的胳膊，仿佛这个动作曾经做过无数次，那么自然而然。

但胡一虎心里还是稍微紧张了一下，他明显感觉到了这个女子身上洋溢的勃勃生机和又陌生又熟悉的气息，熟悉是因为她很多次就待在自己身边，或漫步、或面对面安坐或在驾驶座旁交谈，陌生是由于从来没有这么近距离过。

但很快他就坦然了下来，因为他很果断地告诉自己舒心的这个举动肯定没有任何其他的复杂含义，只是因为熟悉且把自己当成内心信赖的哥哥甚至叔叔类的人吧。

这是一个几乎没有人知道的高档会员制会所，而舒心至少是资深会员且来过多次，因为门口的安保人员几乎没有任何阻拦就微笑着谦恭地把她和胡一虎让了进去。

这种类似的会所胡一虎在报社当记者时曾经和一个大哥级明星进去过。他知道每张会员卡的价值，他也知道里面的绝对私密，他更知道在里面忽然就会遇到某些你在普通的餐馆、会所根本见不到的知名人物。

“你怎么今天忽然就来了？还在这么个地方，也不怕我一个乡下人在这里丢了。”在极其奢华装修的门廊里行走，胡一虎眼前居然就浮现出花树村破落的房屋、泥泞的道路。

“如果我说有点想你了，你不信吧？”舒心把头歪向胡一虎，嘴角上扬看似意味深长却神态轻松地说。

“哈！你想我给你讲故事我倒是信，商旅如此无趣，故事大王难寻，你心里割舍不下倒有合理性。”胡一虎是真的不信，他能看清楚别人更对自己有清晰的自知之明，他从小就没做过童话世界的美梦，他知道自己在这个社会上的角色，他一直认为自己是个位置感很强的人。

“就知道你不信！”舒心一笑，“爱信不信呗，反正我这次来真的没什么事，我表弟让我来北京陪他玩会儿，我就来了，是他约在这儿，其实我也不喜欢到这儿来。”

舒心推开一间房间，把胡一虎领了进去。

房间很大，是里外的套间，外面是个客厅一样的房间，迷你酒吧、小舞池都有，甚至还有一个雪茄吧。里面是个书房一样的地方，有书架和书桌，还有一张很大的西式棋牌桌。而就在那张棋牌桌边上，围坐着三个人，两男一女，很年轻，正在玩牌。

看见舒心进来，三个人都站了起来，没有看舒心，倒是上上下下把胡一虎打量了个够，看得胡一虎甚至有些不自在，他把胳膊从舒心手里松了出来。

“给你们介绍一下，我的朋友胡总。”舒心说。

胡一虎微微一点头，“胡一虎，古月胡的胡，一二三四的一，虎啸山林的虎，很高兴认识各位。”

舒心有点惊讶地看着他，抿嘴一乐。那三个人也互相看了一眼，呵呵笑了起来，其中一个个子清瘦的小伙子说：“我是舒心的表弟任可，任可的任，任可的可。”“讨厌！”舒心过去拍了一下他，“没大没小。我给你介绍一下吧，这位美女是小西，任可的女朋友，这位帅哥是…”她忽然停顿了一下，笑吟吟地看着胡一虎，“你认识他吗？他可是名人哦！”

胡一虎看了看那位有些漫不经心甚至眼神有点傲娇的小伙子，觉得有些面熟，却想不起是谁。

他摇摇头，“眼拙，不认识。”

任可高兴地叫起来，“看看看看！你以为全世界的人都认识你呐，看看人家就不认识你吧，哈哈哈！”

那小伙子有点儿沮丧，“这位大哥，就不能给点面子吗？你不上微博、微信的吗？你不看娱乐八卦的吗？”

舒心看着胡一虎，笑着问：“真不认识？要不我提示一下，非娱乐圈的娱乐知名人士，千通集团，经常在微博上放炮、炫富……”

胡一虎豁然开朗，他摆摆手，“不用说了，我想起来了，万大炮！”

那小伙子得意地耸耸肩，“任可，服吗？”

在胡一虎的经验中，在这种会所遇到什么人都不会感到意外，但在舒心的朋友圈里竟然有万大炮这号人物倒是又小小地出乎了胡一虎的意料。

这位万大炮，确实是著名的非娱乐圈娱乐明星，千通集团董事长的独生子，一贯以毫无遮拦地吐槽娱乐圈、揭丑娱乐圈闻名，更以敢说话、敢炫富成为网络上的红人，他在微博上的一个发言、一张图片甚至就会成为网上的当天新闻。

当这位浑身上下充满了争议的网络人物出现在自己面前的时候，胡一虎忽然觉得这个人其实不过就是个争强好胜的毛孩子，没有被大家你一言我一语所形容的那么面目可憎，也没有人们传说的那么居心叵测、别有用心，只不过是有种养尊处优环境下长大的不懂事、傲慢、虚荣，又略有点空虚的孩子气。

“你们在玩牌?”胡一虎看了看他们摊在桌上的牌型，“你们 80 后也玩斗地主?”

“您也会？要不，一起玩会儿？正好小西不太会。”任可说。

胡一虎毫不客气，在椅子上坐下，“那就玩会！舒心，你搬把椅子就在旁边伺坐吧。”

舒心说，“人家红袖添香是吟诗作画，您这却是抓牌出炸。”嘴上说着，却挪了把椅子在胡一虎身边坐下。

作为当年在斗地主中浸淫成长起来的高手，一两个回合下来胡一虎就看出任可和万大炮不过是两个菜鸟，于是在谈笑间就轻松一吃二，把他俩虚拟的筹码赢了个一干二净。

任可和万大炮互相看了一眼，“换德州怎么样?”

胡一虎一笑，“行啊，舒心和小西也得上场，五个人正好，你们叫个服务员进来发牌。”

德州扑克，一场混战，胡一虎和万大炮平分秋色，舒心和任可、小西溃败千里。

“咦！当兵的，没看出来你玩牌这么厉害!”舒心叹道。

“你当过兵?”万大炮很是好奇。

胡一虎和舒心相视哈哈一笑，“我没有当过兵，舒心这么叫不过是开个玩笑，你们别当真。玩牌，你们肯定不行，但玩网游和电玩，我肯定不行，咱们是各行其道、各有千秋。”

万大炮呵呵笑起来，“网游、电玩，您这也知道呐。”

任可一撇嘴，“您老人家为了玩网游方便，甩出你老爸几个亿收购那家网游公司的事，地球人都知道了!”

“你不是单纯地邀请我来玩并带你回家吧?”几个小孩倒也不太贪玩，到 11 点时舒心一提议散伙大家也就散了，各乘各车，各回各家。胡一虎拉着舒心往东四环走，“说吧，你跟万大炮到底啥关系？”

舒心也不介意，坦然地说：“就知道你能嗅出点啥。只不过两边的大人有这个意思，但我们俩实在不来电，何况我还比他大一岁，但是认识后发现他也不坏，就当成好朋友处呗，铁哥们而已。”

“既然是铁哥们，那你干吗不让他送你回家？”胡一虎问。

“避免不必要的麻烦呀，万一被狗仔队撞上，风风雨雨的就没意思了，你解释也不是不解释也不是。”舒心说，“他现在被狗仔队盯得可紧了，弄得他身边的朋友都很紧张。”

“是啊，倒确实没听说过你有什么绯闻。戒骄戒躁，继续保持。”胡一虎笑道。

“我又不是什么名人，而且我也不想当什么名人，多累呀。”舒心说，“你怎么好像瘦了呢？”

胡一虎摸摸自己的脸，“真瘦了？哎，累呗！”

“你最近在忙什么呀？不是投资已经到位了吗，又犯什么愁了？”舒心关心地问，身体稍微往胡一虎这边靠了靠。

“哎，不是犯什么愁了，这不是近期在筹办一个项目吗，事情挺杂挺琐碎的，稍微忙乎了点，不过好在已经告一段落，明天就是最后一哆嗦了。”胡一虎答道。

“什么项目呀，能跟我说说吗？”舒心问。

胡一虎看了她一眼，微笑着说，“我们那点事全部告诉你都没事，你不是外人呀，资本家。后座上有本杂志，你先看一下，然后我告诉你。”

舒心转身，想够却够不着，她干脆解开安全带，把座椅靠背放平到150度，脱下高跟鞋跪到椅子上想从后座上拿，却在这时，车在十字路口来了个右拐弯，舒心“妈呀”一声向胡一虎滚过来，胡一虎余光扫见情况，赶紧伸出右手一把抱住了她，迅速把车靠边停下。

“对不住对不住，没吓着吧？”胡一虎把胳膊松开，舒心却惊魂未定地抓紧了他的手，“妈呀，吓死我了！”

胡一虎有点歉意地用左手拍拍舒心的手背，“对不起呀，没想到你如此奋不顾身地去取它，跟黄继光一样。”

舒心咯咯咯笑起来，“你才是黄继光呢！”

胡一虎把手从舒心的手里撤出来，把座椅往后移了移，从后座上把那本最新一期的《艺术与收藏》拿了过来，打开副驾驶阅读灯，交给了舒心，“差点让你用生命来获得它，太珍贵了。”

“贫死！”舒心白了他一眼，把椅子扶正，翻阅了起来。

在舒心哗啦哗啦翻阅的时候，胡一虎于是吧啦吧啦给她讲述了一遍来龙去脉。

舒心听后，合上杂志，“明天你能带我去参加那个展览和拍卖会吗？”

“你如果真没事，当然可以。”胡一虎说，“但是我明天不能来接你，你让司机直接送你去华夏艺术馆吧，这是请柬和门票。我明天要主持开幕式，可能先照顾不上你，我安排小高先接待你吧，贵宾女士。”

“你女朋友明天会来吗？”舒心忽然问。

胡一虎一楞，“你说齐豫吗？她不来呀，她在学校一堆事呢，赶不过来。”

“她真是一个了不起的女人，我挺佩服她的。”舒心把杂志撑在下巴上，幽幽地说，忽然转脸看着胡一虎，“要不然你哪天给我讲讲你俩的故事呗？反正你今天欠我一个。”

胡一虎张大了嘴，“这就欠上一个了？见你一次就得讲一个故事吗？这怎么听着那么像强加在中国人民头上的不平等条约呢！”

“就欠就欠！”舒心跺跺脚，一副野蛮女友的巾帼本色，完全不像一个手上掌控着亿万资产的商界女精英。

早上九点，“贫困线下的珍宝”展览准时在华夏艺术馆开幕。站在面积并不大的主展厅举行的开幕仪式主持席上，参加开幕式的人群数量让胡一虎非常惊讶，除了展览邀请的藏家、嘉宾、媒体人士，更多的普通人闻讯而来，主展厅里人头攒动，甚至一直挤到了门口。

胡一虎本来想照着行政秘书准备的讲话稿念一遍开幕致辞，但此情此景让他忽然改变了主意，他脱稿即席做了个发言：

“今天来了这么多人，很出乎我的意外，更让我感动。我知道，今天的这个展览，你们并不是冲着一睹绝世珍宝芳容的审美来的，而是带着对中国千百万贫困线以下的那些还没有脱贫的人的关心、牵挂和爱心来的。

珍宝和贫困，这两个看似很不协调的主题放在一起，其实我想突出的就是‘贫困’这两个字，就是想刺痛一下大家的神经，从而能在巨大的反差中体会贫困人群的挣扎感和窘迫感。

包括我自己在内，现场的朋友们，虽然有一些曾经或多或少地经历过贫穷的过往，但在物质生活殷实的浸淫下，贫穷的过去往往会淡化为一种背景，有时候甚至会成为忆苦思甜的谈资，贫困早已不是真实的生活主题。

但是，在中国的一些角落，在一些山区，贫困，穷，却是他们每天生活的主题，他们每天一起床不是想着如何少吃一点减减肥、去什么地方购物、去做什么投资扩充财富，而是如何到地里劳作让自己的肚子吃饱、如何去挣个五元十元给孩子交读书钱给老人治病、如何还上沉重的亏空。在他们眼中，最大的珍宝就是能吃饱饭、有钱读书、有钱看病，最大的奢望就是每年能多吃几顿肉、有几身新衣服。这个人群，这个生活在贫困线下的人群，国家统计的数字是，七千万！

我们今天的这个展览，每件精美、价值极大的展品的背后，都有一个贫困人家的故事，都是某一个贫困地区的缩影，我更大的希望是，你们能真切地从它们身上品尝出贫困的味道。

贫困，不仅让人茫然、麻木于对未来的憧憬，更会让他们失去藏宝、审美的权利。也许我说出来很残酷，这里的不少藏品都是以与其本身价值相差甚远的价格收购来的，但是听我的藏友朋友们讲，即使面对那些绝对不算多的钱，他们舍弃这些宝贝时却是惊喜甚至感激，因为那些在我们眼里捡了个大便宜的钞票，是他们好几年的收入，是看病的救命钱、是缓解苦日子的甘霖。

那么，他们的希望在哪里？我们当然可以摊摊手说，这是政府的事。但是，我们叩问一下我们的内心，倾听一下良心深处的回声，这真的就仅仅是政府的事吗？他们的贫穷真的跟我们无关吗？

今天你们来到这里，就是给了我一个你们每个人内心的答案：伸出手，拉他们一把，给他们希望，算我们一份！我觉得，有你们的这份心，他们的希望之光将越来越亮，直至阳光普照。

最后，我想借用印度大诗人泰戈尔的话来与大家分享我这几天经历的心路历程，那个老人用一种仁慈、善念和博爱说过：生者不朽的爱就是死者不朽的名。那么，今天的展览，我希望我们能用我们不朽的爱，来点亮那些贫者的天空，让我们的爱成就他们有尊严的生！”

掌声非常热烈地响起，无数双眼睛热辣辣、带着赞许地射向胡一虎。

展览真的是成功的，许多人都在胡一虎团队精心设计的一个个“珍宝与贫困”的故事展示前神情讶然，那些和珍宝落差极大的贫困紧紧地揪住了他们的心，这一刻，珍宝与财富才真的成了配角与陪衬。

于是，在展厅的出口处，慈善总会的临时捐助台前，排起了长长的队伍，人们为他们决意捐助的目标捐上了一笔笔款项，有的甚至是支票。

胡一虎从上午一直忙到中午，一拨拨人过来和他打招呼，他又送走一拨拨人。

展览要持续到下午，胡一虎让团队订了盒饭作为中午的伙食。

到了中午快十二点，人群终于逐渐稀疏，胡一虎也终于松了口气，拧开一瓶矿泉水狠狠地喝了几大口，几乎一直没停地说话让他渴坏了。

这时他忽然感觉有人在背后轻轻地拍了一下他的肩膀。

他一回头，是舒心熟悉的笑脸。

"你来了呀，我怎么没看见你？"胡一虎抹抹嘴，歉意地说，"我这忙得都没顾上招呼你。"

舒心微微一笑，"你们小高一直陪着我呢，看你忙一直没去打搅你。"

胡一虎赶紧向舒心身旁的小高示意，"辛苦小高啊，你赶紧吃饭去吧，晚上还有拍卖会的事，你多受累。"

小高一笑，"胡总客气了，那您陪舒总待一会儿吧。有事您再招呼。"

胡一虎看着舒心，眼睛瞄了瞄旁边，发现过道上有条供休息用的长凳，"我陪你到那儿坐会儿吧，资金有限没租他们的休息室和会客室，条件简单，你多担待啊。"

舒心点点头，"我陪你歇会儿。"

在凳子上坐下，胡一虎问舒心："资本家同志，在这个课堂上受教育了吗？"

舒心轻轻打了他一下，"讨厌。不过你这个布展和主题真好，每个人内心都很有感触的。"

"嗨，这不也没别的本事吗，也就整整这些小把戏。"胡一虎又喝口水，"不过我觉得这比挣钱更有意思。"

舒心看了他一眼，从包里拿出一包纸巾，右手抽出一张伸到胡一虎嘴边给他擦了擦水渍，"你每次穿西服扎领带，我都觉得你换了一个人似的。"

胡一虎哈哈一笑，"特不习惯吧，其实我也不习惯，但是这种场合嘛，就得配合一下。”

舒心摇摇头，“不是，是越来越感觉你并不像表面看上去那样，那样有一点玩世不恭，其实你对很多事情都很严肃。不过嘛，你这样穿着呢，还挺帅的哦，你肩膀宽，挺适合穿西服的，只是这件西服好像不是特合身，袖子长了点，襟幅紧了点。”

胡一虎嘿嘿一乐，“你是学裁缝的吗，眼这么精准？这是张五斗的。”

舒心一抿嘴，“不带你这么应付的。你该吃饭了吧？”

胡一虎点头，“还真是饿了。我们这里订了盒饭，我就在这儿凑合一顿，你是怎么着，回去吗？”

舒心嘻嘻一笑，“要不我就蹭你一顿盒饭呗？”

“别呀，大小姐，那哪是你吃的呀，也就是我们工人阶级填饱肚子的，二十块一份，可别委屈了你。”胡一虎摆摆手。

舒心一瞪眼，“我也是工人阶级的一分子！给不给吧，抠门的话明说，我掏伙食费，可不剥削你。”

胡一虎站起身，“你铁了心要与民同乐我也不能拦着你呀，走，排队领盒饭去！”

找个张临时桌子坐下来，胡一虎看着舒心吧唧吧唧地吃着饭盒，很感慨，“没见过一个像你这么有钱的人吃个二十块钱的盒饭都这么香的。”

舒心得意地说，“不是你想象得那么娇气吧？好养活吧！”

“嗯！倒是可以卖个好价钱，不好吃，能干活，啧啧，没准还忒能生养。”胡一虎又贫。

舒心忍不住用筷子敲了一下胡一虎的头，“一副人贩子的险恶嘴脸！”

吃完饭，胡一虎带舒心顺便参观了一下华夏艺术馆其他的地方，随后两个人溜达到了室外。

胡一虎连打了几个哈欠，既是习惯性犯困，又是因为这两天太累。

“你找个地方休息会儿吧？瞧你这累的样子。”舒心说。

“没事，顶一顶就过去了。再说上哪儿睡去，总不能地当床天当被吧。”胡一虎摇摇头。

舒心想了想，拿出手机拨通电话，“你把车开到门口来吧。”

胡一虎说，“你要走了？”

舒心一笑没说话，不一会儿她的那辆宽大的宾利缓缓开了过来。

“你上去。”舒心一推胡一虎。

“干什么？不至于还要让我陪你回去吧。”胡一虎不干，“我下午还得在这盯着呢！”

舒心也不理他，拉开后车门不由分说把他推了进去，胡一虎一屁股坐进了异常宽大的后座上。

舒心又打开后备厢，从里面拿出一条薄毯和一个小靠枕，走过去递给胡一虎，“拿着。”然后拉开前门坐到了副驾驶座位上，对有点莫名其妙的胡一虎说，“你，就乖乖地在后面睡一会儿，休息好了才能更好地工作啊，同志。老许，你开车吧，慢点开随便兜几个圈，半个小时后回到这儿就行。”

胡一虎说，“嗨，我还以为你才是人贩子要把我卖了呢！”

舒心哈哈大笑，“您年老色衰，卖了得赔本，不干这买卖。”

胡一虎也不客气，把鞋一脱就舒服地躺在了宽大的后座上，除了腿略微伸展不开，倒确实能睡，“人家当年也小鲜肉过的，现在嘛，中老年妇女估计也会争相抢购的，没准还引发踩踏事件。”

“行了，您就别贫了，睡吧。”舒心扭着头笑着看着他。

车平缓地行驶着，几乎没有明显的震动，但轻微的摇晃又像温暖的摇篮，胡一虎还真的就很快睡着了。

当他轻微的鼾声传过来，舒心忍不住又回头看着他。

看着那张略带疲倦的脸，睡着了却反而有些紧皱的眉头，舒心心里涌上一股说不清道不明的百感交集。

她就这么傻傻地看了他好一会儿，司机老许慢慢开着车用余光瞥了她一眼，像是叹气般深深地呼了一口气，没有说话。

一点半的时候，老许缓缓把车又停到了华夏艺术馆的门口。

舒心下车，拉开后车门，轻轻摇醒了胡一虎。

“起来了，该上工了。”她对睁开眼的胡一虎说。

“哎呀，还真的是舒服啊！”胡一虎坐起来，穿好鞋，拍拍车座椅，“头一回睡这样一张几百万的‘床’。谢谢你啊，舒心。”

“我先走了，晚上的慈善拍卖会再见。”舒心坐到了后座上，朝下了车的胡一虎招招手。

“好，那时候我没多少事，可以认真地尽尽地主之谊。”胡一虎挥挥手，“我等着你啊。”

（十五）

晚上七点，“贫困线下的珍宝”慈善拍卖晚会在中国大饭店宴会厅举行。这是张五斗帮忙联系的地方，他的一个老乡在饭店担任副总，场租费便宜了不少，“给你省点钱多帮助那些需要帮助的人。”

快六点半的时候，胡一虎接到了舒心的电话，“你出来一下，到地下停车场来找我，我在车里。”

胡一虎赶忙赶到了车库，找到了舒心。

“你到后座上去，把衣服换了。”一身优雅晚礼服的舒心推门下车，对胡一虎说。

胡一虎一看，后车门的挂钩上挂着一套崭新的西服，“咦，什么意思?”他惊讶地问。

“没什么意思，你好歹算个公司老总吧，又是要主持这么庄重的慈善宴会，行头还是要注意点的。”舒心说，“别啰唆了，赶紧去试试吧，把张五斗的衣服换下来。”

胡一虎又犹豫了几秒钟，看了一眼舒心不容商量的神情，还是进去迅速地换了衣服，那是一套高级礼服式样的西服。

等他从车里钻出来，在车外等着的舒心看着他满意地点点头，“嗯嗯嗯，真合适！你这么一穿，确实会引起中老年妇女抢购你这块老牛肉了!”

胡一虎很纳闷衣服的合身，“你怎么知道我衣服裤子的尺寸的?”

这时司机老许幽幽地说，“你中午睡着的时候，她用手给你量出来的。”

胡一虎惊讶地张大了嘴：“用手量就这么准?!”

舒心得意地一笑，“不知道了吧，我妈当年是纺织厂的，那可是有一手的好缝纫活，小时候我很多衣服都是她亲手做的。我呢，稍微得了点她真传罢了。”

“纺织厂的就这么厉害，那她要是服装厂的，估计就没法国人、意大利人什么事了，什么 LV、纪梵希、范思哲都得拜倒在你妈脚下。”胡一虎叹服道，“舒心你干脆别叫舒心了，叫贴心吧，这把我给感动的，替我谢谢你妈妈。”

舒心说，“谢我妈干吗?”

“谢谢她生了这么好一个女儿呀！我是饮水思源!”胡一虎说，“走吧，去参加晚宴吧，这身马鞍配的，我得赶紧撒会儿野去。”

舒心快乐地一挎他的胳膊，“老牛肉，出发!”

晚宴是轻松而愉悦的，胡一虎作为主办人先是发表了一番热情洋溢的祝酒词，然后便是频频一桌挨一桌地敬酒表示感谢，并把舒心逐一介绍给了他的嘉宾们，“这是我们公司的战略投资方，舒心，舒总。”

席间有一些热衷慈善的老板舒心也认识，便很快乐地闲聊、问候，舒心陪着胡一虎穿梭在其间，一切都游刃有余、掌控自如，她陪她的父亲经历了无数这样的场合，早就驾轻就熟。

宴会进入尾声，主席台的大屏幕上播放了胡一虎的团队制作的一部五分钟的纪录片《贫困：藏宝别记》，随着记录片的结束音乐响起，盛世一拍的拍卖团队进入会场，慈善拍卖正式开始。

这次上拍的不仅有展览会上的展品还有一些是藏家听说了消息

后主动找胡一虎他们要求拍卖的，“拍卖的钱一分都不要，全部捐给贫困山区。”

首先上拍的是一把清初的太师椅，是一位藏家从四川大凉山淘过来的。

拍卖师介绍了这件拍品，并配合大屏幕的纪录片讲述了这把椅子背后的贫困故事，“先生们，女士们，这把椅子曾经的主人是大凉山一个还算殷实的家庭，祖上还是清代的一位土司。但就是这样一户还算殷实的人家，全家也不过是每年能有半年能吃上米饭。主人卖掉这把椅子，是还看病欠下的债。而就在卖了这把椅子后不久，这家的主人就因为严重的疾病去世了，现在这户人家剩下的老人小孩，主要是靠政府救济过日子……”

拍卖师有点说不下去了，他顿了顿，面向观众：“说实话，我从业二十多年了，从来没有办过这样的拍卖会，在座的各位来得值得，而我可能一生都会记得。下面，我宣布这把清代黑檀太师椅的起拍价是 10 万元，竞拍加价以 1 万元为单位，现在开始竞拍。”

台下迅速有人举牌，拍卖公司的工作人员走到他身边询问后，举手打出数字向拍卖师示意，“哦！这位先生出价 20 万元！还有没有别的嘉宾出价？哦？那边那位女士……25 万元？好！25 万元了……”

经过了近十轮的拍卖，最终这把椅子被一位男士以 55 万元拍下。

胡一虎迅速地在心里盘算，“55 万的 40%，22 万！不错，开局顺利！”

接下来，拍品被依次介绍又被依次卖出，平均溢价都在 150% 以上。

当一件绿松石项链开拍的时候，胡一虎却忽然意外出价，并最终以八万元拍了下来。拍卖师笑着说：“恭喜本次慈善拍卖的主办方胡总竞得此件拍品！另外我告诉大家一个信息，卖方已经决定所有款项全部捐献！”

台下哗哗哗地响起了掌声。

舒心捅捅胡一虎，“你买它干吗？你又戴不了，非得跟旁边那位大姐争。”

胡一虎笑道，“别闹，下面我就等着你‘出血’呢，先给你做个示范。”

舒心说，“嗨，在这等着我呐?！不过呢，你瞧好吧。”

果然，在接下来的拍卖中，舒心果断出价80万元请下了一尊明代的铜观音造像。

“怎么样，你的十倍哟，满意否，老牛肉?”舒心调皮地问胡一虎。

“满意又不满意，满意呢是算你捐出了30多万，不满意呢，是按照你我的身家比例，我出8万，您该出800万的，您可是大资本家……哎哟，踩我干吗?”没等胡一虎叨叨完，舒心忍不住用高跟鞋踩了他一脚。

“再啰嗦，我把你买了！”舒心“恶狠狠”地威胁。

胡一虎看了看旁边的人，忍住笑做了个“嘘”的手势。

拍卖会的最后一件拍品就是花树沟村的那三本明代至今的大族谱。

“先生们，女士们，现在是我们本次拍卖会的最后一件拍品——明代家族族谱。这是一件特殊的拍品，特殊之一是本次拍卖的是它的展出权，而不是所有权，而且竞买方一旦购得，只有一年的展出权，只能在相关的博物馆展出而不能藏在家里私有，并在一年后还给所有者；特殊之二是它是一件活着的文物，它的主人现在仍在不断使用它、续写家谱；特殊之三是它的拍卖所得将指定用于当地村里的希望小学的建设。现在，竞拍开始，本拍品是无底价拍卖，请各位出价！”

胡一虎的心有点怦怦加速起来，他不知道这个几乎让竞拍者毫无利益可言的拍品会有什么样的结果，万一无人问津怎么办？虽然是慈善拍卖，但今天来这里的大部分是商人，他们心里可是有精明的算盘的……

但是，拍卖的情况却让胡一虎悬着的心迅速踏实了下来。

现场有一位老人第一个竞价就出价20万元！

而随后，不断又有人出价，竟然一路升到了60万元。

“现在这件拍品的竞价是60万元，还有人出价吗？还有没有？……好吧，60万第一次……有没有？60万第二次……”他举起了拍槌。

就在这时，角落里传出一声：“100万！”

原本等着拍卖师傅落槌的众人，闻声都不由得把眼光刷刷地扫向传出声音的地方。

“万大炮！他怎么来了？!”胡一虎远远地看清楚了那是谁，惊讶地悄声问舒心。

舒心呵呵一笑，“我告诉他的。我说你搞了个慈善拍卖会，是帮助西部山区穷人、穷孩子的，他也没说来不来就说到时候看吧。没想到他还真来了。”

胡一虎说，“这位少爷别看不太着调，实际上心地还是挺单纯、善良的。你还别说，那本族谱还就是他们本家的，没准还能找出跟他们家的渊源呢！”

万大炮的100万最终拍下了族谱一年的展出权，拍卖师槌声落下，现场掌声一片。

慈善拍卖会最终圆满落幕，总共为贫困山区筹得善款近1000万元。

待众人都散去，胡一虎迫不及待地跑进厕所给齐豫打电话报告喜讯。

“真的啊?！100万你筹到了?”虽然被胡一虎从睡梦中叫醒，齐豫也被胡一虎快乐得像个孩子一样的声音感染得很兴奋，“那样的话，加上网友捐助的50多万，不光是建校舍，连修操场、配电脑、配食堂的钱都快有了！”

“嗯嗯嗯！咱既然建就干脆建个彻底好的，争取凑个500万左右，建成一所几十年都不落伍的漂亮学校！”胡一虎在洗漱台前拧开水龙头，撩凉水冲冲自己的脸，“下一步我继续努力，争取早日把我娘子从山里请回来。”

齐豫咯咯咯笑起来，“怎么听着像沉香劈山救母一样！”

胡一虎说，“那可不，但好歹人沉香还有宝莲灯呢，我这是赤手空拳闯华山，不建成学校誓不还！”

俩人又腻歪了几句，就互道了晚安。

走出厕所，胡一虎看见小高陪着舒心在外面等他。

小高看他出来，就紧走两步到他跟前，把一个盒子和一张银行卡交给了他，“胡总，这是您拍卖下来的那串绿松石项链，您的款项我已经帮您打到指定账户上了。舒总有事找你呢。没事的话，我就先走了。”

胡一虎接过东西，点点头，拍拍小高也明显消瘦了的肩膀，“这段时间兄弟们都辛苦了，告诉大家明天起放假三天！你赶快回去陪媳妇孩子吧，我没记错的话，你至少一星期都没回家了！”

小高说，“累是累，但是挺值，好久没做这么有意义的事情了。”

小高和胡一虎和舒心道别走了。胡一虎看着舒心，“咦！你怎么还在这儿，丢东西了？手机还是钱包？”

舒心白了他一眼，“就不能想点好的？我司机被任可叫去帮忙去了，你得送我回家。”

胡一虎说，“嗨！这不是小菜吗，我这就给司机打电话，让他先把你送回去。”

舒心一顿脚，“我不要司机送，我要你送！”

胡一虎叹口气，“欠你的，上辈子欠你的！”拿出电话把小骆叫了过来。

“今天我自己开车回去吧，你打辆车回家。明天起公司放假三天，我估计也没什么事，你就在家好好休息。”胡一虎对小骆说。

小骆点点头，“有事您打电话。”

看着小骆远去，胡一虎拉了一把舒心，“走吧，还等我背你吗。”

舒心嘻嘻一笑，“你要愿意我反正不拒绝。”

到了车上，胡一虎把西服脱了，“这衣服好是好，可就是穿着别扭，开车都不方便。”

舒心咔嗒把安全带系上，“这衣服本来就不是给司机穿的。”

“你难道不觉得我是你第二司机吗?”胡一虎把领带拆下来，解开衬衫的扣子，把领带扔到了后座上，扭扭脖子，“唉，这样真舒服。”

舒心说，“累了吧？要我给你揉揉脖子吗?”

胡一虎“大惊失色”：“使不得使不得！这还不得让我用讲一辈子故事来还啊！”

舒心“轻蔑”地看了他一眼，“老牛肉，胆小鬼！”

胡一虎嘿嘿一笑，把小高给他的那个盒子递给舒心，“给你的，送给你。”

舒心惊讶地接过来，打开盒子，把那串绿松石项链拿在手里，“你花 8 万元买过来送给我?!”

胡一虎从她手里拿过项链，不由分说就给她戴上了，“嗯，你戴着挺好看的！”

舒心把遮光板打下来把里面的化妆镜打开，照了照，绿色的粗大的松石项链衬在她黑色的晚礼服上，居然混搭得相得益彰。

“其实拍卖手册一出来的时候我就看上了这条项链，就打算送给你。”胡一虎启动车，缓缓地开出地下停车场，“一是补上你生日时的礼物，二是上次你送我一礼物我得还礼，三呢还是得再次感谢你对奇树公司的帮助。只是没想到那么多人喜欢，竞争挺激烈，害得我预算超支，这个月得去张五斗家蹭饭去，呵呵呵，开玩笑呢。”

舒心看了他一眼，“唉，这么珍贵的东西，你不送给你女朋友吗？”

胡一虎摆摆手，“我们老夫老妻的不需要来这些虚的，到时候一枚戒指直接拿下即可！”

舒心忽然觉得有点失落，这种失落的感觉在她简单的情感经历中是陌生的，陌生得有些让她心里感觉微微有点酸有点疼，“你们打算结婚了吗？”

胡一虎沉默了一会儿，他被舒心这个问题问得有点迷茫，他忽然想起去甘肃看望齐豫的路上，自己对婚姻的犹豫和彷徨。

“嗨！我就那么一说。我们还早着呢，到时候再说了。”他带点掩饰地大大咧咧地说，“我们俩不像你，我们再结就是‘二进宫’了，没啥新鲜的，怎么着都不会那样猴急猴急的。”

舒心听完，心里莫名其妙地有点开心，这种开心让她心里很惊讶并隐隐地自责，但是终究她心情还是不可遏制地好了起来。

“谢谢啊，老牛肉，你这用一个月工资买的项链，很珍贵。只是你不能再把那件融资的事挂在嘴上，我都听烦了，而且你不觉得现在咱们是朋友了嘛，你跟张五斗、陶三宝会这么客气吗？”

胡一虎挠挠头，“毕竟不一样嘛！我们仨喝多了还抱一起睡觉呢！”

舒心做呕吐状，“就差穿同一条裤子了！”

胡一虎哈哈大笑，“你错了，其实不差，上大学的时候我们还真互相借同一条裤子穿过！哈哈哈！”

又到了小区门口，胡一虎感叹道，“这里倒是越来越熟悉了。以前很反感住在这里的人、这个小区，现在因为你在这儿嘛，慢慢能接受了。”

舒心说，“我知道你什么意思，暴发户，铜臭味呗。其实我也不喜欢，过段时间搬走换地方了。”

“应该搬应该搬，您这么气质高雅富有爱心家藏万贯老少咸宜的人，早就应该换个人文景致品质俱佳的好窝。”胡一虎说。

舒心哈哈笑起来，“你这都说什么乱七八糟的啊！我只是以前来北京少就凑合住这儿，下一步北京的事会很多，我在这儿会长待，就准备稍微正规点建一个窝，也免得我爸爸来北京老住饭店了。”

“嗨，钱多好办事，你们家都可以买下整个这条街。”胡一虎用手一比画，“安个家还不是小菜一碟。”

舒心皱着眉，有点不开心地说，“别这么说话带刺行吗？你好像很讨厌有钱人，为什么？”

胡一虎连忙摆摆手，“我可没有清高到讨厌有钱人，最多是不羡慕而已，对你更没有这个意思了。我多少知道一点你父亲的故事，我挺尊重辛勤劳动发家致富的人的，更何况你们在我们最困难的时候拉了一把，感激还来不及，谈何讨厌呢，更没有讽刺的意思。”

“你真是这么想的？”舒心将信将疑。

胡一虎诚恳地点点头，“我讨厌谁也不会讨厌你呀。我不过是感慨了一下你很多事不用操心，纯属客观描述。”

舒心又开心了起来，“姑且相信你。但是，后天得罚你来陪我搬家。”

胡一虎很有些意外，“你们公司这么多人在北京呢，不至于要我来吧？我这一把年纪的也搬不动家具呀。”

舒心抿嘴一笑，“谁让你来搬东西了，就是让你来陪陪我，顺便带你认认门，免得以后你借故拒绝当司机。别说你有事，你已经宣布公司放假三天。”

胡一虎说，“这么好拍马屁的机会，你不考虑考虑给你屁股后面那些狂追你的小公鸡们？”

“别那么多废话了，痛快点，来还是不来？”舒心道。

“敢不来吗？”胡一虎无奈地说，“后天是吧？来！”

（十六）

为了筹办这次展览和慈善拍卖，胡一虎真的是累坏了，大事终了后的陡然放松的他一直睡到第二天临近中午才醒过来。

他在床上呆呆地愣了会儿神，才逐渐让精神回归到现实之中。

冲完了一个热水澡，胡一虎从冰箱里拿出一盒牛奶和一袋面包坐到餐桌边，边吃边看手机。

手机昨晚为了免打扰他调到了静音，到现在总共有二十多个未接电话和二十多条未读短信、微信。排除了那些可能的推销电话后，胡一虎一一给其他的未接电话回了过去，有慈善总会工作人员的电话要跟他商量下一步具体捐助事宜的，有藏家跟他联系以后如果再搞类似拍卖愿意捐献藏品的，甚至还有媒体记者来询问了解相关事宜的。

最后他给司机小骆回了电话，这小伙子不知道有什么急事给他连续拨打了两个电话。

“有什么事吗，小骆？”他问道。

“您今天用车吗？”小骆嗫嚅了一下，说道。

“应该不用，怎么了？”胡一虎问。

“呃，您要不用的话，我想今天用下您的车，不知道行不行？”

小骆有点忐忑地说。

“可以呀，你拿去吧，一会儿你过来拿钥匙。”胡一虎说。

过了也就不到二十分钟，小骆就按响了胡一虎屋子的门禁铃。

看着站在门口一身西服笔挺的小骆，胡一虎忽然觉得应该多问几句，他让小骆进屋，“我多句嘴，你用车干什么去呢?”

小骆有点尴尬地红了红脸，想了半天，说：“小芬的爸妈这几天在北京，想让我开车带他们在北京转转。”

胡一虎不由得一愣，“你又跟小芬联系上了？她不是被老板包养了吗?”

小骆不好意思地低着头，“前段时间她给我打电话约我见面，我就去见了她。”

“怎么着啊，被老板踢了还是念起你的好了?”胡一虎示意他坐下。

小骆想了想，咬咬牙说：“胡总我就跟您全说了吧。小芬的老板现在又有了一个新女人，就慢慢不理她了，她要跟他掰扯，有时候他还会打她，她现在也很后悔。那天她见我时都哭了，一直说对不起我。我，我也就心软了。”

胡一虎忽然想起，有好几次他都在车上发现了女人的长头发，他一直以为是舒心的，但现在仔细一想不可能是舒心的，因为那些头发是染过的黄色的卷发，而舒心一直是乌黑的直发。

“所以，你们又在一起了?”胡一虎叹口气，“但是，小骆你没想过吗，她没提过跟那老板分手吧？没说过要嫁给你吧？即使嫁给了你，你真的就能心甘情愿地接受吗?”

小骆摇了摇头，“这些她都没说，我也没有想那么远。但是，我现在还就是心里放不下她，走一步是一步吧，好歹无聊的时候我们俩还能在一起聊聊天说说话。”

“呵呵，不止聊聊天说说话那么简单吧?”胡一虎轻轻一笑，看着小骆。

小骆又涨红了脸，不知道该说什么。

“好了，没事了，你自己的事自己好好盘算盘算，别又吃亏了。”胡一虎把钥匙递给他，“人家父母来了，你尽尽心意也好，不说别的，吧毕竟你们认真地好过一场。”

小骆赶忙站起身接过钥匙，“胡总您放心吧，我现在也没那么傻了，她如果就是找我玩玩，我就陪她玩玩就是，她要是来真的，我就跟她来真的，反正现在出去玩干什么的都是她花钱，我也吃不了亏。”

“你刚换的手机，是不是她给你买的？”胡一虎把他送到门口，装着很随意地问道。

小骆下意识地摸摸了装手机的兜，想解释一点什么，胡一虎挥挥手，笑着说，“行了，别解释了，你小子就算‘劫富济贫’吧，自己多当心点就是了。”

小骆走后，胡一虎站在阳台上看着外面逐渐秋色浓郁的景物，点着一根烟默默地想了想这件让他感觉有点意外却似乎又在情理之中的事。

他抬头望着窗外的高楼大厦，忽然觉得这个城市就像一个巨大的魔方，它不断在创造着神奇，也在改变着很多人原本纯善的一面，很多事情虽然不堪却又存在得那么具有合理性。

比如小骆，他算是重新拥有了他曾经的女人，却失去了最初最纯洁的爱情，他不用再为了一个女人屁颠屁颠地打饭送饭嘘寒问暖，甚至可以享受这个女人给他带来的诸多免费“爱情福利”，却从内心深处开始放逐对她的真心付出、怜爱和心痛，精神上的满足和甜蜜随风而去，即便拥抱她醒来，内心也该是空空荡荡的吧？

“我抱着他真实的身体睡着，精神却在另一张床上缠绵。我看着他那张忽然很陌生的脸，无法想象我已跟他生活了N多年。”胡一虎想起某位时尚女作家在访谈时讲述的时下诸多的中国式婚姻，“精神的苏醒和婚姻的不同步，造成了很多婚姻的尴尬，更奇怪的是这种尴尬并不影响婚姻的延续，有些甚至在生活的表层上还很幸福。这种尴尬的婚姻看来是很不堪的，却总是在当下显得那么合理。在西方，这种尴尬一般只存在于政治联姻或者家族背景复杂的婚姻中，但在中国却是很多普通人的生活方式。”

胡一虎不由得心里轻轻一笑，“就像这位小骆先生和小芬小姐的尴尬关系并不影响他一次次去与她约会的愉悦心情，也没有影响到小芬小姐坦然地接受那位花心老板的资金支持，他们各自也觉得蛮不错、挺幸福。”

当他还想往更深层次的社会学层面剖析，张五斗的来电告诉他：你现在的存在不是一个思想家，而是一个公司主管一块工作的副总裁，虽然很不堪，却是你胡一虎当下的合理和必然。

张五斗在电话里说：“科技公司这边资金有点缺口，从你杂志社那边先挪借个几百万过来暂用一下啊。”

“财务部的人不都被你抽调过去了吗，我这边的账号和公章都在他们手里，你指挥他们就是了，不用跟我打招呼啊。”胡一虎说，“但是就这么一个多月，富春投资的 4000 万你就用完了？”

“科技公司你不知道前期就是烧钱公司吗？研发这块的投入需求太大了，很多设备和零配件都要从美国进口，光陶冶的实验室连设备带招人就花掉了 2000 万。”张五斗说，“不过，这都是暂时的，咱们不过是用金子打造一只金母鸡，以后就等着下金蛋吧。”

“万一你打造出一只金公鸡呢?”胡一虎笑道。

“那就把你变成金母鸡！”张五斗恨恨道，“听说你活动搞得很成功，经济效益显著，你已经初步具备了下金蛋的素质了！”

“我最多下个 18K 的，您一下可准是 24K 的！”胡一虎说，“做金母鸡的神圣责任还是交给您吧，没准还能生出个双黄的。”

“废话少说，下午我来找你签字。”张五斗挂了电话。

下午四点多，张五斗就急火火地拿着文件来找胡一虎签字。

十一月的北京已经有些凉意，但胡一虎却发现张五斗脑门上却沁着汗珠。

“五斗啊，你一个民营企业的堂堂执行总裁，怎么就跟一送快递的似的，不至于这么争分夺秒嘛!”胡一虎从冰箱里给他拿了听可乐递给五斗，自己趴在茶几上刷刷地在文件上签上了名字。

五斗啪地拉开可乐拉环咕咚咕咚就是几大口，“你还保留着喝可乐的传统呐?”

“那可不，虽然都说它高热高糖，但是几天不喝它还真不习惯了。”胡一虎从他手里拿过可乐罐仰脖就是一大口，“这还不是当年在大学留下的恶习嘛，被你跟三宝带坏的。”

早年在上大学的时候，最早是陶三宝，凡聚餐、出门游玩、打球解渴必喝可乐，后来又影响到了张五斗，最后连嫌其又贵又难喝的胡一虎也被拉下水，可乐成了他们三个人共同的纽带、共同的爱好、共同的记忆。

张五斗把胡一虎签好的文件放进包里，“咱们仨是互相影响互相渗透，可乐怪我们，斗地主可是你把我们拉下水的。”

胡一虎嘿嘿笑起来，“那咱当初不就是为了设计多从三宝兜里合法地掏出银子‘吃大户’嘛，没想到这小子竟然比谁都瘾大，当年竟然买了这套房子专门用于斗地主，不仅没占着他便宜，他把咱俩的血汗钱倒是吸走了不少。”

五斗不由得也嘎嘎笑起来，“最后干脆把咱俩彻底拉下水帮他打工了，咱们这就叫典型的‘偷鸡不成蚀把米’。”

“哪儿啊，明明是‘偷鸡不成把身失’嘛!”胡一虎感慨地说，“他娘的那时候是真的无忧无虑快乐无边，不过想想那美好的日子竟然都过去了五六年，现在你看我们各自都忙成啥样子了，不能去想，一想全是怅然。”

“我们都回不到过去了，但我们毕竟拥有回忆。”张五斗又习惯性总结，他这个特点甚至深深影响了胡一虎，让他成为一些交谈的历史总结者。

“不知道哪天咱们真的功成名就了，还能不能找到从前的快乐。我总觉得当初咱们在一起，就是为了能泡在一起玩耍人生，但走到现在好像和当初的出发已经毫不相干了，你做着你公司上市的梦，三宝在国外老婆孩子热炕头，我呢，每天就这样意识流一样地无目标混着。”胡一虎说，“总觉得咱们都被生活玩耍在掌股中。”

“咱们这一代人注定无法自由地决策自己的人生的。”张五斗说，“刚开始时要为了老婆孩子、房子、车子奋斗，后来又要为面子战斗，最终还想为自己鸡肋一样的理想拼一把。也许等咱们的孩子们长大了，就能自在我人生了。”

“行了，看你现在累的这样吧，就别想那么远了，先把你的梦想实现了吧！”胡一虎说，“你公司那边到底怎么样了？这快一个月了，我都没时间去视察视察你的工作。”

张五斗沉吟了一下，“怎么说呢，前景是光明的，道路是曲折的。”

“哟，还真有难题啊？说说呗，咱现在就算开临时董事会。”胡一虎说。

张五斗喝了口可乐，“你最近跟舒心在一起，就没听她说过什么事？”

胡一虎说：“我跟她在一起，就几乎没谈过公事，真没听她说过什么，只是她好像近期也经常待在北京，都要在北京安家了，我明天还要奉旨陪她搬家呢。”

张五斗摇摇头，“你还真是心大，你就最近没听说一些关于富春投资的传言吗？”

“什么传言，我真不知道。”胡一虎摇头，“最近我尽忙乎贫困展的事了。”

张五斗放低声音道：“现在坊间有传言说富春投资可能会牵涉那个谁的大案子，那个谁你知道吧？就那还没正式宣布法办的但已经议论纷纷的大老虎!”

“不会吧?!”胡一虎惊讶地说，“他爸还够不着那大老虎吧?!再说有这么大的事，舒心不可能一点都没感觉啊，她每天还照样该干吗干吗呀，一点迹象都没有。”

“也许仅仅是传言吧，大家可能只是从富春投资石化起家的背景，再联系到大老虎的背景，产生了一些过多的联想。”张五斗说，“不过李总这段时间确实经常联系不上，不是在开会就是在国外。”

“咳，他就是颠来跑去的一个人，偶尔联系不上很正常。”胡一虎说，“不过你当时说只要富春投资的项目跟庄的投资会蜂拥而来，现在你反而要从我这抽血，是不是那些家伙被传言搅和得在观望呢?”

“看来你也不完全是个局外人嘛，主要问题一眼就看到。”张五斗说，“那些一开始摩拳擦掌要投资的人，现在都打哈哈模棱两可。其实民用无人机这一块咱们已经有点名气了，陶冶他们研发的一些样品无论从性能、品质还是核心技术，都已经是国内一流了，生产线很快就能出来，意象订单都已经拿到快一千份了，我从你这紧急调点资金就是为了一个月以后的批量生产，你知道我测算的毛利润有多大吗?即使算上现在高昂的研发费用，一台机器不算后期服务零配件更新，就能到百分之八九十，一台就是五六千的利润!”

“你二十台机器就赶上我辛辛苦苦做一个月杂志的利润了!”胡一虎说，“难怪你说是只下金蛋的母鸡。”

“所以现在可不能出什么意外，原本李总下一步要把奇树科技的资产装进他们收购的一家上市公司，增资扩股二次上市，那样的话，一年左右奇树科技以小吃大就可以成为一家正式上市公司了。”张五斗说，“你说，我能不急?”

“急，当然急，我都急!”胡一虎说，“要不然我明天探探舒心的口风?”

“那样当然好，但是千万要策略一点，别让人家看出来咱们好像对人家有想法。”张五斗站起身，“那我就不闲扯了，还得赶紧回去布置一大堆事。”

张五斗走后，胡一虎却忽然有点担心起舒心来。

虽然已经离开体制内有些年头，但作为曾经是机关大报记者的胡一虎对时政的关注和了解却还是保持着一定的惯性。

他心里清楚地了解张五斗所说的目前还处在迷雾之中的大老虎事件在中国当下的巨大政治、经济、法治意义，一些境外的消息已经明确地渲染中国这轮反腐败的最大的目标指向了那个大人物。如果此人真的被处理，那牵涉到的人将不亚于在政经两界发生一次中级地震。

舒心的父亲会不会牵连其中呢？胡一虎有点焦灼起来，他甚至想马上拨通陶三宝的电话问问他是否了解一些内情和内幕，但考虑到三宝此刻正在加拿大的凌晨梦乡中就暂时作罢。

一直等到晚上八点，猜想陶三宝已经起床晒太阳，胡一虎拨通了陶三宝的电话。

电话通了很久，在信号即将中断时，终于被陶三宝接了起来。

“要报告伟大祖国什么喜讯吗，你可很少打我电话的，舍得花这么贵的国际长途而不在微信里聊，必定有蹊跷，说吧，啥事？”三宝明显还没起床。

“你怎么还赖在床上啊？太不像话了，三宝同志，能给加拿大人民做好勤劳勇敢、吃苦耐劳的中国人民的形象片吗？”胡一虎调侃道。

“咿！老外吧你，加拿大纬度高，现在太阳还刚露个头呢，大多数加拿大人民都还没起床呢！”三宝打个哈欠，“到底啥事这么急？”

“国内那传说出事了的大老虎的事有耳闻吗？”胡一虎悄声问道。

“你是说那谁吗？怎么不知道啊，加拿大这边的华人圈都传开了。”这么大而严肃的事，让三宝精神了一点，“怎么着，难道他也逃到这边跟我当邻居来了?”

三宝曾经跟胡一虎和张五斗非常愤怒地说过,“我身边不少邻居是国内外逃的贪官,奶奶的看着他们一脸在加拿大的土地上自在享福的无耻样,我恨不得马上把他们暴揍一顿扔回国内伏法!”

“那倒没有。我其实就想问问你,根据你的了解,老舒跟他有交集吗?”胡一虎悄声问道。

“咳,前两天五斗就问过我相同的问题。”三宝说,“就我现在能回忆起来的情况,好像没发现老舒跟他直接打过交道,老舒还不至于高攀得上他,另外一个老舒办事还是很小心的,这么精明的人应该不会让人抓住什么把柄。”

“那他跟大老虎身边的人有可能吗?”胡一虎问,“这段时间已经有好几个大老虎的亲信落马了!”

三宝沉默了几秒钟,“那这就真的不好说了,咱也没跟他熟到那种程度,他跟谁熟谁不熟、跟谁关系深还真不了解。只能是但愿他没事吧。”

“你不是说这个月打算去上海当面感谢一下他吗?要不然到时观察观察,他要有点什么事,对咱公司的影响可大了,你在加拿大可就踏实不了当寓公了。”

三宝说,“行,我过段时间跟他约好就回国一趟。但是即便有个什么万一也没什么好怕的,大不了咱再自力更生艰苦奋斗呗,实在不行你跟五斗我还是养得活的。”

胡一虎说,“公司还有上百号人呢!他们也都是上有老下有小,可不能一夜之间失去工作。我跟五斗其实都好办,我呢,不行就去跟齐豫混迹江湖,五斗嘛,更不愁了,猎头公司很快就会把他猎走,他现在名气可大呢。”

“打住打住!”三宝喊道,“怎么真跟处理后事似的,呸呸呸,咱奇树公司肯定吉星高照招财进宝万事如意的!不过一虎你这样关心公司存亡倒是令我很是意外,不像那颗五散逍遥丸了嘛!”

胡一虎哈哈一笑，“逍遥丸依旧，只是尚具备当一天和尚撞一天钟的职业素质。”

当年胡一虎辞掉体制内的工作跑到奇树公司和三宝、五斗厮混的时候，就跟他俩明确宣布：“我就管办好杂志和网站，玩玩文字，其他的一概不管，我到这儿就是当一颗五散逍遥丸来的，什么国家使命社会责任事业发展我够够的了，再也不想浸染。”

晚上又跟齐豫在电话和微信里腻，胡一虎就问：“等学校建好了，你打算干吗呢？”

齐豫说，“没太想好呢，反正继续热心公益是免不了的，或许在北京正式操办一个公益机构，又或许继续开个小咖啡馆跟你厮混，又或者就在这儿当个农妇，你不是要在这建你的农庄嘛，你要表现良好没准再给你生个孩子什么的，陪你放放羊、打打野兔子。”

后面那句话听得胡一虎心里一惊、后背一凉，赶紧中断了这个话题，跟她扯一些建学校的杂事。

齐豫说，“学校的规划和报备手续县里都已经批下来了，我请北京的朋友免费设计的施工图纸也做好了，月底学校就准备开工了。”

胡一虎说，“你就是一经商、管理奇才，这效率！到时候我要有空肯定去给你祝贺捧场。”

晚上胡一虎做了个奇怪的梦，他梦见齐豫抱了一个襁褓中的婴儿来找他，说“我欠你一条命，现在还给你，这是你儿子”，说完就交到他手里，胡一虎六神无主地接过来，正要说点什么，齐豫却忽然消失了，胡一虎就抱着孩子赶紧去追、去找，却怎么也追不到、找不着……一急，胡一虎就醒了，天已大亮，他有点莫名忐忑地想了半天那个梦，猜不出到底是何意思。

刚刚吃完早餐，舒心的电话就打进来，“老牛肉，十一点过来干活啊，不准迟到啊，当兵的！”

“您能统一称呼吗？一会儿老牛肉，一会儿当兵的，我都不知道我是谁了。”胡一虎无奈地说。

“我乐意我乐意!”舒心又露出“刁蛮”的嘴脸，“下回想好了再给你换一洋名字，TOM 或 JERRY 什么的，或者就叫你 WHO AM I，呵呵!”

九点多的时候，小骆把车开过来交给胡一虎。

“怎么样啊，跟您未来的丈母娘处得还行?”胡一虎调侃他。

“就那样了，总是问我一个月挣多少，啥时能在北京买房，有点烦。”小骆说，“毕竟是母女呀，都很认钱。”

胡一虎说，“与其这样，还不如踏踏实实找一个能跟你同甘共苦过日子的，何必这样委屈自己?”

小骆说，“就我这么一个屌丝，到哪儿找那么好的姑娘去？现在北京城里连在人家家里当保姆的都梦想着嫁给有房有车的人，您想我们哪还有市场？算了，就这么着吧，混几年再说了。”

（十七）

当胡一虎开车把舒心接到她位于北京温榆河的一个高档别墅小区，在她那幢独栋别墅前停下车，看着这个奢华的小区，想起小骆说的话，忽然就品味出了小骆这样的“屌丝”自我讽刺和带有些堕落感的心理状态。

“在这样一个真的就是物欲横流的城市里，在绝对的贫富差距面前，贫弱一方的无力感跟贫困山区那些贫困线下的人们面对似乎无法改变的贫穷的感觉是一致的，即使他们在城市里能够衣食无忧，并不算绝对的穷人。”胡一虎想起当年在报社做农民工调查时，在一篇稿子中写下的话。

“嗨，想什么呐你?”舒心拉拉他的手，“咱们一块儿把车里的东西拿到屋里去吧。”

说是给舒心搬家，其实不过是把舒心一些私人用品装在两个行李箱里拉过来而已，准确地说舒心搬到这里不过是“拎包入住”，这栋房子里所有的一切其实早就布置妥当。

“这么大一个房子，你应该请个保姆吧?”胡一虎帮她把东西拿进屋又放进二楼她的卧室，在这栋房子二楼书房外硕大的阳台上对舒心说。阳台外，绿树成荫，草坪如毯，鸟语花香。

“请了呀，但是明天才来。”舒心跟他并肩站在阳台上，风吹着她的长发拂到胡一虎的脸上，弄得他有点痒，他往旁边撤了撤身体。

“你不知道吧，刚才我的司机给我把车送来的时候，还在因为买不起房子娶不到媳妇忧伤呢，这一下又身处你这豪宅之中，反差太大了呀。”胡一虎说，“真是……”他本来想说“朱门酒肉臭，路有冻死骨”，但觉得非常不妥，又咽了回去。

“真是什么?”舒心看着他，“你还是从心里不喜欢有钱人呗。但是，老牛肉，这就是中国的现实啊，你认为全中国所有的人都买不起房，包括你，包括我，包括这个小区里的人，那就是好事了吗?”

“我可跟你不算一伙的。”胡一虎说，“我住的房子是陶三宝的，你跟这个加拿大中国移民才是一伙的。”

舒心今天心情很好，懒得跟他一般见识，“行了，我是剥削阶级，您是劳动人民，下面剥削阶级要给劳动人民做顿饭犒劳犒劳，走吧，下楼去厨房。”

“不会吧，你还会做饭?!”这倒是很出乎胡一虎的意料之外。

舒心婉尔一笑，“你总是那么多偏见。我要慢慢用事实教育你。”

舒心当然会做饭，而且还不是一般的会做，她不仅在英国学会了西式牛排、比萨、面包、汤羹的制作，更从小从她浙江嘉兴籍的母亲那里习得几样江南小炒，甚至她连著名的嘉兴粽子都会包。

只是，一贯把她当娇生惯养的富二代对待的胡一虎当然不会知道这些。

当舒心在厨房从她带来的一个包里一样一样拿出牛排、各种蔬菜、作料的时候，胡一虎很是惊讶。

“今天中午，我就请您吃舒氏牛排。去，到客厅自己歇着去，饭好了叫你。”舒心甚至都准备好了一条围裙，她把围裙系好，把看西洋景一样的胡一虎强行支到了客厅，“别跟看火星人一样看着我，烦。”

“真不习惯，从厨房到客厅居然这么远，怎么连摆渡车都没有呢?”胡一虎无奈地走了，嘴里却忍不住还跟舒心犯贫。

当一个小时后，舒心招呼在客厅对着超大电视沉溺在手柄网球游戏的胡一虎到餐厅的时候，餐桌上已经摆好了两份精致的牛排和一盆恺撒沙拉，还有两杯红酒。

“天呐，你会裁剪衣服，会做饭，会跟洋人对话，还特能挣钱，只有当年琼瑶阿姨的小说里才有这么完美的女人啊!”胡一虎说，“告诉我，你还有什么不会的吧?”

舒心微微一笑，“不过是因为你根本不了解我呗。行了，坐下吃饭，今天先简单给你做顿牛排，希望您还能满意。”

胡一虎跟她面对面坐下，拿起刀叉开始饕餮，这是一份菲力牛排，也就是牛腰部的小块里脊肉，质地非常鲜嫩，几乎没有肥膘，而且舒心恰到好处地煎到了八分熟，也就是最适合中国人口味的生熟度。

“真心不错!”胡一虎连吃了几口感叹道，他放下刀叉，举起红酒杯，“我真心地敬你一杯，感谢你的美食。”

舒心举起杯子，“应该我感谢你，自从认识你以来，你总是在我身边任劳任怨，带给我很多很多快乐。真的谢谢你!”

“那就感谢生活，感谢缘分!”胡一虎说，“啥也不说了，我干了!”

舒心点点头，也抿了一大口，“跟你认识确实是件很奇妙的事。”

舒心不仅做了牛排，还做好了一锅红菜汤，她给胡一虎盛了碗，“西方人喜欢在吃主食前喝汤，但我始终觉得咱们中国人饭中饭后喝汤更科学。”

“就是，胃就像一个箱子，你先放石块装满了，还可以再装进沙子，再可以装进水，如果先装满了水，石块放进去水就该溢出来了，当然咱们中国人更科学!”胡一虎顺口胡乱解释。

舒心笑了，喝了点酒以后的脸上起了淡淡的红晕，“头一回听人这么解释，好象还像这么个道理啊。”

席间胡一虎几次想问她关于她父亲的事，但总觉得不合时宜，忍住了没有开口。

吃完饭，胡一虎和舒心一块儿收拾，“这点活你还是要让我跟你一块儿干的，否则我就成剥削阶级了。”

舒心没有反对，两个人说着一些闲话，很快就收拾利索，“男女搭配，干活不累。其实我知道舒心你肯定很久没进过厨房了，因此我从心底觉得荣幸之至。用所谓上得厅堂下得厨房来形容你都欠力量，你就是一真正的‘超女’。”胡一虎帮舒心解下围裙，赞叹道。

“哈，看看，这就叫‘吃人嘴短’吧，嘴跟抹了蜜似的。”舒心说，“走吧，陪我到小区里面转转，据说有个天鹅湖，我还从来没好好看看这里的环境呢。”

于是俩人穿好鞋，关上门，顺着小区的林荫道开始一趟饭后的散步。

这个均价每平方米在 8 万元人民币以上的小区，着实在小环境建设上投下了血本，绿化就不用说了，高价移植的大树、四季常绿的草坪、各式各样的花卉，用人们常说的“花园一样”来形容都无法尽述它的匠心创造，最奇特的是在小区的中间开挖了一个心形的人工湖，湖中间竟然还堆砌了一个小岛，小岛上绿树婆娑，掩映着几个木制的小窝。

“看看看！真的有天鹅！”舒心习惯性地挎着胡一虎，在湖边的木制环湖小道上驻足欣赏风景，忽然她兴奋地指着湖面的一角叫道。

此时，在湖面上两只白天鹅一前一后在缓缓地游动，身白如雪，颈项婀娜，端得姿态优雅、美得让人心碎。

“难怪最美的音乐里面会有《天鹅湖》而不是别的什么‘野鸭湖’‘鸳鸯湖’了，真的是惊艳，即便是它们抬头看咱们一眼，那也是惊鸿一瞥。”胡一虎说，“对了，你知道《天鹅湖》的故事吗?”

舒心眼睛里忽然闪过一丝不易察觉的伤感，她看着湖里的两只天鹅，淡淡地说，“《天鹅湖》是柴可夫斯基一八七六年创作的一部不朽的芭蕾舞音乐。这个芭蕾舞讲述的是一个伟大的爱情故事，说的是被魔法师罗德伯特变成天鹅的奥杰塔公主，在湖边与王子齐格弗里德相遇，倾诉自己的不幸，告诉他：只有忠诚的爱情才能使她摆脱魔法师的统治，王子发誓永远爱她。在为王子挑选新娘的舞会上，魔法师化成武士，以外貌与奥杰塔相似的女儿奥吉莉雅欺骗了王子。王子发觉受骗，激动地奔向湖岸，在奥杰塔和天鹅们的帮助和鼓舞下，战胜了魔法师。天鹅们都恢复了人形，奥杰塔和王子终于结合在一起……唉，《天鹅湖》的音乐像一首首具有浪漫色彩的抒情诗篇，每一场的音乐都极出色地完成了对场景的抒写和对戏剧矛盾的推动以及对各个角色性格和内心的刻画，具有深刻的交响性。这些充满诗情画意和戏剧力量，并有高度交响性发展原则的舞剧音乐，成为舞剧发展史上一部划时代的作品。”

胡一虎瞪大了眼睛看着她，“你你你，太厉害了吧?!”

舒心眼睛看着湖面，深呼一口气，“我的前男友是在英国学戏剧的，这部戏我陪他看过三次，这些都是他告诉我的。这就是答案，不是你想象的我如何学识渊博。”

胡一虎点点头，“哦，这就对了，恋爱中的女人总是记忆力超强，她们往往能记住她们一般情况下记不住的东西，尤其是在失恋后，更是回忆得如雕刻一样深刻。但是，勾起你也许并不太好的记忆，是不是应该说对不起呀?”

舒心一笑，“都过去多少年了。回忆也仅仅就是回忆，再想起来其实已经没有了多少波澜，就跟看别人的故事一样。”

但是，话虽然是这么说，舒心此刻的思绪却飘到了伦敦的多雨的冬天，她的小男友在伦敦塔边上的咖啡馆里兴趣盎然地跟他讲柴可夫斯基以及他的音乐。

她记得他说：柴可夫斯基特别喜爱乌克兰的春和秋，他和贝多芬、勃拉姆斯一样，是一位热爱大自然的人。俄罗斯欣欣向荣的、美丽的大自然给他以激情，而他也经常留意在那激情之中捕捉某些素材，用来补充他的创作。

她还记得他们终于在一个秋天去了趟乌克兰，在顿河边，他对她喋喋不休地说：

一八七二年的六月至七月之间，三十二岁的柴可夫斯基来到乌克兰，住在妹妹家里。妹妹家里的孩子们深得他的喜欢，因为他没有孩子而又天性喜欢孩子，外甥们把他视为最可亲的舅父。他在闲暇时，总是和孩子们嬉戏，温暖的家庭气氛抚慰了他那颗孤独的心。有一次，他为孩子们写了一部小型芭蕾舞剧音乐《天鹅湖》，那是根据中世纪的德国童话写的，没想到，那就是后来名曲《天鹅湖》的雏形。

她更记得，当她兴奋地跑到巴黎却看到了让她心碎的一幕时，剧场里正在上演《天鹅湖》……

“回忆不可遏制地涌上来了吧？”胡一虎把胳膊从她手里拔出来，绕过舒心的后背轻轻拍了拍她的肩膀，“可怜的娃娃，就谈过一次恋爱，不记忆深刻才怪。要想就痛痛快快想一回，你越回避它越会在你心里咬你。”

舒心忽然转过身，忽闪着大眼睛对胡一虎说，“你抱我一下！”

胡一虎有点措手不及甚至有点慌乱，但他很快调整了心态，笑着说，“怎么了，是想把我当解药吗？你可别有病乱投医，没准我是毒药，你这好，刚出狼穴又进了虎窝了，倒霉大了该……”

他还想叨叨，舒心却一步向前双手从他的身前抱住了他的双肩，头贴在他的左胸上，“废话太多了你，紧张什么，就是借你肩膀用一下！”

美人在怀，胡一虎的小心脏不可避免地怦怦加速跳了几下，他半举着手，不知道该往哪里放，僵硬了几秒钟，他将手小心翼翼地放在了她后背上，像个长辈一样轻缓地拍了拍，“胳膊腿啥啊，想借也随时可以借哈，不收费的。”

舒心扑哧一声笑了出来，她把头抬起来，双手轻轻一推胡一虎，“你能别这么贫吗？”

胡一虎如释重负地轻舒一口气，“咱走吧，你看那边的保安在看咱们呢。”

舒心剜了他一眼，“你做贼啊，那么心虚！”

胡一虎叹口气，“有时候不做贼吧，这心里也虚得慌……”

舒心一昂头，喀喀就从胡一虎身前走过去，“走就走呗……哎哟！”

她忽然身子一歪要往下倒，左手下意识地一把抓住了胡一虎的衣服。

“怎么了？怎么了！”胡一虎赶紧回过身弯腰扶住她。

“我的脚……”舒心指着自己的左脚。

胡一虎蹲下身抱住她，看见舒心的左脚已经从高跟鞋里崴了出来，而鞋的细后跟卡在了两块木板之间的缝隙里。

“疼吗？”胡一虎按按她的脚脖子，“哎呀！疼！”舒心眼泪差点出来了。

胡一虎把鞋拔了出来，给她的脚套上，“你试一试，看能不能走两步。”

舒心试着往前迈了一步，刚一着地用力脚就软了，“不行！疼！”

胡一虎抬头看了看不远处舒心家的楼，一咬牙，弓腰到舒心身前，“来吧，只能我背你回去了！”

舒心乖乖地趴在了他的背上，胡一虎一起身把她背起来，便往回走，“你说别人不知道的，还以为你跟我玩浪漫呢，这要让狗仔队看见，这绯闻可大了去了，齐豫非得把我先阉后杀不可！咦！你还真不轻……”

舒心拍拍他脑袋，“别废话了，祥子哥，专心拉车，麻利地走吧。”

“得！又多一名字！”胡一虎欲哭无泪。

终于到了楼门口，胡一虎往后一伸手，“钥匙?”

舒心说，“你放我下来。”

胡一虎把她放下来，搀着她。舒心一瘸一拐地走到大门前，在大门左边的一个显示屏幕上把左手放了上去，过了一两秒钟，大门咔嗒一声就开了。

“真牛叉，居然是掌纹识别!”胡一虎把她扶进了客厅，让她坐在了沙发上。

“你能把丝袜脱下来吗?”胡一虎蹲下身检查她的左脚，舒心穿了一条紫色的薄呢子长裙，而腿上穿了条肉色的丝袜，影响了他的检查。

舒心脸微微一红，“讨厌，转过身去。”

胡一虎无奈地站起身转过去，“大夫眼里没有性别的。”

“你又不是大夫。好了，你转过来吧。”舒心说。

胡一虎再次蹲下身看她的脚，白皙的脚小巧玲珑，可惜脚踝处已经微微红肿。胡一虎一只手把她的脚握住，一只手摸索着红肿处的周边，轻轻转动她的脚掌，“忍着点吗，看看伤没伤着骨头。”

“看在上次你给我治好感冒的基础上，就相信你这个冒牌大夫吧。”舒心忍住疼说。

“别的不敢说，崴脚还是能看的，我当年是校田径队的，崴脚伤没伤着骨头可是跟医生学出来了。”胡一虎说，“应该没伤着骨头，就是肌肉和韧带轻微拉伤了。”

他站起身，“你这里有白酒吗?”

舒心指指旁边的一个酒柜，“酒全在那里面，你自己找找。”

胡一虎走过去推开柜门，却发现除了茅台没有别的白酒，他想了想，拿了一瓶出来，走到舒心面前拧开盖，“你这治脚的成本可真高了点。我给你活血了啊，有点疼，请你务必忍着。”

舒心点点头，把牙一咬，“来吧，从小打针我都不哭的!”

胡一虎欣慰地点头，“我就喜欢铁姑娘!”他蹲下身，把舒心的脚放在自己的膝盖上，把茅台倒在手心上搓了搓，再倒了点放在手掌里迅速地擦在舒心脚踝红肿处，稍微用力搓了起来。

听见舒心的牙齿都有点咯咯发抖，胡一虎说，“想喊你就喊两声，没想到你真的很坚强。”

舒心咬紧牙，使劲摇了摇头。

大约十分钟后，胡一虎站起身，“好了，家里有冰块吗?”

舒心终于“哎哟”一声喊出声，泪光花花的，“好疼好疼啊！冰箱里有。”

胡一虎走到厨房，打开冰箱，从冰盒里取出六七块冰块，放进了一个双层保鲜袋里，又到卫生间拿了条毛巾。

他再次蹲到舒心面前，把冰袋按在红肿处，用毛巾缠好。

“这就齐活了！两个小时后如果比现在还疼，咱就得上医院拍片子上夹板。”胡一虎站起身，拿过来几个沙发靠垫，让舒心往后靠着，再搬起她的双腿平放到了沙发上，“你先这么歇着吧。你这丫头，怎么这么不小心呢，也不知道你一个人在英国那么多年怎么安然混过来的，按你这风格，怎么着都会掉下水道几次……我去给你拿条毯子去。”

他刚要转身去楼上，舒心却忽然从背后抱住了他，眼泪忽然汪汪。

胡一虎一下又愣住，他想了想，用手去掰开她的手，“丫头你别这样啊，我可不是什么正人君子，你这样可会让我犯错误，而且还是乘人之危，名声太坏了。”

“我不！”舒心摇头，“你为什么要对我这么好！除了我爸爸，没人对我这么好，从咱们第二次见面你给我买药，喝可乐姜丝起，你就对我好，我总是很想你，想忘都忘不了，我觉得我完了，肯定坏事了，我肯定喜欢上你了，我怎么办呀，你说我怎么办呀！”

胡一虎脑子嗡嗡地乱起来，他这辈子也没设想过这样的场景，尤其是面对一个他想都没往那方面想过的女人忽然吐露心声。他从青春期起就是一次次主动向自己钟情的女人发起攻击，而之前他遇到的女人大多都是传统而内敛的，即便也喜欢他也只会等着他发起进攻，从来没有想过自己竟然也会意外地遭遇温柔一击。

他手足无措地站在那儿好一会儿，最终还是把舒心的手掰开，转过身看着舒心，迅速地换上了他嬉皮笑脸的面孔，“喂喂喂，你这可是脚崴了，又不是脑子崴了，情况没那么复杂啦，小孩子一受伤吧就容易脆弱，一脆弱呢就爱胡思乱想，我上楼给你拿毯子去，你别凉着了，你再要着凉了，你爸啊李总啊要是知道了你跟我在一起又崴脚又生病，我就是一祸秧子，非得撤资方能罢休，那张五斗非吃了我不可。”

舒心用手擦擦眼泪，“你少摆出这副玩世不恭的德行，骗别人可以，骗不了我！你就是一个胆小鬼！”

胡一虎叹口气，摇摇头，转身上楼找毯子。

在楼上，胡一虎想了想，拨通了李总的电话，“你好，李总，我胡一虎呀，今天我来帮舒心搬家，现在她脚崴了，我一会儿还得回公司，您看让你们公司谁过来照顾照顾她吧。”

随后，他又拨通了小骆的电话，“你马上打车到我这边来，我喝了点酒没法开车。我把地址发你微信上。”

从卧室里找到了一条毛毯，胡一虎下楼给舒心盖上，自己坐在了旁边的一个沙发上。

舒心瞟了他一眼，把毯子往自己脸上一拉，没理他。

“舒心你不是说我欠你几个故事吗，好吧，我就给你讲讲我跟齐豫的故事吧，”胡一虎，“当然你可以装着听不见，随便你。”

胡一虎于是就吧啦吧啦把他跟齐豫是如何认识的、中间又经历了多少艰难曲折讲述了一遍，讲着讲着舒心就把毯子从脸上拉了下来，瞪大了两只眼睛专心听讲。

“我并非一个感情上的圣人，要说我一点都不喜欢你那是假话，但是这种喜欢和我爱齐豫是不一样的，她现在就像长在我身上的一部分，她如果从我身上离开我会疼得钻心。”终于把故事讲完，胡一虎又开始进行历史性总结，“你是一个非常非常出色的姑娘，心地善良、聪明能干、家藏万贯、肤白如雪、貌美如花，‘白富美’这个标签就是专门为你准备的。突然承蒙你的青睐，怎么说都是我此生的一大意外收获，其实我心里美得都冒泡了都，这也肯定会是在我到了风烛残年回首人生时不多的感觉特爽的一件事。但是，你我也就只能到这儿，别说我现在有齐豫，即便没她的因素咱们也根本不合适，我根本就配不上你，咱们在各个方面悬殊太大。”

舒心幽幽地叹口气，“你跟她的故事真令人羡慕。”

胡一虎哈哈一笑，“千万别羡慕，折磨死人了，抵抗力稍差的肯定就是一出人鬼情未了！”

舒心忽然又伤心起来，“但是，但是我真的喜欢你，我也知道这样不对、不好，但就是忘不了、放不下，我总是会不自觉地想着你的声音你的样子，跟你在一起我做什么都高兴，跟你在一起我心里就不乱，你不知道我谈着那些无聊的生意、见着那些无聊的人多烦多累，只有在你身边我才觉得安静、轻松。”

胡一虎说，“哎，这不是你一直身边没男朋友嘛，暂时的寂寞让你产生了错觉，很快就会过去的。”

舒心不说话，眼睛里蒙上了一层如雾一样的哀伤，这层雾让胡一虎心里很是不安和自责，还有一丝说不清楚的疼惜。

“对了，你还没说你怎么忽然就决定到北京长待了呢?”胡一虎想换个话题，不愿意看着那层雾气弥漫着将他和舒心渐渐淹没。

“这是我父亲决定的。”舒心说，“一是上海总部那边单独设立了一个投资管理分公司，专门负责海外项目和长三角地区的事，我的重心就全部放到北京，主要进行宏观分析和战略制订；二呢这段时间我父亲来北京的次数会很多，我在北京也可以照顾照顾他；三呢我自己也愿意，因为能经常见到你。”

胡一虎点点头，“原来如此。我还以为出了什么事。”

舒心看了他一眼，“你是不是也在网上看到了一些传言呀？”

被她这么一问，胡一虎倒有些不自在起来，他想了想，不如坦白点还坦荡轻松一些，于是便说道：“我倒没有去关心这些，只是张五斗特关心富春投资，因为咱们已经是个命运共同体，你不知道他现在每天累得像条狗一样，就是盼望着有朝一日能在你们的帮助下实现他的上市梦想。但是你千万别多心，他的这种关心绝对没有任何的不尊重。”

舒心说，“我知道，我不会多心，他跟你不一样，他是一个有野心的人，但是你们都不是那种心理阴暗的人。不过你可以告诉张五斗，到目前为止，那些传言都是捕风捉影的，我了解我父亲，他压根就不认识那个人，更谈不上与他有什么利益往来。”

胡一虎点头道：“这也是我们三个人一致的看法，尤其是张五斗，他可是把你父亲当成了他的经营之神一样膜拜。”

“这是你第一次在我面前说跟工作有关的事。”舒心看着他，“今后咱们这样的谈话会不会越来越多？你不会再跟我自由自在地想干吗就干吗，而就是谈一些工作？”

胡一虎轻轻一笑，“你这样想那倒是把我看得太势利太小气了。我来问你这些事，并不是关心奇树公司和富春投资，我只不过是担心你，怕你受到影响心里不高兴不开心。”

舒心听了心里又涌上一股暖意，她确信他说的是真心话，因为从看胡一虎第一眼起她就感觉他不是一个心思复杂的人，他追求一种自我的精神享受和不受牵绊的自由，而这恰恰是吸引她的一点，就如当年欣赏她的小男友一样。

“你让张五斗放心吧，他的上市梦会实现的，我们已经准备把收购的深圳一家上市公司装进奇树科技的全部资产进行重组，快的话半年左右就差不多了。”舒心说，“我告诉你这些也不是让你高兴，你也不在乎这个，你只是关心你的朋友，我只是满足你这个愿望。你呢，今后还得一如既往，除了你心爱的齐豫女士外，没事还得陪我玩耍、讲故事。”

胡一虎心里忽然一下一块大石头落地，他像清宫戏里一样双袖一甩打了个千，“喳！但听太后差遣！”

忽然，舒心眉眼一挑，拍拍沙发，“当兵的，过来。”

胡一虎心领神会，“这是真要去解手嘘嘘了吧？你等会儿，我给你拿双拖鞋，扶你过去。”

舒心已经从情感的爆发和失落中整理好了自己，她告诉自己说即便如此也挺好，总还算是能跟自己喜欢的人在一起，即便成不了亲热的情侣，但总胜过从此一个人孤单寂寞，让时间慢慢地争取把这段感情自然转化总比戛然而止舒缓得多，也不那么让人心里疼。她笑眯眯地说，“就喜欢你这样聪明伶俐，唉，可惜不是我的。先扶我上楼换衣服吧。”

等伺候完舒心换衣服和上卫生间，当然这种伺候也就是把舒心扶到该去的地方后关门在外面候着，胡一虎又把她扶到了楼下客厅坐着。

刚坐下，门铃响了，胡一虎开门一看，是舒心的司机老许，还有一个年轻的女子。

“老许你来得正好，舒心的脚崴了，我简单处理了一下，如果再过一个小时左右她还肿得厉害，您就带她去趟医院，如果开始消肿了您就再去药店给她买点云南白药的喷剂和膏药，先喷喷揉揉再擦干把膏药贴上，应该过两天就没事了。”胡一虎就跟老妈子交代后厨做饭一样叨叨没完。

“你是要走吗？”舒心说，“你干什么去呀？”

胡一虎说，“我今天得去接儿子呀，他妈说这小子最近情绪有点波动，让我去进行一次父子沟通对话，解开他的思想疙瘩。”

“但是你喝酒了不能开车呀！”舒心有点着急地说，“老许要不然你送他一趟？”

胡一虎摆摆手，“不用不用，我司机一会儿就该到了。”

老许走到舒心跟前，“舒总你没事吧？怎么这么不小心？李总让我把公司办公室的小刘带过来临时照顾照顾你，明天一大早请的工人就到位了。”

舒心说，“我没多大事，搞得这么鸡飞狗跳干什么。是胡总你打的电话吧?”

正说着，小骆打通了胡一虎的电话，“我在门卫这儿呢，保安不让我进去，您可以把车开到门口来吗?”

胡一虎说，“就这点路啊能有啥问题，你等我一下。”

“我走了，舒总，你好好休息别乱动。”他跟舒心道别。

“你司机呢?”舒心纳闷地问。

“在小区门口呢，保安不让他进来，就一点路我把车开到门口去就行了。”胡一虎说。

“不行!”舒心叫道，“这点路也不行，万一你出点事怎么办！老许你带着他帮他，把车开到门口去你再走回来。”

胡一虎还想客气客气，老许说：“走吧，胡总，你就别客气了。小刘你照看着舒总，我去去就回。”

老许开着车带着胡一虎往门口走，远远看见了大门口，老许看了一眼胡一虎，忽然像自言自语地说了一句话，“舒心是他们家的宝贝，还很可能要继承公司，一个女孩子在社会上打拼挺不容易的，如果有人欺负她我不会答应。”

胡一虎心知肚明老许什么意思，他淡淡地回了一句，“我也不会答应。”

（十八）

在去儿子学校的路上，胡一虎拨通了张五斗的电话。

“有一个好消息一个坏消息，你想听哪个？”

“从舒心那儿问到情况了?！赶紧说，就别吊胃口了，回头请你吃饭！”

“吃饭就不必了，回头你给你铁蛋侄买个礼物就算补偿了。好消息是舒心证实了奇树科技借壳上市的计划，并且说快的话也就是半年多点，具体的事情他们正在操作，你就把心放肚子里吧，您伟大的成为上市公司 CEO 的梦想不久就要实现了。”

“这就好！那，坏消息是？”

“坏消息嘛，我不是十分确定，但富春投资确实受到了传言的影响，舒老板近期频繁地待在北京，应该是有某些非常不确定的因素让他心里不踏实，亲自到北京来了解掌握情况，如果真的是天下太平他不会无缘无故做出这个举动。但是，舒心一口否定她父亲与那传说中的大老虎有关。但我非常强烈地感觉，事情不会这么简单，老舒有些情况不一定会告诉舒心和身边人。这个情况你心里有数就行，纯属我的猜测，你万万不可在李总和舒心面前表现出来。”

“……我的第六感觉其实跟你一样。现在我们能做的只能是尽快赶在时间的前面，赶在万一老舒出现意外情况之前把公司上市的事情搞定，这样咱们也许就能避开一个灾难。”张五斗的声音有些黯然下来。

“五斗你也不必把事情想得太差，退一万步说即便舒老板有个什么事情，也是他个人的事情，不至于全面影响到富春投资，很多公司不是老板都坐牢了不也都照常运转嘛，别想那么多了，咱吉人自有天相。”胡一虎安慰他。

放下电话，胡一虎心里其实也不平静。当他在舒心家听到她说她父亲近期要经常来北京这个信息时，心里就蓦然有了种不祥的预感。他倒不是担心万一有什么事对自己有什么影响，他原本到公司来就不图什么高薪厚禄伟大前途，只是想相对自由地过一种自己想要的生活，他是真切地担心舒心会因此大受打击。

想起舒心，胡一虎心里滋味万种。舒心忽然的感情爆发不可能不对他造成一定的心灵冲击，他因此隐隐觉得对舒心欠下了一份沉重的债，而这债他根本还不清。他甚至有些后悔这段日子频繁地与舒心接触，如果他像张五斗那样保持着与舒心礼貌而安全的距离，这些烦恼，既是舒心的也是他的烦恼，或许就不会发生。

而他作为一个在情感方面比舒心多无数经验的人，早就应该觉察或感觉到舒心对自己的一些情感变化，但他只是轻率地用“身份的差异、年龄的距离、地位的不同”等理性的测算否定了这种可能性的发生，任由舒心在自己身边体验着、伸展着她的情感之树。

胡一虎自己倒是很清楚地掌控着与舒心的亲疏远近，除了把她当成一个很值得欣赏的关系很亲切的朋友来对待外，他一直没有想过自己与舒心还有第二种关系的可能，只是在逐渐与舒心走近的过程中，他越来越在心里衷心地希望这个善良、单纯的姑娘能幸福、快乐，并且还能因为自己的存在让她更幸福、更快乐，如果一定要说他对舒心有什么感情指向的话，那就是比对别人多了一份呵护的情怀，他愿意在自己力所能及的范围内为她挡住可能的伤害、保护好她。但同时很明显，这种情感指向与他和齐豫的感情是完全不同的，一边是沁进生命和骨髓的爱，一边是怜惜、关爱的情。

所以，谁要欺负齐豫他会跟人拼命，谁要欺负舒心他也不会答应。

一路上乱七八糟地想着这些，胡一虎就在恰好学校放学的时候赶到了儿子的学校门口。

铁蛋看见爸爸来接自己，很是高兴，他像一只快乐的小鸟一样冲进了胡一虎的怀里，胡一虎顺势把他抱了起来，“嘿，儿子，又长沉了啊，再过几年爸爸可就抱不动你了。”

“胡肖奇，这是你爸爸吗?”旁边有个背书包的小姑娘走过来，眼睛滴溜溜转着看着他们爷俩。

胡一虎把铁蛋放下来，“这是你同学吗?”

铁蛋很骄傲地冲着那小姑娘说道：“当然是我爸爸。爸爸，她是周欣悦。”

胡一虎说，“哦！你就是周欣悦呀，你好呀。”

虽然儿子口中说过无数次这个周宜家的女儿，但胡一虎在这之前还真的一次都没见过，一是离婚后胡一虎从来没进过肖玫的家门，每次去接儿子都是让肖玫把他送出来，二是到学校接送俩孩子上下学的事基本上跟胡一虎无关，除了学校有急事，肖玫如果还正好不在北京的时候她才会临时电话通知胡一虎去顺便接儿子回家，而那时周宜家或在前或在后接走周欣悦。

周欣悦用其实并不友好的眼神看着胡一虎，忽然说：“你能让胡肖奇的妈妈少管点我的事吗？她不知道她根本不是我妈吗?”

胡一虎被这孩子的话弄得大感意外，他想了想说，“不能。”

小姑娘瞪大了眼，“为什么不能?”

胡一虎说，“因为胡肖奇的妈妈现在不属于我管，她属于你爸爸管，所以这些话你只能让你爸爸去跟她说。”

小姑娘竟然叹口气，“真让人失望!”

铁蛋这时说道：“周欣悦，你爸爸来了。”

胡一虎扭头一看，确实是周宜家来接女儿来了。

胡一虎和周宜家其实都一直心照不宣地避免碰面，毕竟这样身份的两个男人见面是件尴尬的事情。

周宜家过来把周欣悦的书包拿下来放自己手上拎着，“你来接胡肖奇啊，我来接女儿。”他有点想赶紧离开。

胡一虎本来也想赶紧走，但想起刚才小姑娘说的话，他还是大方地拍拍周宜家的肩，“跟你说两句话。”

周宜家一愣，稍微跟胡一虎走到一边，“什么话?”

“你女儿刚才让我跟肖玫说让她少管她的事。这事我还真管不了，现在是你管辖范围内的事。我不知道她跟肖玫之间有什么问题，但你应该清楚，我觉得你应该在中间把这个问题协调得好一些，毕竟一个是你老婆一个是你女儿，出点什么乱子你也难受，还不如早点介入把问题扼杀在萌芽之中。”胡一虎说，“你要觉得我多管闲事，你就当我没说。”

周宜家叹口气，“这孩子自打到我身边来就一直跟我对着干，也总是很敌视肖玫，肖玫就是那脾气，有时看见她实在不像话时就会多说两句，她就更不喜欢肖玫了。我也没什么更好的办法，如果实在不行，我就再把她送回她妈那边去，但是她妈现在又跟一个香港人在一起，送回去我又不放心，毕竟是小女孩，你理解吧?”

胡一虎说，“理解理解，都是当父亲的，当然理解。但是，总之这个事吧，你还真的多费心，用你们律师的话叫什么来着，啊，对，庭外和解，你受累多撮合撮合，这样别别扭扭的也不是个长久之计。”

周宜家点点头，“行，我尽力吧。很多事，真是甘蔗没有两头甜。”

胡一虎一笑，“嗨，反正这甘蔗也是你挑的，再难你也得啃不是。”

回到车里，铁蛋问胡一虎，“爸爸你跟老周说什么悄悄话呢?”

胡一虎说，“他作业没做好，爸爸批评他来着。”

铁蛋说，“他也要做作业吗?”

胡一虎说，“当然啦，你们小孩有小孩的作业，大人也有大人的作业，只是大人的作业不是写在作业本上的，它是写在……”他看了有点困惑的儿子一眼，意识到自己是在跟一个七八岁的小孩子说话，就草草结尾，“等你长大了，你就懂了。”

铁蛋噘噘嘴，很无奈地说，“好吧，反正你们大人的事真复杂。”

“今天跟爸爸回家，晚饭爸爸给你露两手呗?”胡一虎想起肖玫给他交代的任务，觉得需要创造一个良好的对话环境，就跟儿子建议道。

“行呀!”儿子爽快地答应了，“希望能跟齐豫阿姨做的饭有点像。”

看着儿子心情不错，胡一虎心里也高兴起来，“儿子你给老爸唱首歌呗?”

“唱什么呢？我们最近可没学新歌。”儿子想了想说。

“给你老爸唱‘爸爸去哪儿’，你妈说你会唱这首歌。”胡一虎循循善诱。

儿子倒很大方，“好吧，但我就会几句啊。”

他坐在汽车后座上，双腿一上一下地晃着唱起来：“老爸老爸，我们去哪里呀……”

在超市买好了食材，胡一虎回到家就开始给儿子做饭。

在认识齐豫前，胡一虎基本上是不下厨房的，虽然这并不代表他不会做饭。在他还很热衷于追女孩子的“单身狗”时代，也曾经为了在女孩子面前有更多的“才艺展示”苦练过一段厨艺，只是后来随着年龄的增长、感情生活趋于相对稳定，进厨房基本就与他无缘了，即便是重新恢复单身后他也基本上是在外面解决吃饭的问题。

遇到长袖善厨的齐豫，胡一虎再度和厨房打起了交道，这不仅是因为很多时候厨房是他跟齐豫说话交流的重要地方，更重要的是齐豫逼着他学做一些菜，禁止他一日三餐把自己的胃交给大大小小的餐厅，“能自己做一点就做一点，总是相对安全、健康一些吧？多少人不就是倒在了不善待自己的胃上了?”

胡一虎原本想给儿子做几个湖南辣味菜，怎奈这小子一点都没有遗传他湖湘之地的品味，在肖玫以炖焖为主的无辣妈妈菜的熏陶下，几乎一口辣的都不吃，着实让他郁闷了很长一段时间，好在齐豫安慰他“人的口味会变的，等小孩子再大点他就什么都会吃的”。

围着围裙在厨房里为儿子鞠躬尽瘁地忙了快两个小时，胡一虎终于做好了三菜一汤，菜是他自创的“三杯鱼”、红烧排骨、清炒土豆丝，汤是紫菜肉丸汤。

在叫唤饿了三四遍后，铁蛋终于心满意足地坐上了餐桌，吧嗒一口菜刷刷一口饭地开始吃难得一见的“老爸饭”。

“怎么样啊，味道如何，打个分呗。”胡一虎笑眯眯地问儿子。

“还行吧，比齐豫阿姨的差点，跟妈妈做的差不多，比老周可好多了！”儿子迅速地把在生活中给他做过饭的人分座次、大排名。

胡一虎小小地得意起来，“就你老爸这手艺，得你奶奶和齐豫阿姨真传，怎么着都可以把周欣悦她爸爸甩开好几条街去！”

“那你以后就多给我做吧，妈妈一出差我可不爱吃老周做的饭。”儿子迅速吃完了一碗米饭，“爸爸你再给我盛点饭吧?”

“得嘞！”胡一虎放下筷子屁颠屁颠地给儿子服务，“以后你妈一出差，爸爸就争取把你接到这儿来开饭。”

吃完饭，儿子趴到茶几上开始写作业，作业不多，几个生字、几道算术题，还没等胡一虎刷完碗他就完成了任务，拿起胡一虎的手机查找里面有没有好玩的游戏，结果他很失望，“爸爸！你手机里怎么连游戏都没有呀！没劲!”

这时肖玫的电话打了进来，儿子一看号码，“是妈妈!”

“你先接，爸爸马上就好。”胡一虎在厨房指挥。

儿子熟练地接通电话，“喂，是妈妈吗?”

肖玫在电话里跟儿子对了对话，问了诸如吃饭了吗、作业写了吗等等她必然要关注的问题，然后她说，“让爸爸接电话。”

儿子举着电话跑到厨房递给了胡一虎，“我妈找你。”

胡一虎擦擦手把电话接起来，“请指示吧，何事？”

肖玫说，“最近一段时间他好像开始琢磨咱俩离婚的这个事情，对我有些爱搭不理，你嘴不是能说吗，跟他讲讲呗，尽量别让他有心理阴影，不要让他觉得自己好像跟别的孩子不一样。”

“好吧，尽力而为吧，难度虽大，但也可挑战一下。”胡一虎说，“聊完了我就送他回去，你放心。”

挂了电话，胡一虎溜达到客厅，琢磨着怎么和儿子谈关于“离婚”的话题。

其实在儿子小的时候，对于胡一虎忽然不在家里了，肖玫总是用“爸爸加班呢”“爸爸出差了”等蒙混过去，慢慢地儿子也习惯了胡一虎不在家里的事实。但是随着他年龄一天比一天大，知道了“离婚”这个词并隐隐知道这就是爸爸为什么不在家里了的原因。

尤其是到了二年级，大脑容量的急剧发育和周边同学各种信息的传递，让胡肖奇小同学越来越感觉自己和班里的较多孩子不一样，人家的家里爸爸妈妈都在一起，而自己家里却是除了妈妈还有一个叫老周的不是爸爸的男人，甚至包括一个姓都跟他不一样的“妹妹”，这个“妹妹”整天就想着去见她自己的妈妈，没事就在他面前显摆她妈妈给她买的各种东西。

于是，他懵懂却有一点点苏醒的意识里开始反感自己的妈妈跟那个叫老周的男人待在一起，“你为什么不跟我爸爸在一起？”他好几次问肖玫，“你跟爸爸为什么要离婚呢？”

胡一虎也曾经无数次设想等儿子长大了如何跟他解释自己跟肖玫之间的事，但他没有想到的是这个问题竟然这么快就要摆到他面前。

他想了想，坐到沙发上，给儿子削一个苹果。

“铁蛋你最近有点烦妈妈了？”他装着很轻松地问儿子。

“也不是老烦，有时候烦。”儿子说。

“为什么呀?”胡一虎把苹果递给他。

儿子吃着苹果，没回答他的问题，却扔出了他的问题，“爸爸，你跟妈妈离婚是为什么呀?”

胡一虎想了想，如果正面回答对于一个七岁的孩子肯定不好理解，他急速地转动脑筋，调动一切智慧。

他把儿子手里的苹果拿过来，“这么跟你说吧儿子，一开始呢你跟别的小朋友是一样的，手里都有一个苹果，这个苹果呢就代表爸爸妈妈在一起，你们每个小朋友都有一个，都是给你们吃的，别人抢不走。”

然后他用刀把苹果从中间切成两半，“但是，后来有的小朋友手里的苹果就分成两半了，一半是妈妈，一半是爸爸，就像你刚才吃的这个苹果一样。现在你把你的两只手张开。”

儿子把两只手张开，胡一虎把各半个苹果分别放到他手里，“但是，这两瓣苹果还是你的，并不会给别人，也就是说其实你跟那些手里的苹果没有切开的小朋友是一样的，都一样是有爸爸和妈妈，都在你的手里，都是一个苹果，一点儿都没有少，是不是?”

“那爸爸妈妈你们为什么非要切开呢?”儿子似懂非懂地问。

“切开呢，大人就管这个叫离婚。”胡一虎说，“为什么要切开，是因为爸爸和妈妈如果待在一个苹果里就会经常吵架，这个苹果就会烂了长虫子了，你就可能吃不到香喷喷的苹果了。”

“那你们为什么要吵架呢?就不能不吵架吗?”儿子又问。

“爸爸妈妈也不想吵架呀，但是呢，大人之间吧有些事很复杂，后来爸爸妈妈发现唯一不吵架的办法就是爸爸妈妈互相分开，分成两瓣苹果。”胡一虎尽量想解释清楚。

“唉，我还是想不明白。”儿子说，叹口气，吧嗒吧嗒吃苹果。

“你还是小孩子嘛，大人的事你当然想不明白，等你长大了不用爸爸告诉你你自己就明白了。”胡一虎说，“所以，铁蛋你不能再烦妈妈，妈妈跟爸爸分开，不是妈妈有什么不对，妈妈那么那么爱你、关心你，你要烦她她该多伤心呀。老周呢，也一样，你也别烦他，他是在家里替爸爸保护妈妈和你的，是个好人，不是坏人。”

“我不愿意让他替你！”儿子不满地说。

“嗨！其实我也不愿意让他替不是！”胡一虎说，“但是呢，他替就替了吧，咱们也没必要生气不是，反正你老爸我就在这里，你想爸爸了就告诉爸爸一声，爸爸就去接你，很容易的事。”

儿子想了想，说，“也行，就这样吧，反正我一样也有爸爸妈妈，只是爸爸是左手的那一半苹果，妈妈是右手的那一半苹果。”

让小骆把儿子送回肖玫那里以后，胡一虎累得卧倒在沙发上，他费尽心思给儿子讲述的关于“离婚”的事，让他觉得精神疲惫。

他想起自己小时候读小学时班上几乎没有父母离异的孩子，到了初中渐渐有了个别两个，到了高中时就又多了一些。而现在，在中国离婚率高企的情况下，在小学生们聊天说地的范畴内，离婚早早地成为一个熟悉的热词，就如现在的孩子比胡一虎们那普遍营养不足的一代早熟一样。

晚上给齐豫打电话的时候，胡一虎把自己的疲惫讲述了一遍，“太困难了你知道吧，说深了他不懂，说浅了他更糊涂。应该有专业的机构和人士帮小孩子解决这些心理问题。现在吧大家恨不得都忙着去离婚，但是又不自觉地对离异家庭的孩子另眼相看，真是件中国社会的怪现象。你不知道啊，他们那班主任老太太知道我跟他妈离婚后，就老觉得我儿子的任何问题都是我们离婚造成的，其实这样的孩子他们班上一堆呢，只不过人家有些人没让她知道。”

齐豫给他宽心，安慰道：“你别烦了，好歹你们俩现在能和平相处对孩子成长影响不会太大，那些离婚离成仇人的倒确实是个悲剧。你还算好了，我到现在都不知道将来如何在我家姗姗那里圆谎，头疼死了。”

胡一虎说，“不过，你确实得有心理准备，等她长大了还是要告诉她爸爸是谁。”

齐豫说，“这个我知道的。不过，胡一虎先生，我一直好奇您怎么从来不问姗姗爸爸是怎么回事呢?”

胡一虎哈哈一笑，“我只要知道她是你生的就行了，知道太多免得醋意大发，这样嘛，反而让我觉得那就是一个代号，而不是某个现在正在某个地方的具体的人。”

齐豫说，“厉害！姜还是老的辣！但是等哪天如果我觉得你不那么在乎我了，我一定要告诉你，让你好好吃一顿陈年老醋。”

胡一虎说，“行，顺便给我擀碗手擀面，还省得我买醋了。”

齐豫“恶狠狠”地说，“你敢！手擀面休想，擀面棍倒有一根!”

“苛政猛于虎!”胡一虎“仰天长叹”，眼前浮现齐豫故作嗔怒的可人模样，顿觉人生如此温暖。

（十九）

天气不知不觉就冷了起来，但是就是不下雪。

几乎凝固不动的干冷空气，让北京城的上空整天就像被一个灰色的罩子罩着，空气始终就是雾蒙蒙的，有时甚至能闻出其中充斥的各种金属的味道。

“霾”，这个一开始不少中国人根本不知道怎么念、更写不出来的一个字，一时间成为各种报刊上、网络上争相热议的一个字，专家们在各类电视节目中一遍一遍阐释他们关于“霾”的见解，又在网络上一篇接一篇地发表如何治“霾”的方略。

而张五斗的心情，也跟这天气一样，处于一种低落的霾雾之中。

被他一个电话召唤到亦庄公司的胡一虎，推开张五斗办公室的门，发现已经戒烟好几年的张五斗居然又抽起了烟。

“五斗，你这是准备以毒攻毒吗？”胡一虎推开一扇窗户通通满屋的烟气，“到底是多大的愁事让你士气如此低落？”

张五斗把一支抽了一半的烟往烟灰缸里使劲一掐，“山雨欲来风满楼啊，难道你没闻出现在整个气候不一样了吗？”

“气候是不一样，这空气都变成这样了，咱在北京这么多年也没遇到这么脏的天气啊。”胡一虎答道。

张五斗摇摇头，有点悲哀地看着胡一虎，“你当年好歹也是一个国家喉舌的记者，怎么现在堕落到一点政治敏感都没有了呢？我说的是天气吗?!”

胡一虎坐到他老板桌前的椅子上，淡淡一笑，“我知道你说的不是天气，我只是不知道国家的‘气候’怎么就让你如此郁郁寡欢了呢？很多老百姓可是欢欣鼓舞着呢。”

张五斗默默地又从烟盒里拿出两支烟，一支递给胡一虎，起身给他点着，一支自己叼着，却把玩着胡一虎的 ZIPPO 打火机一直不点火。

“公司上市遇到了麻烦，你知道吧?”他幽幽地说。

“什么麻烦？富春投资在这方面不是一直十拿九稳的吗?”

“所以我说气候变了呀!”张五斗把烟点着，狠狠地抽了一口，又重重地呼出一股烟雾，“连续几次李总要请证监会的老熟人出来吃饭，人家都拒绝了。”

胡一虎也沉默了，他眯起眼看着眼前袅袅的烟雾从桌上升腾到天花板，然后又散开、淡去，不知道该说什么。

“你倒是说句话呀，你到底怎么看?”张五斗有点坐立不安。

胡一虎叹口气，“你让我说什么呢？这种情况事实上从一年前就露出了端倪，你没看出来这次政府的动作稳、准、狠吗，这次他们打出的‘反腐败’的大旗绝对不是一般的走过场，力度和决心是超出咱们的想象的。吃饭？现在哪个政府官员还敢随随便便出去吃饭？你没发现很多大餐馆今年下半年都快赔惨了吗？就那当年不提前三天预订就没有包间的‘南方心’餐饮集团，还是上市公司吧，没看见网络都传说它们餐饮收入大幅度跳水已经开始大规模收缩门店，主营方向准备放到互联网了吗?”

张五斗点点头，“我也知道这些情况。但是，这样一来公司上市的前景就非常不乐观了。现在连材料都递不上会里的相关单位了，一句话，暂不受理，受理了也得排队。”

胡一虎想了想，说道："你何必这么心急呢？奇树科技正式成立还不到三个月，即便是超常规操作，怎么着也得等个一年半载吧？现在你正好把主要精力放到陶冶他们的技术研发上，真正地做出一批过硬的产品，也是磨刀不误砍柴工啊！五斗我发现自打引进富春投资后，你现在心浮气躁得有点厉害，都不像原来那个做事稳重、章法得体的张五斗了。"

"你是说我变了吗？"张五斗瞪大了充满血丝的眼睛。

胡一虎也不客气，"你没觉得你变了吗？自打你搬来了亦庄，你每天不是去跑这个关系就是去陪那个官员，我几乎都捞不着你人影，多少次约你打球你根本都没时间。咱们多长时间都没在一起去打球了？小半年了吧？打球还是你当年逼着我和三宝学的，说什么人生最重要的是健康，其次才是挣钱。现在倒好，你一门心思就盯在上市上市上，就等着上市以后你一夜成为亿万富翁登上富豪排行榜，你这不是变了还是什么？"

张五斗脸色渐渐灰暗了起来，他站起身走到窗户边，看着外面灰蒙蒙的天久久不语。

胡一虎也没管他，坐在椅子上一口一口地抽着烟。

终于，张五斗从窗户边回来，坐在了宽大的老板椅上。

"一虎你知道我为什么这么急吗？是因为我心里不平衡！这么多年来，多少小混混借着资本市场混乱无序、借着国有企业转制改革，一夜之间就成了企业家、大富豪，凭什么咱们就要这么辛苦地挣着这点血汗钱？有些人运气好，这我承认，但咱们为什么就不去好好地搏一把运气？我不是在乎钱本身，我是在乎社会机会的平等和对咱们价值的认可。像我们这样辛辛苦苦做企业的，为什么就不能跟他们一样用同样的手段去抢机会呢？而目前这种状况，忽然间一切规则要重来，对咱们后来者公平吗？"张五斗恨恨地说。

"我知道你确实很辛苦，听陶冶说这几个月你几乎都没回过家，没日没夜地都在奔波。"胡一虎说，"但是，五斗，我觉得你应该反过来想这个问题，市场规则重新洗牌越来越透明，这是好事啊！也许，咱们是没像那些人通过一些灰色手段获得一些额外的利益，但咱们通过新秩序的建立、大环境的清明去赢得自己合法的利益不是更踏实、更可靠吗？我觉得将来的市场环境，对咱们这样踏踏实实做企业的是只会有益而无害的，我倒是反而觉得奇树科技的上市前景一片光明呢。我记得你当年在社科院准备写《中国新资本论》的时候，不是一直痛陈市场规则的腐败和权力寻租，一直期盼中国真正地实现市场化规则导向吗？现在这一天正在慢慢到来，你怎么反而愤怒了呢？"

张五斗沉吟了一会儿，说道："你说的都是大道理，我不是不明白。但是时间真是熬人呐一虎，公司的现金流眼看着马上又不行了，中国的民用无人机市场现在还是处在叫好不叫座的阶段，到现在咱们卖出去的产品还不够维持公司一个月的运作的。以前谈好的几家投资公司一看富春好像要出事现在纷纷往后缩，咱们真的只剩下尽快上市这条路了。"

胡一虎说，"这样你就更不能急呀，整个公司就靠你撑着呢，你心里乱了公司就乱了。办法总会有的，三宝那边怎么着都有些老底子，再撑住个半年一年的应该也没什么问题，实在不行咱们库存的那些画哪怕赔本卖出去也还是可以回笼一些资金的。所以，你千万别急，咱们仨一块儿好好商量商量，'一三五联手，要啥啥都有'啊。"

张五斗嘴角翘了翘，绽放出一丝笑容，但这笑容却主要是苦意。

"行了，别愁了，咱们也好久没在一起吃饭了，一起出去吃顿饭吧。"胡一虎站起身。

张五斗点点头，从椅子上站起来，刚想迈动步子，却忽然脸色唰的一下苍白起来，他一下子用左手撑住桌子，右手捂在胸口，他抬起头呼哧呼哧地瞪大眼睛看着胡一虎重重地喘着气，嘴巴张开想说什么却吐不出一个字，身体却慢慢地往下倒。

胡一虎几乎被这一幕惊呆了，就在张五斗身体往下歪的时候他如梦方醒般一个箭步过去抱住他，但五斗沉重的身体迫使他只能慢慢把他平放到地板上，他大声而凄厉地冲着门外喊：“来人！快点来人呐！”

门外冲进来几个人，手足无措地看着这个意外的情况，胡一虎大声喊道：“120！赶紧打120！叫救护车啊！”

张五斗躺在地板上，眼睛紧闭，双拳紧握，嘴里呼呼地喘着气。

“五斗啊，你别吓我呀！”基本的医学常识，让胡一虎根本不敢动张五斗，他焦急地等待着救护车的到来，心如刀绞。

救护车在二十分钟后到了，几名医生护士拿着担架冲进屋，其中一名医生翻开张五斗的眼皮看了看，又听了听脉搏，“赶紧抬走，通知医院准备急救！”

胡一虎随着救护车一块儿到了亦庄的一家医院，几个护士推着一张急救床早就在门口等候，张五斗一到他们就迅速把他抬上床，推着床就往急诊急救室而去。

看着急救室的门哐当一声关闭，胡一虎颓然地倒在急救室外的长椅上，怔怔地说不出话。

过了好一会儿，一个护士推门出来，手里拿着一堆单子，“你是病人的家属吗？”

胡一虎赶紧站起来，“我是他朋友也是同事，什么情况啊大夫？”

护士看了他一眼，“急性心梗！准备做手术！他的家属来了吗？”

胡一虎说，“通知了家属，在路上赶呢！”

护士说，“手术需要家属签字，不能拖，你能签字吗？”

“能能能！”胡一虎抓过笔，哆嗦着在手术同意单上签上了自己的名字。

“这些是缴费单，你赶紧去缴费吧！”护士把那一堆单据交给他。

“请问有没有危险啊，护士？”胡一虎像抓住救命稻草一样问她。

“看情况，现在不知道，至少要做支架吧。”护士说完，转身进了手术室。

等胡一虎把所有的手续都办妥，又走到手术室门口等的时候，张五斗的夫人抹着眼泪也冲了进来。

“我让他去体检去体检，他就是不听，总说没时间没时间！”问清了病情后，张夫人不停抽泣，“也怪我大意！前段时间他就说胸口闷，我还以为他就是心里不痛快，太累了！他还不到四十呢，谁会想到就心梗了呢！”

胡一虎安慰她，“别担心别担心，五斗还这么年轻，现在医术这么发达，不会有事的，不会有事的！”

不久，公司行政部主任还有陶冶也赶了过来，也都是一脸的焦急。

但是，大家除了互相安慰几句，剩下的也只有在门外耐心等候。

而李总的电话这时叫响了胡一虎的手机。

“胡总，我是李光祖哇，知道张总去哪了吗？我打他手机无数遍了他也没接，办公室也没人，有事找他商量呀。”李总说。

“对不起李总，五斗他在医院呢。”胡一虎说，“事发突然，还没来得急告诉你。”

“什么！怎么了，什么病啊！要紧不要紧？”李总也很感意外，颇是关切。

“急性心梗，现在正抢救做手术，问题应该不会太大吧。”胡一虎其实心里也根本没底。

“好好好，我们一会儿就赶过来，在哪家医院？”李总急急地说，“你们也别急，吉人自有天相！”

等张五斗从手术室再次推出来的时候，已经是三个小时以后。

“病人有冠心病，这次是突发局部心梗，不过好在抢救及时，病情尚可控，鉴于他的年龄和身体状况，我们为他做了心脏支架手术。手术很成功，是微创的，病人到观察病房先观察治疗 24 小时，快的话三天后就可以出院了。”一位中年大夫给大家介绍情况。

推车床上的张五斗这会儿已经睁开了眼睛，微微咧着嘴看着围过来的一群人，“小手术，小病，你们别担心。”

“行啦！您就别说话了！”张夫人擦着眼泪说，“你吓死人了！”

胡一虎说，“虽说现在问题不大，但我差点以为你要英勇就义，你赶紧踏实养着吧，可别吓我们第二回了，到时候你没事我们一个个心脏病该犯了！”

李总说，“就是就是，你安心养病，公司的事我们都会尽力。”

一群人到了病房，又是一通忙活，张五斗最终以一个病号的姿态安卧在床，接受着一群人的注目礼。

过来送药的护士说，“病人该好好休息了啊，你们这些人该干吗干吗去，留一个人陪着就行，这么多人在这儿也没用，又不是打狼。”

胡一虎说，“那我留下吧。”

张夫人摆摆手，“你们都忙，当然是我留下，已经很麻烦你们了。家里我都安排好了，放心吧。”

张五斗也点点头，“李总，一虎，你们都回去吧，她在这儿就行了。”

又客气了一会儿，眼看着护士又要有些不耐烦，胡一虎和李总对视了一下，就跟张五斗两口子告别，“有事就给我们打电话，我明天再来看你。”胡一虎说。张五斗从被子里伸出一只手挥挥，点头。

走出医院的大门，李总一个劲地感叹，“张总平常看着身体不错，怎么说倒下就倒下了呢。”

“唉！他这是连累带急的。”胡一虎说。

李总顿了一下，“情况确实有些意料之外的状况，但还不至于悲观，张总心里是急了点。有些情况回头有机会跟你细说。今天我先走了，公司有些事回去再处理处理。”

跟李总告别后，胡一虎让公司其他的人先回去，单独留下了陶冶。

“你的团队和产品现在到底怎么样了，这么长时间我忙得也顾不上问你。”胡一虎看着陶冶，“你好像还真瘦了。”

陶冶说，“累呀，胡叔！您不知道张总每天跟火烧屁股一样问我们产品开发进展，每天我们恨不得24小时工作。”

“嘿，这不是你小子喜欢干的事嘛，累点怕啥，你胡叔我像你这个岁数的时候，打个盹就能当睡一觉，从来就不知道啥叫累。”胡一虎说，“你张叔也一样累，这不都累趴下了。”

陶冶叹口气，“张叔确实像个工作狂一样，我们还真都比不上他。他趴下了我心里挺难受。”

胡一虎拍拍他背，“那就打起精神好好工作。听说你们已经搞出系列产品了？”

陶冶眼睛一亮，“当然了！您以为这几个月我们白干了呀！我把我一个专门在美国开发民用无人机的师兄整到公司来了，他自己有好多专利技术，就缺一个厂家给他生产，正好跟咱合拍。现在我们团队已经研发出了微型无人机‘奇翼’系列，已经成批量生产两个型号了，广东有家外贸公司已经订了1000台准备出口到美国了。”

“真的假的?！就咱们这产品能出口到美国？美国不是号称技术最好的吗?”胡一虎很惊讶。

“胡叔你OUT了吧。美国的技术是不错，但他们的生产成本高啊，同样的一个产品，咱们公司的价钱只有美国本土生产的一半，美国人民也不是傻子啊，当然买便宜的。再说，中国现在的民用无人机，我是说咱们生产的这种微型的啊，在技术上不比美国差，有些甚至是全世界最牛的。”陶冶说。

胡一虎一拍陶冶肩膀，“得嘞！叔请你吃饭，你好好跟我说说这其中的道道。”

（二十）

第二天上午，胡一虎赶到医院去探望张五斗。

张五斗已经可以靠在摇起的床头上和胡一虎说话了，胡一虎跟张夫人说，“你先回家休整休整，我在这儿陪着五斗，你下午再来吧。”

张夫人还想推辞，张五斗说，“就听一虎的吧，昨晚一晚你也没怎么睡，回家休息休息也好，别再把你熬病了。”

张夫人走了，胡一虎搬把椅子在床边坐下。

“现在这医学也太发达了吧！您这好歹也是做了一手术，怎么恢复得这么快?”胡一虎说。

“咱们都外行，现在心脏支架就是一小手术，就从体表打开一根血管，然后插进一根导管把支架放到心脏梗阻的血管里把它撑开，就齐活了。说实话，现在我下地走都行。”张五斗呵呵笑着说。

“这么神奇！”胡一虎叹道，“不过五斗哇，手术是小，但你的身体确实不可大意了，你这才多大呀，就咱们这样，怎么跟来势汹汹的 80 后们去拼呀。身体还是第一位的，同志！”

“公司情况怎么样了?”张五斗问。

“都好着呢，您这两天就别惦记了！”胡一虎说，“同志们听说他们亲爱的张总由于劳累过度倒下了，都纷纷表示要化悲痛为动力，好好工作、勇猛杀敌，以出色的业绩让病床上的张总放心！”

张五斗咧嘴一笑，“又贫，有点正形行吗，好歹一公司领导。”

胡一虎把椅子搬近一点，“好，说点正经的，我昨天跟陶冶聊了聊，我觉得五斗你根本不用着急，咱们公司的好东西不愁卖！”

“此话怎讲?”张五斗精神一振。

“我昨天仔细问陶冶了，现在咱们生产的无人机主要功能是航空照相、摄像和空中快速递送。其实光航空照相和摄像，咱们就能发大财。你看你现在的主要思路是卖成品机器，撑死了再加上后期维护和零配件供应，这利润是死的，而且下一步做无人机的公司多了大家肯定又要拼价格，利润空间会越来越小。但是，你只要琢磨一下那些买家买咱的东西干什么去，就知道超级利润在哪儿了。我昨晚问了一些搞视频网站的朋友，你知道现在 1 分钟视频要价是多少吗？还只是一般化的都要 200 元，独家的更了不得了。这样算来，咱们的买家只要能拍摄 50 分钟左右卖出去，购买无人机的成本就赚回来了。”胡一虎说。

张五斗眼睛闪闪发亮，“你接着说，接着说！”

“你看，咱们自己有杂志和网站，本身既有载体又有技术支持，我的计划是从我的杂志社还有网站抽调出一个十人左右的团队，由陶冶他们负责技术培训，专门负责航拍，无论是照片还是视频。我就让他们先每天在北京城市里转，哪里发生了大家感兴趣的事他们就去哪里，比如三环上又出车祸了、堵车了，他们就去拍，那照片、视频谁能有？先把影响做出去，网络上一疯传，等咱们的影响一出去，我就不信电视台不来买咱们的设备，紧接着网站还不都得跟上？这样一来，咱们航拍的东西又能卖大钱，机器的销量还能上去。”胡一虎说。

张五斗兴奋地一拍胡一虎，“行啊你！没想到你能琢磨出这么一个路子来！太棒了！销量上去了，咱们可以在电商上摆摊卖！先牢牢地抢占一个先机！还有，你刚才说的培训提醒我了，我可以让陶冶他们专门搞一个技术培训团队，对外教授无人机的操作和使用，完了还给发培训合格证。”

胡一虎说，“还是不如你脑子好使，在网上卖和搞培训绝对是个好的商业项目！”

“只是，国家政策这块你去问了吗？不会禁飞吧？”张五斗稍微平静一下兴奋的神经，用他习惯性的问题导向开始思索。

“这我都打听了，国家目前还没有明确的对微型无人机的使用规定，但是有几点很明确，就是在室内飞行和有空管明确要求之外的室外地方一两百米可控范围内飞行是不受限制的，沙漠无人区更是随便飞了。”胡一虎答道。

张五斗点点头，“那就好！等我出院了，我去找一趟民航局的朋友，看能不能跟他们合作搞无人机飞行人员的培训，你别看现在国家还没出台政策，但下一步肯定会跟其他工种一样，飞无人机的也得接受培训，持证上岗。”

胡一虎说，“说什么来着，让你别急嘛，你这病一大半就是急出来的！先安心养病吧，剩下的事咱一件一件慢慢办行吗？”

张五斗又叹气，“你说关键时刻我这身体竟然掉链子！”

胡一虎安慰他，“老虎还有打盹的时候呢，你这么拼命身体已经很对得起你了，要是银行卡，你这么个透支法，早给你掐断上黑名单了！”

想了想，他又说，“五斗说真的，这次病也提醒了我们真的要注意身体了。过两年咱们可都四十的人了，都说这时候病自己都会找上门来的年纪，等你病好了，咱们还得恢复每周两次球的习惯，身体可比啥都重要。”

“行！”张五斗微笑着说，“等忙完这一段，我陪你去海南打球去，好好放松放松！”

两个人就这么吧啦吧啦聊，很快就到了中午吃饭的时间，胡一虎就陪张五斗在医院吃医院食堂打的饭。

端着饭盆，两个人坐在一块吧唧吧唧吃，仿佛又回到了大学时代。

“五斗你还记得你大学时候的饭盆吗？跟个小脸盆一样大！”胡一虎笑着说。

“哎，那不是从小在农村饭管够就是没菜吃把胃撑大了嘛！”张五斗也笑起来，“等我七八岁懂事的时候，邓小平搞的农村家庭联产承包在全国已经推开了，赶上了缺粮缺了多少年的农村人家里年年丰收的光景，那白米饭真的是敞开了吃啊，半大小子吃死老子，我那时候的饭量几乎赶上我爸了，现在想想可能碳水化合物不经消化，虽然饭够但是鱼肉等脂肪类食物太少，不经饿。”

“那是啊，鱼肉得花钱买嘛，养头猪也舍不得自己吃卖了得换钱，农民手里缺现金收入，从那时到现在其实一直没有太解决好。”胡一虎说，“你还别说，这医院的饭还挺好吃，比咱学校食堂的好吃多了。”

吃完饭，胡一虎接着陪张五斗聊天。过了一会儿，医生过来查房。

“嗯，恢复得不错，后天可以出院。”检查完了以后，医生说，“但是你以后务必要戒烟戒酒，同时不要做太剧烈的运动，一切都要比以前慢半拍才对你身体有益。”

胡一虎说，“医生，什么叫剧烈运动，打球算吗？”

医生说，“看打什么球了，足球、篮球这种球最好就别打了，乒乓球这样的问题不大。”

“高尔夫能打吗？”张五斗问。

“应该没问题，没听说高尔夫算剧烈运动，不是很多退休的老人都去打的嘛。”医生笑笑说，“看来你们是富裕阶层，富人就更应该在乎健康啊，要不然挣那么多钱都给谁花啊。”

“医生您这句话我爱听，这位同志一直就不明白这个道理，您这一席话希望他能醍醐灌顶！”胡一虎赞道。

送走医生，胡一虎的电话响了，是舒心打来的。这是胡一虎那天从舒心家回来后第一次接到她的电话，他犹豫了一下接起了电话。

“张总身体怎么样了？”她问道。

“还好还好，医生说后天就可以出院。我这就让张总跟你说两句，他这刚酒足饭饱正好中气十足。”胡一虎把电话递给张五斗。

张五斗接过电话，跟舒心客气地感谢了几句又聊了几句，然后，“您等等啊，我把电话给一虎。”他把电话还给胡一虎。

“要不要我去医院看看他呀？”舒心在电话里小声地说。

“不用不用，李总说他一会儿就来，他来就代表你来了。”胡一虎说，“大家也都不是外人，不用那么客气。”

张五斗用手做了个 OK 的手势，夸赞胡一虎懂事。

“那你晚上有事吗？任可他们找我说聚聚有事情商量，你能陪我去一趟吗？”舒心甚至有点怯意地问胡一虎。

胡一虎本来想拒绝，但一听舒心怯生生的话语，心呼的一下又软了。

“好吧，你告诉我具体在哪儿，我让司机送我去，你让老许开车接送你吧。”他说。

舒心在电话里轻轻地叹口气，“我把地址一会儿发你手机上。”

放下电话，胡一虎轻舒了一口气。

张五斗笑眯眯地看着他，“怎么样，是烦恼还是幸福？”

“什么意思吗？”胡一虎一瞪眼，“瞧你那落井下石的样吧！我这样子像幸福吗？”

张五斗面色不改，依旧笑眯眯地说，“被一个白富美的高大上富二代喜欢，那可是多少人做梦都梦不到的美事哦。”

胡一虎一把抓住他胳膊，“我这就去把你洗干净了隆重献给她！”

张五斗甩开他的手，“你就是把我撒上孜然、辣椒面，啊，哪怕罂粟壳，人家也不稀罕呀。人家眼里可就只有你这串五花肉！”

胡一虎不满地说，“听你这话，好像你早知道什么似的嘛！就不知道提醒我注意点吗，还是朋友吗?！你就不担心齐豫知道了真把我先阉后杀?！”

张五斗捂着胸口尽量憋着自己不大声笑出来，“这种事我怎么提醒？我也只是感觉，感觉舒心好像对你不一样，那回来公司签约，我早发现她看你的眼神都是绵软如水。老实交代吧，你们俩发展到什么程度了?”

“放心吧，我还没失身呢！”胡一虎道，“不是看着你有病在身，真想揍你，都是你死催着我去给她讲故事闹的。唉，这事整的，打死我不会想到她会喜欢我呀，我就这么一货，只能放淘宝都上不了天猫的，放淘宝还都是一折甩卖的！”

张五斗说，“感情这东西是最难让人琢磨的，谁喜欢谁更是往往出人意料。就别说舒心也就是一富二代了，欧洲王室多少公主不都下嫁给了普通人嘛。只是，你比较麻烦的是，你有齐豫，而且看样子你们感情甚笃。”

“什么叫看样子！”胡一虎根本不同意他的说法，“我们从里到外都琴瑟和谐，这辈子都不离不弃！”

“唉，那你就这辈子欠舒心一个幸福呗。”张五斗说。

胡一虎乐了，“你被那篇假满分作文洗脑了吧！别整这么吓人的酸词！”

早在几年前，一篇所谓得了满分的作文在网络上被人传颂一时，题目是《谁欠谁的幸福》，曾被张五斗无数次在陶三宝、胡一虎面前叨叨个没完——

“这世间，太少的相濡以沫，太多的相忘江湖……

我们曾经深深地爱过一些人

爱的时候，把朝朝暮暮当做天长地久

把缱绻一时当做被爱了一世

于是承诺，于是奢望执子之手，幸福终老
然后一切消失了，然后我们终于明白
天长地久是一件多么可遇不可求的事情
幸福是一种多么玄妙多么脆弱的东西
也许爱情与幸福无关
也许这一生最终的幸福与心底最深处的那个人无关
也许将来的某一天，我们会牵住谁的手，一生细水长流地把风景看透。

其实承诺并没有什么，不见了也不算什么
所有的一切自有它的归宿
我们学着看淡，学着不强求
学着深藏，把你深深埋藏
藏到岁月的烟尘企及不到的地方……
只是，只是为什么在某个落雨的黄昏
在某个寂寂的夜里，你还是隐隐地在我心里淡入、淡出
淡出、淡入，拿不走，抹不掉。

从此一个人，日日自己关门
一个人熄灯
其实也没什么不好，只不过寒冷的夜里少了一个人的温暖
只不过幸福不再完整……

倚天的结局处，周芷若曾这样问过张无忌，在小昭、蛛儿、赵敏和她四个人中，他真正爱的人是哪一个。张无忌一时感慨万千，想起自己也曾扪心自问过，那时只觉得，若能和四位姑娘一起长相厮守，岂不逍遥快活？然而世事变迁，小昭远赴波斯做了教主，表妹蛛儿逝世，芷若误入歧途，只有赵姑娘一直陪在自己身边。虽然其间曾产生过误会，他对赵敏是又爱又恨，但心里从未放下过对她

的牵念。然而，芷若的介入总让他内心摇摆不定，始终无法正视自己的情感。直到这一刻，面对赵敏的不辞而别，他终于发现，自己对那鬼灵精怪的小妖女竟这般难以割舍，若是今生再见不了她，自己也决计活不下去了。他终于找到心底的那个答案，对芷若，他是一向敬重，对蛛儿，他是心生感激，对小昭，他是意存怜惜，但对赵敏，却是刻骨铭心的相爱。

人有时候，总在失去时才后知后觉，一些人，一些事，以为只是生命中一抹浮云，以为可以从此相忘于江湖，却在别离之际发现，那些过往原来早已扎根在心底，拿不掉，抹不去。

眷恋的人，给不了你承诺，于是你终于明白，幸福是一件多么可遇不可求的事情。可是为何仍要飞蛾扑火，执着一生？也许就如李莫愁时常低吟的那样：问世间情为何物，直教人生死相许。这世界上最复杂的东西，一个人又如何能想得透彻？

有一个人，教会你如何去爱了，但是，他却不爱你了。

有一个人，你一直在等他，他却忘记了你。

有一个人，他想离开了，你却没有丝毫挽留，因为你渐渐明白，挽留是没有用的，你能给的，只有自由。

你以为只要走得很潇洒，就不会有太多的痛苦，就不会有留恋，可是，为什么在喧闹的人群中会突然沉默下来，为什么听歌听到一半会突然哽咽不止。你不知道自己在期待什么，不知道自己在坚持什么，脑海里挥之不去的，都是过往的倒影。

几米说：

当你喜欢我的时候，我不喜欢你

当你爱上我的时候，我喜欢上你

当你离开我的时候，我却爱上你

是你走得太快，还是我跟不上你的脚步？

我们错过了诺亚方舟，错过了泰坦尼克号，错过了一切惊险与不惊险，我们还要继续错过

但是，请允许我说这样自私的话

多年后

你若未嫁

我若未娶

那

我们能不能在一起??

记住你欠我的幸福!!”

“呵呵，我也知道那文字就是一种堆砌，但你没觉得它还是触动着人的内心深处吗？我们都或多或少地经历过那种痛、都走过那样一段路。”张五斗说，“我只是希望最终你也好，齐豫也好，舒心也挺好，感情没有过错，只有错过。”

胡一虎说，“你以为就你会酸吗？我也会！舒心如果再跟我提起感情，我会对她说：我只是你生命中的那个匆匆的过客，飘过你的人生一小段，驻足过，风来了，我走了！”

（二十一）

任可他们这次约舒心聚会的地点是在盘古中心的一个小会所里。

如果不是舒心在楼下接，胡一虎是根本找不到具体在哪儿的，因为他对那个像条肥硕的大青虫一样趴在北京奥运核心区的建筑根本不熟悉。

“这次阔少们又在这干吗呢？到这地方我真不习惯。”胡一虎说。

“您就放心跟我走吧，肯定不是骗你来传销。”舒心没有像以前一样快乐地挎着他的手臂走，而是并排前行，在结构复杂的所谓七星级酒店里曲折前行，中间电梯都换了好几部。

“一会儿你可得送我出来，跟迷宫一样，我怕迷路。”胡一虎说，“能说几句话吗，你这忽然不爱说话了我心里瘆得慌。”

舒心终于一笑，“我还能跟您说话呀？你不烦我了？”

胡一虎说，“干吗呀，十多天没见面了，不能亲切咱能友好点吗？我什么时候烦过你呀！”

“你不烦我那怎么十多天一个电话没有呢？我的理解那只能是你烦我了。”舒心昂着头咔咔地往前走。

“你脚完全好了？”胡一虎看着她铿锵有力的步伐问道。

“不错，终于想起来关心我一下。”舒心站住，看着胡一虎，“不是说好了还是朋友吗？能不这样吝啬起你的关心吗？”

胡一虎并非没有想过打电话过去问候一下舒心，起码问问她的脚怎么样，但总是在拿起电话后又最终放下，在这种情况下他宁愿让舒心对他失望也不愿意再惹事端。

但最终，还是舒心借着问候张五斗打破了这个尴尬的僵局。

胡一虎也站住，“看来我的判断是准确的，就是只扭伤了筋肉而没伤着骨头。”

“第二天就差不多好了！”舒心说，“但是，脚好了，心伤了。”

胡一虎说，“舒心你别挑衅了行吗？我本来压力就挺大的，无论怎么样都算是我不识抬举，你再这样我真没脸见你了。”

舒心赶紧换了一个萌萌的笑脸，“好了，开个玩笑。任可的朋友要结婚，非要我来帮着参考怎么搞一些 surprise，我觉得你人生经历丰富，就借你用用。”

“咦，洋文说得真好，比日本人强多了。”胡一虎边走边说，“二战的时候有个德国人、意大利人和日本人被安排到一个荒岛上潜伏。队长是德国人，他对意大利人说‘你体格不错，你负责出力打洞藏身’，而对日本人说‘你很瘦小。你负责 supplies（补给）’，日本人听了后一脸的茫然，但还是领了任务走了。然而几天后德国人及意大利人发现日本人不见了，找了很久后他们决定还是先回头工作。而当德国人和意大利人开始工作的时候，日本人突然跳了出来，大声叫道‘Surprise’（惊喜）！”

舒心咯咯咯地笑了，“你这是弥补这么多天拉下的故事会吗？嗯，挺好，挺自觉的。”

终于在百转千回之后，到了他们的目的地。

任可正在和几个男女在一起喝酒聊天，一看舒心带着胡一虎进来，马上起身叫道，“哟！牌神来了！”

舒心拍了他一下，一瞪眼，“别讨厌！”

“任可，这位大叔是谁呀？”一个小丫头片子好奇地问。

“那得问我姐。姐啊，他是谁啊？跟你什么关系啊？”任可喝了点酒有点嗨，带有点挑衅地看着胡一虎。

胡一虎本来心里就有点烦，看着这帮小屁孩如此嘚瑟心里便起了暗火，他坐下来看着茶几上的酒瓶，“哟，就几瓶破啤酒就把你整得在你姐面前没大没小了？怎么不红的白的全上啊，没钱了还是怎么着？”

舒心拉拉他，“你干吗呀，跟他一般见识干吗。”

胡一虎一笑，“没事。喝酒嘛，总是喝点啤的算哪门子喝酒，在我们老家家里没钱的才请人喝啤酒。”

任可不干了，他跳起身，大声招呼，“上酒上酒！白的红的都给我上来！”

不大一会儿，一瓶拉菲和一瓶伏特加打开了放到茶几上。

胡一虎微微一笑站起身，他拿过一个大啤酒杯哐哐哐倒满啤酒，又抄起拉菲敦敦敦倒满一红酒杯，然后又咕咕咕把伏特加倒进一白酒杯，在众人纳闷的眼神中，他把红酒杯放进啤酒杯，啤酒哗地溢了出来，然后他又把白酒杯放进红酒杯里，淡定地做完这些事，他把啤酒杯端了起来，一仰脖也就用了十秒钟的时间把酒全部喝尽，他“噗”的一声把掉进嘴里的白酒杯吐了出来，把啤酒杯哐地往茶几上一放，“这才叫喝酒，知道吗？”

在众人惊愕的眼神中，他坐了下来。

“哇塞！大叔太酷了！”几个小丫头片子居然鼓起掌来，“任可，你也来一个！”

舒心紧张地看着胡一虎，推推他肩膀，“你疯了呀，这么喝会醉死人的！”

胡一虎淡淡地一笑，“没事，放心。”

任可哗地往沙发上一靠，“真他妈牛！我可不行！”

完后他迅速地从沙发上站起来，端起一杯啤酒，招呼那几个人，“都过来敬我胡大哥一杯酒！正式介绍一下啊，他是我姐的好朋友，也是我大哥!”

于是，大家便开始聊天喝酒。

“听你姐说你有朋友要结婚，想整出点有意思的节目助助兴?”胡一虎问任可。

“嗨，其实是万大炮的一兄弟，家里是搞房地产的，非得让我们给他想一些招在婚礼现场镇一镇大家，还不能太俗。”任可说，“我们这正琢磨呢，都让我姐一块儿帮着出出主意了。”

“你看这样行不行啊。”胡一虎趴到任可的耳朵边嘀嘀咕咕了一番。

“绝啊！太绝了!”任可一拍茶几，“我这就给万大炮打电话！嘿，这小子怎么还没来呢!”说完从茶几上拿起手机到一旁便打。

过了一会儿，任可回来，“他说还有点事过会儿再来。”

他坐到沙发上，舒心问他：“他给你出啥主意了，瞧把你给激动的?”

任可说，“保密！绝对保密!”

“切！小样吧你!”舒心不搭理他，转头问胡一虎，“你到底出啥点子了?”

胡一虎说，“别那么好奇，等你结婚的时候我也帮你整一出，放心，绝对金点子。”

舒心瞪了他一眼，“德行!”

到了快12点，万大炮还没有来，胡一虎看了看表说，“我就不跟你们嗨了，我明儿还上班呢。”

舒心说，“那我跟你一块儿走吧，我也困了。任可，别不动窝了，跟我一块儿送送你胡大哥。”

出了会所的门，喧闹的声音一停歇，胡一虎觉得头开始有点晕，他强忍着不让任可看出啥端倪，那小子一路上还在啧啧猛叹，“真会玩！胡大哥当年你肯定也是一大玩家，牌打得好，酒量超猛!”

又是一圈百转千回，终于到了一楼大厅，任可刚要和他们分手告别，忽然惊讶地喊了一声，“万大炮！这小子怎么才来！”

胡一虎看见万大炮和另外两个不认识的人正匆匆地从大门进来，离他们也就十来米。

就在胡一虎他们往上迎万大炮一行人时，忽然不知道从什么地方蹿出一个抱着照相机的家伙，不由分说冲着他们一通猛拍。

“妈的，又是狗仔队！”任可骂道。

闪光灯晃得胡一虎的热血猛地往上涌，他几步上去，一把揪住那小子的脖领子，一手按住他的相机，用手招呼一下任可，任可赶紧也冲过来，抓住那小子的胳膊。

“干什么干什么！你们想干什么！”那小子一个劲地挣扎，“你们不怕明天上网络头条?!”

胡一虎从他手里把相机拽过来，熟练地从他相机里取出存储卡，把相机挂到他脖子上，“一会儿让你的老板到奥运派出所来取！滚！”

任可一推他，“滚！”

那小子边回头边往门外走，“你们等着！”

当他走到大厅门口，舒心的司机老许又跟拎小鸡崽子一样薅了一个人过来，“这小子躲门外面偷拍呢！”

胡一虎又照旧从他相机里取出存储卡，让老许放走了他。

胡一虎对任可说，“你跟万大炮先赶紧走。剩下的事我来处理。”

舒心说，“我陪你一起处理吧。”

胡一虎摇摇头，“算了，就别让他们骚扰你了，我根本不怕他们。老许，你赶紧送舒心回去吧，就别开你的车了，你们俩先打车走，回头你再过来把车开走。”

舒心还要坚持，胡一虎摆摆手，“不是客气的时候，完事我联系你。”

舒心和老许走了，胡一虎给小骆打电话，“你把我车里的电脑拿过来，还有包里的读卡器，别开车，走过来。”

过了几分钟，小骆急急忙忙拿着他电脑过来，胡一虎说，“你拦一辆出租车，咱们一块儿到奥运派出所。”

在出租车上，胡一虎用电脑打开了那两张卡，他本来想删除卡里刚才那俩小子拍的照片，但是卡里临时存储的其他一些照片却让他越看越惊心，他迅速地拷贝了一份，把电脑装进包里交给小骆，“你先帮我拿着。”

到了派出所，胡一虎和小骆进去，找到值班民警，“我们刚才和几个偷拍的人有点冲突，我把他相机里的存储卡取出来了，但我不是想侵占私人财产，我只是想维护自己的合法权益，我到这里来就是把东西给你们，由你们来协调处理。”

民警拿着那两张卡，看了胡一虎一眼，“刚才已经有人报警说有人袭击他们并抢了他们的东西。既然你来了，就把情况说一说吧。”

胡一虎一笑，“恶人总是先告状。没关系，我可以先把情况说一说。”

胡一虎把情况说了说，民警说，“好，你先别走，一会儿报警的人会过来，我们再核实一些情况。”

胡一虎和小骆坐在长椅上等着，胡一虎想了想给一个朋友打了个电话，“哎哟老兄对不住啊，这么晚打扰你，有个急事麻烦你一下，我现在在奥运派出所，碰到一个小麻烦事，你要方便的话给这边打个电话。什么事啊，唉，跟朋友一块儿聚聚碰到一群狗仔队捣乱，我把它们相机里的卡卸了，知道他们会报警，这不就到派出所来说清楚情况嘛。对对对，就是那个意思，有劳有劳，回头请你吃饭啊！”

又过了一会儿，门外进来三个人，跟值班民警说了几句，民警招呼胡一虎和小骆，“你们都到问询室来一下。”

来的两个人中有两个是刚才偷拍照片的家伙，另外一个牛哄哄地说：“我是观察者工作室的律师，也是这两名工作室员工的律师。”

民警公事公办地开始询问情况。自然双方是各执一词，互不让步，没有结果。

这时从外面又走进一个年纪稍大的民警，翻了翻询问记录，对在场的人说，“今天就这样了，你们双方都先回去，我们会对有关情况依法进行核实了解，待核实完毕后再通知你们。”

那律师有点不甘心，“这个人抢夺我当事人的相机并私自拆走贵重物品，严重侵害了我当事人的合法权益，你们不能就这么算了吧？”

年纪稍大的民警冷冷地看了他一眼，“侵没侵害不是你说了算，我们将一切以事实为依据以法律为准绳，等警方调查结果吧。”

走出派出所，胡一虎对那三个人说，“哟，怎么你们老板没来呀？观察者？呵呵，很有名嘛，张君怎么不亲自出面呀？让你们损失卖照片的一大笔钱，他不心疼啊？”

其中一人指着胡一虎的鼻子说，“你别得意！得罪了我们，你肯定会没好日子过！走着瞧！”

小骆过来一巴掌打掉他的手，“把你狗爪子拿远点！”

胡一虎栏住小骆，笑道：“我倒要看看你们的能耐。行，咱们就走着瞧。”

（二十二）

第二天一大早，胡一虎拨通了九州网站一个朋友的电话，这是当年在报社一块儿混过的一个老战友，后来下海到这家网站当了高管。在闲扯了几句打了几声哈哈后，他说：“有个事得麻烦你一下，就是你们娱乐频道不是经常跟观察者工作室的张君合作发布一些独家的八卦照片吗，昨天我一个朋友被他俩手下偷拍了，我想跟张君沟通沟通，你有他电话的话就给我一下。”

那朋友说，“这种货你理他干吗！有什么事你告诉我我转告他，谅他也不敢怎么样。这种人虽然为了钱什么都敢干，但也怕断了自己财路，一般跟我们这种门户网站还不敢嚣张。”

胡一虎说，“多谢多谢，不过真不用麻烦您老人家出手了，我跟他说两句就行。”

那朋友说，“也行吧，不过我提醒你一句啊，跟这种人说话务必小心，这孙子据说随时会录音的。”

胡一虎笑道：“你还记得当年在报社咱们一块儿采访矿难，那些什么招数都敢使的煤老板都对付过来了，如今我会怕他?!”

“那当年咱们是为了正义。”朋友也笑了。

“打击打击观察者这种不良的狗仔队，打恶也是维护正义。”胡一虎说，“要不然他们真以为自己是狗仔之王、娱乐一霸了。”

根据朋友发过来的一个手机号码，胡一虎拨通了电话。

电话响了很久，才有人接起，“喂，哪位？”

胡一虎说，“你是张君吗？哦，对，我是应该叫你本名尚家全好呢，还是叫你张君好？”

电话那边沉默了一会儿，很有点警惕地问道：“阁下到底是哪位？”

“你就别管我是谁了。我只跟你说一个事，昨晚上你手下去盘古那边偷拍了我朋友一些照片，被我给截下了。但我知道你给他们配的相机有同步传输功能，那些照片估计你手上已经有了。但是我提醒你，这些照片你最好哪家网站和刊物都别卖，否则自然会有人找你麻烦，这麻烦估计你还兜不住。”胡一虎说。

“威胁我？”那人在电话里呵呵一笑，“您也不打听打听我是靠什么吃饭的？”

胡一虎一笑，“真不巧，不用打听，我还真知道你是靠什么吃饭的，狗仔子嘛，靠威胁敲诈把自己养得挺好的。”

那人也竟然不生气，又呵呵一笑，“您凭什么、有什么资格让我不发就不发？您算哪颗葱呢？”

“哟，我还真凭不了什么，也没什么资格。”胡一虎也一笑，“但是，我想吧，被你们偷拍过的某位大人物还是有这个资格的。非常不幸的是，你们偷拍他跟人吃饭，跟他一块儿吃饭的还有我认识的一位武警少将。我想啊，我这位少将朋友是不会喜欢狗仔们偷拍他的，他的那些武警战士们吧，尤其是那些退了役还跟他感情忒深的，是非常愿意给首长处理这种麻烦的。”

电话那边沉默了，这回是真的沉默了很久，“能告诉我谁给您我的电话的吗？”

胡一虎说，“九州的汪总啊，他可是你金主活菩萨，你每年怎么着也得从他那儿拿个百八十万的稿费吧，他倒是挺想你找他点麻烦什么的，好找借口扣你点钱或者干脆跟你解除合作关系。”

“那好吧，我跟汪总联系吧。大家都是为了混口饭吃，我跟您也无仇无怨，也跟您的朋友无冤无仇，竟然有误会，事情好说。”那人说完，急匆匆地把电话挂了。

“胡总，您真认识那什么武警少将啊?”在他办公室没走的小骆惊讶地问。

胡一虎哈哈一笑，“我上哪儿认识去。诈他呢！没事了，你开车送我去医院吧。”

赶到医院，胡一虎在楼下正好遇到下来到医院小花园里散步的张五斗。

“这天气也不暖和，你跑楼下干吗呀，这花园里现在也没花了，这些个秃枝枯藤有什么可看的。”胡一虎走过去，对他身边的张夫人说，“您就别陪他了，挺冷的，您上楼歇会儿去吧，我陪他溜达溜达。”

张五斗跟胡一虎在无花的小花园里开始溜达。“你这脸色不太好啊，怎么着，昨晚很辛苦啊?”张五斗看了一眼胡一虎。

“我发现你这一病吧，思维倒是异常活跃了。”胡一虎说，“别往歪地想啦，昨晚遇到一破事，折腾到挺晚，再加上多喝了点酒，头还疼着呢。”

“什么事啊?”张五斗问。

“嗨，别提了，遇到让人恶心的小人了。”胡一虎就连比画带说地把昨晚上偶遇狗仔队的事跟张五斗说了。

“我觉得吧，你这么做主要是想保护舒心，那万大炮你才不关心呢。”张五斗听罢盈盈一笑，“不过呢，我倒是很佩服你跟坏人坏事做斗争的精神。”

“保护舒心不就等于保护咱们自己吗？现在富春投资风雨欲来，多一事不如少一事，它无事咱公司就无事。”胡一虎说，“不过话又说回来，中国现在有些狗仔队也确实欠收拾了。你还记得以前咱们认识的电视台的老白吗?”

“老白？是那个说球的吗?”张五斗停下脚步，“他怎么了?”

“不知道吧，他竟然被狗仔队敲诈到头上了!”胡一虎说，“我前段时间跟几个报社的老朋友吃饭，老白也去了，席间他气哼哼地说到了这件事。”

“怎么回事?”张五斗不免好奇。

“嗨，老白不是前年离婚了嘛，结果狗仔队就盯上了他这点事。老白在说球的人里面不还算是个名人嘛，他这点事还是有些卖点的。他说有一天他接到一个陌生的电话，说白化腾啊我们这有几张照片估计你应该会感兴趣，不一会儿他手机里就收到了彩信，他打开一看肺差点气炸了，竟然是跟踪他前妻和孩子的照片！他当时就回电话问那人想干吗，那人说还不明白吗？这些照片传到网上去了你得多丢人啊。知道这些照片值多少钱吗？你怎么着也出点血，我们也就不打扰你了，他那暴脾气一听就暴怒了，他就大骂孙子你有种，你们就别想敲诈老子，你丫找错人了！结果你猜怎么着，过几天老白就接到无数人的电话，说在网上有篇关于哥们你抛妻弃子自己过幸福小日子的报道，配了好几张你前妻拉着孩子走路憔悴不堪的照片。老白就上网查，发现真有那么篇胡说八道的文章，而照片就是前几天他收到过的。”胡一虎说，“老白后来通过朋友一打听，原来这篇文章和照片全部出自新观察工作室张君和他的手下，他们高价把文章和照片卖给了广东的一本八卦杂志。张君知道吧？就是现在极其不要脸地号称‘中国第一狗仔队’的那老混混。老白气得要跟他们打官司，他的律师朋友就劝他别理这茬，说他们就等着你跳出来叫板呢，好接着炒作，他们无所谓，而你要搭上无数的时间精力，还有面对由此一大批跟风乱写的八卦新闻，不值当的。老白这口气就一直忍到现在，时不时就发作一两回发发牢骚。”

张五斗说，“那这狗仔队是有些无法无天了，咱们政府就没有想招管束管束吗?”

胡一虎说，“我以前不是一直在传媒圈里吗，多少知道其中的一些道道。中国的所谓狗仔队，其实都是一帮无业游民组成的小混混，你就说张君这小子吧，想当年就是曾经在一小报混过几年娱乐新闻的社会招聘人员，后来混不下去了就跟几个跟他差不多的人搞了个三无的新观察工作室，专门去挖一些明星的隐私和八卦新闻，卖到一些小报或者网站挣点碎银子。开始还比较规矩，就拍一些照片胡编一些所谓八卦，后来随着中国娱乐产业的发达，一些明星越来越有钱了，他们就动了歪心思，就专门盯一些所谓有故事的明星，等拍到一些照片了就去要挟人家花钱消灾。因为这种行为，最早跟张君混的几个人跟他理念不合就散伙了，这小子就在社会上找一些闲散人员当下手，根据他的指挥干一些见不得人的勾当。按理说，当事人如果积极举报的话，警方确实可以介入打击他们的，但是不少明星不是嫌麻烦就是确实害怕屁股上的屎被抖搂出去，基本上就没人去报警，更谈不到去法院起诉了。而咱们国家的法律对民事这块的基本原则是民不告官不纠，所以他们就越干越起劲，越干胆越肥了。”

“老百姓和网民还特爱看这些八卦。”张五斗点点头，“他们有他们孳生的土壤。”

“说得对，这就是鲁迅所说的围观的大多数看客的悲哀嘛。”胡一虎说，“因为实际上任由他们这么下去，每一个看客都有可能成为他们的猎物。”

“那你打算怎么对付他们?”张五斗找了张椅子坐下来歇歇脚。

“你以为他们真的谁都敢得罪，什么照片都敢发吗?”胡一虎陪他坐下，“凡是背景硬、后台硬的那些明星他们还真不敢得罪，比如某位大哥、某位传说出身黑道的男星，你见过内地的这些狗仔队报过什么独家八卦吗？为什么呢？他们不敢啊！小命要不要了?！他们不像香港的那些专业狗仔队，人家是合法持照采访，香港的法律保护他们，人家也不敢乱编新闻，更别说去敲诈了。网民们在网上看到凡是跟新观察这样的机构有关的八卦新闻，无外乎三种：一是确实他们抓到了特有爆炸性的东西，而对方也没有黑道、白道的强大背景，就是一有人气、有粉丝的明星，能到网上和杂志卖个大价钱；二是他们受雇故意整出一些明星的八卦新闻，吸引大家的眼球，实际上是为某部片子造势或者避免这些明星过气；三是那些不愿意跟他们合作花钱消灾的人，这些人呢他们也敢得罪，本来就是想敲诈一点钱，但人家还偏不给，他们为了避免东西砸自己手里就好赖仨瓜俩枣卖给一些网站杂志。所以，事实上这帮孙子怕三种人，一是黑道上有朋友的，二是官道上有强权保护的，三是跟各大网站、传媒集团的老板熟悉的。我呢，用的是他们的后两怕。我手上有他们偷拍的一些官员的照片，靠，这帮孙子胆子越来越大，估计受启发开始敲诈官员了，那些照片里有些他们不了解背景的大人物，随便一个都可以整死他们。”

正说着，胡一虎的电话响了，是九州网站的那位朋友。

朋友在电话里说，“张君给我来了个电话，问我是不是把电话给你了，我说是啊你是我铁哥们，他就说那这事就这样吧，照片他不会发了，还说希望交你这个朋友。切，这孙子！就是欠收拾。”

胡一虎说，“这小子倒是识相。交什么朋友啊，没工夫搭理他。你这个人情我欠下了啊，怎么还你说了算。”

朋友说，“还啥还啊，当年在报社我结婚就你给的红包大，我媳妇现在还叨叨你仗义呢，你结婚呢我还没赶上，你的人情我还没还呢，这种见外的话就少说了。回头有空到我公司来坐坐呗。”

胡一虎哈哈一笑，“一定一定，你们那庙现在可大，我可得进去拜拜。”

张五斗见他挂了电话，笑着说，“看来事情解决了。”

“暂时放他们一马吧，本来想通过上层路线好好修理修理这帮鸟人的，也算是为民除害。但既然他们投降了，就先这么着吧，咱还一大堆正事要办呢。”胡一虎说，“我正鼓捣一事，估计能把咱无人机的名声打响，没准还能卖出一批。”

听到这话，张五斗的眼睛必然会闪闪发亮的，果然他兴奋地站起来，“说说，快说说。”

胡一虎呵呵直笑，“别激动别激动，听我慢慢说。咱回屋去吧，还是挺冷的，回暖和的地儿听我慢慢道来。”

到了病房，胡一虎让张五斗舒舒服服地斜卧在床上，叨叨叨叨跟他讲述了自己的计划——

“舒心的表弟，哎，也就是一整天闲着没事的富二代，跟万大炮是朋友，跟着万大炮就认识了一房地产大亨的公子，该公子过几日大婚，就拜托这几个小兄弟在婚礼上整出点大赚眼球的新花样。这不昨晚上我陪舒心去跟她表弟聊这事嘛，他一说当时我就想到一妙招，此招绝对一箭三雕！你还记得上次我去给舒心过生日的事吧？你猜当时我给她玩了个什么绝的嘛？我让陶冶带着他的小飞机给舒心送了个蛋糕！哎哟，你不知道当时把那些吃饭的人给镇的呀，都看傻了，当时还就有人来问我到哪儿能买那玩意呢，但是我当时根本没当回事。这回，那小富二代不是要在婚礼上来点新鲜的吗，我就准备让咱们的小飞机出马了！我问了，婚礼是在北京进行，分接亲、室内仪式和室外庆典三部分，我呢，准备让陶冶派出一对人马从接亲开始就用无人机跟拍，婚礼请摄像团队的见得多了，但还没多少人见过可以从空中俯拍、围绕着车队360度绕拍的吧？室内仪式更绝了，无人机送结婚对戒呀！您想想，司仪说新郎新郎交换戒指，所有的灯光哗地一暗，聚光灯打向一架徐徐飞来的小飞机，小飞机挂着俩戒指，见过吗？有人见过吗?!室外庆典更是咱小飞机的舞台了，同步三维立体直播庆典盛况，每一桌都将获得无人机带来的神秘礼物，每个人都能在直播中从空中看到自己。这件事一办，其一舒心倍有面子吧，她有面子一高兴上市的事没准再豁豁力，其二这种现场会有好事的人给传到微信微博里去吧，免费宣传啊，其三在场的那些人一大半得是贼有钱的人吧，一看这家伙这么好使，还不得想办法搞一台啊，咱机器不就哗哗卖出去一堆了！是不是算一箭三雕？”

张五斗不断地点头，不断地说“对对对！是是是！”，满面红光，精神饱满。

“一虎啊，此事上你算是给公司立下大功了！来来来，吃苹果吃苹果！”他从别人看望他时带的果篮里拿出一红彤彤的大苹果递给胡一虎。

“哟！张总给的大苹果，哪舍得吃啊，我得回家好好藏好了！”胡一虎接过苹果嘿嘿一笑，“你明天出院，要我来接你吗？”

张五斗摆摆手，“不用不用，忙你的事，让办公室来办一下出院手续，司机直接把我送回家就行了。”

“你先好好在家养养，千万别着急上班。”胡一虎说，“这么大一教训，你可得改变一下工作节奏了，很多事情其实你在家打打电话也能处理好，要跑这跑那的让底下人去办就好了，实在有大事你不放心别人你就让我去。”

张五斗说，“唉，放心吧，李总那边跟证监会的朋友联络上了，现在会里的政策是鼓励创新型和创业型公司上市，即便公事公办，奇树科技并购整合上市也已柳暗花明。另外，休息这块我老婆都下死命令了，有她监督，你就放心吧。”

从医院出来，胡一虎给舒心打了个电话。

“你放心吧，狗仔队的事解决了，顺便告诉任可让他转告一下万大炮。”

舒心说，“昨晚上我给你打了好几个电话你都关机了，今天又打了几个你要么不接要么占线，我都担心死了！不是担心狗仔队啊，是担心你出啥事！”

胡一虎说，“千万不用担心我，在北京这么多年啥风雨没经过，早就是打不死的小强了！你自己多保重，昨天看你怎么觉得你瘦了不少呢？”

舒心咯咯笑了，“真让人欣慰。起码你还关心我胖瘦，真让人欣慰，我居然还能瘦几斤，更是欣慰！”

胡一虎叹口气，“我就不明白如今全中国妇女都万众一心地减肥是为了什么。其实中国男人的审美也没发生大的变化呀，还是燕瘦环肥各有喜爱的。像你本来就偏瘦，瘦几斤有什么值得高兴的？”

舒心说，“你们男人不懂，瘦身如今是女人提高生活品质的标配，并不只是让你们看着好看。”

胡一虎说，“好吧好吧，懒得去懂。你让任可给我来一电话吧，我有事跟他商量。”

“嘿，有什么事跟我说不行啊，还背着我呀？”舒心故作失望。

“别想多了，就是他那朋友婚礼的事。不告诉你只是暂时保密，到时候给你一惊喜。”胡一虎解释道，“别啰唆了，让他赶紧来电。”

过了十来分钟，任可的电话就打了进来，大嗓门噼里啪啦的。

“胡哥你可以呀！听我姐说你把狗仔队摆平了，真牛叉！窦唯，就王菲前夫，够牛一人吧，被狗仔队逼急了也就只能自己去烧那些王八蛋的车！您这不费一枪一弹，就把他们拿下了，佩服，实在佩服！”

“他是逞匹夫之勇，你哥我是智取，层次不一样。”胡一虎谦虚地表示，“回头我教你跟万大炮几招‘打狗棍’。”

“哈哈哈，我看行！”任可说，“您找我是什么事来着？”

“还不就是你那朋友婚礼的事嘛。”胡一虎说，“我这有一详细的计划，得跟你商量商量，另外我们公司的无人机团队你也得见见，一块儿把这事碰碰，这不没几天了嘛。”

“行，没问题！您办事效率真高！”任可说，“要不然我下午到你们公司去吧？您把地址发给我。”

下午三点多钟，任可赶到了亦庄的奇树科技，胡一虎带着陶冶在张五斗的办公室里跟他见了面，双方就一些细节和技术上的准备进行了充分沟通和协商，形成了一个很完整的操作方案，下一步具体事宜就由任可直接和陶冶商量着办。

“太牛了，高科技呀！”胡一虎顺便让任可参观公司产品和演示的时候，任可是大开眼界，他甚至磨着陶冶教会了他一点操作技能，操控一架无人机在训练场里飞了一圈。

“交代你一个任务，其实也算帮哥一个忙，你看行不？”胡一虎看他玩得起劲，准备趁热打铁。

“说吧！为朋友我两肋插刀！”任可说，“是要把新娘子撬过来么？”

“拉倒吧你，尽想缺德事！”胡一虎说，“是这样，你多在你那些有钱的兄弟们那忽悠我们公司这产品，婚礼那天他们能来最好，不能来呢，你就多多在你的微信朋友圈里晒晒咱这无人机无所不能的照片，尤其是婚礼的精彩使用，吊足他们的胃口，多让他们买点机器回家自己玩去。”

“嗨！胡哥，就这事啊！太简单了！”任可一拍胸脯，“多少钱一台吧，我先来一台！只要我买了，他们肯定买，还得买比我更贵更好的！”

“陶冶，叫销售主管过来，开单！”胡一虎毫不犹豫地落实，“就拿公司现在最贵的那台，两万多的那个‘奇翼3号’！”

任可嘎嘎嘎笑了，“胡哥，您也太不客气了吧！”

“得了吧您嘞！两万多买一高科技玩具，都算是便宜你了！”胡一虎一拍他肩膀，“最多也就你把妹泡妞一顿饭的钱。不过，我还得交代你一句，在婚礼前先别在你那些朋友们那里显摆，要不然婚礼时就没效果了！”

“放心吧您呐！”任可又一拍胸脯。

当任可高高兴兴地把无人机装在车的后备厢里走了，胡一虎拍拍陶冶的肩膀，“下一步就靠你了。”

“放心吧胡叔，我什么时候掉过链子。”陶冶信心满满，“不过这些有钱的小子也真是烧包。”

胡一虎一笑，“放心吧小子，等你张叔把公司整上市，你也会成为一特烧包的有钱人！”

晚上照例与齐豫打热线电话。睡觉前跟齐豫通一个电话，这基本已经是胡一虎生活的一部分，即便有极特殊情况很晚回家，他也会在微信里跟齐豫说上几句，各祝晚安。“你要是不跟我说晚安，我现在都没法睡觉，好像少了一样东西一样。”齐豫有一次跟胡一虎说。

在电话里，胡一虎絮絮叨叨地把这两天发生的事讲了一遍。

“行啊你，没看出胡先生还挺能扛事的嘛，公司主心骨倒下了，你说扛就扛起来了，狗仔队的事你说摆平就摆平了，连婚礼你都能想出伟大而不朽的点子，我这必须点一万个赞！”齐豫笑着说。

“哪儿啊，我最多也就算急中生智，也就跟狗急跳墙猫急咬人一个水平。”胡一虎总是穿着谦虚的外衣而沾沾自喜。

齐豫“呸”了一声，接着说，“恐怕你月底不能来了。”

胡一虎很惊讶，“为什么？”

“咱太粗心了呀！”齐豫说，“建筑队的人说十一月底山上没法开工，天气冷了土容易上冻，没法挖地基。必须要等到明年三四月份开春才能正式开工。”

胡一虎说，“是啊，这一点咱们可都没想到。不过那也没办法，我再熬熬呗，大不了再多等你几个月。”

齐豫说，“嗯嗯嗯，真懂事。不过好在寒假我可以回去陪你小一个月。”

“田螺姑娘啊，你赶紧来慰安吧，我给你准备好了一大水缸！”胡一虎说。

齐豫大笑，“我老不在你身边，你没有找个小龙虾、泥鳅什么的临时慰安慰安?”

“想是想来着，但咱家的水缸养不了小龙虾和泥鳅哇!”胡一虎长叹一声，“要不我明天试试蜗牛?”

“呸!信不信我用平底锅把蜗牛拍扁，然后把你拍成灰太狼?!”齐豫咬牙切齿。

“太信了!”胡一虎说，“您都用江湖第一大杀器平底锅了，江湖已经是血雨腥风，你如此母仪天下，谁敢不信，谁敢不服?”

“咯咯咯……”齐豫快乐地享受着与胡一虎的贫嘴，“臣妾刚刚沐浴完毕，赏你一张出浴照以解相思吧。挂了啊，等微信!”

胡一虎色心大起，痴痴地挂了电话等着微信的召唤。

熟悉的布谷鸟“咕咕”声提示音响起，胡一虎迫不及待地打开微信，但差点没把鼻子气歪，照片是发来了，却是大黄狗 Jimmy 刚被齐豫强行洗完澡的照片，狗狗一脸的沮丧。

胡一虎被气得哈哈笑起来，发过去一张“捶死你”的图标。

齐豫唰唰唰发过来好几张“坏笑”的图标以示回应和得意。

“开心一刻，Jimmy 想你了哟!你早点休息啊，我也该睡了。”她敲过来一行字。

“好吧，今晚在梦里我好好跟 Jimmy 缠绵缠绵就没你啥事了哈。你好好睡吧，晚安。”胡一虎回道。

齐豫回过来一朵花儿和一个月亮，安心地去睡了。

胡一虎看了几页书，便打开手机浏览新闻，忽然有条消息引起了他的注意。

这条消息是有关富春投资的。

消息说，据“财经头条”报道，富春投资集团收购澳大利亚三利矿业的努力失败，而该公司为了这笔生意已前后五年在澳大利亚投资近 10 亿美元，如今基本都已打了水漂。此外，在近日召开的投资说明会上，富春投资的几位重量级人物都缺席了会议，更引发外界猜测，坊间传闻称澳大利亚投资的失败最大的原因是国家进出口银行停止了对富春投资的信贷支持，而这据说与富春投资牵涉到国内一起重大的反腐败案件相关。

胡一虎心里咯噔一下，心里嗖的一下蒙上了一层阴影。

他第一反应是给张五斗打电话，但看看时间已经过了十一点，就放弃了。

他想了想，还是拨通了舒心的电话。

电话响了几声，被舒心接起，“你真难得这么晚给我打电话，是良心发现还是有别的事啊？”

胡一虎说，“有个事也许我不该瞎操心，但是今天网上的消息你看了吗？”

舒心停顿了一下，“你是说那篇我们收购三利矿业失败的报道吗？我看了，很多都是胡乱猜测。”

胡一虎说，“但愿我是多虑了。但是，‘财经头条’的信息源还是比较可靠的，市场上信任度比较高，如果事实出入比较大，我想你们还是最好澄清一下比较好，免得谣言乱飞。”

舒心说，“现在整个的社会环境下，你根本挡不住谣言，各种各种的传言太多了。”

“你父亲真的没事挺好的？”胡一虎忍不住还是问了一句。

“挺好的！晚上我们还一块儿吃饭呢。”舒心答道，“你把心放肚子里好了，他不是明天还要回上海吗，你们傀儡老板陶三宝要到上海去拜访他。”

“哦！对，这个我知道。”胡一虎想起两天前陶三宝来电话问询张五斗的病情时，顺便说了他后天到上海去拜会舒老板的事，“那看来是真的没什么事。”

“真没什么事！投资失败是常有的事，只是因为现在国内很多事情传闻很多，大家喜欢去联想、联系到一起，把原本简单的一件事讲复杂了。”舒心说，“别说这事了，说点别的吧。你跟任可密谋得怎么样了?”

胡一虎呵呵一笑，“密谋得井井有条、丝丝入扣、天衣无缝。到时候婚礼上你就等着看好戏吧。婚礼你肯定参加吧?”

“嗯，请柬确实收到了，但是我还没决定去还是不去呢。不过你这么一忽悠，我倒是想届时去见识见识了，你到时候去吗?”舒心问。

“任可说让我到时候去参加。我正犯愁呢，我去算什么身份呢?那新郎新娘我也不认识。这又不是拍电影，尾声还可以挂一堆支持单位，那我还可以算是技术支持单位的代表。”胡一虎说，“我想我还是不去现场的好，就给陶冶他们打打下手，做场外后援团吧。”

舒心说，“别呀，你还是去吧！其实我跟他们也不熟，到时候在现场也没什么人可以聊聊天的，你去了起码还能给我做个伴。”

“你看你不懂了吧，婚礼上可是认识帅哥的好机会，没准你在现场能抓住个钻石王老五什么的，多好哇，我就不陪你了，耽误你好事。”胡一虎半真半假地说道。

“你废话真多呀！是朋友的话就陪我去，不是就算了!”舒心说，“别以为我不知道你心里打什么算盘，怕我又缠着你呗!”

胡一虎就怕她抖落这个捅他的软肋，“行行行！我不啰嗦了，到时候看吧，我争取去，好吧。”

放下电话，胡一虎接着翻阅新闻，结果又看到了一条关于万大炮的八卦新闻。

新闻标题很八卦：万大炮宣布他的择偶标准：胸大!

新闻里说，富二代代表性人物万大炮近日接受某视频网站采访时候透露了他的择偶标准：胸要大。当记者问为什么万大炮年近三十还没有确定正式女朋友时，他说还没有特别合适和满意的。记者又问他心中特别合适和满意的标准是什么时，万大炮笑着说：当然首先胸得大!

胡一虎心里一笑，这小子又胡乱放炮！但八卦记者却把他这句明显带有调侃味道的话当成大新闻进行宣扬，也足见狗血。

不过，他接着往下翻阅的时候，却发现不少新闻媒体却已经铺天盖地地就“胸大”言论发表评论了，这又让他惊愕不已。

在这些评论中，胡一虎原来所在报社创办的一个新闻客户端上的一篇评论点击量尤其大，于是他饶有兴致地点开了这篇题为《阔少，你错了!》的文章——

“万大炮的‘胸大’言论一出，有人说其实就是人家的一句玩笑，不必当真，更不必上纲上线。

事实果真如此?

阔少也许确实只是开个玩笑。但是，有些玩笑是开不得的。有些人恶作剧地给机场打电话说有炸弹，他们的本意也是开玩笑，但等待他们的是刑事责任。

当然，说一句“胸大”是不用负法律责任的。但这句话的背后，流露出一种西门大官人式的轻佻、轻浮、轻薄，骨子里还有一种贝卢斯科尼式的傲慢——“谁也没有我有钱，所以我说话就是这么任性，你们怎么着吧?”

说实话，我倒觉得，阔少未必是在开玩笑，而很可能是内心想法的自然流露。阔少的审美观，说来也不稀罕，相当一部分男人都有这种想法。（说老实话，笔者本人有时何尝没有这种粗鄙猥琐的念头。）食色性也，喜欢美色是一种本能，漂亮、性感的女人，更招男人喜欢，也是寻常事。

不过，喜欢是一回事，该不该说、该怎么说又是一回事。人之所以异于禽兽，就在于人能克制自己的本能。如果一个男人在街上看见一个美女，就冲上去说“美女，我喜欢你”，多半会招来白眼。如果男人冲上去说：“美女，我喜欢你的大胸。”女人多半会骂他是“流氓”。

有些话，哪怕是真话，也是不能说的。有些事，哪怕大家都明白，也需要有所遮掩——譬如上厕所，没人不上厕所，但大家上厕所还是需要一个私密空间，不能当街大小便。

所谓的文明，很多时候就是一块遮羞布。当夏娃有了羞耻心时，人类文明就开始萌生了。阔少公然宣称“择偶的标准就是胸大”，他其实是故意撕开了这块文明的遮羞布，就像一个故意在大街上撒尿的顽童。如果阔少只是个孩子，倒也无可厚非；但阔少已经是有广泛影响的公众人物，一言一行，观瞻所系。

遮羞布倒也不是绝对不能撕开。高更从文明世界跑到塔希提岛上，画那些塔希提妇女时，他实际上也是在撕开文明的遮羞布。但高更不是阔少，他是艺术家；他撕开遮羞布，创造的是不朽的艺术作品。

同样是撕开遮羞布，高更与阔少有啥不同？

不同在于，面对女性的身体，高更的眼神是欣赏而非亵渎，高更的笔触是严肃而非轻佻，高更的立意是赞美而非玩弄。

事实上，西方绘画史上，众多伟大的画家都在描摹女性身体之美。拉斐尔笔下的《拉芙娜·莉娜》，乔尔乔内笔下的《沉睡的维纳斯》，波提切利笔下的《维纳斯的诞生》，安格尔笔下的《泉》……里面的女性身体都美得惊人。

艺术与“三俗”的区别在于，看了艺术作品，我们会欢喜赞叹，而非心生欲念。

前不久，范冰冰主演的《武媚娘传奇》，从“满屏尽是白花花”变成“满屏都是大头照”，引发热议。此剧删减尺度是否适当暂且不论，近些年，国内影视剧、车展存在的对女性身体的过度暴露，日本 AV 女优苍井空的走红等，绝非正常现象。“满屏尽是白花花”，那不是妇女解放，而是以男性为主体的消费市场对女性身体的肆意消费。

从消费女性的角度看，当下对女性身体的过度暴露，与古时对女性身体的过度遮掩，虽然表面上看似乎是相对立的，本质上却是

一致的——女性被当做玩偶和消费品，由男性来决定：衣服该穿多少，脚大还是脚小，腰粗还是腰细，胸大还是胸小。

不可否认，我们内心都潜藏着各种本能的欲望；但文明的进步，就在于对欲望的升华。越是脱离了低级趣味的人，在审美上，也会越重视灵魂的契合。齐宣王娶了“极丑无双”的钟离春，梁鸿娶了“貌丑而贤”的孟光，诸葛亮娶了“阿承丑女”，都成为千古佳话。

对女性的尊重程度，是衡量一个社会文明程度的标尺，也是衡量一个男人素质和修养的标尺。对女神顶礼膜拜、自己“低到尘埃里去”的男人，和把女人当工具与玩偶的男人，其实都是心态不健康的问题男人。

可悲的是，在当下的中国，问题男人依然很多。”

读完文章，胡一虎不由得大笑出声，他特想给万大炮打一电话，听听这个已经被媒体评论骂得一头大包的“阔少”作何感想。

“这个一直玩着电子竞技游戏长大的有钱人的孩子，这个在西方环境里长大说话毫无禁忌的年轻人，这个混迹于名利场却又心里异常反感其中的一些虚伪和欺骗的‘阔少’，其实真还有他可爱的一面。所有的一切，不过是他以自己的真实态度面对多面性社会的必然结果。”胡一虎在自己的当日“结绳记事”中这样写道。

当他把电脑关上，收拾利索在床上躺下的时候，却非常倦怠于自己每天正在做的很多事情。

“其实，每个人心中都非常希望能像万大炮那样，不管别人怎么说怎么想，自己想怎么说就怎么说，自己想做什么就做什么。”胡一虎心里默默地想，“但是，现实还是要让我们多数人弯腰低头在狭小的几何空间奔波，做着自己其实非常不愿意做的事情。晚安，生活！”

（二十三）

婚礼很是夹杂着传统、时尚和土豪气息。

接新娘是传统，给公婆敬茶是传统，公婆给红包是传统；西式的婚礼仪式是时尚、现场演奏乐队是时尚、俩人的爱情故事用声光电的形式讲述是时尚，当然最时尚的是无人机跟踪拍摄现场传送、空递戒指；土豪嘛，自然离不开超级豪华的车队，包含一份股权转让书的大的吓人的红包，来宾每人获赠一部最新款苹果手机，更不必说奢华至极的宴席了。

据说新郎还要回福建老家补办一场客家传统婚礼，因为新郎的爷爷奶奶还一直在老家福建龙岩坚守着传统的生活，坚决不跟儿子、孙子到大城市的钢筋水泥的冷漠丛林里“享福”。

胡一虎站在北京昌平一家私人庄园主楼室外的大草坪边上，离开草坪中间庆贺的人群和桌椅，心情愉悦地点着一根烟，看着任可给他发来的微信：“飞机已经被订走差不多50架，咱的无人机表现得太牛叉了，真把他们给震了！”

他在这个周六如约来参加这个婚礼，却还是没如舒心所要求的那样直接与她一起赴宴。他不放心地跟着陶冶的团队，从北京东五环随着迎亲的豪华车队一起招摇过市了一番，直到车队缓缓开进了这个婚礼举办现场，他才放下心告诉舒心他到了。

胡一虎也很久没参加婚礼了，婚礼热烈、幸福的气氛也感染了他。当陶冶团队操纵的无人机将婚戒飞送到新郎新娘面前，在众人的惊叹和祝福声中，婚礼也就到了高潮，场地很自然地转移到了室外的冷餐会。

舒心端着一杯红酒走到他身边，“真想不到北京在冬天还有这么好的明媚的天气，阳光真温暖，居然还不冷。”

“暖冬嘛，你看草都还是绿的。”胡一虎说，“你不是跟那位龙公子聊得不错吗，怎么又开小差了？你自己回头看，人家的眼神还不住地往你这儿放电呢，站你身边都能感受到你身上反射的热辐射，太热太热了。”

舒心瞪了他一眼，“你是不是觉得马上有人能收留我把我给娶了是件由衷感到快乐、舒爽的事？你是不是觉得我明天就嫁人了你就十分心安理得甩开一个大包袱过你的幸福日子了？”

胡一虎看了一眼不远处的人群，“这么个喜庆的场合你就别进行大批判了。我是觉得人龙公子人不错嘛，你一来人就盯上了你，眼睛几乎就没离开过你，人这么喜欢你各方面跟你也般配，你怎么就死心眼呢？”

舒心说，“谈谈生意上的事还行，你就非得让我喜欢他嫁给他吗？你怕什么，我又不会缠着你让你娶我，所以你就别操心这些事了。”

胡一虎不由得一笑，“你怎么会怕你缠着我呀，有你这么漂亮的女孩子在身边当好朋友，多少男人梦寐以求啊，我高兴还来不及呢。只是，你能尽早嫁个好人家，大叔我不是更高兴嘛！”

舒心叹了口气，看着远处的山峦，“不说这些了，没劲。这旁边就是一球场，一会儿你不去挥几杆？”

胡一虎拍拍身上的衣服，“你不早说，我穿着这个能打吗？”

舒心看了他一眼，“只要你想打，这是问题吗？你去不去吧，这么好的天，正好我也想动一动。”

胡一虎想了想，阳光下，无垠的绿草坪充满了诱惑，他心里也不由得痒了起来，“行，那咱们就去吧。”

还没等婚礼结束，两个人就偷偷地从婚礼现场溜出来，到了旁边的高尔夫球场。

舒心在球场的商店里给胡一虎挑选了一件长袖T恤、一条淡青色的裤子和一件薄羊毛背心，球包和球鞋都在胡一虎车的后备厢里倒是不用重新购置。“太浪费了吧，其实家里都有几套。”胡一虎掏出卡到柜台准备结账，“你们土豪说买就买的生活习惯真不适应，我可得提醒自己不能跟你们沉沦在这种资产阶级生活方式当中。”

柜台的服务员拒绝了他的付款，“先生，这位女士是我们这里的终身会员，所有的商品账单都会转到她的会员账目上，享受会员优惠价。”

胡一虎扭过头看舒心，舒心装着没看见、没听见，在商品架上挑自己要用的手套。

“那我就不能不要优惠自己刷卡，不走她的账吗？”胡一虎问。

服务员一笑，“对不起，我们已经按那位女士的要求转完账目了。”

胡一虎心里不舒服起来，他走到舒心跟前，有点不高兴地说，“你知道我有时候很烦跟你在一起有一个重要原因吗？因为你总是让我觉得自己像个吃软饭的！”

舒心睁大了眼睛看着他，“你怎么会有这感觉?！你别这么夸张行吗？多大点事啊，怎么就跟吃软饭联系上了呢？”

胡一虎张了张嘴，欲言又止，只是恨恨地说，“懒得理你！反正以后不许你给我结账，也禁止你给我买东西！”

“好吧好吧！赶紧换衣服去吧，服务员麻烦你把他的裤子签个边，长度是一米一。”舒心拍拍他的肩膀，微笑着安慰他，“别多心了，一看您就是个吃硬饭的，你再叨叨太阳就该下山了。”

到了球场上，看着漂亮如茵的球道，胡一虎的心情急剧地优良起来，加上旁边的舒心一身运动装扮，完全就像一个邻家女孩，淡去了让胡一虎感觉不舒服的富家女子的影子，他觉得自己快乐地可以贴着草地飞翔，即便是由于长时间没打，刚开始的几个球打得很臭，也竟然没有影响到他的心情。

“你知道吧，我们几个人学会打高尔夫竟然是张五斗影响的。”打到第三个洞，胡一虎逐渐找回了状态，他跟舒心下了球车到球道上找落点打第二杆的时候，边走边跟舒心说，“我们公司离西边的几个球场很近，刚开始几年公司事也不多，有一天下午陶三宝又约大家斗地主，张五斗说别总是在室内斗地主了，到室外搞些有氧运动去，我前段时间跟人玩了玩高尔夫，挺不错的，你们也得会玩，结果就把我们拉到了一个球场，嘿，就跟今天一样，现买装备，现找教练就练起来了，后来就一发不可收了，经常是白天打球晚上打牌，想想当时是真悠哉。”

舒心说，“那怎么现在就不悠哉了呢?”

胡一虎一声叹息，“那时候大家的思想还没这么复杂，没觉得有什么比在一起玩、开心重要。现在嘛，一是三宝自己去加拿大逍遥去了，二是五斗的心思全放在做大公司准备上市上了。我一个孤家寡人，没人陪着，也就没什么兴趣了。往事已不可追，只剩回忆啦!”

舒心也叹气，“唉，我们都希望 yesterday once more。人难道真的都会越长大越不快乐吗?”

胡一虎用 3 号木杆一杆把球打得飞出去 200 多码，落到了果岭边上，“咱不说保持一颗童心吧，但是保持一颗年轻的心很重要，这样起码可以稍微抗拒一下背上一堆堆世俗的包袱走向衰老的宿命。”

两个人很愉快地边打边说话，为对方打的好球喝彩，又夹杂着聊东聊西，从今天的婚礼聊到新娘子的颜值、身材。

中间胡一虎接了陶冶的电话，陶冶说这家人太大方了，给了团队每个人一个一万块钱的大红包，同时飞机卖得不错，很多参加婚礼的土豪都要买飞机而且有些甚至一买好几架，“网上都有传播了，咱们的飞机送戒指的照片都上网了！”

“你回去后跟销售部的人交代抓紧出货，要趁热打铁。明天我去和九州网谈一下无人机航拍网络直播的事，你做好准备跟我去一趟，另外跟国家地理杂志谈无人机加入他们采访团队的事，你也抓紧一下。今天没事了就早点回去歇着吧，后天你叔从加拿大过来。”胡一虎说。

舒心说，“真没想到你跟任可出了这么一招，你们那用小飞机凌空送戒指的想法还真是让人意外。看来，其实你对你们公司的事还是很上心的。”

胡一虎说，“我总不能看着张五斗一个人累死、愁死吧？”

也就打了12个洞，天色就暗了下来，两个人也正好都感觉有点累就收杆了。

洗完澡收拾好出来，胡一虎对舒心说，“我跟张五斗约好下个月去深圳观澜湖打几天球，不知道你想不想一块儿去？”

舒心很意外，“他不是工作狂吗？怎么忽然就能放下工作陪你去打球？”

胡一虎叹口气，“这不是这场病吗，总会让他有所触动，再说他不去我逼也会逼他去南方走走，有什么还能比健康更重要呢。”

舒心点点头，“确实没有什么比健康更重要。有再多的钱，你买不回青春、换不回健康。”

“但是对于很多人来说，只有他真正有钱了才会明白这个道理，当他没钱的时候他宁愿用健康、用命去换钱。”胡一虎感慨地说，“这也许是我们这个时代很多人的悲哀。”

（二十四）

周一的中午，胡一虎去北京南站接陶三宝。

三宝周日从加拿大飞赴上海，和舒老板见了面，当面表达了谢意。当晚舒老板设宴请了陶三宝，愉快地回忆了俩人的友谊，平常不喝酒的他竟然很例外地陪三宝喝了几杯三十年的茅台。

由于天气预报周一北京雾霾严重担心航班延误，舒老板建议三宝第二天坐高铁去北京，“其实算上去机场等候的时间，高铁甚至比飞机还要快。”

于是陶三宝从火车上下来被胡一虎接上车就一个劲地赞叹中国高铁的速度。

“又快又稳知道吧！我还真不知道如今咱们中国的高铁已经发展到了这样的程度，以前咱们老坐飞机真是不明智。当火车嗖嗖地一路向北，我就想起邓小平他老人家当年访问日本乘坐日本新干线时留下的那句著名的话，就是‘有种催人跑的感觉’！”

“真难得您身在腐朽的资本主义国家养尊处优，还能记得邓大人的教诲。”胡一虎哈哈大笑，“出去才知祖国好吧？”

陶三宝点点头又摇摇头，“好是好，但就是人太浮躁，每个人都好像在小跑着追逐着财富，整个国家就好像是美国华尔街的浓缩版，永远不眠的就是金钱。”

“咦！你老人家在加拿大颐养天年，除了养出了一个将军肚，竟然还养出了一双慧眼嘛！”胡一虎说，“但是你别忘了你当年可是在好莱坞电影《华尔街》第一部的影响下，开始你追逐金钱的梦想的。想想当年你逼着我和五斗陪你连看三遍那部电影，都快看吐了。”

三宝呵呵一笑，“那不是主要给你洗脑嘛！听说公司的无人机销售不错？这下五斗应该放宽心了，这就是咱们的《华尔街》续集，金钱永不眠！”

胡一虎说，“不得不承认人家富春投资的眼光确实厉害！我们当时确实一点都没发现你家陶冶捣鼓的那小飞机能有多大的市场。但是你现在打开电商平台就会发现，很多品牌的无人机已经入驻电子商城，并成为个人消费电子领域的新宠。在最热的网络商城上搜索‘无人机’，能搜到多家代理商、旗舰店和玩具店，每家商铺销量大多在几百件到上千件不等，价格从几百元到几十万元，可见我国无人机消费市场的潜力巨大。”

三宝点头，“确实没有想到！我在温哥华机场上网的时候，听到了一个消息，就是亚马逊披露了一项略带科幻色彩的物流计划，名为 Prime Air。按照 Prime Air 项目计划，亚马逊将使用无人飞行器来运送小型包裹，完成接单到收货的整套流程。派件用时只需要 30 分钟。其还在网上用一段视频展示了整个派件过程。”

“对了，你见了舒老板，没看出有什么问题吧？”胡一虎问。

三宝犹豫了一下，“等会到了雅乐轩 1 号，等五斗到了，我详细讲讲。”

晚上三个人终于又在雅乐轩 1 号聚合了。

看着张五斗逐渐恢复起来的红润，胡一虎和陶三宝很是高兴。

“看看，福祸相倚吧，五斗你不经历此病灾怎么知道爱惜身体？”三宝说。

张五斗唉了一声："这段时间在家里也想了很多，确实没必要拿命去拼财富，即便我登上了财富榜又能怎样？所以，公司的事一切顺其自然吧，即便最终万事皆休咱们这么多年的积蓄也饿不着。我现在开始写我的专著了，每天还得步行一万步，老婆天天盯着。"

胡一虎连连称是，"本来就该如此的。富士康老板有钱吧？但他有一次在接受采访的时候神情黯淡地说出的一句话让我印象非常深刻，他说他哥哥得了重病他在全世界找了最好的医生也没把命保住，如果能用他所有的钱换回哥哥的命他也愿意，但钱在这时候是一点用都没有的。所以他说，健康的生命比再多的财富都重要，他就投巨资在一些药厂搞新药研究了。"

"放心，这些也挺好的，其实咱们当年一起搞公司不就是为了好玩吗？只是慢慢地咱们被财富诱惑了，忘记了为什么出发。"陶三宝说，"富春的舒老板说他最大的愿望就是能非常自在地退出这个商场，到老家养花种菜钓鱼。"

三个人盘腿坐在沙发周边，喝着啤酒吃着小菜，陶三宝讲述了这次去上海和舒老板见面的经过——

在上海富春投资集团总部的内部餐厅，舒老板招待了陶三宝。

舒老板说，非常抱歉，现在不时兴到外面吃饭了，以前你不请他吃饭他就不给你办事的好多官员，现在一听要在外面吃饭脸色都发白。我一看风气已经如此不可改变，索性我就把公司的员工餐厅做了改造，搞了两个包间，又从几个大酒店高价挖来几个大厨，请客干脆就在公司内部了，这样一来他们反而敢放心来了。我这内部餐厅还算可以的，你也不是外人，有不周到的地方你多担待。

陶三宝说，哪里哪里，当年我也就是请你在我们单位招待所吃了一顿。

舒老板哈哈大笑，咱们至少十多年没见面了吧？那年我去北京办事你为我跑前跑后的情景好像就在昨天一样。我一直想找机会感谢你，但你就是一直不给我这机会。

陶三宝说，确实一想就是弹指一挥间，不过当年我还真没看错老舒你，我当时就觉得你会做大，只是没想到短短十来年你竟然做得这么大！感谢什么的就别提了，这次幸亏有老舒你帮忙，要不然我们公司就黄了，我要感谢你才是。

舒老板摆摆手，你这是给我机会呢，要不然我这辈子都欠你一大人情，在我落魄的时候帮过我的朋友都是真朋友。我能做到现在，一是靠朋友们帮忙，二是国家政策好。来，不多说了，喝酒！

跟许多中国老板一样，舒老板也时刻都在关注国家的时政，话题自然就会涉及一些。

“现在共产党把底下官员贪吃的嘴管住了，确实也是了不起。以前有些人你不请他到最高档的酒店吃顿饭事情就是办不成，我又不太会喝酒，每天吃不完的宴席确实也让我头疼。但是话又说回来，现在有些人确实不吃你的不喝你的了，但事也不给你办了。”舒老板很是感慨，“反腐败谁都欢迎，我也举双手赞同，但是事还是要办的。尤其是像我们这种民营企业，很多时候没有点关系事情就是不太好办，但现在这些关系都不敢乱来了，而不求人公事公办就能把事办好，现在又还没到那个程度，我们很多事情现在都拖在没人给你办。”

陶三宝安慰他，会好的会好的只要大方向对慢慢就会好起来的，船到桥头自然直。国内现在反贪肃贪挺好的，原来在加拿大的一些贪官现在都不敢抛头露面了，生怕被引渡回国，你可不知道以前他们有多嚣张。

“人为财死鸟为食亡，古往今来莫过如此。”舒老板叹口气。

两个人吃得不多但喝了不少，因为胃和肝都不太好，平常基本不喝酒的舒老板竟然陪着三宝连喝了好几杯茅台。

酒酣之时，三宝装着不经意地问起那些江湖传言。

舒老板一仰脖喝下一杯酒，“都是小道消息！我还真的就从来没见过那位大人物一面，刚开始没有机会结交，等后来人家高高在上就更没机会了。江湖上仅仅因为我发家于石化就臆断我跟他有什么关联，纯属编故事。”

“但是他身边的一些人现在已经纷纷出事了，有几个我印象中跟你关系还不错的。这件事真的就对你和公司没有一点影响？”三宝问道。

舒老板沉吟了一下，夹起一片金华火腿放进嘴里慢慢地嚼，“世事难料。要说我一点都不担心那是假话，前一段时间我在北京待了好几周，就是想听听风向，确实没想到这个事情会查得这么深牵涉面这么广。我跟那些人确实有些交往，他们的落马会不会影响到我，我心里也没底。四川那边有几个老总据说已经被找去谈话了。”

“那老舒我也不跟你见外了啊，你梳理了一下有可能出问题的哪些点了吗？如果有，恐怕得早做打算。”三宝对舒老板的命运有点忧心忡忡起来。

舒老板没接话，举起酒杯，“来，不说这个了，咱们喝酒！”

吃完饭送陶三宝回宾馆的路上，舒老板特意让司机在黄浦江边停车，他拉着陶三宝在江边走了走。

“很多年前我到上海来办事，那时候浦东开发正热火朝天，我在江边看着那一栋栋似乎是一夜之间拔地而起的摩天大楼，就想我舒某人一定要抓住中国这个千载难逢的机会发家致富，总有一天我可以随便建楼买楼。”舒老板看着东方明珠塔周边那一片大楼的丛林说。

“你现在确实实现了呀，你现在的财富可以随便买其中的任何几个楼。”三宝指着对岸的那片灯火璀璨说。

“但是，走到现在你一回头看你来时的路，却又和当初的想象完全不同。很久以前我对钱就没有什么感觉了，那其实就是一堆报表上的一串串数字。有时候我也在想，我把公司做这么大，我自己到底得到了什么？这个问题就不能多想，一想你就会觉得自己很失败。”舒老板说，“我已经六十岁了，确实想退休了，我最大的愿望就是现在能安安心心地把公司交给放心的人或者团队，我带我老伴回富春江边种种菜养养花钓钓鱼。”

三宝拍拍舒老板，“这不是才六十岁嘛，李嘉诚这时候还像小伙子一样在港岛大把大把挣钱，和记黄埔正如日中天呢！咱怎么着也不比他差吧。”

舒老板呵呵一笑，“我真不行了，是真累了，现在是互联网经济时代，我也快跟不上趟了，还不如让年轻人来接班，他们有知识有兴趣有能力。听说你们公司就是一帮年轻人打天下，你们三个老总都还不到四十岁。”

“我们就是闹着玩而已，跟您没法比。”三宝一笑，“别说跟您比，就是跟你家千金舒心都没法比。”

“这丫头做事我是放心的。”舒老板点点头，“就是婚姻的事让人着急。”

“您家的姑娘肯定不愁嫁的，放心吧老舒。”三宝笑道，“这全中国多少人惦记着做你的乘龙快婿呢！”

把三宝送到宾馆的门口，舒老板说，“公司还需要帮什么忙尽管开口，跟我不要客气。”

三宝说，“一定一定！你多保重！有机会我再来看你，或者到富春江边去找你跟你一块儿钓钓鱼。”

“这么说，舒老板会不会有事真的不好说了？”听三宝讲完，胡一虎皱着眉头忧虑起来。

“这次反腐败绝对不是做做样子的。”张五斗长吁一口气，“看这个架势那只大老虎是打定了的。舒老板能不能全身而退，就看他到底牵连得有多深，上面是怎么认定的。”

“确实咱们得有心理准备早做打算。即便老舒没多大事，但在现在风声鹤唳之下，富春投资的运营肯定会受到影响，起码整个富春系的股票会大幅波动。”三宝说，“当务之急，是抢在时间前面，争取让奇树科技上市，无论是借壳、重组还是别的什么办法。”

张五斗说，“这个倒是有可能。李总那边已经准备以定向增发的形式，让奇树科技收购深圳上市公司红石股份34%的股权，正式成为大股东，并召开股东大会宣布由咱们奇树科技的人出任公司的新管理团队，然后再由富春注资奇树科技收购红石余下的股份，奇树科技正式取代红石，红石股份更名为奇树科技。”

胡一虎说，“这么复杂，脑袋都大了！中间那么多关联交易，有那么容易吗?”

三宝说，“那富春投资得把咱们的股份稀释到什么程度啊?他们怎么着还得投几个亿进来吧?这么一来奇树不就彻底归富春投资了?”

张五斗说，“富春那边答应到时候咱们三个的股份加起来不低于奇树科技的30%，三宝你占15%，我跟一虎各占7.5%，这个方案怎么样?”

三宝摇摇头，“股份我不要了，这次来我一个很重要的事情就是我把我在奇树公司的股权全部转让出去，一部分让富春投资现金买走我得手中有粮彻底踏实地回加拿大养老去，一部分给陶冶，剩下的给你们哥俩。”

胡一虎和张五斗惊讶地都张大了嘴，“这么大的事情你怎么不事先跟我们商量商量?!”

陶三宝嘿嘿一笑，“这不正跟你们商量了吗?”

胡一虎说，“别扯了三宝，你这是跟我们商量啊，也就是通知一声罢了！你的个性我们还不知道，没想好的事情你不会说!”

张五斗疑惑地看着三宝，“你怎么会忽然做此打算?”

三宝点着一根烟，狠抽了几口，“这么跟你们说吧，我这么想主要有三个原因。一个是公司现在主要靠你们俩管着，我也照顾不上，干脆就退出公司，别占着茅坑不拉屎；第二过两年我可能就会正式入加拿大籍，公司还得因为我的身份变化重新登记很是麻烦；第三我确实对开公司兴趣不大了，原本就没有大的打算和理想，但现在公司在你们手里有模有样，我也省得把公司关了不管了，交给你俩挺好的，我呢就想一个人逍遥自在，带着老婆孩子全世界去看看，碰到好的项目就做个天使投资人，无聊的时候就回国跟你俩混几天。这是我的真实想法，背景也不复杂，就这点事，没骗你们。”

他转过脸接着对胡一虎说，“其实一虎你也不是个做生意的人，说到底你也就是一文人，办本杂志整点你喜欢的风花雪月逃离你看不惯却也改变不了的俗世纷扰，你其实心里就满足了，你要喜欢呢，奇树文化这块你就接着弄，没准还能整出点名堂，你要烦了，也可以像我一样，拿钱走人，过自己逍遥自在的日子去。”

胡一虎白了他一眼，“你这说的，我干脆出家得了。”

三宝不理他，又对张五斗说，“我们三个人当中，五斗你是最适合当老板开公司开创大场面的，一是你懂经济算是科班出身，二是你有目标有理想，三是有一点跟我俩最大的不同是你能吃苦，有创业者的精神气质，以后你就完全可以把奇树当成基地，开创你的大场面。”

胡一虎说，“三宝你这整得跟交代后事一样，弄得人心里不好受。你说咱这奇树公司，一晃都搞起来四五年了，跟大学一样又是一个四年，又一样要面临一次分离，宿命啊！”

张五斗默默地喝着啤酒，很久没说话。

陶三宝和胡一虎抽着烟，也良久无言。

终于，张五斗把酒杯子一墩，“三宝，那就按你的意思办吧，明天我让李总带一个会计事务所的人过来核算一下，把公司资产和股权结构清算一下，然后按你的意思把你那部分股权分摊下去，你要折现的部分我们和李总商量一个方案，总之不能让你吃亏。怎么样？”

胡一虎说，“这就是真的要分家了？”

张五斗说，“迟早要分，家分了情义在，大家确实没必要永远绑在一起，我们都往中年走了，各自确实得有各自的活法，每个人都能如愿地按自己的想法活着并能幸福，就是对咱们二十年友谊的最好交代!”

陶三宝鼓掌，“五斗说得好！这其实就是我想说的意思!”

张五斗拿起酒瓶子给三人的酒杯都倒满酒，“来吧，咱们仨把这顿酒喝好了，跟美好的过去告个别，给更美好的未来打个招呼!”

经过会计事务所的核算，又经过一系列的讨论和商议，奇树科技和奇树文化的股权和资产核算在两天以后终于厘清。

最终形成的方案是：奇树科技总资产核算为2.5亿元，其中含富春投资现金风险种子投资8000万元（先期5000万、追加3000万），股权结构为：奇树文化占股51%，富春投资以舒心个人名义占股37%，张五斗占股6%，陶冶占股4%，胡一虎占股2%。

奇树文化总资产核算为1.3亿元，股权结构为：富春投资占股70%（现金出资1亿元购买陶三宝原有股份），张五斗占股15%，胡一虎占股8%，员工持股7%（由胡一虎主动出让）。

这轮围绕着奇树文化融资引发的后续大交易，以富春投资最终投资1.8亿元实际拥有奇树科技股份公司72%的股权而落幕，陶三宝带着1亿元彻底离开奇树公司，张五斗和胡一虎各自象征性出资200万和100万元，实际获得奇树科技14%和6%的股权，陶冶以知识产权入股获得股权4%，老奇树文化公司员工均分4%。

同时，奇树科技的管理层也出炉，张五斗任董事长兼总经理，陶冶任副总经理兼研发部总监，其余的财务总监等都由富春集团委派。

胡一虎自己坚持，不担任奇树科技任何职务，只担任奇树文化的总经理，负责公司原有业务的运营。

“其实是好事，但我就是有种白茫茫大地真干净的感觉。”尘埃落定后，胡一虎在电话里跟齐豫说，“我想不久我也会离开的，张五斗说得对，我确实应该有我自己的生活了。”

“那你到底想要怎样的生活呢?”齐豫问。

胡一虎一时又有些茫然，“你这么一问，我还真的不知道，这么多年其实我主要的生活轨迹都是和他们俩交织在一起，现在忽然要我独立选择自己未来几十年的路，还真是没有答案。”

齐豫轻声一笑，“其实奇树科技如愿上市的话，就按最低 10 倍溢价计算，你那 6% 的股份也值将近 2 个亿，即使折价转让也至少会有 1 亿，你一个亿万富翁，要选择过什么的生活还是相对简单的，别发愁了啊 。我挺赞同陶三宝、张五斗的想法的，你们彻底分开也许对各自都是一种成长。”

晚上胡一虎就做了个梦，梦见自己一个人在山里走，前面隐约出现陶三宝和张五斗，他就赶紧喊，可是那俩人就是听不见低着头匆匆赶着路，很快就消失在大山的云雾袅绕中……

（二十五）

二〇一三年冬天的第一场雪迟迟没有下来，北京的空气越发显得干燥而晦涩。

胡一虎处理完最新一期的杂志清样，就靠在椅子上看窗外的树，树都落光了叶子，光秃秃的枝杈直愣愣地刺向天空，只有风吹着它们摇摇摆摆，原来总是在树上咕咕叫的那两只斑鸠也不见了，来光临的只有麻雀，在树杈间蹦蹦跳跳，永远是那么吵闹而精力旺盛。

胡一虎忽然想给张五斗打个电话，约他去趟海南打场球。他此时异常地想看见满眼的绿色。

接通了电话，但电话那头陌生的嘟嘟声提醒胡一虎他拨打的手机很可能在境外，果然张五斗接起电话告诉胡一虎他和李总在香港办事，“后天，后天咱们在深圳观澜湖碰头吧，痛快玩两天。”

放下电话，胡一虎在办公室怎么也待不下去了，他打了个电话给小骆，“你开上车，带我出去随便转转。”

城里太堵，小骆就开着车穿过四季青桥往香山那边走，车开到旱河路的时候，胡一虎让小骆坐副驾驶座上，自己开车瞎转悠，却竟然在不知不觉间开到了西山美庐的门口。

“胡总你是要去看铁蛋吗？”小骆问。

胡一虎叹口气，“这小子还没放学呢，也不知道怎么了就开到这儿了。”

小骆看着那个自己曾熟悉无比的大门，也叹了口气。

胡一虎沿着八大处的山脚继续往前开，旁边山上已经是一片萧瑟。

“小骆咱们认识有五六年了吧？”胡一虎有一搭没一搭地问小骆。

小骆点点头，“那可不，二〇〇八年咱们认识的。我到您身边开车也好几个月了。您是我的贵人。”

胡一虎摆摆手，“什么贵人不贵人的，也就是咱俩投缘呗。”

小骆看了一眼胡一虎，张张嘴想说什么，却又啥也没说。

胡一虎用余光扫了一眼小骆，“是有什么话要跟我说？想说你就说，别憋在肚子里。”

小骆想了想，“我看您今天心情不是特别好，本来不想说的。但既然早晚得说，我还是提前跟您说了吧！我，我可能当不了您的司机了。”

胡一虎一愣，“为什么？是嫌工资低了吗？这好办，我让财务给你提一档工资。”

小骆使劲摇头摆手，“不是不是胡哥，您误会了，我一个司机，现在的工资不低了。”

“那是为什么？”胡一虎把车停靠在路边，疑惑地问小骆。

小骆通红着脸，“哎，是因为小芬！”

“小芬怎么了？”胡一虎更是疑惑。

于是小骆就跟他讲了一个让胡一虎有点意外的故事——

就在十几天前，小芬又把小骆约到了自己的公寓。正打算云雨一番时，小芬却忽然阻止了小骆，“我怀孕了。三个月了。”小骆吓一跳，本能地问道，“是谁的？”小芬瞪了他一眼，“当然是你的！”

事实上，包养小芬的海鲜酒楼老板虽然这几年生意越做越大，却一直想要一个儿子而不可得，一直想努力生个儿子出来以获得扶正的小芬小姐在一次次努力失败之后也很沮丧，就在她怀疑自己的生育能力的时候，有一次在一个牌桌上一个大姐无意中说起“生不生得了孩子很多时候是男人的问题”，就让她多了个心眼。有一天中午她“色诱”老板一回后，偷偷拿着他的“种子”到一家医院找熟人化验了一番，结果是“死精率高精子活力不足”，也就是宣告老板根本让她怀不了孩子。

心眼颇多的南方女孩小芬隐瞒了所有事情，偷偷盘算着自己的未来。她在几次试探发现那个只有初中文化水平的海鲜老板根本不懂生育问题后，就大胆策划了一个计划，就是让小骆帮自己怀上孩子。于是她想方设法重新与小骆取得了联系。

小骆被她如此大胆的计划吓出了一身冷汗，“会露馅的！到时候就完了!”

小芬姑娘异常冷静地摇摇头，“不会的！我告诉他怀上了，他都快高兴疯了，一点都没有怀疑，他对自己自信到了极点。”

小芬姑娘揪住有点六神无主的小骆，描述了她下一个宏伟的计划：海鲜老板已经答应，如果确认是儿子，他就正式离婚娶小芬，让儿子继承产业。一旦正式结婚，小骆就以小芬老乡的名义来给小芬当专职司机，一方面照顾小芬，另外一方面万一有什么意外，好让小骆第一时间带上小芬和孩子走。“咱们在一起，什么事情都好商量，对付他非常容易了。等我想办法把他的财产转移走，到时候，我，孩子，所有的财产都是你的。”

就在昨天，小芬给小骆来电报喜，“检查了，是儿子。你赶紧辞职来给我当司机吧，我已经跟他说了他同意了。”

听完小骆的叙述，胡一虎后脊梁有点发凉，他的眼前恍惚出现小芬姑娘那张美艳动人的脸和那双深不可测的眼睛。他没有想到一个小县城来的姑娘，居然会有这样的胆量和算计，而背后隐藏的狡诈和手段更让他心惊。

胡一虎沉默了良久，看了看小骆，“你想好了？这可是一着险棋，弄不好你跟小芬都得出事。”

小骆无奈地一笑，“我现在只能听她的，就算赌一把吧。万一赌赢了呢？”

胡一虎不再说什么，他在这个城市里听说过太多拿命赌明天的故事了，为了活得有头有脸，为了得到一辈子都梦想得到的东西，很多人都在赌，不惜一切手段。而现在他身边不过是又多了一个赌命的故事，两个来自小地方的年轻人准备用他们仅有的青春、生命赌一把。

他不可能阻止也阻止不了。

“那你就去吧。凡事自己多长点心眼，你，还有你家小芬，千万别玩太过火的事。你们好自为之。”他拍拍小骆的肩膀。

小骆有些不舍，“胡哥你是个好人，如果不是因为这个事，我一辈子都愿意跟着你给你开车。”

胡一虎微微一笑，“没事没事，你永远是我的好兄弟。反正都在北京，想见随时都能见到。我跟行政那边说一下，你明天就去把手续办了吧。”

小骆闷闷地点点头，“您还是让我来开车吧，再给您当回司机。”

胡一虎推门下车，“好吧，把我送回家。”

“你快回来吧，我身边的人都走光了。”晚上给齐豫讲了小骆辞职的事，胡一虎很沧桑地说，“我觉得我现在跟孤家寡人一样。”

齐豫还得赶紧哄他，她总是觉得胡一虎有时候就像个孩子，看似什么都无所谓，其实敏感而脆弱。

“快了快了，过了元旦就回来了啊，很快的。”齐豫说，“告诉你一件事，Jimmy当爸爸了，村里的一只叫花花的母狗给它生了一窝小宝宝，太可爱了！一会儿我发照片给你看看。”

胡一虎哈哈乐了，“你怎么知道那是它的后代？村里的小公狗多了去了。”

齐豫说，“肯定是我们家 Jimmy 的，前几个月我看见它跟花花那什么来着。”

“嗯？什么什么来着？”胡一虎很小的时候在农村待过，知道齐豫说的“那什么”是什么意思，更让人记忆犹新的是当时他和村里的半大小孩们一起，拿着石头追打两条交尾在一起的狗儿，嘴里喊着“打流氓打流氓”，吓得刚办完好事的狗们失魂落魄、仰天悲鸣、屁滚尿流。

齐豫知道胡一虎玩坏，“讨厌吧你，一会儿让你看照片就知道，小狗狗的样子、毛发跟 Jimmy 可像了！”

不一会儿，齐豫就通过微信发了一堆刚初生没多久小狗的照片，都是眼睛刚睁开没多久，浑身毛茸茸的像一堆小肉球，有些还确实有 Jimmy 的风采。

“真厉害！一生就是一个班！”胡一虎回道。

“想要一只带回去给你做伴吗？”齐豫问。

胡一虎发了张“惊倒”的图片，“不要啦，我又不是二郎神。三宝家的花花我都赖在肖玫家不接回来了。我现在忙得刚刚够对付着养好自己，来了怕也会成流浪狗。”

“好吧，看来只有我回去陪你了。”齐豫回道。

胡一虎回张“寂寞无比”的图片，“寂寞沙洲冷，速来送温暖。”

齐豫“抿嘴一笑”，回复：“套马的汉子你威武雄壮，耐心等着田螺姑娘来。”

即便是十二月中旬，深圳观澜湖球场依旧是一片绿意盎然。这个号称全世界最大的 72 洞的高尔夫球场，隐藏在一条破旧的道路两旁，被出租车司机从机场拉着来的路上胡一虎都差点以为司机完全走错了路。

当然球场里面的环境却又是恍如换了一个世界。当张五斗笑吟吟地在大堂门口迎接胡一虎，把胡一虎引进了宽敞明亮的高级套房的时候，胡一虎惴惴不安的心才算踏实下来。

“球场外面的环境真够破的啊。”胡一虎说。

张五斗呵呵一笑，“南方城市的市政建设确实比不了北京，确实外面破旧了一点，但这也恰恰说明南方人注重里子而不是面子，更何况这地方全部由开发商说了算，政府也没那个必要费神费力帮他们修路、装点。”

中午简单吃完饭，两人就整装下场，选的球场是“张连伟球场”。

看着张五斗撅臀弯腰挺肚斜肩在那里预备挥杆，胡一虎忽然对眼前这个中年男人有点陌生。

也就是仅仅在六七年前，当张五斗带领着一干人等到四季青桥边上的一个迷你 9 洞球场开始探索高尔夫球的奥秘时，他还是一个意气风发的小伙儿呢。

但是现在胡一虎眼前的是一个浑身名牌、身材发福的中年大款模样的人。

自从公司股份厘清后，胡一虎就基本上见不到张五斗的身影了，但即便是偶尔的见面胡一虎也能感受到张五斗的变化，首先是穿着打扮越来越趋于名牌，其次是吃饭越来越讲究档次排场，更大的变化是他身边的朋友圈，官员和富豪越来越多而密集。

张五斗，这个从四川贫穷村庄里走出的少年，终于在北京奋斗了二十年后，触摸到了他曾经梦寐以求的生存状态。

这是时代所赋予一个人的变迁。

只是，不知道应该感恩还是忐忑?

但无论胡一虎怎样感慨，张五斗现在的心情非常之好。

几天前他和李总深圳、香港两头跑了跑，基本搞定了奇树科技的两套上市方案，如果借壳富春投资控股的深圳上市公司深金牛遇到困难，就直接在港交所上市。谈判出奇的顺利，让张五斗彻底卸下了包袱，兴致勃勃地答应了和胡一虎的这场球聚。

“一虎，如果你现在有了1个亿，你打算干什么?”在绿茵茵的球道上并肩前行，张五斗问胡一虎。

胡一虎呵呵一笑，“真没想过，等有了再说呗。”

张五斗唉了一声，“你不知道你很快就可以成为亿万富翁了吗?”

“别说我想干吗，你想干什么吧，张亿万?”胡一虎反问道。

“我早就想好了!”张五斗豪气万丈地说，“我抽个空开车从北京南下，每个落脚的城市我就买套房子，一路买到四川！然后回家给我父亲盖栋楼，如果可能的话再把我爷爷的坟修一修，再把村里的小学校重建一下。”

胡一虎惊讶地看着这个即将冉冉升起的新生富翁，“买房子买地修祖坟修学?! 靠，你跟几百年前的那些土豪有什么区别?”

张五斗一笑，“确实土豪，但我就是想这么土豪一把，你笑话就笑话吧，每个人的成长经历决定了他的思想认知，即便我们算是科技创业型富豪，但在中国的这块土地上，咱们这种白手起家的人对财富的第一分配也必然如此。也许到了咱们孩子长大后，他们会有不同的态度，就好像舒心、任可他们，但作为‘富一代’我们还做不到那么潇洒地处置财富，就是走老路。你以为舒心、任可他们的父辈积累了财富后，不是买房子买地修祖坟吗？其实都一样的!”

看胡一虎并不太相信的样子，张五斗无奈举例说明，“你还别不信，美国那些新兴的富豪我就不说了，就说咱们中国的，你以为那些头上顶着互联网科技公司光环的新富一代忽然坐拥成百上千亿财富后，第一件事想的就是如何继续创业、做慈善啊？其实我都私下打听甚至当面问过他们，哪一个不是先去购置不动产大建私人‘行宫’的！你还别笑话他们，如果不是怀着对豪宅、豪车的具体梦想，哪有那么多创业的动力？财富，当然要首先用来个人圆梦，圆当屌丝时的梦！然后才是公众、社会、国家。”

“你的梦想里不会也有养小三、小四，捧明星吧?”胡一虎很担心这个老朋友瞬间堕落，“那就可成土鳖了啊!”

张五斗没理他，接过球童递送的球杆，专心致志地打出了一杆，球远远地飞出落在了果岭的边缘，球童大喊“好球!”

张五斗走近胡一虎拍拍他的肩膀，“就别瞎操那么多心啦！球杆在我手里，我知道怎么打的啊。好好打这杆球，别看你第一杆比我开得远，但不一定就能赢我哦。”

胡一虎嘿嘿一笑，“就咱俩还比啥输赢，我就图个高兴。你打得好是好事，我为你高兴。”

说罢，挥杆起球，球划出一道弧线，落上了果岭。

（二十六）

虽然依旧没有下雪，但二〇一四年元旦还是高高兴兴地来了。

肖玫和周宜家元旦和几个重要客户去了瑞士滑雪，铁蛋元旦这几天就天天跟胡一虎在一起过，顺便让胡一虎把“寄存”后一直忘记取回来的花花再次领回了家。

已经过了八岁生日的铁蛋忽然就越来越像个小学生。放假前的十二月三十一日胡一虎把他接回家，他第一件事竟然就是趴在胡一虎的书桌上把当天的作业写完了。已经完全跟他混熟了的花花静静地趴在他脚边。

胡一虎凑过去看了一眼，作业本质上和他小时候的没有太大区别，生字练习，数学计算，唯一巨大的区别是竟然二年级就要写类似于作文一样的“日记”，只不过这“日记”是三维的，可以自己插图、贴手工，老师还鼓励用电脑创作，甚至可以加 flash。

胡一虎摸摸儿子的脑袋，默默地进厨房给儿子做饭去了。

“三杯鱼”在锅里焖炖的时候，胡一虎走近厕所打开排风扇抽了一根烟。

袅袅的烟雾中，胡一虎看着洗漱台上面镜子中的自己，一个系着围裙的头发蓬乱的男人，脸部的皮下脂肪明显增厚，眼角已经出现明显纹线，脖子上因为皮肤已经疲劳松懈出现几道斜纹。

他心里忽然涌出一点小小的恐慌，“就这样开始走上衰老?!”

胡一虎赶紧掐灭烟，离开镜子，继续做饭。

儿子开始美美地吃着晚餐，胡一虎看着如冒出头的青草一样生机蓬勃的儿子，心里不禁又感慨起来。他还清晰地记得儿子刚出生时的样子，记得他像个大肉团一样满地爬，记得抱在手里时儿子的小脑袋歪在他的肩膀上酣睡口水流得一串串。但是一转眼，儿子已经高过了他的腰，穿34码的鞋，跑起来满地生风，一顿饭要吃两碗米饭。

等吃完饭，胡一虎带儿子下楼到小区周边去散步，顺便遛狗。在过红绿灯时，儿子已经不再习惯性地找胡一虎的手来牵，而是在他的前面在绿灯亮时啪啪地牵着花花阔步前行。

“孩子长大是一个人从年轻走向衰老的标志吗?”晚上等儿子睡着了，胡一虎坐在客厅里沙发上给齐豫打电话，略带伤感地问她。

“准确地说应该是心性各方面变得成熟的标志吧。”齐豫说，“我们胡一虎先生根本还不会老呢，男人四十上下其实是最好的时候，别担心了。”

说完她又一笑，“都说女人怕老，男人看来也不例外。”

“是人都希望青春常在。我现在有点明白为什么秦始皇非要找长生不老药了。”胡一虎说，“想想人生真的很短，精神旺盛而能四处奔跑的时间其实也就短短四十来年吧，剩下的人生要么还太小没有完全行为能力，要么太老也失去了完全行为能力。”

“唉，新年了，长大一岁了，胡先生开始思考人生了。”齐豫说，“真不适应你成为思想家呀，不如讲个段子来听听给节日助个兴呗?”

“嘿嘿嘿，行啊，我给爱妃来个节目啊。”胡一虎兴致勃勃起来，“铁蛋至今对在你那逮兔子的事念念不忘。我就给你讲一个兔子的段子吧。”

“话说有一年元旦，小母兔小白想进城看姥姥，于是她就离开白家村往城里走。但是那天风雪挺大，小白走到一个十字路口就迷路了。正在她左右为难的时候，看见走过来一只小黑兔。于是她就跑过去问：兔哥哥兔哥哥，县城怎么走啊？没想到，这个小黑兔是个小色兔，他瞅着小白姿色不错，就色心大起，说：啊呀，那路可不好走了，只有我知道怎么走啊。小白着急了，那你就赶紧告诉我吧！小黑兔就说，‘想知道吗？’小白说，‘想知道啊，赶紧告诉我吧。’小黑兔接着还问，‘真的想知道？’小白说，‘真的想知道！’小黑兔说，‘那好吧。告诉你可以，但是你得让哥哥乐呵乐呵。’小白一看天色将晚，风雪又大，于是把心一横：不就是乐呵乐呵一下嘛，正好老娘我也想活动活动身子，就这么着吧！小黑乐呵完了以后，就告诉了小白怎么走。小白于是继续赶路，没想到呀，又碰到一个十字路口，小白又不知道该怎么走了。你说也巧，小黑兔的表弟小黄兔正好走过这个路口，他也知道路，但是也跟他表哥一样看上了小白，也要乐呵乐呵，没法子小白又让小黄乐呵乐呵了。终于，临近傍晚的时候，小白进了城见到了姥姥。故事到这里按理该结束了，但是呢，几个月以后，小白生下了一只小兔。孩子生下来以后，小白大吃一惊，呀，这娃娃的颜色怎么这么漂亮呢?！对了，你能猜到小白的孩子是什么颜色么?”

齐豫是个从小就专心听讲的好孩子，被胡一虎讲的故事不像故事段子不像段子的这个段子吸引进去，竟然也就认真思考起来，“是金色吗?”

胡一虎摇摇头，“不对。”

“呃，难道是花色?”

“还是不对。”

齐豫放弃了，“猜不到猜不到，你赶紧告诉我吧！”

胡一虎问：“想知道吗?”

齐豫顺口答道：“想知道啊，赶紧告诉我吧！”

胡一虎忍住笑，接着问：“真的想知道?”

齐豫急了，“真的想知道！”

胡一虎贼兮兮地一笑，“那好吧，告诉你可以，但是你得让哥哥乐呵乐呵……”

齐豫这才反应过来上了胡一虎的当，咯咯咯笑了起来，“讨厌！德行！原来是个圈套！”

胡一虎叹口气，“还不赶紧让哥哥乐呵乐呵！”

齐豫笑着说，“呸，你就是个坏兔子！大色兔！大色兔新年快乐，一切都好好的啊！”

胡一虎说，“爱妃同乐啊，赶紧回来！”

元旦一整天，胡一虎都带着儿子在外面玩耍。

所谓玩耍，爷俩并没有去公园、游乐场，而是在北京城里走街串巷，主要从西单一路溜达，溜达到了东单。

作为一名新北京人，虽然口音已经完全没有了胡一虎老家的腔调，被同学浸染得一口京片子，但胡肖奇小朋友其实根本不了解北京，比如他几乎没串过北京的胡同。

其实也不怪他们，这些孩子从小就生活在和北京传统文化根本不沾边的新建的高楼大厦、洋房别墅里，也就是地理行政区域算是北京，对二环内的老北京的概念几乎就是张白纸。

“爸爸刚来北京的时候，都被别人叫外地人，老北京人有时候可觉得自己骄傲了。”胡一虎说。

铁蛋穿着羽绒服、系着一条红艳艳的新围巾在前面走，“那我还算外地人吗?”

胡一虎一笑，“你是北京人了。但是爸爸告诉你一个道理，其实往前数几百年，大家都不是北京人。但是吧，只要你了解北京的传统、历史，爱惜北京的一草一木，不破坏北京的环境，为北京的漂亮做贡献，就是北京人。相反，即使他在北京住了几百年，那他才是外地人。”

“嗯，爸爸我在北京从来不乱扔垃圾。”铁蛋骄傲地说。

“这还不够呀，你还得了解北京啊，特别是老北京。”胡一虎说，“爸爸现在带你走的这些胡同都有好几百年历史了，如果咱北京是棵大树的话，这就是北京这棵树的根。”

“爸爸，什么叫胡同?”铁蛋不解地问。

“胡同嘛，就是城里头的小马路、小街道。你看，那些两个方向都跑着汽车的就叫主干道、大马路，这些几乎开不进车的、主要是供行人走的小马路就可以叫胡同了。”胡一虎按照一个孩子所能够理解的知识简略地介绍了一下，“以前北京的胡同可多了，后来汽车多了，房子也建多了，很多胡同就改成大马路了。”

实际上，在上大学的时候，有位祖上是旗人的老教授就经常在他教授的中国革命史课堂上，忍不住大讲特讲老北京的历史文化，其中有好几堂课都讲了北京的胡同。

北京城里的胡同最早起源于元代，最多时有6000多条，历史最早的是朝内大街和东四之间的一片胡同，规划相当整齐，胡同与胡同之间的距离大致相同。南北走向的一般为街，相对较宽，如从北京火车站到朝内大街的南小街和北小街，因过去以走马车为主，所以也叫马路。东西走向的一般为胡同，相对较窄，以走人为主。胡同两边一般都是四合院。

北京的胡同有上千条，形成于中国历史上的元朝、明朝、清朝三个朝代，其中的大多数形成于元朝。胡同的走向多为正东正西，宽度一般不过九米。胡同两旁的建筑大多都是四合院。

胡同从外表上看模样都差不多，但其内在特色却各不相同，它们不仅是城市的脉搏，更是北京普通老百姓生活的场所。北京人对胡同有着特殊感情，它是百姓们出入家门的通道，更是一座座民俗风情博物馆，烙下了许多社会生活的印记。胡同一般距离闹市很近，但没有车水马龙的喧闹，可谓闹中取静。而且对于邻里关系的融洽，胡同在其中发挥了有效的作用。

胡同现已成为北京文化的载体。老北京的生活气息就在这胡同的角落里，在这四合院的一砖一瓦里，在居民之间的邻里之情里。外人只有身处其中才能得到最深的体会。

“爸爸爸爸，你看，高——义——伯——胡——同。”一二年级的孩子还处在对认字很敏感的阶段，逛到西单北大街时，铁蛋指着一个指示牌一字一句地念道。

胡一虎忍不住一笑，因为他很多年前就知道这条北京搞笑的胡同。其实它最早的名字叫“狗尾巴胡同”，而老北京一般把“尾巴”念“以巴”，估计早些年间这条胡同的形状像条狗尾巴吧。后来住在这里的人们觉得“狗尾巴”太难听，就由文化水平高的人给它雅化了，起了个谐音，就叫“高义伯胡同”。绝对不是字面上的意思，误以为这里曾经住过一位姓高的侠义的大伯。

爷俩就这么边逛边走，中午饿了正好到了烟袋斜街，就走进胡同的深处七拐八拐，找了家老北京炸酱面馆美美地吃了一顿。

据说，当时居住在北城的旗人，大都嗜好抽旱烟或水烟，烟叶装在烟袋中。由于烟袋的需求与日俱增，所以斜街上一户一户开起了烟袋铺。除此之外，烟袋斜街本身就宛如一只烟袋。

溜达完北京的老胡同，已是傍晚时分。

胡一虎拦了辆出租，带着儿子回了家。

在车上，胡一虎掏出手机浏览了一下朋友圈，基本上都是晒如何过新年的。

陶三宝跑去了纳米比亚，晒得黝黑，端着猎枪在狩猎。

张五斗一家三口去了马尔代夫，蓝天碧海沙滩，其乐融融。

任可和他那伙朋友去了日本北海道。

舒心呢？舒心没有发任何信息。

而且胡一虎发现，基本上至少两三天就会发条朋友圈信息的舒心，已经快一个月没有任何更新了。

自从在那场婚礼上见了一面以后，胡一虎除了偶尔会与舒心电话联系一下，也快一个月没有见到她了。

胡一虎忽然想给舒心打个电话，但又很快打消了念头，只是给她通过微信发了张祝贺新年的动画。

（二十七）

元旦三天的假期很快就过去了。

人们从短暂的迎接新年的懒散中回过神来，又回到各自的轨道按部就班，为房子、票子、位子、孩子打拼，重复着一年又一年的故事，从青年走向中年，从中年走向老年。

虚岁已经四十的胡一虎，正处在人生大转折的关口。每天清晨在床上一睁眼，他总觉得有很多事要办，但又捋不出到底哪些事要办，内心茫然而焦虑。

但每当一天的生活开始，他就能感受到“事”的压力。

比如儿子的学习和教育问题，比如远在湖南老家的父母健康问题，比如和齐豫的感情问题，还有无数的人际协调、处理。

“其实我是一个很想偷懒的人，但有些事情再想偷懒也躲避不了，比如孩子的成长和父母的老去。”在电话里，胡一虎向齐豫倾诉，“我当年辞职就是不想每天被套着嚼子忙这忙那，能自由自在地简单活着，但实际上人活着基本没有大自在、大自由，被牵绊、去牵挂的事情永远会是那么多。”

齐豫叹口气，“其实我在这个小山村里忙乎，本质上也是一种逃避。我想，咱们面临的很多问题，时间总会帮着解决的。”

胡一虎想了想说，“会不会是咱俩天各一方太寂寞了呢？你赶紧回来吧，先过几天踏实日子。”

齐豫一笑，“一周后，我十五号就回去了。”

但是，到了十五号，胡一虎却没能在北京迎接齐豫。老父亲突发脑溢血的紧急电话，让胡一虎回了趟老家。

晚上在病房守夜，看着插满管子的老父亲躺在病床上，想着回家休息的老母亲肯定又将是心急如焚、一夜难眠，胡一虎内心哀伤起来。

老父亲哼了一声，手从被子里伸了出来，胡一虎赶紧起身把被子给他盖好，看了一眼输液瓶，里面还有大半瓶。

他溜到病房外面的楼梯过道，点燃了一根烟，看着外面的灯火，南方城市冬天阴冷的空气让他打了个哆嗦。

这个城市里，他度过了自己的少年时光，几乎还在懵懂中就踏上了北上的火车孤身去北京上学，从此很少回到这个地方。

胡一虎慢慢抽着烟，心里默默地一算，加起来这二十年，自己回老家陪父母的日子也超不过三个月，尤其是工作以后他几乎就没回家过过一个春节。

这二十年，他胡一虎恣意地在北方的大都市里生长，因为没有父母在身边的牵绊，他几乎是想干什么就干什么，很多事情对父母都是先斩后奏，包括他结婚、离婚这样的大事。

而父母则是以极大的容忍和宽容对待他这一切，没有指谪和抱怨，甚至这么多年不回家过年也是以“南方冬天太冷没暖气你不适应”来迁就他，“反正你哥哥姐姐们都在身边，你放心吧。”

但也就在这二十年里，胡一虎在北京扎根蓬勃，而父母已经进入了衰弱的老年。

“也许对于一个中年人来说，最大的幸福就是孩子听话、父母健康。”胡一虎喃喃地对自己说，他用脚碾灭了烟头，回到了病房。

胡一虎回到老家的第三天，齐豫从甘肃回到北京，然后马不停蹄地又赶到了湖南，在这里陪着胡一虎一待就是半个月，直到胡一虎的老父亲出院。

在这半个月的时间里，齐豫不是在家照顾胡一虎的母亲，陪她说话、做饭、洗衣、打扫卫生，就是到医院照料胡一虎的父亲。

胡一虎的母亲对儿子新找的这个女朋友，从一开始的疑惑到后来满心欢喜。

“这个比前一个强百倍。”等齐豫有一天又颠颠地去医院送饭的时候，母亲对胡一虎说，“你感情方面的事一直都是你自己做主，但这个我要加进意见，你一定要珍惜！你哥哥姐姐他们也是这个意思。”

胡一虎点点头，“嗯”了一声。

老父亲终于出院回家休养，虽然有些后遗症，但总体恢复情况尚好，全家人稍微安了点心也终于可以在接力一样的忙碌后可以喘口气。

胡一虎的哥哥姐姐也终于可以抽出空设宴请齐豫吃顿饭。

宴席上，大家都向齐豫表示感谢，频频敬酒，齐豫很周全地一一回应。

精神高度紧张、身体极度疲倦了半个月，大家的心情放松下来，饭桌上终于有了笑声。

应齐豫的强烈要求，哥哥姐姐们讲了很多胡一虎小时候的糗事，把齐豫乐得像个孩子。

一个大家庭的气氛显得温暖而融洽。

“我们家从来就没有这样的氛围，家里人多真好。”晚上躺在南方很是冰凉的被窝里，齐豫紧紧抱着胡一虎取暖。

胡一虎抚摸着她明显消瘦的肩背，心里酸酸又软软，“这段时间你真的很辛苦，我都不知道该怎么感谢你。”

齐豫咯咯一笑，“用您的话说，你不都以身相许了吗，还用谢啥。”

胡一虎拧拧她的脸蛋，“咦，不学好，脸皮越来越厚。”

返回北京的时候，全家人都聚到父母家来送行。

胡一虎的母亲偷偷把齐豫拉到一边，从自己手上使劲撸下一枚样式古旧的金戒指，放到齐豫的手心里，“这个是结婚的时候，他爸爸那边给的，家里再困难的时候我都没舍得卖。现在我把它给你，我儿子能遇到你真是他的福气，你们俩一定要好好的，下半辈子互相照顾好，不求大富大贵，健健康康、平平安安就好。”

齐豫推辞了几下，在胡一虎母亲的坚持下，眼圈红红地把戒指收下。

在回北京的火车上，齐豫把戒指拿出来给胡一虎看。

“看来我妈是铁了心把我托付给你了。”胡一虎说，“这可是真正意义上的传家宝，她当年连铁蛋她妈都没舍得给。”

齐豫很郑重地把戒指重新收好，“好吧，听你母亲的话，你正式归我了。”

胡一虎说，“怎么跟慕尼黑协定似的？”

齐豫问：“哪个慕尼黑协定？”

胡一虎说，“二战前，英国张伯伦政府跟希特勒在慕尼黑签的协议，把捷克给卖了。”

齐豫“呸”了一声，“我跟你妈妈是发表开罗宣言，让台湾、钓鱼岛统统回归中国！”

（二十七）

胡一虎和齐豫回到北京后不久，马年春节就要来临了。

齐豫和胡一虎商量这个春节她打算去马来西亚和父母、女儿团聚一下。

“你能跟我一起回去一趟吗?”她问胡一虎。

胡一虎有点犹豫，他知道齐豫的意思，“唉，丑媳妇这就要准备去见公婆了是吗？万一你爸妈看不上我咋办?”

齐豫一笑，“这话说得挺不胡一虎的嘛！你从来都虚火旺盛的自信心哪儿去了?”

胡一虎故作思考，想了想，“可能这几天在你身上累没了吧。”

“德行!”齐豫笑骂，“如果你还没做好准备，这次不去也没关系，反正你也跑不了。”

“嗯嗯嗯!”胡一虎点头，“生是齐家的人，死是齐家的鬼。”

想到齐豫如此为自己着想，胡一虎也觉得自己应该回报回报，“这样吧，去我就不陪你去了，但回来我陪你回来。到时候我飞去马来西亚接你，咱俩一块回，还可以顺便到香港陪你逛逛，血拼一把。”

齐豫摸摸胡一虎的头，“嗯，是个懂事的好孩子，本宫甚慰。”

春节前所有中国人都是异常忙碌的。

每天胡一虎都被齐豫率领着奔波在北京的各个地方，不是陪齐豫逐一去亲朋好友家拜访，就是在商场里置办年货，同时还要给甘肃学校里的孩子邮寄一大堆新年礼物。

在远赴西北旺拜访完齐豫父母的一个老战友后，回城时路过一个新楼盘，齐豫说："走，去看看。"

楼盘是个联排别墅项目，竟然还是江南风格，齐豫很喜欢。

"你不能一直住着陶三宝的房子了，人陶冶在北京还租房子住呢，赶紧腾出来让人亲侄子住吧。"齐豫说，"这个小区蛮不错的，不行咱就在这儿买一套吧？"

胡一虎迅速在心里计算了一下买下一套房子的总价钱以及自己目前的存款，"你喜欢当然咱就买。只是全款我钱不够，先贷款吧。"

齐豫瞪了他一眼，"你人都是我的，房子当然是我买。你的钱攒着留给铁蛋将来上学用吧。"

胡一虎看了一眼抿嘴窃笑的售楼小姐，朗声说道："如果想让我明媒正娶你，房子就必须是我买！"

齐豫惊讶地抬头看了一眼胡一虎，忽然想起他们第一次在香山邂逅时胡一虎那义正辞严的样子，不由得扑哧一声就乐了，柔声道："好好好，胡先生，听您的听您的，您可千万别再给我上一堂长篇大论。"

齐豫继续详细询问售楼小姐一些细节，而这时胡一虎的手机响了。

很意外竟然是舒心。

胡一虎看了一眼齐豫，心里微微有点忐忑地接通了电话。

"你在北京吗？"舒心的声音听着有些不对，似乎异常的憔悴。

胡一虎听着她的声音心里又揪紧了一下，"你怎么了这是？声音听着不对呀。"

电话那边稍微沉默了一下，很快传来压制不住的抽泣的声音。

胡一虎有点慌神，“你别哭别哭，出什么事了你慢慢说。”

齐豫听见声音看了胡一虎一眼，问了一句：“谁呀？怎么了？”

“舒心，就是富春投资的舒总。”胡一虎把手遮了一下话筒，轻声回应齐豫道：“不知道出什么事了，正问她呢。”

舒心稍微控制了一下情绪，问道：“你方便的话，能到我家来一下吗？有事情要跟你请教。”

胡一虎顿了顿，说道：“我正跟齐豫在看房子呢，你如果不介意的话，我跟她一块过来行吗？”

舒心那边停顿了几秒钟，然后说：“我不介意，你跟她一起来吧。不麻烦的最好能快点。”

胡一虎挂了电话，对齐豫说：“她好像有什么急事，请咱俩去她家一趟。”

齐豫放下手里的户型图，一拉胡一虎，“那还不赶紧去。”

从北五环到东五环，好在不算拥堵，不到一个小时胡一虎就来到了舒心家所在的小区。

到了那栋别墅门口，胡一虎一按门铃，不一会儿一个佣人模样的大婶就过来开门领他们进去，并直接领上了二楼的大书房。

舒心从书桌后面走出来，“你们来了？这位就是齐豫齐姐姐吧？”

这是两个女人的第一次碰面。

“你是舒心吧？总听一虎说起你。”齐豫微笑着朝舒心点点头示意。

胡一虎看见屋子里有些烟雾袅绕，再扫一眼旁边沙发茶几上，一个烟灰缸里还有没有完全掐灭的烟蒂，是细长的女士烟，他微微有点吃惊。

“到底出什么事了？”他问道。

舒心走过去把书房的门关紧，然后看着胡一虎，眼眶一红，“我爸爸出事了！”

胡一虎忽然一下心头一紧！终于发生了！

胡一虎、齐豫坐在沙发上，听舒心讲述了事情原委：

就在元旦前几天，舒老板应邀去省工商联开会时，晚上他的住地忽然由一位省领导领着来了几个人，简单地问了一些情况后，就直接把舒老板带走了。

两天以后，一直在澳大利亚继续商谈矿石厂合作的舒心回到国内，才通过省里的关系打听到，父亲是被北京来人叫走了，涉及的就是那位已经在中国传得沸沸扬扬的大老虎的案子。

舒心的母亲一听，当时高血压就发作直接进了医院。

接下来的时间，富春投资的高层纷纷行动起来，想方设法打听消息。

但是，以前和富春投资来往密切的各级官员们，此时都想方设法地回避和富春的人谈舒老板的事。

所谓世态炎凉，并不只是小老百姓的生活体验，其实更多大富大贵的人群对此更有感悟。

在母亲的病情稍微安稳了以后，舒心带着公司的几个核心人员到北京来探访情况，终于慢慢把情况基本搞清了。

之所以舒老板被采取措施配合调查，主要是涉及一笔3000万的款项，而这笔最终到了大老虎家族账上的钱，据查是舒老板行的贿。

但是富春集团的财务总监、也就是舒心的三叔记得很清楚，这笔发生在二〇一〇年的款项，实际上是另外一个人以暂借的名义从舒老板这儿要走的，可能后来到了大老虎的账上，但舒老板确实对此不知情。

然而问题的关键在于，那个和大老虎关系极为密切、一度掌控某特大国企大权的“借钱人”，早在专案组查到他之前已经潜逃到国外。要还舒老板清白，根本无从对证，只能等有关部门慢慢核实查清，而此事夹杂在极其庞杂的案子中又绝非短时间内能办完的。

“那个人其实跟我爸爸也没有多大利益纠葛，虽然在我爸爸做化工企业的时候跟他认识并成了朋友，但那个人也确实不是一个人格低下的人，帮我爸爸解决一些问题也从来没做过出格违法的事，也从来没伸手要过钱。但我爸爸是个知恩图报的人，所以那年他开口找我爸爸借3000万，我爸爸当然很痛快地就给他了，”舒心说，“没想到竟然成为祸根。”

“老爷子现在在里面情况怎么样?”胡一虎问。

舒心眼圈又红了，“听说情况还好，但是，但是我们已经一个多月没见到他了，到底怎么样我们也不清楚。”

齐豫像大姐一样搂着舒心的肩膀，安慰她：“放心吧，放心吧，你爸只是协助调查，只是暂时限制了自由，吃饭、睡觉都是有很好的条件的，医疗也有很好的保障。我有一个朋友在纪检，这个我知道，你别担心。”

原本舒心不想把这个事情告诉胡一虎，但急切想把父亲“捞”出来的心情不免让她病急乱投医，前几天经一所谓“高人”指点，找到了一位“内参记者”，对方拍着胸脯保证一定把舒老板的冤情上报，“最多一个月你父亲就能出来。”

只是，这种“好事”是要有代价的，“内参记者”开出的价钱是1000万，“各路关系都要打点，都要塞钱，这是成本价。”

就在舒心被此人忽悠得准备打款的时候，李总还是不放心地提醒了一下舒心：“以前胡一虎不就在央媒吗，不行你问问他这个事情靠谱不靠谱，咱别当冤大头，毕竟不是小数。”

舒心纠结了一下。之所以纠结，是她觉得以前胡一虎问过她父亲的事，她当时断然给予了否认，心里还隐隐责怪胡一虎不相信富春投资和她父亲，而如今一语成谶般事情发生了，而且事情还不小，她觉得不好意思面对胡一虎。

但最终理智还是战胜了情感，何况她本来就想找个人好好倾诉一下这段时间以来的痛苦和委屈，即便胡一虎说“齐豫一块儿来”的时候，她也没有拒绝。

当舒心把“内参记者”的事情告诉胡一虎的时候，胡一虎几乎从椅子上跳起来：“绝对不可能的事！你千万别上当！肯定是骗局！”

看着舒心疑惑的样子，胡一虎于是跟她解释：“以前有没有这样的事情我不敢保证，也许在一些特殊的年代有过这样‘通天’的记者通过内参向上反映一些情况。但是，现在的形势下，早已经跟当年不一样了，一则这么大的案子没人有那胆量去干预，何况一个小小的记者，二则现在央媒有严格的向上报材料的程序，像这样的稿子根本过不了关送不上去的，更何况一开口就是1000万，现在正经记者谁有这么大胆子！”

舒心说，“但是我这有他名片，我也在网上查了确实有这么个人。”

胡一虎拿过那张名片，一看，乐了。

“你确定见的是他吗？”他问，“这个人长什么样？”

舒心说，半大老头，五十多岁，黑，矮，胖。

胡一虎不由得哈哈笑起来，齐豫和舒心都一脸的茫然。

“这个人，我指的是真人啊，我认识，确实是某央媒的大牌记者，当年我们一块儿战斗过。但是，但是，”胡一虎忍住笑，“人家也就不到四十岁，虽说不是高富帅，但绝对不是黑矮胖！你肯定是遇到大忽悠了！”

齐豫拍拍胸口，“幸亏幸亏！要不然肯定被骗了。”

舒心眼神忽然暗淡下来。

胡一虎站在宽大的落地窗前，点燃一根烟，“舒心你也别急，事情也没到可怕的程度。看来关键的人物是那位从你父亲手里借钱走的人，他如果能证实钱不是你父亲给那大老虎的，事情其实就比较简单了。”

“可是，他已经外逃了。”舒心叹气道。

“他叫什么名字来着？”胡一虎随口问道。

“×××。”舒心说了一个名字。

齐豫听了，忽然一愣，下意识地追问了一句："他叫什么?"

舒心又重复了一遍，舒心睁大了眼睛显得有点意外，脸色也苍白起来。

"怎么了？你认识他?"胡一虎有点疑惑地看着齐豫。

齐豫急速地摇摇头又点点头，"啊，没有，只是，只是听说过这个名字。"

胡一虎掐灭烟，走到齐豫身边，拍了拍她的肩膀，"还以为是你认识的熟人，如果你认识倒是可以通过关系看能不能找到他。"

然后他对舒心说，"你这段时间千万不可乱去做一些事，被骗了钱是小事，万一好心办了坏事，让你父亲更麻烦了，岂不后悔死。当下你能做的就是一个字：等！那位大老虎的案子迟早是要结的，到时自然你父亲就没事了。"

"别一个人在北京待着了，回浙江陪你妈妈去，再怎么样都要好好过一个年。要相信一切都会好起来的。"出门的时候，胡一虎对舒心说，"再有，别抽烟喝酒了，你这样让大家都心疼。"

（二十八）

从舒心家回来的路上，齐豫几乎没有怎么说话，一脸若有所思的样子。

“你没事吧?”胡一虎有些担心地问她。

“没事。”齐豫勉强挤出点笑容，回应了一下胡一虎。

胡一虎于是不再追问，他知道一个女人心里有事想跟你说的时候自然会说，她不想说你追问也没用，因为她正在思考该不该说或者怎么说。

终于，在吃完晚饭后，齐豫用比平常足足多出了一倍的时间收拾好厨房后，走到胡一虎坐着的沙发跟前，“我跟你说个事吧。”她淡淡地说。

胡一虎站起身，伸手把她抱在怀里，轻抚她的后背，“坐下说吧。”

于是齐豫讲了一件她一直想跟胡一虎说，却一直没有合适的时机也不知道从何说起的事——她和女儿珊珊的亲生父亲的故事。

那是一个怎样的年代呢?用那个人的话说，就是“慌乱的年代”。

二〇〇二年，齐豫的酒吧事业进入到了一个红火的黄金年代，但她逐渐厌倦了异常喧嚣起来的热闹。她把三里屯的酒吧交给了一个合作伙伴主管，自己跑到当时尚默默无闻的南锣鼓巷开了一家分店。

“刚开业头两个月，几乎没什么客人。正好我也落个清静，我想远离喧闹，但又舍不得酒吧的氛围。”齐豫说，“直到他出现了。”

在一个日暮的黄昏，齐豫的“往来”酒吧进来一个客人，男性，三十多岁，身姿挺拔，披着一身金光进来了。

“那天的夕阳特别灿烂，我在吧台后面远远地看着有一个人走进来，夕阳照在他的白衬衫上，竟然是金光闪闪的。”

他走进来，打量了一下环境，径直就走到齐豫平时爱坐的被一排书架和一面墙围起的三角地一张桌边坐下。

“你这里有三十年的云南普洱，给我来一杯。”他对走过来的齐豫说。

齐豫很吃惊，她这几天刚刚在几个朋友的介绍下开始喝普洱，并很快通过她爷爷在昆明军区的部下弄到了一批上等的茶。

“他说他是云南思茅人，哦，也就是后来改名叫普洱的那个地方，从小就是喝这种茶长大的，他一进屋子就闻到了普洱茶的香味，并知道那是三十年的老茶。”

于是，正处在对普洱热衷阶段的齐豫，就端过茶来在他旁边坐下，喝光了三壶茶，听了他讲了三个小时的茶故事。

此后，他总是在夕阳落下的晚饭后到齐豫的酒吧，不喝酒光喝茶。

而那个座位齐豫就固定给他留下了，即便是在他没有来的黄昏后，即便客人再多她也留着。

“他总是很安静地坐在那里，看书，想事，和我说话。”齐豫说，“也不知道怎么着，我总是能从他身上恍惚看到我小时候记忆中父亲年轻时候的影子。”

时光总是能雕琢出令人意想不到的生活结果。

就在这种感觉淡淡却令人印象深刻的时光中，齐豫开始习惯性地等他的到来，总是期待着跟他说会儿话、聊聊天。

有一天，是齐豫的生日，店里的伙计给齐豫搞了一个庆祝派对，三里屯店里的乐队也过来嗨了一把。

“高潮的时候，他来了，微笑着看着我们热闹，然后他走到乐队里，从吉他手里借过吉他，弹了一首塔雷加的《阿尔汉布拉宫的回忆》，当时就把现场所有的人都震了，我都听傻了。这首曲子一般连专业的吉他手都弹不好的，因为全曲都用轮指，还要加和弦。”

一个如此让齐豫安静、温暖又文艺的男人，完全符合了齐豫所有的审美和期待，爱上他自然就顺理成章了，齐豫甚至认为她跑到这里开这家酒吧其实就是为了等他。

后来……

他在周末会突然开着车带齐豫跑到口外的草原，搭起帐篷，烤着肉、煮着奶茶，陪她看草原上的日落、日出。

他会在某个假日忽然就会拽着齐豫坐上飞机，飞到云南，有车会把他们拉到美丽古朴山沟里的不对外开放的豪华度假村，让齐豫过几天世外桃源一样的日子。

“我本是一个矜持的人，怎奈活在一个慌乱的年代。”他在酒吧齐豫卧室的床上把齐豫揉碎了又捏合好了抱在怀里说。

他从云南考上清华，学的土木工程，却一上学就爱上了摇滚、吉他。只是到大三的时候，他忽然觉得不能跟北京的那帮孩子瞎混，就抛弃了音乐好好读书，毕业进了某中央部委。跟他一起玩音乐的有几个孩子后来都出了名，但当年吉都没他弹得好。

“在我们家乡，会玩乐器的人很多，很多都是天才，但这改变不了什么，甚至连自己都改变不了，在中国要么走仕途要么搞企业，才能做点事情，改变自己改变家乡。”他对齐豫解释他放弃音乐的原因。

但他结识齐豫并让齐豫飞蛾扑火般爱上他的时候，他早已结婚生子，仕途一帆风顺。早些年他被推荐去为其当秘书的“老板”，已经官至中央高层，二〇〇二年的时候不过三十五六的他已经是正厅级，而且前途一片光明。

恰好就在他随“老板”进京而具体工作还有待安排的空当，他鬼使神差般闯进了齐豫的生活。

故事，虽然有一个温暖的开始，却有一个冰凉的结尾。

“不久他就很忙了起来，很忙很忙，有时候一星期、一个月都见不到他。但是，越这样我越想他，疯狂地想他，我知道他有老婆孩子，知道他离不了婚，但就是爱他。那段时间是撕裂着纠缠着的甜蜜。直到有一天我意外怀孕。”

他给了齐豫两个选择：要么把孩子打掉，要么齐豫生下来他从此在齐豫面前消失。

在一个电闪雷鸣的夜晚，齐豫咬着牙选择了后者，他也扭头走出了“往来”里齐豫的卧室，再也没有回头。

……

“傻姑娘……”胡一虎紧紧抱着齐豫，心里又疼又酸又怜。

“从那以后，包括在珊珊出生后，我再也没见过他，只是偶尔能从别人那里得到一点他的消息，知道他仕途很顺，这两年也听人传言过他可能要出事。但是，真没想到他外逃了。”齐豫说，“一直没跟你说过这些，你不会怪我吧？”

胡一虎叹口气，“怎么可能怪你，心疼你都来不及。我们又不是小孩，怎么可能像张白纸？我一直不问你这些事，就是想让你平静安静地生活，不要再被过去的一些事困扰，咱们朝前走往前看就是了。”

齐豫从胡一虎双臂里轻轻挣出来，从水果盘里拿了一个苹果，用水果刀娴熟地削着皮，削好后递给胡一虎。

“那你知道他逃哪里去了吗？”胡一虎问。

齐豫想了想，“无法知道，那时候我就见他有好几本护照，他们那个圈子里的其实时刻都在做出事后的准备。”

胡一虎无语，默默啃着苹果。

“舒心挺可怜的。”齐豫叹口气。

“这姑娘好像一夜就憔悴了，瘦了一圈。”胡一虎说，“中国吏治腐败，其实坑害了一批商人。一旦动真格反腐，这些人往往会陪葬，几十年辛苦打拼朝夕间或许就灰飞烟灭了。”

“但是，舒心他爸毕竟还是有点冤枉的。”齐豫说，“可惜咱们也想不出什么好办法帮她。”

“时间，只有等时间。”胡一虎说，“现在除非能找到证人，证明那笔钱的来龙去脉，否则短时间很难。”

（二十八）

大年初三的时候，齐豫动身飞往马来西亚去看望父母和女儿。

“估计待个七八天吧，别忘了去吉隆坡接我哦。”齐豫说，“你也赶紧把铁蛋接过来住几天，免得你们父子情深相互思念。”

胡一虎哈哈一笑，“爱妃出宫，太子又来，倒是让我无法寂寞了。”

齐豫道：“那是，万一你寂寞无聊又捡个小龙虾、螃蟹什么的回家养水缸里。”

胡一虎正色道：“那也好，正好等你回来，做一桌麻辣小龙虾、葱姜炒蟹。”

“德行！”齐豫咯咯大笑。

从机场回城里，路上车辆稀疏，节日气氛浓郁，胡一虎瞟了一眼空荡荡的副驾驶座，确实涌上了一丝寂寞。

这种寂寞，其实胡一虎一直甩不掉。

年少时，伴灯夜读时，忽然抬起头环顾四周的时候，他会涌上这种感觉。

大学时，晚上回宿舍，看着路灯下自己被拉长又被缩短的影子，他会涌上这种感觉。

工作后，在出差的飞机上，想睡又睡不着的困倦间，他也会如此品味。

结婚后，半夜忽然醒来，听着旁边的人酣睡，他同样咀嚼这般滋味。

和朋友们欢闹时，当他把目光从朋友们身上移开时，忽然涌上来的也是飘渺的抓不住的寂寞。

是不是因为注定我无法抓住什么？

他有时候也这么问自己。父母早晚会老去，夫妻半路会分手，朋友也会成陌路，身边的繁华喧闹有什么会是永恒的相伴、永远的拥有？

所以，每个人或许注定就是寂寞的。

他往往会给自己这个答案。

接下来的几天，胡一虎带着儿子好好享受了几天天伦之乐。他跟儿子用了足足两天时间拼贴出了一张后现代主义的画，当这幅由几百个小拼块组成的画完美地在画框里呈现出来的时候，胡肖奇小朋友老气横秋地说了一句："太美了，劳动的成果让人心花怒放。"

胡一虎很意外，"说得不赖嘛小子，谁教你的？"

儿子一撇嘴，"这还要人教呀，这都不会说我怎么写作文呐。"

胡一虎也一撇嘴，"别吹，把你作文给我看看？"

儿子从书包里掏出作业本，"你看呗。"

胡一虎拿过来翻开，第一篇作文（当然了，并不是严格意义上的作文，百十来字，像微博）的题目是《心情》。

儿子写道："我的心情今天不太好。外面的太阳暖洋洋的，妈妈在发 pi 气，我心里很沉重。我想出去在太阳底下跑步，这样心情就会好起来，又担心妈妈不让，我的心情左右为难。"

胡一虎很惊讶，这小屁孩竟然在百字文中融入了影响心情的"物喜、他怒、己悲"的几大要素。

“这些话你自己琢磨的?”胡一虎摸摸他脑袋。

儿子点点头,“有些话我也是看电视记住的。”

“其实你可以多记一些好心情,比如拿到红包什么的。”胡一虎说。

“唉,别提红包了!”儿子有点沮丧起来,“以前那些叔叔阿姨是真给红包,现在都通过微信转到妈妈手机上,都被她占为己有了。今年我还没见到几个真红包呢。”

胡一虎哈哈大笑起来,“那可不,全被你妈妈又转发给别的小朋友妈妈的手机上了。”

胡一虎自己细想一下,今年忽然兴起来的微信抢红包、发红包让他着实出了好大一笔血,发出去的多,抢到的少,不过着实又让人乐在其中。

想起红包,他想起来除夕的时候陶三宝在非洲毛里求斯在微信上转来的一个数额不小的红包,“给铁蛋侄的,这笔钱可以在这里买三个老婆。”

胡一虎说,“那直接来仨非洲姑娘吧!”

陶三宝随即发来照片,一群狐猴后腿站立满眼期待,“你挑三个吧。”

还有张五斗,人在香港微信拜年,“争取咱们大家今年都能多收个三五斗!”

公司重组后,张五斗就几乎不在北京,基本上在深圳、香港流连。

想想,去年此时,胡一虎天天和张五斗厮混在一起度过漫长的春节假期。而现在他们俩已经很久都没有谋面了。

人长大了各有各的事,树长大了就各分各的杈。

胡一虎想起母亲曾说过的这句话,不由得心里一声长长的叹息。

一切都已经改变,一切都在成长,昨日不会重现、不可追回,即使它再美好值得留恋。

“好吧，那大家都往前走吧。其实我现在不也在改变嘛，俯首教子远离江湖。”胡一虎听着外面隐约的鞭炮声，那是破五的节奏，心里竟然有些沧桑，“该来的会来，该变的就是会变。”

但是，他知道，他会一直回忆当年的美好时光。

到了初六，胡一虎把儿子送回了肖玫那里，准备按计划飞马来西亚去接齐豫并觐见他未来的岳父岳母。

但是，齐豫急匆匆来的一个电话让一切脱离了既定的轨道。

下午三四点钟的时候，齐豫的来电剧烈地叫醒了胡一虎的手机。

“你先稳住，我跟你说个急事。”齐豫在电话里声音倒是很镇定。

胡一虎心却到了嗓子眼，“我稳得住稳得住，你说你说。”

齐豫在电话里说：我今天从我爸爸的一个朋友那里忽然听到了珊珊爸爸的下落，他这几年其实一直就躲在泰国，据说很落魄。我打算今天就飞去泰国，一方面是看看他，我还是希望能劝他回国自首，一个人隐姓埋名东躲西藏不就是像个鬼了吗?！还有，就是看他能不能给舒心的爸爸做个证明，证明那笔钱跟老舒行贿大老虎无关。

胡一虎握着电话，不知道该说点什么，滋味很复杂。

等齐豫说完了，他努力让自己微笑着回应：“我支持你的决定，躲自然永远不是个办法，该面对还是面对吧。”他忽然觉得这话又像是对自己说的。

齐豫说：那我先去那边了，你等我电话，如果顺利的话，三五天就能办完，到时候你再来吉隆坡接我吧。

接下来的时间是漫长的，因为是未知结果会如何的等待。

齐豫飞去泰国后的连续几个晚上，胡一虎都没有睡好，他几乎是每隔个把小时就看一眼手机，生怕遗漏齐豫的电话或者讯息。

好几次他都想拨通齐豫的电话，但都放弃了。

好在齐豫并没有让他煎熬太久。

齐豫飞去泰国后的第四天下午，一个人像寻找安慰一样在奇树文化公司空荡的办公楼里转悠的胡一虎接到了齐豫的来电。

“你怎么样怎么样?”他忙不迭地问，握紧了电话。

齐豫在电话那边轻轻地笑起来，“你这么紧张干吗？是担心我去见了他就不回来了吗?”

胡一虎叹口气，“还真是有点，反正有种羊入虎口的感觉。”

齐豫咯咯笑起来，“放心吧胡一虎先生，我欠你一条命呐，这辈子都是你的人啦，跑不掉的!”

胡一虎心情晴朗得碧空如洗，“真跑了也没关系，大不了我去泰国找你，泰囧一回也无妨。”

“说正经事吧。”齐豫说，“我见到他了。”

胡一虎精神又有点紧张起来，“那情况怎么样？说服他了吗?”

齐豫说：事情只办成了一半，他现在还不想回来，因为他不知道北京这边到底会把他怎么样，他想看看再说。但是，他答应帮老舒洗清冤屈，他手写了一份情况说明我已经通过 DHL 快递到了北京，另外他还录了一段音频我也发到你邮箱了，你查收一下，等快递到了以后一起尽快给舒心，让她尽快交给调查组。

“他怎么会答应帮老舒这忙的？他可是自身都难保。”胡一虎有点意外，他以为齐豫此去最多三种可能：一是人没找到；二是人找到了但继续隐藏自保；三是人找到了原意回国自首顺便替老舒说明情况。

齐豫说：我一跟他说老舒的遭遇他就很内疚，他说老舒还真是从他们那儿一点便宜都没沾到的人，跟他的老板更没有来往，他当时找老舒借那笔钱真是因为要帮老板摆平一件急事才开口的，老舒也特别痛快地给了，连问干什么都没问。本来想着很快就会还给老舒，但一是太忙耽误了，后来由于风声渐紧就更顾不上了。他觉得挺对不住老舒的。

“借钱的经过都在他的证明信里和音频资料里，你看一下就知道了。”齐豫说，“另外我还想跟你商量一件事。”

胡一虎说，“说吧，只要不是把你自己送还给他就行。”

齐豫一笑，“小心眼啊你，不会啦！我是想带珊珊再去看看他，让孩子见见她的亲生父亲，也让他见见孩子，同时也希望他能看在孩子的面子上回心转意，能决定回来自首。”

“别傻了，这个其实你不用跟我商量的。”胡一虎说，“你自己决定就好了。希望能如你所愿，他能有所触动下定决心。无论怎么样，回来即使是坐牢，好歹还能有个希望，能睡个踏实觉能光明正大地见见自己想见的人。”

齐豫叹口气，“我也是这个意思。你都不知道这几年他怎么藏起来、藏在哪儿的，他从来不敢逛街、看电影、喝咖啡，凡是人多的地方他都不敢去，就怕遇到熟人，甚至白天都不太敢出门散散步。整个人都苍老了不知道多少岁。见到我第一面都吓得差点跪地上，以为我是带人来抓他的，唉……”

齐豫的电话挂了以后，胡一虎马上拨通了舒心的电话，他知道处在痛苦中等待希望的人无时无刻不在期待救命稻草的心情。

舒心很快就接了电话，声音依旧是有些疲惫，“我刚下飞机，你的电话就来了，真巧。”

听到她憔悴的声音，胡一虎眼前浮现出舒心曾经无比灵动轻盈的身影，心里不由得有点发酸，他用尽量雀跃欢呼的语调对她说：“有个非常好的好消息，想不想听？”

舒心明显地一怔，然后语速加快地问：“是关于我爸爸的吗？”

“是的，春天来了，丫头。”胡一虎微笑着回答。

三天以后，胡一虎拿着DHL寄来的文件和拷贝出来的音频资料开车来到舒心的家里。富春投资的几个重要人物和几位律师都在家里等候。

看着那个薄薄两页纸的说明信，舒心的眼泪止不住地从有些深陷的眼窝中流淌出来，“我爸爸有救了，有救了！”

胡一虎询问在场的律师，“这些文件能作为证据洗脱舒老板吗?”

一位岁数大点的律师，仔细地阅读了信件、听了音频，想了良久回答道：“正常从法律证据的角度来看，由于这个人属于还没有到案的犯罪嫌疑人，他的证言证词法庭最多作为参考而不能作为判决的依据，如果是作为所谓污点证人由检察机关收录的那就是正式、合法的了。”

看着舒心和胡一虎陡然间失望的眼神，他又急忙补充道：“但是舒老板的案子，目前并没有正式立案，还处在纪检部门查办的范围之内，况且舒老板在整个案件中并不是关键人，情况还是不一样的，关键是看这些材料人家采信不采信。我个人根据经验觉得，这两份东西还是非常关键和有用的，因为这里面所有的内容都跟舒老板跟他们讲的是一模一样，而且到目前为止没有任何线索能表明舒老板和那个案子的大人物有任何的利益往来。”

大家继续商量的结果，就是尽快通过最恰当的途径把材料递送到查办案件最可能核心里的人，并附上舒家这几个月以来搜集到了所有自证材料和足够多的其他相关证人证言。

大家陆陆续续离开，胡一虎留下来最后一个走。

“怎么感谢你和齐豫姐呢?”舒心红着眼睛看着胡一虎。

“说谢字就见外了，如果不是这么凑巧，我们其实一点忙都帮不上你，只能干着急。”胡一虎说，“好在你父亲这么多年为人谨慎，在以前中国商场和官场关联那么深的情况下，能做到留有余地、腾挪闪转，已经相当不容易了。”

舒心眼泪又哗地涌出来，“多少人看到的都是所谓有钱人风光的一面，是无法体会到背后的黑暗、无奈和痛苦的。”

胡一虎说，“所以现在中国这一轮反腐败这么得人心，因为它是在救人，而绝不仅仅是抓贪官那么简单，它是在清明跟我们每一个人都相关的社会环境。这个环境好了，大家都能够安心生活、安心发财。”

临走的时候，胡一虎放了两大瓶澳大利亚产的蜂蜜在餐桌上，“我知道这段时间你饮食睡觉肯定都不好，每天早起、睡觉前喝一勺蜂蜜，能对你的身体好一点。国产的千万别喝，基本上都是假的。”

舒心眼泪又吧嗒吧嗒，她不管三七二十一双手紧紧抱住胡一虎的腰，头贴在他肩膀上哭出声来，“谢谢你，真的谢谢你……”

胡一虎犹豫了一下，然后缓缓举起一只手轻轻拍了拍她的后背，“别哭别哭，你放心，放心，会好起来，一切肯定会好起来的，无论怎么样，我和齐豫都会尽力帮你，别哭，别哭……”

舒心慢慢平静下来，她松开胡一虎，问道：“齐豫姐什么时候回来？我得当面好好谢谢她，她是我们家的恩人。”

胡一虎一笑，“你别总是恩人恩人的，说的就跟琼瑶阿姨的苦情戏似的。齐豫嘛，再晚怎么着过个个把星期也该回来了吧，她还惦记山区的那帮孩子呢，眼看着已经开学了。咱俩都耐心点等她回来吧。”

舒心说，“她回来的时候你一定要告诉我，我跟你一块儿去机场接她。”

胡一虎笑道，“那没问题，她确实劳苦功高，可以让她享受一回双人夹道热烈欢迎的待遇。”

又过了几天，到了三月七日中午时分，齐豫的电话很愉快地叫醒了午睡的胡一虎，“小懒猪睡午觉呢吧，告诉你今晚我回北京了，记得到机场接本宫哦。”

听着齐豫的声音，胡一虎眼前浮现出她婀娜的身姿、妩媚的笑意，不由得心中荡漾起来，“爱妃总算要凤还巢，八抬大轿的干活。把航班信息发我手机上。一切都还顺利？”

“还不错，他跟孩子在一起很高兴，很喜欢珊珊。为了孩子他决定过段时间回国，我回北京后就找相关部门问问情况，看能否争取自首宽大处理。”齐豫笑意盈盈答道，“臣妾此行收获很大，回头掌灯秉烛我跟你慢慢道来。”

“你就是个能办大事的人，这要是在唐朝，就没武则天啥事了，那得是齐豫皇后、齐曌陛下呀！”胡一虎狠拍马屁，“对了，有个人为了表达谢意也一定要去机场接你哦。”

齐豫笑了，“舒心吧？他爸的事怎么样了，有进展吗？”

胡一虎说，“昨天她来过一个电话，情况比较乐观，快的话老舒下个月左右就该出来了。”

“呀，那是不错，好事一件！她来接也好，一方面我要当面表示慰问，更主要是航班一大早到，有那么个美女陪着你，本宫就不内疚了，甚慰甚慰。”齐豫总是在恰当的时候表现出她的大度和胸怀，让胡一虎不敢生半分杂念。

放下电话，胡一虎查看了齐豫从吉隆坡起飞的航班信息，要到早上五六点才能抵京。他想了想，转发给了舒心，并附言：“一大早就得起床哦，你还去接吗？要不别去了，等过几天咱们一块儿吃个饭即可。”

过了一会儿，舒心回信：“必去！机场见。”

胡一虎笑笑，开始安心审看当期的杂志清样。

没有了张五斗、陶三宝的奇树文化公司，实际上已经面目全非。

有时候胡一虎站在已经减了一半面积的公司办公平面里，总还是能想起当年张五斗像个屁股着火的耗子蹿进蹿出的样子。

“那是多么美好的年代啊。”他感慨。

现在的公司没有了张五斗时代的忙碌，迎来了胡一虎时代的按部就班。资产清点后，在富春投资的主导下，奇树文化大幅度收缩了规模，从办公用房到员工。不过即便如此，胡一虎并没有觉得有什么不好，他每天开开心心地办杂志、开网站，留下的诸如小高等有股权的骨干也没有萌生去意，忙乎各自的分工领域。由于上次“宝藏与贫穷”展览和拍卖的成功，业内很多人知晓并熟悉了《艺术与投资》杂志，不少人主动找上门来要求出资刊发专刊，再加上小高他们借势又承办了几场活动，公司的日子虽然不是暴富倒也小康有余优哉游哉。

唯一的变数就是名义上的控股公司奇树科技一旦上市后的再次整合。

张五斗告诉胡一虎："借壳上市的事差不多了已经，到时候奇树科技会并掉奇树文化，再拆分出一个独立的传媒公司，投资影视、主打互联网视频，尽快到新三板挂牌。"

胡一虎的思维跟不上张五斗雄心勃勃的"财富帝国"蓝图，他淡淡一笑："反正我做一天和尚撞一天钟看好这个摊子，你成功之时我正好解甲归田。"

在机场接机大厅跟舒心一块儿等齐豫的时候，胡一虎对舒心说："你是不是觉得我特别胸无大志的样子？你看张五斗，在这个时代就跟打了鸡血一样亢奋，我就不行。"

舒心微微一笑，"你这样挺好的。能按照自己的意愿生活，也并不是每个人都能做得到。"

"咦！你们女人不是特看不上不思进取的男人吗？"胡一虎道。

"你又不是庸庸碌碌不思进取。"舒心看了他一眼，"你要真是这样，齐豫姐也不会看上你的。"

"其实，我也不知道她看上我哪一点。"胡一虎叹道，"我最多也就算是个无毒无公害却没有大用处的普通产品，超市上论打卖的。"

舒心撇撇嘴，没理他，看了一眼手机上的时间，"齐豫姐准时起飞的吧？还有半个小时就该到了。"

"那是，起飞前还拍了个自拍。"胡一虎把手机拿给舒心看，"准确地说，还有 35 分钟就应该到了。"

舒心拿过手机看，齐豫在相片里恬静地微笑，她叹口气，"她就是比我漂亮，跟神仙姐姐一样。"

胡一虎哈哈一笑，“她嘛，也就是一田螺姑娘。你是一超级美女，干吗妄自菲薄。”

舒心摇摇头，把手机还给胡一虎，“我确实不如她，我有自知之明。”

这时候，忽然有人轻轻拍了拍胡一虎的肩膀。

胡一虎回头一看，乐了，“小骆！你怎么在这儿?”

那个当年的小保安、胡一虎曾经的司机，笑吟吟地站在那儿，衣衫整洁、满面红光。

“那谁，小芬的老公从马来西亚回来，我跟小芬来接他。”他说，朝舒心点点头，“舒总好。”

胡一虎也朝不远处站着的一个肚子挺起的准妈妈点点头，算是打了个招呼。

“那挺巧，估计跟我们家齐豫一个航班。”胡一虎说道，“怎么样啊小骆，看样子还行啊?”

小骆淡然一笑，“混呗，反正不愁吃不愁穿，别的我也懒得去想。”

“看样子还有两三个月就该生了吧?”胡一虎看了一眼小芬，轻声问道。

“预产期六月一号。”小骆说。

胡一虎不由得笑出声，“这倒是个好日子。”

他拍拍小骆的胳膊，“行了，去陪着她吧，什么事情自己都要加点小心，别太把别人当傻子。万一有什么事的话，告诉我一声。”

小骆点点头，“谢谢胡哥了。那什么，胡哥、舒总，我先过去了啊，找机会我跟小芬请你们还有齐豫姐吃饭。”

小骆走后，舒心有点好奇地问胡一虎，“那不是你原来的司机吗？他现在干吗呢?”

胡一虎笑笑，“说来话长，总之也是这个大都市里的一个传奇，等机会合适的时候我告诉你。”

时间指向了早上6点50，国际到港航班信息上仍没有显示齐豫搭乘班机抵达的信息，也没有任何延误的提示。

胡一虎有点焦躁起来，忍不住拨打了齐豫的手机，回应却是无法接通的“嘟嘟嘟……”

“都过了二十多分钟了，怎么还没到？电话也接通不了！”胡一虎有点气恼地跟舒心抱怨。

舒心抿嘴一乐，“国际航班晚到会儿不是很正常的吗？瞧你那猴急样！”

然而，时间一点一点过去，不少和胡一虎他们接同一个航班的人也开始躁动起来，人们开始从淡定逐渐弥漫起担心，大家纷纷拿手机拨打自己要等待的人的电话，却毫无例外都是失望，有些人找到问询处，也是毫无答案。

胡一虎的神经莫名紧张起来，他机械地一遍一遍拨打齐豫的手机号，永远的盲音。

他的汗开始顺着脊梁流下来，一种不祥的感觉从他的脚底一点点冲到他的大脑，他一激灵使劲甩甩头，心里暗自“呸呸呸，别胡思乱想！”。

舒心看着胡一虎脸色苍白，不由得用手抓住了他的胳膊，周围的人们紧张的情绪也让她感觉有点害怕，但是她还是尽量安抚着他，“别急别急，再等等再等等。”

忽然，接机的人群中忽然剧烈地骚动起来，其中夹杂着女人的哭声。

“怎么了？怎么了？”胡一虎和舒心走过去，看见了一片惊慌失措、眼泪婆娑的人脸。

“失联了！失联了！”一个男子举着手机几乎是哭着喊叫起来，“马来西亚已经宣布航班失联了！”

北京时间三月八日早上八点，马来西亚航空公司在吉隆坡宣布：

从吉隆坡飞往北京的 MH370 航班于凌晨一点半失联。

根本不敢相信事实的胡一虎赶紧点开手机，几乎所有的手机客户端推送的紧急新闻消息，都在转发新华社播发的一条快讯：马航宣布一架飞往北京的航班失联。

胡一虎脑袋嗡的一声，眼前一黑浑身发软……

（二十九）

接下来的日子对于胡一虎来说，是黑暗而难挨的。

几乎半个月的时间，胡一虎和上百名航班乘客的家属围聚在丽都饭店，带着最后一丝丝的希望，听马航的例行发布会通报情况。

但是，发布会上既听不到希望，也没有让人彻底绝望的讯息。

失联，失联，还是失联。

没有坠机的准确定义，也没有到底飞到何处的答复。

而形形色色的消息在家属中如救命稻草一样传播，每一次飞机据说降落到某某处的传言，都陡然一下点燃大家希望的火苗，但随即而来的辟谣又让这火苗摇摇欲坠。

每天，胡一虎就待在丽都饭店顶层的一个总统套房里等待发布会召开的时间。因为丽都的普通房间瞬间就被家属、媒体预订一空，舒心做主订下了最后这套贵得吓人的空房间。

大部分时候，舒心都会在房间陪着他，上网搜寻有关航班的任何一点信息。

窗户外面的杨柳，渐渐地由嫩芽抽发成蓬勃的绿荫，胡一虎的心却越来越趋向枯槁。

在一次晚上召开的发布会上，站在胡一虎旁边的一位大姐突然捅捅胡一虎："你知道吗，我打通我女儿的手机了，但就是没人接！"

胡一虎激灵一下，扭头看着她。

只见这个妇人目光炯炯，却是空洞洞地盯着他。

"真的，打通了，就是没人接！你打通了吗？你打通了吗？"妇人喃喃地说，摇晃着手里的一个东西，"你看我的手机真的接通了！"

胡一虎仔细一看，妇人手里其实拿的是一个电视机遥控器。

他汗毛有点竖了起来，扭过头身体不由得有点战栗。

回到房间，他给舒心打了个电话，"我要离开这个地方，我要去越南、马来西亚、澳大利亚去找她，再待下去我会疯的，会疯的！"

他沙哑而声嘶力竭的声音，让正在和家族里的人开会商量舒老板下一步事宜的舒心，赶忙带着任可赶了过来。

"我要去找齐豫，舒心麻烦你给我买张去马来西亚的机票。"舒心他们进门的时候，胡一虎已经把所有的东西塞进一个包里，焦躁地在房间里踱步。

舒心和任可互相看了一眼，没有接话。

舒心泡了杯热茶端给胡一虎，"你先别急，咱一起慢慢想办法好吗？"

胡一虎端着茶，眼圈瞬间就红了，"好好的一个人，就这么凭空消失了，生不见人，死不见尸，在这里干等，就跟等着宣判死刑的犯人一样，太折磨人了，知道吗，太他妈折磨人了！"

"但是，胡哥，你打算去哪儿找呢？那么多空军、海军都出动了，都没找到一点线索，您上哪儿找？"任可接话道。

"不是宣布在澳大利亚西边的印度洋消失的吗？我去澳大利亚，去印度洋，去马达加斯加，行吗？行吗？"胡一虎突然暴怒起来。

"你别刺激他了行吗？"舒心狠狠地瞪了任可一眼，安慰胡一虎道，"去找，去找，我陪你去找，好吗好吗？"

任可有点受伤地一屁股坐到沙发上，"冲我嚷嚷什么呀，我说的是实话，又不是我开的飞机……"

“闭嘴!”舒心火了，“你，现在就给你爸打电话，他不是坐我爸的专机飞来北京的吗，你跟他说别飞回去了，跟民航紧急申请一下飞澳大利亚。算了，还是别打电话了，你，自己现在就去办，麻溜的!”

两天后，胡一虎和舒心、任可出现在了澳大利亚珀斯。

三个人在当地租了一辆车，开到了海边。

浩瀚的印度洋在他们面前无边无际，一切东西都显得那么渺小。

司机听说他们是来找 MH370 的，甚是同情。但是面对大海，他也只是耸了耸肩，一脸的无奈。

“印度洋太大了，包括你们中国在内的空军、海军都搜了很久了，根本没有发现任何东西。”他用英语对舒心说，用手指着在海边失魂落魄的胡一虎，“他的家人在飞机上?”

舒心黯然地点点头，“他的未婚妻。”

“哦，可怜的人!”澳大利亚人叹息一声。

回到酒店，胡一虎对舒心说，“能麻烦你租条船，到海上去找找吗?”

“好。”舒心对着这个明显消瘦、胡子拉碴的男人，心里一阵阵发紧，“你想干什么都告诉我，我去办。”

“谢谢。”胡一虎推门进到自己房间，倒在床上把被子卷在自己身上。舒心默默地在门口站了一会儿，给他带上了房门。

“姐，你说胡哥是不是给急傻了?”任可在舒心的房间嘭地打开一听可乐，“你瞧他那样，话也没有，目光呆滞。”

“闭嘴吧你。”舒心横了他一眼，“你懂什么，你以为突然间失去自己爱的人的感觉都是电视里瞎编的吗？齐豫那么好的人，我都难过得不行，何况他呢?”

“是是是，就你们懂，我啥都不懂行了吧。”任可一捏可乐瓶，“不过瞧他那样也是真可怜。世事多变幻，我可不能爱上什么人，要不然人突然没了，我也该崩溃了。”

“行了，别废话了，到楼下问一下服务生，看怎么可以租到一条船，要大一点的。”舒心说。

“行……谁让你是我老姐呢，小的这就去。”任可站起身，看了看舒心，“姐啊，你不会是真喜欢上这位胡哥了吧？”

“滚吧你！”舒心作势要踹他，任可一闪身走了。

船很快就租到了，是艘豪华游艇。

驾船的水手说，这两天天气都不错，可以出远海，但后天暴雨不能再出去了。

第一天出去，任可就晕得一塌糊涂，躺在船舱里哼哼唧唧。

好在舒心没事，她陪着胡一虎站在船顶，扶着栏杆眼睛扫描着大海。

在船顶，胡一虎经常一站就是几个小时。

但是，大海并没有给他奇迹。除了起伏的波浪和偶尔飞过的海鸟，大海什么都没给他。

第二天夜里返航，胡一虎一个人站在船顶瞭望大海，头顶是漫天的繁星。

舒心走上来，递给他一瓶啤酒，拉他坐下来。

胡一虎仰脖喝了一大口，似乎是呛了一下，剧烈地咳嗽起来。

舒心拍拍他后背，“你慢点喝。”然后她就看见胡一虎眼睛里全是泪水。

舒心眼泪也跟着出来了，她从胡一虎手里拿过酒瓶，满满地喝了一口。

“我每天都从梦见齐豫的梦中醒来，我一闭上眼就全是齐豫的样子，我很难受很难受，知道吗舒心。”胡一虎说，“我不是标榜自己是个情圣，对齐豫是如何的一往情深、至死不渝，但一切都如此突然，美好还没有开始就戛然而止，我无法接受知道吗，真的是接受不了，我总是掐自己希望这是个噩梦，但它就是事实。”

舒心泪眼婆娑，她紧紧地握着胡一虎的一只手。

“我到海里来找她，就是希望能离她近点，能听见她说话，我做梦听见她说她难受，她喘不上气……”胡一虎抑制不住地号啕大哭起来，他站起身，冲着大海喊起来，“齐豫！齐豫！你到底在哪儿呀！你回答我呀！……”

舒心站在胡一虎旁边，任由他宣泄，泪如雨下。

胡一虎回到北京后就发烧近39度大病一场，公司的小高把他送进了医院，诊断结果是急性心肌炎。

“急火攻心。”肖玫请了个老中医来医院探视，老中医说，“西医可以退烧，不用担心。烧退下来后，好好调养几个月。我开个方子给你。”

胡一虎逐渐好转后，肖玫也落泪，“早知道是这样，我当初成全你们就好了，那么好一人，对你还那么好，你俩还没过几天踏实日子呢，怎么就……”

“都是命。”胡一虎淡淡地说，“跟你没关系，是我对不起你。儿子还好吧？”

“都挺好的，你放心吧。”肖玫说，“大夫说出院后你要好好调养，你一个人怎么弄呀？要不我带铁蛋搬过来照顾你一段时间？”

胡一虎摇摇头，“不至于，我自己基本上没问题，有什么事公司小高他们会过来照应。你好好跟人老周过日子吧，就别担心我了，铁蛋没事的时候过来多陪陪我就行。”

期间肖玫碰到好几次舒心，肖玫倒也没说什么，反而对舒心很热情，叽里呱啦拉舒心到病房外面说了不少话。

转眼一个多月过去，胡一虎把公司的事情全部委托给了小高，自己每天在家静养，按时吃肖玫拿来的中药，按时到楼下小花园散步，按时吃舒心委托大饭店的厨师做的营养餐。

一天中午，胡一虎正在午睡，手机忽然响了起来。

是个陌生的号码，胡一虎犹豫了一下还是接了。

电话那头是个陌生的男声，“你好，你是胡一虎胡先生吗?”

“我是，您哪位?”

“我是X纪委，我姓乔，如果你有时间的话，下午三点到这个地方来一趟，如果不方便，我们派车去接你。”说话很和气，却透着某种威严，他说了一个地址。

胡一虎很纳闷，难道是舒老板的案子有什么问题吗?他答道：我准时去吧，不用劳烦接我了。

三点钟胡一虎准时到了一个大楼的门口，打通了乔同志的电话后，很快楼里开出一辆黑色的车，乔同志从车上下来招呼胡一虎上车，“跟我上车吧。”

车开出市区，拐了很多条小路，开进了一个带着围墙的大门，在一个胡一虎根本不知道是在什么地方的院落里停了下来。

“乔先生，能告诉我找我什么事吗?”胡一虎身处一个陌生的环境，心中不免忐忑，难道这就是传说中纪委办案的地方吗?

乔同志微微一笑，“你别紧张，是有个人要见你。你跟我来。”

胡一虎跟他走到二楼的一个房间，房间里空空荡荡的，只有一张圆塑料桌子和四把椅子，房间明显经过了特殊处理，比如窗户很小玻璃很厚。

“你先在这儿坐一下。”乔同志说，然后转身出去了。

过了大概几分钟，乔和另外一个人带着一个男人走了进来，“你坐下吧，他就是你想见的胡一虎。”

那个人一步一步走到了胡一虎面前，眼睛看着他。

这是一个四十多岁的男人，虽然面容憔悴，但依稀还能看出一种让人说不清楚的范儿，而且胡一虎好像觉得在哪儿见过。

“你是胡一虎?”他问道。

“对，我是。”胡一虎答道，“您是?”

“我是珊珊的父亲。”那个男人看着他，说道。

“你是×××！”胡一虎应激一样回道，他心里一惊，难怪他觉得在哪儿见过他，因为珊珊跟他几乎一个模子刻出来的。

男人看着他点点头，身体有点放松下来，坐到了椅子上。

四天前，这个疲惫不堪的男人来到中国驻东南亚某国的大使馆，投案自首。很快，纪委的人马就火速赶来把他带回了国。

“我答应过齐豫回国。虽然她现在不在了，但我要兑现承诺。”他对胡一虎说。

“齐豫不在了”这几个字像针一样扎着胡一虎脆弱的神经，他眼眶里泪水打转，“齐豫不是不在了，是失联而已好吗？你为什么要见我？”

男人盯着胡一虎看，没回答他的话，然后自顾自叹口气，“齐豫看来没骗我。”

自从时隔近十年再次见到齐豫，尤其是见到珊珊这个可爱的孩子后，这个一度迷失了自我、又与世隔绝潜逃的男人，又慢慢找回了柔软的人性。

权力？欲望？金钱？代价未免太大了！

当然，再见到齐豫，齐豫已不是原来的齐豫。最大的变化是齐豫心中满满地装着另外一个男人，胡一虎。

“为什么会喜欢他？”他曾经问过齐豫。

“安全感和自在的快乐。”齐豫说，“他知世故但依旧单纯，他随遇而安，只做自己喜欢的简单的事，对权力、金钱没有太大欲望，也许这在别人看来是巨大的缺点，属于没有追求，但在如今这个俗世，能真正超脱的有几人？何况我还欠他一条命。”

齐豫飞机失事的消息传到他耳朵里后，这个男人猛然间醍醐灌顶，他反复咀嚼着那个分手的雨夜齐豫噙着泪水却绝不让眼泪流出的眼神：她从来没说过一句我不好的话，从来没有！这么好的一个女人啊，我欠下她太多太多！

他不顾危险跑到越南、马来西亚找寻航班的消息，但最终也是一无所获。

最终，带着悔恨和内疚，他走进了使馆。

被带回北京后，他在交代所有的事情之前，提出的唯一的一个要求就是让他见一见胡一虎。

“好了，我没事了。舒老板的事我很快会当面跟他们说清楚，你放心。”他站起身。

胡一虎也站起来，“你需要我做什么吗?”

男人低着头顿了几秒钟，“没什么，如果找到齐豫，好好照顾她安顿好她。”

他抬起头盯着胡一虎，“无论最终找到的是什么。”

然后径直走向房门，跟随那两个人走了。

持续低温的北京，终于在五一劳动节前彻底升温，几乎一夜之间就进入了夏天。

胡一虎躺在阳台上的摇椅上，晒着让他感觉异常舒服的太阳，旁边的茶几上是齐豫最喜欢的一套茶壶、茶杯，一杯热茶袅袅升腾着香气。

厨房里，舒心系着围裙忙着。

从医院把胡一虎接回家的时候，舒心自作主张把房间的一套钥匙拿走了，“免得你一趟趟开门。”

胡一虎身心俱疲，也就无所谓她拿走什么，只是淡淡地说了一句，“你自己家还那么多事，没事就别乱跑了。”

这天舒心来的时候，拎着一大堆食材，神采也似乎和往常不一样。

她沏好茶把胡一虎在阳台上安顿好，自己就到厨房忙开了。

“开饭了。”过了一个多小时，舒心把胡一虎拉到了餐桌旁。

一桌精致的江南小炒。

胡一虎拿起筷子，随口说道：“你爸爸出来了吧？”

舒心瞪大了眼睛，“你怎么知道？”

“你，开心伤心全写在脸上的。”胡一虎说，“也差不多了，那谁都投案回国半个多月了，你爸爸那点事早该了结了。”

舒心点点头，“我爸爸昨天晚上回来的。当时太晚了怕打搅你休息，就没第一时间告诉你。”

胡一虎也点点头，“好事好事，这样齐豫也就安心了。”

舒心放心筷子，神情黯淡下来，“我爸爸的事多亏了你们，尤其是齐豫姐，我，我都不知道该说什么好了……”

胡一虎也放下筷子，摆摆手，“舒心你啥也不用说，这段时间以来多亏你帮我，跑前跑后，又是丽都又是澳大利亚又是医院，我都没正式跟你说个谢字，在这里我正式跟你说一声：谢谢你啊，舒心。”

舒心眼泪吧嗒吧嗒，“胡一虎求你不要这么说，你这样我向谁说谢去？我要千恩万谢齐豫，可是，可是这个谢字我到哪里去说，什么时候能当面说出来？都是我不好，你们都在选结婚的房子，都是我惹事找你，要不然这一切或许就不会发生了，我觉得我欠齐豫姐一条命，可我怎么还她，怎么还她？”

胡一虎心里一阵阵难受，他靠在椅子背上，深呼吸了几下。

“怎么了，你又不舒服了吗？”舒心赶紧站起来，走到胡一虎身边，把他的头抱在自己臂弯，用手轻轻抚着他的胸口。

“去，到床头柜上给我拿……药。”胡一虎用手指指。

吃了药，胡一虎并没有感到舒服起来，他捂着胸口脸色苍白。

舒心于是马上打了急救电话。

等胡一虎好像睡了一个长觉醒来的时候，阳光刺得他有点睁不开眼。

他轻轻地闻着淡淡的药水的气息，身体软绵绵的。

他听见旁边有人在说话。

“医生，像他这种情况到底应该怎么办?”这是舒心的声音。

“也没有什么更好的办法，除了药物之外，就是养。”这应该是医生的声音。

“怎样养才算养?”这是一个胡一虎没有听过的男人的声音。

“找个环境好点的地方，负离子多的地方，最好靠水，静养身心，别受刺激。”医生说。

“那干脆这样吧，出院后送到咱们家的富春山庄吧，靠江，条件也好。”男人说，“我们欠人家的，无论如何要还。”

胡一虎听见了舒心幽幽的一声叹息。

（三十）

转眼到了八月底，胡一虎已经在富春山庄休养了快三个月。

这近三个月的时光里，在舒心的全面安排亲自督促下，胡一虎每天按照医嘱吃药、散步、钓鱼、看书，除此之外就是陪舒心的爷爷喝茶，是旁边的山顶茶园里最新鲜的新茶。

舒心的奶奶半年前因为儿子的事，心力交瘁得了一场重病，虽全力抢救，却终于在舒老板释放后不久撒手归去。

办完后事后，舒老板把老父亲也接到了富春山庄，由舒心一块儿负责照顾。

舒心有时候出门去忙的时候，胡一虎就陪着舒爷爷在山庄的一棵大樟树下喝茶，茶香袅袅中，听蝉鸣，看鸟飞。

不知不觉一老一少很快就熟了，因为兴趣相投，居然就有了忘年交的感觉。

舒爷爷年轻时从民国政府的中央大学毕业，恰逢内战乱世，眼见政府腐败，虽然毕业已被政府财政部录用，但感觉对前途迷茫，干脆先不报到就奉母命回浙江淳安乡下老家成亲。岂料回家不久时局就大变，解放军风卷残云般横扫了国民党政府，他要报到的“财政部”搬去了台湾，他索性就留家守业。

“建国后不久浙江就开始土改，我们家的田地、房产大部分归公，不过还是给我们留下了几亩地和一栋祖宅，我本无所求，政府后来让我在县城学校教书，当了有国家公职身份的教员，日子倒也能过。”舒爷爷跟胡一虎聊起家族往事时淡淡地说，“只是后来“反右”、“文革”，由于我曾被旧政府录用，虽然一天班没上过，也算是有历史污点，书不让教了回家当农民。我本人倒是无所谓，就是害得老婆子和一群孩子跟着我吃苦，尤其是几个孩子，当兵不让当，大学不让上，只能在家守着一点地当农民，我很亏欠他们。”

胡一虎点头感叹道，那个年代很多家庭都这样，我爷爷也是如此。

除了喝茶，胡一虎还陪着舒爷爷下围棋、钓鱼。老爷子棋艺很高，胡一虎也不算差，俩人算是棋逢对手，经常难分高下；但钓鱼胡一虎就远远不如老爷子，有时候趁着天阴在山庄下的江边钓一个下午，舒爷爷渔具里满得都需要两个工人抬进厨房，而胡一虎往往只有可怜的三两条。

“我这是童子功，小时候就跟我父亲屁股后面学钓鱼，我父亲虽是一纨绔，但会玩，玩得精，如果不是染上大烟瘾，唉……”老爷子一边得意，一边摇头感慨。

了解了胡一虎的病情后，舒爷爷手把手教胡一虎练起了太极拳，“我在中央大学的一个室友是河北杨派太极的后人，我跟他学了整整三年，算是小有所得。此拳颐养身心，甚是不错，否则我很难熬过文革那段非人的岁月。”

练太极拳练了几个月，胡一虎居然确实就好了起来，气色好转，心脏的问题逐渐消失。医生复查的时候也很是觉得惊奇，“你过不了多久就可以停药了。”

胡一虎投桃报李，教老爷子用微信，老爷子上手还挺快，并给自己起了个网名“淳安遗老”，经常偷偷给舒心发照片，报告胡一虎的情况。

聊得多了，偶尔舒老爷子也会说起舒老板和舒心。

“几个孩子中就舒心他爸爸不认命爱折腾，一九八〇年我落实政策的时候补发了一万来块钱工资，原本我打算平均分给几个孩子，但是舒心他爸爸硬是软磨硬泡从我这儿要走了5000块钱，二十岁出头就用这笔钱做本钱跑起了买卖。一开始是倒腾点山货，到后来又倒腾摩托车、开修理店，又到后来搞小化工，一步一步竟然也就让他慢慢混出来了。”舒老爷子说，“我本不愿意让他做得太大，树大招风，但后来由不得我，也由不得他了。”

“听舒心说，你也在做公司?”老爷子问胡一虎。

胡一虎摇摇头，“我没想做什么公司，一开始就是不想在体制内受约束，就到大学同学开的公司里去混日子，只是后来公司慢慢变成了这样，这还得感谢舒心和他爸爸帮忙。我其实更想念以前公司小的时候的日子，大家在一起做点小事，不为钱忙得头焦，蛮舒服蛮舒服。”

“钱多了不是好事，不是好事!”老爷子摇头，“你看看舒心他爸爸，差点惹上大官司，说到底就是那点钱嘛。”

然后又点头，“你这样好这样好，钱多少是要有点，但一辈子不要为钱所套住最好。我就希望我们家舒心能找个把钱看淡一点的，把钱看淡了就知道日子该怎么过好。”

“婚姻，主要还是看机缘。”胡一虎说，“你孙女人这么好，肯定会找到合适的伴的，您放宽心就是。”

但是，虽然胡一虎乐得跟舒老爷子在山庄里当神仙，但有关钱的消息，还是不断地要往胡一虎的耳朵里灌。

舒心来的时候，过不了多久就会跟胡一虎聊一些奇树公司的情况，当然她的本意是让胡一虎不用惦记公司的事。

“小高这人挺不错的，公司让他打理得挺好的，你放心吧，你们账上收支情况很好。”

“张五斗和李总今天找我谈过了，证监会已经通过了借壳方案，奇树科技很快就要上市了。”

“奇树科技今天正式上市了，哦，对了，名字已经改为粤无人机，按照今天的市价你的身家超过一个亿了。”

有一天，舒心带回来一堆文件让胡一虎签字。

“这是粤无人机回购奇树文化的文件，你看看吧。我看了，没什么问题，对你个人没什么影响，张五斗要把它更名做大。”舒心说。

“今天几号？”胡一虎问。

“九月六号。怎么了？”舒心说。

“二〇〇九年的今天，陶三宝挂牌搞起来奇树文化公司，那天我们三个人一块在雅乐轩1号斗了一晚上地主，喝了一晚上的酒。”胡一虎文件翻都没翻，直接在签字页上边签名边说，“整整五年了。不过，也就五年，现在，那棵树没了。”

舒心又安慰他：“树没了，你们的兄弟情义还在，你何必伤感。”

胡一虎一笑，“没伤感，只是很怀念一段旧时光。”

然后他问舒心，“我的股份现在应该还不能售卖变现吧？但是能转让套现吧？”

舒心一愣，“怎么了？你需要钱吗？”

“如果可能，请你帮个忙，哪怕五折六折也给我兑出800万，然后打到这个账户上去。”胡一虎拿出手机，把一个银行账号用微信发给了舒心。

舒心想了想，本来想问点什么，但终究还是没问，点头道：“知道了，我来办吧。”

其时是在富春山庄的大露台上，月光如水，照着静静地坐在藤椅上的两个人，暑气虽仍未消，凝露却似乎即将下来。

“我想我身体已经好得差不多了，我该回北京了。”胡一虎往舒心的茶杯里续了点水。

“为什么？你在这待着不舒服吗？”舒心有点惊讶地看着他。

胡一虎微微一笑，“我在这里很舒服，你又多心了。只是，我又没到你爷爷那个安心养老的年纪，很多事情还需要去办去处理。你总不希望身边又多一个胡爷爷吧？”

舒心笑了，“但是胡爷爷你有什么事我可以安排人去给你办呀。”

“咱俩不必争论了，总之客居你家几月，已经身体康复，没有再待下去的理由，何况我还想念外面的花花世界呢，美食美景美人，我想去看看。”胡一虎的调侃，让舒心既感欣慰又陡然失落。

欣慰的是，胡氏调侃一出说明胡一虎状态确实已复原，失落的是他一复原就再也不可能在富春山庄这个小天地里窝着，他肯定要走的。

几个月的时间，舒心除了在外面忙碌着家族的事情，一有空就在富春山庄陪着胡一虎，她逐渐把这个她以前很少住的地方当成自己一个内心踏实的目的地，就如小鸟飞累了必然思念的枝头。

但是，她心里又很明白，即便她自己把这里当成一个家，但胡一虎的心并不在这里，她敢于清晰而坦然地面对自己对胡一虎的爱恋，却看不懂他内心到底在想什么。

似乎有那么多舒心根本无法移除的障碍阻挡在她和胡一虎之间，她甚至不能去碰那个敏感的区域，虽然她清楚只要胡一虎一句话她可以为这个男人做任何事情。而当她无意间看见胡一虎还是会每天上网寻找有关 MH370 的消息时，她知道自己什么都不能做，做了就是错。

“那就听你的吧，定下来哪天走，我陪你一块儿回北京。”舒心看着楼下那棵巨大的樟树，觉得那树影跟自己一样孤独。

（三十一）

回到北京后不久，胡一虎就开始搬家。

他在电话里告诉在加拿大的陶三宝，“房子完璧归赵，陶冶在北京一直没房子，你让他搬过来吧，现在北京的房价太贵，就别让他再买房了，这所房子现在值一两千万。”

陶三宝问，“那你去哪儿？”

胡一虎说，“你跟张五斗不是帮我挣到大钱了吗，还怕没地方去？放心吧，一个大富翁不会流落街头的，找个窝还不简单。”

陶三宝叹口气，“算了，确实也怕你在那触景生情，换了环境也好。你自己多保重吧，不行就来加拿大找我，咱老哥们一块儿在这里养老当寓公。”

临走的前一晚，胡一虎坐在阳台上的摇椅上，旁边的茶几上依旧放着齐豫最喜欢的一套茶壶、茶杯，两杯热茶袅袅升腾着香气。

胡一虎跟齐豫说话。

“田螺姑娘，咱们要搬家了，就是去上次你看上的那所房子，我已经买下了，精装修，挺好的，就是你喜欢的江南风格。”

“现在北京天气挺好的，银杏叶子全变黄了，你特别特别喜欢的景色。”

“我现在已经学会你教的那几道菜了，铁蛋也试吃了，说跟你做的一样香，嘿嘿嘿，这小子应该不是撒谎，我觉得我可以在烹饪上有所造诣。”

“对了，告诉你啊，现在张五斗可牛了，成了财经界的一颗新星，连续在资本市场搞了一些大动作，他现在每天收的可是三五斗金子呢。”

“还有呀，国庆节的时候我抽空回了趟老家，家里人都挺好的，都很惦记你，你就放心吧。”

“对了对了，你还记得小骆吧，就是我那小老乡，给我当过司机的，现在当爹了，可是他又不能当爹，那孩子现在还不能姓骆。他说孩子的妈正在跟孩子名义上的奶奶打官司争财产，现在不能出任何事，他只能偷偷地去看看孩子。那官司还不知道要打多少年呢，那小孩名义上的父亲，跟你在同一架飞机上。”

“我明天就走了，你万一回来就别到这里来了啊，我告诉你咱们新家在哪儿，哪个小区哪个楼哪个号，你要记清楚啊……”

搬到新家后也就待了几天，胡一虎收拾好行囊，直奔甘肃。

一直跟他保持联系的贾谊告诉他，由于资金充裕，新学校早在新学期开学前已经落成，“你现在身体如果可以支撑，最好来一趟看看，这都是你跟齐豫的心血。还有你上次托人打到我账上的800万，除了交完给你买房子的首付，按你意见剩下的500万我用来聘请好医生，现在已经聘请了兰州大医院的五六位大夫，山下的医院也重新搞起来了。”

被贾谊的车拉着离着花树沟村还挺远，胡一虎就看见了远处的山坡上一栋红白色的四层小楼在一篇灰色的房屋衬托下异常显眼，一面红艳艳的国旗在高高的旗杆上飘扬。

在村口，早就有乡里的村里的大小干部在迎接。

看着热闹非凡的人群，胡一虎仿佛又看见一个熟悉的身影站在村口，虽然衣着素淡却掩盖不住绰约身姿、秀丽容颜，她的头上扎个一条丝巾，是胡一虎看第一眼就记住了的那条熟悉的印着金色图案、天蓝色丝绸的 HERMES 丝巾。在陇南十月温暖的阳光下，这个女子如一幅古典油画般站在村口，微笑着，挥着手……

胡一虎强忍着没有让泪水流出来，微笑着下车和欢迎的人握手致意。

接下来的日子，胡一虎就住在崭新的教工宿舍，白天给孩子们代课，语文、算术、体育，水泥硬化的操场全是孩子们的欢笑。

晚上的时候，胡一虎就带着 Jimmy 在食堂自己煮饭、吃饭，收拾停当了就和 Jimmy 站在山坡上听会儿山风、看会儿星星。

周末的时候，胡一虎会到离学校不远的工地上看自己建的小院的进展，在这块村里特批的宅基地上，他当年给齐豫描述的院落一天天逐渐成形。

胡一虎有时候会把山里的故事发给舒心和舒老爷子。

“你身体怎么样了?”两个人都会问。

“好久已经不用吃药了，在山里跟绿巨人一样强壮。”他回答，并附图说明，是一张贾谊拍摄的他光膀子劈柴的照片，皮肤红黑，肌肉结实。

日子就这么静静地划过，似乎平静到无声无息。

但是，事实上生活总会有波澜横生，所谓平静的生活只是人们的一种永恒的美好愿望。

二〇一四年的第一场小雪早早地降落在了花树沟村。早上起来胡一虎拿着大扫把清除校园里的积雪，这时候 Jimmy 汪汪地跑过来，叼着胡一虎的裤腿往房间扯，走近时他听见自己的手机在响。

“你能赶紧抽空到杭州一趟吗？我爷爷要见你。”舒心在电话里说。

“你爷爷怎么了？他怎么去杭州了?”胡一虎很迷惑。

“爷爷生病了，可能挺不过去了。”舒心哽咽，“你来了再细说吧。”

胡一虎迅速给山下的医院打了个电话，院长马上派了一辆小车把胡一虎送去了机场。

搭最早的一个航班飞到杭州萧山机场时，已是晚上八九点。

在接胡一虎去医院的路上，舒心讲述了舒爷爷的情况。

“其实爷爷本来跟我商量好这几天去甘肃看你的。爷爷说你喜欢吃江里的鳊鱼，非要在走之前给你钓几条带过去，但这几天一直下雨气温也低，我们劝他别去，到市场上买几条就是了，但他非要去，汛期鱼也不好钓，他冒雨钓了两天总算钓上了几条，但是到大前天深夜就发烧了，晚上大家睡得死，家里的保姆也都不知道。等到第二天早上的时候，已经烧成肺炎了。紧急送到杭州医院，直接就进了ICU，已经抢救了两天，他都快九十岁了，肺炎引发脏器功能衰竭，情况非常不好。”舒心心情很沉重，“今天一大早他清醒了一会儿，就说要见你。没办法，只好麻烦你一趟了。”

胡一虎说，别说麻烦别说麻烦，老爷子重情重义，又看得起我，再远我也会来。

到了医院，舒家一大家子都在医院里面焦急地等待。看见舒心和胡一虎进来，满眼血丝的舒老板一把抓住他们俩，“赶紧进去，老爷子时间不多了，怕是有什么话要说。”

穿了专用服进了ICU，胡一虎看见了浑身插满了管子形容枯槁的舒老爷子。

“舒爷爷，我是小胡，我来看您了，舒爷爷？”胡一虎走过去握了握老爷子的手，很是哀伤。

舒爷爷缓缓睁开了眼睛，看见胡一虎，眼神迅速地亮了亮。

他紧紧攥住胡一虎的一只手，另外一只手努力地举起来指指舒心。

舒老板赶紧把舒心拉过来，“爸爸你是叫她吗？”

舒爷爷伸手想拉舒心的胳膊，舒心赶忙握住爷爷的手，“我在这儿呢，爷爷。”

舒爷爷把舒心的手放到自己攥着的胡一虎的手里，眼睛灼灼地看着他们俩，又看了看舒老板夫妇。

舒老板夫妇互相对视了一下，舒老板靠近床前，附身问道：“爸爸，你的意思是?”

“结……婚!”舒爷爷从喉咙里使劲挤出两个字。

一时间满屋子的人都有点手足无措起来，胡一虎和舒心面面相觑，舒老板夫妇也露出诧异的眼神。

“结……婚!”舒爷爷再次喊了一声，眼神有点愤怒地看着舒老板。

舒老板为难地看了一眼胡一虎。

胡一虎稍微犹豫了一下，然后一把拉着舒心扑通跪在床边，“放心吧爷爷，我跟舒心结婚，我们今天就去登记。”

舒爷爷长呼一口气，眼神里盈出一丝笑意，然后手稍微松了松，又昏迷了过去。

病房外，医生对舒老板说，“老爷子可能撑不到明天晚上了，他今天能醒过来我们都觉得意外。我们真的尽力了，对不起呀。”

舒老板拍拍医生肩膀，叹气，无言。

然后他把胡一虎、舒心叫过来，“你们先回家休息，天亮后就去办结婚手续。”

胡一虎看着舒老板，“您确定？我当时答应是为了让老人家安心，我真的配不上你们家和舒心……”

舒老板狠狠地用充满了红血丝的眼睛看着胡一虎，“你想让我骗他，当不孝子？让他将来在地下不得安心？”

胡一虎有点沮丧起来，但习惯性的自尊心让他也提高了嗓门，“你以为我想骗他吗？都还不是为了让老爷子安心？你家舒心是个好姑娘，嫁给谁谁都是积了德，但我自认没这个福气，舒心嫁给我也幸福不到哪儿去！”

舒老板艰难地咽了口唾沫，“说真心话，你还真不是我理想的女婿人选。但是，你如果认为我没有为我的女儿幸福考虑就大错忒错了，从你们认识后不久，我就知道我的傻女儿很喜欢你，甚至死皮赖脸想跟你好。”

胡一虎看了眼舒心，又看了看远处站着的司机老许和李总。

舒老板缓了缓口气，眼神稍微平静下来，“当然，你当时没有接受我女儿，倒是让我很意外，虽然那时候或许是因为你有女朋友的缘故，但也能看出你并不贪财、负心。后来发生那么多事情，咱们之间也算是共过患难，又恰巧我父亲跟你待了几个月，在我面前说过你无数好话，算是看准了你，现在看他想让你娶舒心也是想了一个心愿。”

这时候，舒夫人把舒心拽过来，把她的手再次放到胡一虎手里，眼泪汪汪地说，“无论怎么样，咱们都要遂了你爷爷的心愿，他这辈子不容易也最疼舒心，就听他的吧。”

胡一虎想起几个月和老爷子在一起的时光，老人异常安静和慈祥的眼神不断在他面前闪现，他心里泛起了酸楚，不由得心里一软，握紧了舒心的手，“好，我们办。但是，我还得麻烦你们一个事，把公司的法律顾问叫过来。”

舒老板看了他一眼，朝李总挥了挥手，“让白律师过来一趟。不，直接到家里去吧，你们都回家，我在这儿守着。”

胡一虎跟着舒心、舒妈妈一行人回到舒老板在杭州的家中不久，律师就赶过来了。

“律师先生，麻烦你起草一个文件，意思很简单，就是我本人，胡一虎，娶了舒心小姐后，不与她以及富春集团的财产发生任何法律关系，所有法律上的相关权益统统放弃，无论婚姻存续多久，永无财产瓜葛。”胡一虎对律师说。

律师瞪大了眼睛，看了看舒心和舒妈妈。

舒心想了想，淡淡地说道：“就照他的意思起草吧。再加一句话，如果齐豫小姐回到胡一虎先生身边，双方自动解除婚姻关系。”

夜深时，舒心敲开了胡一虎的客房门，胡一虎脑子乱哄哄的，也没有睡着。

“咱俩聊会儿吧，胡一虎。”舒心在落地窗前的椅子上坐下。

胡一虎在她面前坐下，看着在朦胧的灯光下神情异常平静的女子，那神情跟他一年多以前初次遇到的那个小女子已经完全不同，多了种风霜和沉静。

“突发性的事情太多，脑子乱，咱们一块儿捋捋也好。”胡一虎说。

“我真不知道遇到你是我的幸运还是不幸。”舒心叹口气说，“咱俩认识后发生的事情真是太多太多了。”

“应该是不幸吧，我现在都觉得我是个不祥的人，凡是跟我亲近的人都出意外。”胡一虎叹道。

“所以你不想跟我结婚，怕害了我？”舒心盯着他。

“说真的，我现在只想一个人远远地离开熟悉的人，躲到深山里，躲到云深处，谁也不打扰。”胡一虎说。

“但是，你躲得开吗？你其实一直在躲，躲社会给你的责任，躲家庭给你的责任，躲感情的责任，但你根本躲不开，你躲来躲去到头来不都伤着了自己也伤着了别人？”舒心把眼睛望向窗外，窗外月半弯。

胡一虎感觉舒心句句话像刀一样扎到了他最隐秘的痛处，他弯下腰，双手抱着头，“你什么时候变得这么睿智而透彻了？”

“你不是说观察研究我吗，我也在观察研究你呀，在睡不着的晚上，就放电影一样回忆你跟我在一起的点滴，还有你发生的事。”舒心把他的肩膀扶起来，“你其实就像个不想负责任的大孩子。”

“有些责任我负不起呀。”胡一虎抓住她冰凉的手，“比如对你，明知道不行，所以只有逃避。”

“但结果呢?”舒心轻轻一笑，任由他抓着手。

“如果你是个普通人家的孩子，可能还好点。”胡一虎松开她的手，“那样的话，我压力还小点。”

舒心把他的手抓起来，“很多东西咱们能选择吗，比如出身、年龄、性别，你为这些东西困扰，不是显得特别不聪明吗？我可是一直认为你是个聪明的好老师，我在你面前就是个崇敬无比的学生。”

“凡事事不关己，自然洞若观火，人在其中时，有几人能真正智慧洒脱?”胡一虎说，“何况我就是一普通人，你高看我了。”

“你知道我爷爷在你走后怎么说你吗?”舒心说道，“他说胡一虎这个人跟他很像，从表面看胸无大志经常做一些吃喝玩乐的小事，但实际上悲天悯人总想救苍生于火海，因此在他力所能及的时候会做很多善事，这样的人即使有这样那样的弱点，对人是真诚的，重视感情，对生活有热情，抗打压，生存能力强。”

胡一虎不由得微笑，“原来老爷子早给我做过鉴定了。但是，你不觉得你奶奶跟着你爷爷这样的人很辛苦吗?”

舒心摇头，“虽然我奶奶奉行嫁夫随夫的老规矩，但我的记忆中奶奶总是很快乐，爷爷做什么她都觉得顺眼，偶尔爷爷捣一些乱都会逗得奶奶哈哈大笑，她在的时候经常会跟我讲爷爷年轻时候的一些好玩的事，她自己会咯咯笑半天。”

“咱们和你爷爷奶奶完全不在一个时代。”胡一虎叹道，“二十一世纪都过了十多年了，很多东西已经变了，岁月都不是安静的而是躁动不安的，咱们怎么可能守得住自己一块安静的田园呢?”

“要守，自然就能守得住。就比如你，不是一直守着绝望期盼齐豫姐姐奇迹般出现吗?”舒心说。

胡一虎看着那张俏丽恬静的脸，“所以，你跟律师说如果齐豫回来，咱们自动解散?”

舒心点点头，“我永远取代不了她在你心中的地位，我也期待她能出现，然后把你还给她。齐豫姐姐出事后，我其实从没想过咱们会如何如何，那样想就是对她的极不尊重和伤害。但事情既然突然走到这儿了，我想或许这就是命运，是老天不想让你一个人等她等得太辛苦吧。”

胡一虎无言。

舒心站起身，“我去休息了，你也好好睡。”

胡一虎也站起来，默默地抱了一下舒心，心中如浪翻涌。

第二天一大早，胡一虎就和舒心就去了民政局办结婚登记。由于舒家托人给局里打了招呼，虽然胡一虎的手续不全，但结婚证顺利办了下来，只是等两个人的合影照费了不少时间。

拿到结婚证，很快舒妈妈就安排车接他们去了一家店里选结婚礼服，还在试衣服的时候，舒心就接到父亲的电话，“火速来医院！”舒心撩起穿好的婚纱就跟胡一虎跑到了医院。

此时舒爷爷已经到了弥留之际。

在舒老板的示意下，舒心和胡一虎在爷爷的床前跪下，磕了三个头。

看着孙女穿着漂亮的婚纱，看着儿子递过来的大红结婚证，老爷子眼睛里冒出亮晶晶的光芒，他居然合起手，清晰地说出了四个字：“白头偕老。”

然后，老人眼睛里的光黯然灭去，监控仪上的心跳变成了一道直线，老人嘴角带着一丝笑意安详地离去。

ICU 里陡然安静了会儿，然后哭声一片。

随后的几天，整个舒家都在操办老爷子的丧事。

舒老板把父亲安葬在了老家的祖坟里，按照老人生前的嘱咐和母亲合葬。

在祖屋里，舒老板经常一个人守着灵堂呆坐良久。

有一天胡一虎和舒心在旁边陪着他，舒老板忽然对胡一虎说，

“钱多了真的没什么用。”

没等胡一虎接话，他自己就接着说，“舒心的奶奶、爷爷相继因病去世，我花钱在全世界找最好的药，都救不活他们，钱再多买不来命，钱有什么用?”

胡一虎说，“但是有钱，可以资助科学家找到治病的药，这些药是救不活爷爷奶奶了，但以后没准能救别人的爷爷奶奶。”

舒老板一愣，思索了一会儿，点点头，“你说得对。”

过了头七，全家人就陆续返回各处。

胡一虎对舒心说，“咱们再去趟富春山庄吧。”

（三十二）

到了富春山庄，胡一虎让工人把冻在冰箱里的老爷子钓的鳊鱼拿出来，自己动手做熟。

然后，胡一虎跟舒心两人把鱼一口一口地吃掉，边吃边掉眼泪，旁边的工人也跟着湿了眼眶。

晚上，工人们在原来舒心的闺房的基础上收拾好了一间新房。红烛红酒大红喜字竟然一应俱全。

胡一虎和舒心从外面散步回来，看见房间的摆设，不免有些许尴尬。虽然他们已经登记结婚，但紧接着操办丧事，同时他们俩又彼此心照不宣，所以并没有在一起住过。

“既来之则安之吧，胡一虎，你先洗个澡，咱们喝点酒吧。”还是舒心打破了尴尬。

于是两个人先后沐浴换好早就备好的睡衣，干脆盘腿坐在地毯上喝起了酒。

“你是不是该给我讲个故事了，当兵的?”舒心说道。

胡一虎一愣，这句熟悉的话仿佛就在昨天在他耳边响起，又仿佛是很久很久以前。

“好吧，咱们今天既然是在富春山庄，就讲个跟富春江有关的吧。你知道《富春山居图》吧？”

“是浙江人就应该知道吧，黄公望画的，还拍过一部电影呢。”

“但是你知道黄公望原来叫什么名字吗？不知道？好吧，我讲给你听。其实啊，据可靠的记载，黄公望其实并不是你们浙江人，原名叫陆坚，是江苏常熟人。南宋末年蒙古兵南侵，父母就把他送到温州的黄家过继给他家做儿子。这个黄家的老太公呢，已经很老迈了，膝下一直无子，见到陆坚以后就很喜欢很高兴，大声说道‘黄公望子久矣！’于是，陆坚就改姓黄，名公望，字子久。”

“真的吗？怎么像你编的呢？”舒心笑道。

“如果是编也是以前的人编的，反正我看的书上就是这么说的。别打岔，他有意思的事还多着呢，比如你不知道他靠什么为生吧？画画？错了，很多人的画都是他们去世以后才出名的，老黄画画当时只是一份业余爱好卖不出几个钱的，他的主业是靠给人算卦谋生，也就是大家说的算命先生……”

时间仿佛又回到一年多以前，中国大饭店、国子监、茶社、饭馆……胡一虎讲得绘声绘色、眉飞色舞，舒心听得入神、深以为然。

故事讲完了，一瓶红酒也差不多喝完了。

俩人迷迷瞪瞪地居然就一起爬上了床，抢了被子自顾自倒头睡下。

酒，如果没有喝醉，可以让人沉重、紧绷的神经放松，让人陷入沉沉的梦境。

胡一虎的神经无疑是彻底放松而又是迷糊了的，以至于他并不知道自己已经和舒心睡到了一张床上，而在梦里他习惯性地以为旁边躺着的是他亲爱的齐豫。

睡到清晨快醒的时候，他已经把舒心搂在了怀里，更让人意外的是，在残留酒精的刺激下，他把搂在怀里的女子完全就当成了齐豫，顽固地想象是在雅乐轩 1 号那张柔软的大床上。怀里的这个温柔地散发着浓烈女性气息的身体催动着他原始的神经，他闭着眼睛摸索着脱去了她的衣服，老马识途一样很熟悉地和她融为了一体。

但舒心其实已经清醒，生意场上的锤炼，早就让她可以很快褪去酒意。在晨曦中，她惊讶地发现自己被胡一虎抱住酣睡，然后她静静地想了一会儿，把自己更深地拱进胡一虎的怀里。

胡一虎随后的一切似乎梦游一样在她身上的动作，她都没有去打扰，而是尽力迎合着、绽放着、融化着，直至他酣畅地从她身上滑落，又沉沉睡去。

舒心侧过身，看着他的睡脸，手放在他古铜色结实的臂膀上，心中柔情百转。

当第一缕阳光照进庭院的时候，舒心轻轻下床，到浴室收拾好了自己，穿好衣服，简单地盘起头发，到餐厅吃完了早餐，阻止了工人帮忙，自己端了一份上楼。

她坐在床边，又静静地端详了一会儿还在沉睡的胡一虎，然后走到窗边，唰地拉开了窗帘，阳光迅速洒满了床上。

而胡一虎终于在阳光的照射中醒来，好一阵子他都无法将自己身处的现实和梦境区分清楚。

“醒了？去洗洗吃早餐吧。”穿着他的衬衫的舒心走过来，把他从床上拉起来，亲昵地亲了一下他的脸。

胡一虎有点惊愕地发现自己居然什么都没有穿，他迅速且有点慌乱地裹上睡衣走进了浴室。

他用凉水使劲地扑了扑脸，才慢慢缓过神来。他努力地搜寻着记忆，想着舒心忽然对自己发生的态度变化，终于意识到自己可能做了些什么。

他有些懊恼地盯着浴室镜中的自己，一时间心乱如麻。

几分钟以后，他洗漱完毕从浴室出来，舒心过来拉着他的胳膊在椅子上坐下，命令他吃完早餐。

“你能别这么看着我吗?”看着舒心双手撑着下巴看着自己吃饭，胡一虎有点不适应。

舒心哈哈一笑，捏捏他的鼻子，“怎么了，不习惯啊？”

“不习惯。”胡一虎低头喝粥，“你还是忙点别的去吧，别看着我了。”

正好舒心的手机响了，“讨厌。”舒心轻轻拧了一下胡一虎的大招风耳，接电话去了。

“一会儿咱们就回杭州，爸爸找我有事。”舒心放下电话，对胡一虎说。

“舒心，要不然我今天就回甘肃吧。”接他们回杭州的宾利几乎是悄无声息地在高速路上飞驰，离杭州越来越近了，胡一虎忽然对舒心说。

“为什么？”舒心疑惑地问。

“一则这边已经没我什么事了，你和你们家还有很多事情要忙，我在这儿也是个累赘；二则甘肃学校那边还有很多事要办，马上要过冬了，杂七杂八的事不少。”胡一虎说。

舒心沉默了一会儿，然后抬头看着胡一虎，“你到现在都还没有一点点想跟我在一起过日子的意思吗？”

胡一虎一时间不知道该怎么回答，他躲开舒心的眼睛，把头转向车窗外。

车里暂时出奇的安静，只听见车轮沙沙的磨地声。

“没事的，胡一虎，你想干什么就干什么吧，我不难为你。”舒心装作很欢乐地先打破了沉寂，“你要回甘肃就回吧，一会儿我直接送你去机场，我来跟爸爸解释。老许，先去机场吧。”

（三十三）

二〇一五年秋天，中国又一次迎来了农业大丰收。

新华社播发消息，全国粮食生产实现了“十一连增”。

胡一虎站在自家农家小院里，看着菜地里、院子里的一片金黄，心中充实不已。他抱起一捆草料，Jimmy 迅速从地上起身跟着他出了院门，拐到院外的一个羊圈里，开始喂羊，其中两只鼓起了肚子的母羊他特意喂了精食料。

陪几个爱心网站的人再次来此寻访的贾谊从学校那边慢慢走过来，看着胡一虎喂羊，“啧啧，别说胡一虎你还真行，这马上就可以生小羊羔了，你的队伍又要扩大了。”

胡一虎得意地大笑，“我还不是跟你吹，老贾，干农活我还真可能是一把好手，别看你是从农村出来的，一准干不过我。”

“就你能，就你能！”贾谊叹气，“这花树沟村自打你来以后确实大变样了，你看这路，这房子。不过你把公司股份全卖了，全部花到了村里，真的一点都不心疼？”

胡一虎放下草料，从贾谊兜里掏出烟点上，把贾谊拽上山坡上的一块大岩石，指着山下说，“我曾经认识的一个老人说，钱花在需要的别人身上，获得的快乐是花在自己身上的几十倍。反正我那些钱几乎算是捡来的，花在这儿，值！我认识的一个大老板，估计你也听说过，原来富春投资的舒老板，现在每年都投十几个亿给医学科研机构，支持他们攻关疑难杂症药物研发，也许这些药即使研发出来他自己不一定用得上，但他依旧很开心！”

贾谊点头，“你这样做起码齐豫会很开心。唉，也不知道那架飞机什么时候能找到。”

然后他又看着胡一虎，“你真的就让人家舒心这么等下去？她都给你生孩子了，你都没有回去，你还真等着人家来这山沟沟找你啊？”

胡一虎不作声，沉吟了一会儿，目光巡视着丰收的村庄，“我不知道怎么面对她，我对不起她，对不起齐豫。我就是想让她死心，等她提出离婚申请，她的生活不应该在我身上，她是一只天鹅，而我就是只纸蝴蝶，我飞不动也舞不起，只有这里的山风，才能让我有生命起舞的感觉。”

“那万一人家真来这儿找你了呢？你怎么办？”贾谊问道。

胡一虎笑笑，“来了，自然就是另外一个故事。”

炊烟升起来，村庄一派生机，普通而真实的生活，温暖得让人感恩。

胡一虎忽然对贾谊说：“你还记得咱们上大学的时候疯狂追过的海子的诗吗？”

“记得不多了，怎么了？”贾谊说。

“我记得海子有首名字叫《重建家园》的诗，最后几句是这样的——

风吹炊烟

果园就在我身旁静静叫喊

‘双手劳动

慰藉心灵’。”胡一虎说，“我现在好好地活着，快乐着，用劳动慰藉心灵，与岁月一起简单地清唱，就是对齐豫最好的思念。”

贾谊说，“我是个俗人，现在只能记得‘面朝大海，春暖花开’了。”

“不对呀老贾，还有两句你应该还记得的呀？你结婚那天，喝醉了，跟我们背诵海子的那首《新娘》。”胡一虎笑道，“这你不会也忘了吧？”

贾谊的眼睛放出了光芒，“啊呀，记得记得，当然记得！”

“咱们一块儿把最后四句喊出来？”胡一虎朝贾谊抛了一个孩子一样的坏笑。

“没问题！来吧，一——二——三——起——，咦，那些是什么人啊？”贾谊用手一指山下。

此时，山下缓缓停下两辆车，车里面走出一群人，其中一个美丽的少妇怀里抱着一个刚满月的婴儿，目光望向胡一虎的农舍，缓步朝这边走来。

那是舒心！还有舒老板、任可、李总、张五斗……

胡一虎用脚把烟头碾灭，跳下石头朝舒心飞奔而去，挥手朝贾谊大声传来他的喊声——

过完了这个月，我们打开门
一些花开在高高的树上
一些果结在深深的地下！

（全书完）